グウェン・ストラウス
笹山裕子訳

ザ・ナイン
ナチスと闘った9人の女たち

THE

The True Story of a Band of Women
Who Survived the Worst of Nazi Germany

Gwen Strauss

河出書房新社

ザ・ナイン　ナチスと闘った9人の女たち　目次

エリザ、ノア、そしてソフィーに

ザ・ナイン　ナチスと闘った9人の女たち

恐れと、寒さと、飢えと、希望の中で
わたしたちが共有したもの。
体と心の、両方の試練。
それはわたしたち自身でさえくり返すことはできない。
決して二度ともどらない世界に閉じこめられている。
ともに耐えた経験は
わたしたちのもの。あの生活も、あの瞬間も、
ひとつのものから別のものへと
別の世界で変容し続けている。

――「ナイン」のひとり、ニコル・クラランスの詩

「ナイン」の九人

エレーヌ・ポドリアスキー

　著者の大おば。八人の仲間からは「クリスティン」と呼ばれていた。二四歳のとき、フランス北西部でレジスタンス活動をしていて逮捕された。優秀な技術者で、五か国語を話した。逃亡中は、リーダー役を務める。

スザンヌ・モデ（ザザ）

　エレーヌの高校時代からの友人。二二歳で、パリのユースホステルで働いていたときに逮捕された。ルネ・モデと結婚したばかりで、グループの書記を自認していた。終戦直後に、逃亡についての楽観的な手記を書いたが、出版されたのは二〇〇四年のことだった。

ニコル・クラランス

　レジスタンスで重要な役職に就いていた。二二歳の誕生日の翌日にパリで逮捕された。一九四四年八月にパリが解放されるわずか数日前に移送された、有名な「五万七〇〇〇人」のひとり。

マデロン・ヴェルスティネン（ロン）

グループの中にふたりいたオランダ人のひとり。二七歳のとき、オランダ人のレジスタンスネットワークで活動していた兄に合流しようと、パリに到着したところで逮捕された。エレーヌとともにドイツ語に堪能で、偵察役を務めた。がんこで勇敢だったロンは、一九九一年に逃亡について書き残している。

ギエメット・ダンドルス（ギギ）

ロンのオランダ時代からの友人。二三歳のとき、ロンとともにパリに到着した翌日に逮捕された。穏やかで、グループの調停役。メナと親しくなる。

ルネ・ルボン・シャトネ（ジンカ）

グループ一勇敢な女性。二九歳のとき、夫をさがして刑務所にいったところを逮捕される。フランスの刑務所内で出産。コメットネットワーク〔二一九頁参照〕の一員で、撃墜されたり取り残されたりした連合国側の兵士のスペインへの逃亡を助けた。

ジョゼフィン・ボダナヴァ（ジョゼ）

スペイン人。最年少。フランス南部の養護施設で育つ。二〇歳のときにマルセイユで逮捕される。マルセルネットワーク〔一九二頁〕で活動し、ナチスから身を隠しているユダヤ人の子どもやレジスタンス活動家の家族に物資を供給した。美しい歌声で知られた。

ジャクリン・オベリー・デュ・ブレ（ジャッキー）

戦争で夫を亡くしている。逃亡前からジフテリアを患っていた。二九歳のときにパリで逮捕される。ブルータスネットワーク〔二一五頁〕で活動。タフで、思ったことをはっきり言い、悪態もついた。ニコルとともに、一九四四年八月にパリから最後に移送された「五万七〇〇〇人」のひとり。

イヴォンヌ・ル・ギヨー（メナ）

パリでオランダ人のレジスタンスネットワークで活動。二二歳のときに逮捕された。楽しいことが好きで、チャーミングで、気まぐれで、恋愛気質。家族はブルターニュの出だが、イヴォンヌはパリの労働者階級として育った。

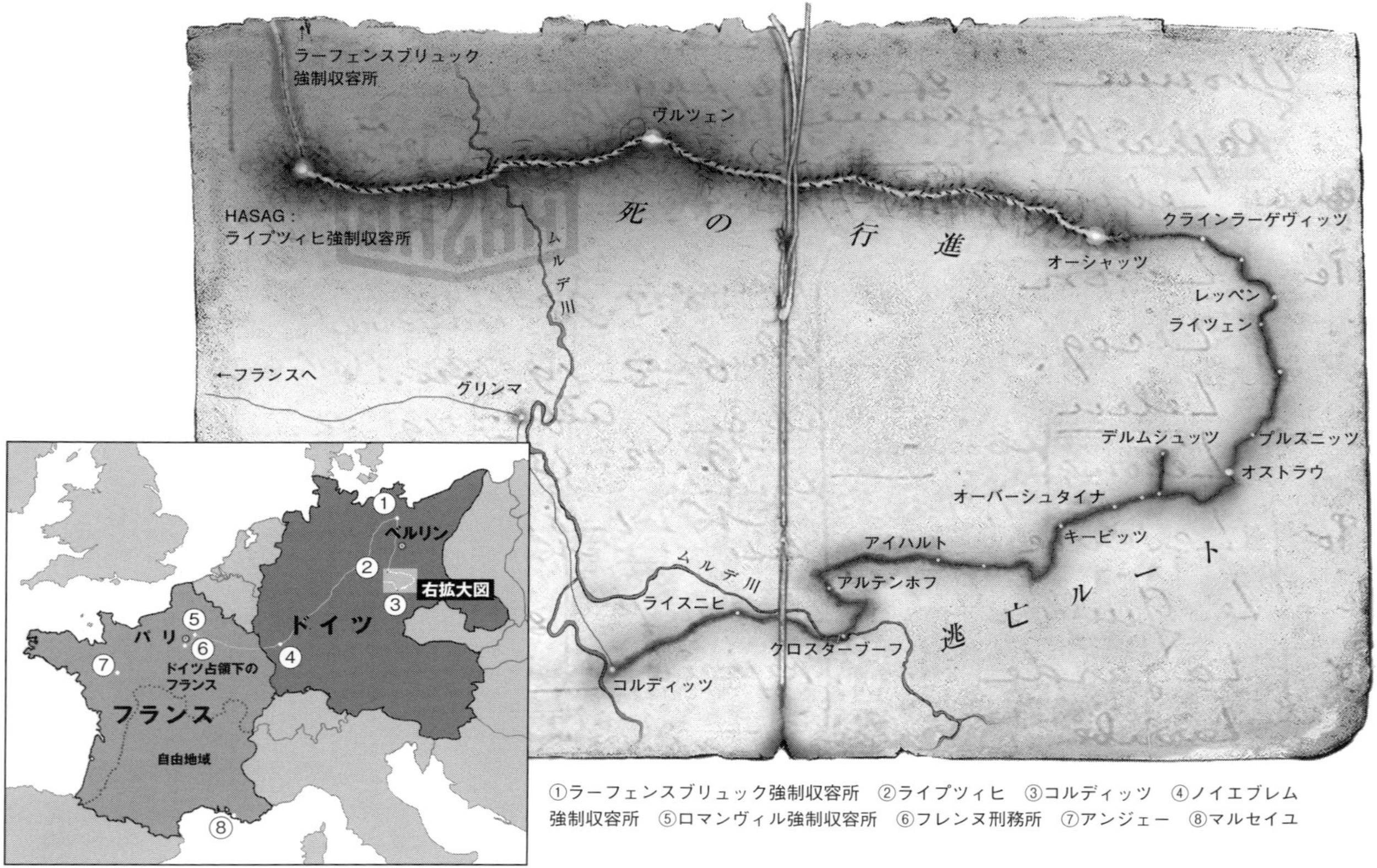

①ラーフェンスブリュック強制収容所　②ライプツィヒ　③コルディッツ　④ノイエブレム強制収容所　⑤ロマンヴィル強制収容所　⑥フレンヌ刑務所　⑦アンジェー　⑧マルセイユ

第一章　エレーヌ

ひとりの女が列を離れ、鮮やかな黄色い菜の花が揺れる畑に飛びこんだ。両手で花をつかみ、茎から引きちぎっては口に含んでいる。疲れはててぼうっとしていたまわりの女たちは、はっとした。女たちの列に、電気ショックのように衝撃が走る。エレーヌはあっけにとられ、身構えた。銃声が鳴るに違いない。機銃掃射でグループごと殺されるかもしれない。自分たちのグループが標的になる可能性だってある。見張り兵たちは平気でそういうことをする。無差別に女たちの列に銃弾を撃ちこみ、みせしめにするのだ。だが、何も起こらない。行進を続ける何千もの女たちの木靴の足音だけが響いている。

列に駆けもどってきた女は、顔じゅうに小さな黄色い点々をつけている。笑みを浮かべて。すると別の女が畑に駆けこみ、一心に花を摘んで、持ちあげたぼろぼろのコートの前身頃に集め始めた。女が列にもどってくると、まわりの女たちは先を争って手を伸ばし、大喜びで花をつかんで食べた。

どうしてあの人たちは撃たれないのだろう。

昨日、エレーヌのわずか数列前を歩いていた女は、腐りかけたリンゴを拾おうとして頭を撃たれたのに。

　エレーヌはあたりを見回した。行列はだらだらと長く延びている。前後の間隔も、グループとグループの間隔も、広くあいている。見張り兵の姿はどこにもみえない。

「チャンスよ！」。エレーヌはジャッキーを肘でつつき、せかすようにささやいた。

「でも、暗くなってからにしようって決めたでしょ」。ジャッキーはおびえた声ではねつけるように言い返した。

　エレーヌはジンカの肩をたたいた。「今よ！　見張りがいない！」

「ウイ、了解」。ジンカはうなずき、ザザの手を取って言った。「絶好のチャンスね」

　道がカーブしているところにさしかかった。そこから別の方向に延びている砂利道に沿って、深い溝が通っている。ここだ、とエレーヌは判断した。二列にまとまったまますっと動けば、気づかれないだろう。前列のジンカ、ザザ、ロン、メナ、ギギがすっと列からはずれる。次の列のエレーヌ、ジャッキー、ニコル、ジョゼが続く。たまたま同じ列にいた五人目の女は、しりごみした。「もうくたくたなの」

「じゃあ、わたしたちだけで、いきましょう！」。エレーヌは小声で言うと、三人をうながした。「早く！」

　全部で九人の女たち。手をつなぎ、列からそっと離れてひとり、またひとりと溝に飛びこんでいく。溝がいちばん深くなっている湿った地面に腹ばいになる。心臓が内側から胸をたたいている。喉がからからになっていたエレーヌは、泥をなめてみる。みつかってしまうのだろうか。泥をなめながら撃たれて死ぬのだろうか。顔を上げて確かめる勇気はない。エレーヌは道を見上げているロンの様子をうかがった。

「何かみえる？」。エレーヌは声をひそめてきいた。「みつかっちゃいそう？」

「ひたすら足だけ」。ロンの目にうつるのは、どこまでも続く女たちの足の列だった。引きずるように歩く女の半分は裸足で、半分は木靴を履いている。泥だらけの素足はどれも赤く血にまみれている。みつからないだろうと言うロンの言葉に、エレーヌはほっとした。ここにくるまで、道ばたにたくさんの死体が倒れているのを目にしてきたのだ。溝に横たわっている自分たちをみても、きっとまた死体があるくらいにしか思わないだろう。

互いの体に腕をまわし、心臓を高鳴らせながら、九人は地面を引きずるように進む木靴の音が去っていくのを待った。列がみえなくなり、足音がきこえなくなると、ロンが言った。「もう大丈夫」

「さあ！　いきましょう」。エレーヌは立ち上がり、先頭に立って溝を逆方向に歩きだした。すぐに息が切れてしまったが、なんとも幸せな気持ちに包まれていた。九人は溝からはい出して、畑に倒れこんだ。あおむけになって空を見上げ、しっかり手を握り合って、声をあげて笑う。

やった！　自由になったのだ！

しかしここはザクセンの真ん中。おびえて攻撃的になったドイツ人の村人と、憤然として退却するナチの親衛隊（SS）と、ソ連軍に取り囲まれ、空からは連合軍の爆弾が落ちてくる。きっと近くにアメリカ軍がいるはずだ。アメリカ軍をみつけるか、みつける前に死ぬか、その

エレーヌ・ポドリアスキー

どちらかだ。

コードネーム〝クリスティン〟

エレーヌおばさん《タント・エレーヌ》は美しい娘だった。広い額に満面の笑み。真っ黒でつやのある髪、黒い目、そしてくっきりと美しい眉をしていた。見た目は小柄できゃしゃだが、芯の強さが感じられた。わたしが知っているのはかなり年を重ねてからだが、物腰は堂々としていて、いつも上品な服を着て、マニキュアには傷ひとつなく、知的な雰囲気を漂わせていた。二〇代のころの写真も、落ち着いていて、聡明そうだ。生まれ持ってのリーダーなのだ。

一九四三年五月、エレーヌはレジスタンスに加わり、航空作戦局（ＢＯＡ）でＭ地区を担当していた。ＢＯＡはその四月にできたばかりで、フランス国内軍（ＦＦＩ、シャルル・ド・ゴールがレジスタンスをこう名づけた）とイギリスとの間の連絡役を担っていた。具体的には諜報員の移動を助け、メッセージをやりとりし、パラシュートで落とされる武器を受け取った。Ｍ地区はＦＦＩの活動範囲の中で最も広い地区で、ノルマンディー、ブルゴーニュ、アンジューからなっていた。一九四四年六月のノルマンディー上陸作戦開始日（Ｄデイ）直前まで、非常に重要で危険な地域だった。ゲシュタポによって多くの指導者やメンバーが捕らえられ、殺されて、警戒心が高まっていた。Ｄデイ前後の混乱極まる数か月間、エレーヌが担当するＭ地区では、レジスタンスの活動も、なんとしてでも地下ネットワークを遮断しようと残忍さを増すゲシュタポの取り締まりも、活発化していた。

エレーヌは二三歳でレジスタンスに加わった。物理学と数学を学んでいたソルボンヌ大学を休学し、電球製造会社で技術者として責任ある仕事を任されていたが、レジスタンス活動が重要になってきたため、会社を辞め、ファシストとの戦いに専念することにした。両親にはレジスタンス活動のことは伏せていた。活動用の偽名《ノム・ド・ゲール》は「クリスティン」で、ナチスの記録にはその名前が残っている。[1]ともに逃亡した仲間からもクリスティンと呼ばれていた。

　エレーヌの指揮官は「キム」のコードネームを持つポール・シュミットだった。開戦時、シュミットは精鋭揃いの山岳歩兵部隊のリーダーだった。一九四〇年にノルウェーで戦ったのち、部隊はイギリスに撤退し、シュミットは重度の凍傷の治療を受けた。回復するとフランス国内軍に加わり、ひそかにフランスに帰国した。一九四三年三月、シュミットは航空作戦局を任され、フランス北部でいくつもの「受領委員会」を立ち上げた。シュミットが採用した一四人の諜報員のひとりがエレーヌだった。エレーヌの仕事はパラシュートの受け取りに適した場所をみつけることだった。パラシュートの落下が決まると活動員を集め、受け取り地点で準備をする。そのうち、Ｍ地区で活動する複数のレジスタンスネットワークの連絡役も任されるようになった。現地の生の情報をロンドンとやりとりするため、ラジオで放送されるメッセージを暗号化したり、解読したりした。

　エレーヌはいつも満月の夜が待ち遠しかった。夜中に飛んできた飛行機が、受け取り地点をたやすくみつけられるからだ。受け取りの三日前になると、ラジオに耳を傾けた。ＢＢＣラジオの「フランス人からフランス人へ」という一五分間の特別番組の中で、秘密の暗号が流れるのだ。一般のリスナーは、「イレーヌの革の室内履きは大きすぎる」などという言葉をきいて、どう思っているのだろうとエレーヌは考えたものだ。

　エレーヌたちが気に入っていた受け取り地点は、トゥール郊外のサンブランセにある小さな原っぱだった。原っぱのまわりに生えている木のかげで仲間たちと待っていると、飛行機のエンジン音が近づいてくる。エレーヌは懐中電灯を点けたり消したりして、モールス信号であらかじめ決めておいた文字を送る。一瞬ののち、飛行機が照明を点滅させると、エレーヌはほっとする。

「点けて」。エレーヌが小声で仲間に声をかけると、ひとつ、またひとつと、まるでドミノが倒れていくように懐中電灯の灯りが点いていき、受け取り地点の輪郭が現われる。小型の飛行機が何度か旋回する。村の人たちに、大きなエンジン音をきかれたり、月明かりに照らされながら落ちていく白いシルクのパラシュートをみられたりするかもしれないと思うと、エレーヌの鼓動は速まった。箱が地面に着くとすぐさまみんなで原っぱに駆けこんで、回収する。中には小型の武器や爆薬、新しい送信機や新しい暗号表がぎっしり詰まっている。エレーヌたちの士気を高めるため、イギリスの仲間はチョコレートやたばこも入れてくれている。

ポケットにたばこを、リュックに小型の武器などを詰めこんでいると、飛行機がもどってきて旋回する音がきこえてきた。エレーヌたちは手を止めた。夜空にまた何か放たれたようだ。ぼんやりと光る白いパラシュートにぶら下がっているものは、人の形をしている。エレーヌは箱に残っていた物資を手早く配り、別々の方向に散らばるよう仲間に指示した。パラシュートが降りてきたときに、みんなはいないほうがいい。知っている人間は少なければ少ないほどいいのだ。男がふたりだけ残り、空になった箱を処分し、パラシュートを地面に埋めた。この美しいシルクをもらってドレスにしたいといつも思うのだが、処分する決まりになっている。

降りてきた謎の男は自分でハーネスをはずし、たばこに火を点けた。少し離れたところに立ち、エレーヌがふたりの男に指示するのをみている。エレーヌも男には近づかない。話をする前に、頭の中を整理しておきたかった。それに、今は作戦の中でも特に迅速さが求められる場面だ。受け取り地点からは一五分以内に撤収しなくてはならない。そうすればパラシュートをみたり、飛行機の音をきいたりした人がいても、その人が様子をみにくるころにはだれもいなくなっている。

ようやくエレーヌは到着した男に近づいた。背が高く、やせた男だ。男がたばこを吸うと、たばこの先が赤く光り、鋭い骨張った顔がみえた。男はおもしろがっているようだった。「生命体が届くとはきいていませんでしたけど」。エレーヌは怒りを隠そうともせずに言った。

「フォンテッサンだ」。男は手を差し出した。エレーヌはしぶしぶ握手した。「クリスティンだね。きみの話はきいてるよ」

「わたしのほうはきいていませんけど。なんの準備もしていませんよ」。エレーヌには、おびえると怒ったように話す癖がある。フランス語で「歩兵」を意味するこの「フォンテッサン」というコードネームを、噂にきいたことがあった。どうやら重要人物らしい。あたりが暗く、自分の顔が赤くなったのをみられずにすんでよかったと思った。

「フランスにもどっていることをなるべく知られないようにする必要があったんだ。ドイツのやつら《ボッシュ》に暗号を破られたから、よほど気をつけないといけない」

　フォンテッサンはエレーヌにたばこを一本渡し、火を点けてくれた。おかげでエレーヌは考える時間ができた。

「でも、どこにお連れすればいいのかしら」。エレーヌは態度を和らげて言った。

「きみを信頼している。連絡が取れるまで、きみのアパートに泊めさせてもらうことにしよう」。それは依頼ではなく命令だった。エレーヌが困った顔をするのが、フォンテッサンには愉快そうだった。お母さんに知られたら……エレーヌは思った。母親が教育を受けたのは、男女が厳しく分けられ、修道女の教師から男子の教室の前を通るときには目をそらしなさい、罪の誘惑を避けなさいと言われるような学校だった。

　エレーヌのアパートは、受け取り地点から離れたところにあり、自転車で長い時間かかった。フォンテッサンはパラシュートで降りてくるときに、黒革のブリーフケースを手首にしっかり縛りつけていた。そのブリーフケースをエレーヌに渡すと、フォンテッサンは自転車にふたり乗りしていこうと言った。エレーヌはうしろに座った。片手でブリーフケースを握りしめ、もう片方の手でペダルをこぐ見知らぬ男につかまって、夜道を進んだ。男にしがみつかないようにしていても、背中から熱が伝わってきた。エレーヌが道案内をする以外、ふたりはしゃべらなかった。何度か自転車を道ばたに寄せ、壁や茂みのかげに隠れて、つけられていないか確かめた。これまでの経験で習慣になったことだが、その夜はいつも以上に気をつけた。

　未明の湿った空気の中を長時間自転車で走るうち、エレーヌの気持ちは落ち着いてきた。アパートに着いたのは日の出の直前だった。エレーヌは疲れきっていた。アパートは狭く、リビングと簡易キッチンと小さな寝室しかない。男にベッドを貸して、自分はリビングで寝ようとエレーヌは考えていた。しかし狭いアパートに入ったとたん、急に気恥ずかしくなってしまった。これは仕事なんだからと自分に言いきかせ、背中に力を入れてまっすぐ立った。

　フォンテッサンはキッチンのテーブルにブリーフケースを置き、蓋を開けた。中にはお金がぎっしり入っていた。エレーヌがみたことがないほどたくさんのお金だった。フォンテッサンはそこから何枚かの紙幣を抜き取りエレーヌに渡した。

「いりません」。エレーヌは顔を真っ赤にして言った。「お金のためにやっているんじゃありません。フランスのため、自分の名誉のためです」。怒っているようにみえたかもしれないが、エレーヌはおびえていた。そんな女だと思われたくなかったのだ。

「きみにじゃない、きみのチームにあげるんだ。ゆうべ、集まってくれた人たちに」

「あの人たちだって、フランスのためにやっているんです」。考える前に、言葉がほとばしっていた。エレーヌにはめずらしいことだった。

「じゃあ活動員の家族たち、すでに犠牲を払った人たちに」

　エレーヌはうなずいた。フォンテッサンの言うとおりだった。気負いや気まずさは消え、エレーヌは考えこんだ。身を隠し、配給を受け取れずにお腹を空かしている人はたくさんいる。このお金が役に立つだろう。さあ、しっかりしなきゃ。エレーヌは深呼吸した。

「疲れただろう」。フォンテッサンはやさしい声で言った。「年はいくつなんだ?」

エレーヌは数週間前に二四歳になったばかりだと答えた。

フォンテッサンはソファの横の椅子に腰かけて、たばこに火を点けた。長い沈黙が訪れた。

「寝室を使ってください」。しばらくして、エレーヌは言った。

「いや、とんでもない。ぼくはここで十分だ」。フォンテッサンはソファを指さした。

上官にそんなことはさせられないとエレーヌが食いさがると、フォンテッサンは言った。「ああ、たしかにぼくたちは兵士だ。だがぼくは紳士でもありたいんだ」

フォンテッサンの本名はヴァレンティン・アベイユ。M地区全体の指導者だった。[2]フォンテッサンの首には多額の懸賞金がドイツ軍によってかけられていた。この時期、ゲシュタポは冷酷さを増していた。レジスタンスの支部に二重スパイを送りこむことにも成功していた。支部のメンバーの多くは理想を胸に抱いた若者で、訓練を受けたことはほとんどなく、安全面が手薄になっていた。自分は「ドイツのやつら」をやっつけてやるのだと自慢し、吹聴してまわって人目を引いたり、安全ルールをおろそかにしたりする若者もいた。レジスタンスに加わってから逮捕されるまでの期間は、平均して三か月から六か月だった。

フォンテッサンも、結局は懸賞金目当ての秘書に裏切られた可能性が高い。ゲシュタポに逮捕され、パリのソセエ通りにあったゲシュタポの悪名高い拷問所に連行される途中で、車から飛び降りた。凱旋門の近くで何度も撃たれ、まもなく病院で死亡した。エレーヌのもとで数日過ごしたとき、フォンテッサンは、自分は生きて捕まるわけにはいかないのだと話していた。そして青酸カリの錠剤をみせた。だからきみには自分のことをなるべく話さないでおこうとフォンテッサンは言った。

レジスタンス活動をしていたとき、エレーヌは、当時のフランスの若い女性にしてはかなり自由だった。戦争が始まったとき、両親と妹たちはグルノーブルに移り、そこで父親が工場経営を始めた。

両親は、エレーヌが学問を続けるために残ったと思っていた。エレーヌの活動について、両親はネットワークの仲間が連絡するまで真実を知らなかった。

エレーヌにとってその数か月は、活気に満ちた時期だった。彼女は若く、自立していて、重要な役割を任され、年上の男たちに指示する立場だった。多くの命が自分の肩にかかっていた。それまで経験したことがないような、鼓動が速まる瞬間が何度もあった。たとえばある日の夕方、あらかじめ決めておいた受け取り地点にいってみると、フランスの憲兵たちがいた。自分を逮捕しにきたに違いない。背筋に冷たいものが走った。自転車の向きを変え、走り去ろうとしたとき、憲兵のひとりが合い言葉を叫んだ。エレーヌは凍りつき、頭を忙しく働かせた。合い言葉を知っているなら、何もかも知っているのだろう。エレーヌは吐き気と、安堵にも似た諦めに襲われた。これで終わりだ。今さら逃げてもどうしようもない。気づいたときには、自分の合い言葉を言っていた。すると男たちは歩みよってきて、指示を与えてくれと言った。

この人たちは自分を逮捕しにきたのではないのだと気づくのに、しばらく時間がかかった。彼らは受け取りチームのメンバーだったのだ。終わりだと思ったのは、意外な展開のひとつにすぎなかった。制服を着た憲兵が、宿舎ごとレジスタンスに加わったという。このできごとはエレーヌを元気づけ、無敵感を与えた。

一九四四年二月四日、エレーヌはＭ地区の一部を指揮しているマルセル・アラール将軍に伝言を届けにいくことになっていた。ブルターニュにある約束の小さなホテルに着いたとき、ひとつのドアから五人のドイツ兵が入ってきて、別のドアからアラール将軍が逃げ去るのがみえた。エレーヌは間にはさまれてしまった。エレーヌはそこにいたからというだけの理由で逮捕された。ホテルのロビーにいた人たちは、ひとり残らず捕まったのだ。ハンドバッグの裏地に縫い付けてあった伝言は、奇跡的にゲシュタポにみつからなかった。エレーヌはゲシュタポが追っているアラールとかいう人のことなど知らないと言い張った。疑われるような証拠もなく、きちんとした証明書も持っていたので、エレーヌは何も知らない素直な娘を演じた――これまでと同じように。

エレーヌは数日間、ヴァンヌの刑務所に留め置かれたが、衛兵のひとりから書類上の手続きだけだと言われた。心配はいらない。すぐに両親の待つ家に帰れる。ところが釈放にならず、レンヌの刑務所に移され、二週間勾留された。なのに公式な尋問はまったくない。なぜあのとき、あのホテルにいあわせたのかということしかきかれなかった。

そしてある日、エレーヌを含む二一人の女が入れられている房に、ふたりの衛兵が入ってきて、エレーヌの名を呼んだ。衛兵はエレーヌに手錠をはめ、待っていた黒い車に乗せた。衛兵はいら立っていて乱暴で、エレーヌの質問に答えることも、話すこともしなかった。エレーヌはロワール渓谷にあるアンジェーの刑務所に移送され、二か月を過ごした。

五八年後、わたしが経験談をまとめたいと言って、エレーヌのアパルトマンで話をきいたとき、エレーヌはこう言った。「アンジェーはわたしの中で、苦しみそのものの象徴として残っているの」

エレーヌはアンジェーで尋問され、拷問され、時にはストレッチャーに乗せられて房にもどることもあった。最悪なのは「ル・スプリース・ド・ラ・ベノワ」、水責めだ。普通の浴室の浴槽に、冷たい水が張られている。そこに連れていかれ、後ろ手に手錠をはめられて、浴槽の前に膝をつかされる。両側からふたりの男が肩を押し、頭を水の中に入れる。苦しくて暴れても、顔を水から上げることはできない。ひとりが首を押さえつけ、もうひとりが頭のうしろを押しているのを感じる。落ち着こうとするけれど、肺が空気を求め、パニックがせり上がってくる。胸が焼けるように痛く、首と頭がずきずきし、空気を吸いたくてたまらなくなる。暴れてもどうにもならない。水が口の中に流れこみ、喉を詰まらせる。

エレーヌの体から力が抜けるのを感じると、男たちは髪をつかんで水から引っぱり上げ、尋問を再開する。エレーヌは何度もえずく。激しい痛みに襲われるこの瞬間、自分の体の存在を、肉体的存在を、まざまざと実感する。まるで自分の体が敵となり、自分を苦しめているようだ。

こうしてエレーヌが何者か、どのネットワークに属しているか、だれと活動していたかが明らかになっていく。フォンテッサンがエレーヌのアパートに滞在したことも白状させられる。尋問は毎日続き、ほかの活動員の名前や暗号、伝言が集まる場所、受け取りの地点、日にち、時間を言わされる。エレーヌは有益な情報を漏らすまいとした。幾晩も、ずぶぬれになり、冷えきって、後ろ手にされ、ラジエーターにつながれながら、それらしい話をでっち上げようとした。相手がすでに知っていることに合致しながらも、だれも裏切らずにすむような架空の話を。

エレーヌは両腕を引っぱられた。いつものタイル張りの浴室に連れていかれ、何度も何度も溺れさせられる。爪はペンチではがされた。ほかにもむごいことをされた。話をきいたとき、エレーヌはここで口をつぐみ、わたしはそれ以上詳しくたずねるのを控えた。黙ってたばこに火を点けるエレーヌの指の爪には、丹念にマニキュアがほどこされていた。

再び口を開いたエレーヌは、イエズス会の司祭の話をしてくれた。「アルカンターラ神父様」。エレーヌは名前を思い出すように言った。「一部の刑務所を訪問する許可を持っていらしたの。その神父様が、ある日、小さな包みをくださった。包みにはラベルが貼ってあって、わたしの名前が書かれていた。お母さんの字でね。あのときは泣けたわ」

包みをみたエレーヌは、がっくりと膝を落とし、すすり泣いた。逮捕されて初めて流した涙だった。勇気をなくさないように、拷問に挫けないように、エレーヌは愛する人たちのこと、家族のことを考えまいとしていた。包みが届いたということは、自分がひそかにやっていた活動を知られてしまったということだ。家族を苦しめている罪悪感に襲われ、母の声をききたくてたまらなくなった。

エレーヌの房を担当するドイツの衛兵は、同じくらいの年のアルザス人だった。エレーヌはドイツ語が堪能だったので、ときおりおしゃべりした。衛兵はゲシュタポがエレーヌを拷問していることを、不快に思っていた。ゲシュタポを憎み、傷つき血だらけになったエレーヌがストレッチャーに乗せられてもどってくると、目に涙を浮かべた。房の窓からそっとかけてくれる励ましの言葉を、エレーヌはもうろうとしながらきいた。相手が知りたがっていることを教えてやれば、拷問などされずにすむのに、と衛兵はエレーヌに言った。そんなに勇敢でなければいいのにと。あるとき、衛兵はエレーヌにバターを一キロ持ってきてくれた。エレーヌは感謝したが、房で隠すにはやっかいな代物だった。バターをどうすればいいのか、どこにおけばいいのか、見当もつかなかった。つけて食べられるものなど何もない。別のときには、砂糖を持ってきてくれて、そちらはとても役立った。

　衛兵はエレーヌが家族に書いた短い手紙を、名づけ親に宛てて投函してくれた。そうすれば、エレーヌからだとわからないだろうと思ったのだ。若いアルザス人の衛兵は、その住所を書き留めておいたのだろう。戦後、名づけ親にエレーヌの消息をたずねてきた。エレーヌは生きのびたのか、どうしているのか。ところがそれまでにあまりにも悪いことが起き、エレーヌはもうアンジェーの刑務所で衛兵に守ってもらった無垢な娘ではなくなってしまっていた。エレーヌは、はい、生きのびましたとだけ返事を書いた。そしてもう連絡しないでほしいと頼んだ。

　アンジェーの刑務所では、自分の物は何ひとつ持つことを許されなかった。たったひとり、本もなく、紙もなく、雑誌もない状態で、遠くに流されていくような気がした。エレーヌは衛兵に鉛筆をねだった。そして独房の白い壁を使って、数学の問題を解いた。どんな問題かとわたし

$$\int_{-\infty}^{\infty} dx\, e^{-ax^2} = \sqrt{\frac{\pi}{a}}$$

ガウス積分の公式

がたずねると、エレーヌは紙切れに前ページのような等式をさらさらと書いてくれた。

わたしは数学者の妹アニーにこの等式をみせて、エレーヌが何をしていたのかたずねた。アニーはこう教えてくれた。これは「e」とパイを使った「ガウス積分」。アニーによると、「e」とパイは「超越数」といって、虚数と同じように通常の数学の外に存在する。長い数学の歴史の中で、虚数の概念はさまざまな不安とドラマを生みだし、多くの数学者によって少しずつその必要性が明らかになった。一九世紀初め、エヴァリスト・ガロワという名の血気盛んな若いフランス人数学者が、政治活動をしたとして師範学校を放校になった。将来を有望視されていたものの、その数学的考えがあまりにも急進的だったため、当時の数学界では受け入れられなかった。決闘で死亡する前夜にしたためた情熱的な手紙の余白に、超越数と虚数に関する証明が記されていた。ガロワは現実世界に存在する実数だけでは解けない問題があることに気づいていた。ガロワは最後に弟にこう言い残した。「泣くな、アルフレッド！　二〇歳で死ぬには、全力を振り絞らなければならないのだから」

二四歳のエレーヌもまた死を前にして、独房で全力を振り絞っていた。古典的な数学問題をいくつも解き、直定規とコンパスだけでは角を三等分したり円をまっすぐにしたりできないことを証明した。世の中には構成が不可能な数が存在するのだ。

のちにラーフェンスブリュック強制収容所に移送されたとき、エレーヌはリセで一緒だったザザをみつけた。ふたりはお互いにしがみつき合ってシャワーを浴びた。天井の小さな穴からガスが出てきて、殺されるという噂があったからだ。しかし出てきたのは氷のように冷たい水だった。ふたりにはそれぞれ番号があてがわれた。エレーヌは被収容者番号四三二〇九、ザザは四三二〇三。被収容者たちは終わりのない点呼《アペル》に耐え、何度もくり返し番号で呼ばれた。そこでは人は単なる番号にすぎなかった。

妹のアニーによれば、実数が無限にあるように、超越数も無限にあるはずだという。でも、わかっている超越数はごくわずかだ。それはわたしたち人間が道具にこだわっているからだとアニーは考えている。直定規やコンパスがわたしたちの想像力に限界を作っている。わたしたちの思考がわたしたちの理解に限界を作っている。

この本を書きながら、言葉もまた思考を枠にはめているのだろうか、とふと思った。わたしがインタビューした家族、あの日ドイツで逃亡した九人の女性の子どもや孫たちは、みな口を揃えてこう言った。母は、祖母は、おばは、自分の経験を十分に語り尽くすことができないと感じていた。彼女たちが語れることには限界があった。彼女たちが語ったこと、語れたことは、その経験の半分にすぎないのだ。

一九四四年六月、アンジェーの刑務所でも、遠くの攻撃の音がきこえていた。連合軍がノルマンディーの海岸を空襲していた。若いアルザス人の衛兵がエレーヌに言った。「明日になったら、きみは自由になって、ぼくのほうが牢屋に入っているだろうね」

希望を持たずにはいられなかった。それでもエレーヌは一日中独房で膝を抱え、顎を膝にのせて複雑な数式を眺め、超越数の謎を解こうとした。刑務所の中庭では、ドイツの衛兵が男の被収容者たちを着々と処刑していく耳障りな銃声が等間隔で響き、エレーヌの集中力をそいだ。最悪の事態も覚悟しなくちゃ、とエレーヌは自分に言いきかせた。

その夜遅く、処刑に疲れたのか、ドイツの衛兵たちはわずかに残っていた女の被収容者たちを列車に乗せ、パリ郊外のロマンヴィルにある一時収容所に移送した。

何人かの女たちが、こっそり手に入れた小さな紙切れを隠し持っていて、それを蝶《パピヨン》と呼んで、家族の住所と短いメッセージを書きこんだ。女たちはパリへ運ばれる貨車のすきまからその紙切れを放り投げた。この別れの手紙の中には勇気ある人に拾われ、家族に送り届けられたものもあり、それが娘や姉妹、母親の行方を知る最後の手がかりとなった。

ロマンヴィルの収容所で、エレーヌの記憶に残っているのは、ひとりの女が目の前の土の上に横たわり、死んでいったことだ。どうやら梅毒にかかって、ドイツ兵にうつしたようだ。ほったらかしにされ、ほかの女たちがみている前で、ひとり死んでいった。

それ以外、有刺鉄線に囲まれた地面に座っていったい何をしていたのか、思い出せない。ひたすら待ち続けていたというぼんやりした記憶があるだけだ。エレーヌは自分の殻に閉じこもっていた。生きのびるという決意を挫くような感情はすべて押し殺した。新たな現実に適応しようとするうちに、感覚が鈍り、すべてが空っぽになっていった。暑くほこりっぽかった。女たちは日陰も、身を隠す場所もない広い囲いに入れられていた。だれもが黙って惨めな気持ちで、うつろな目をしていた。ハエの羽音と低いうめき声はきこえても、言葉らしきものを発する者はいなかった。腐肉と死と排泄物と垢と汗と恐怖の臭いが漂っていた。

数日たって——実際に何日だったのか、エレーヌにはわからなかった——女たちは家畜運搬用の貨車にぎゅう詰めに乗せられた。列車は東に向かい、ドイツを、ベルリンの北九〇キロのラーフェンスブリュックを目指していた。

昔の記憶

エレーヌおばさんが立派な勲章をもらったことは、一族のだれもが知っていた。おばさんがもらったのは、フランスでもとりわけ名誉あるレジオンドヌール勲章の将校級で、特におばさんの世代の女性に将校級が授与されることはめずらしい。おばさんは、戦争中に特に勇敢な行動をした人に贈られるクロアドゲール勲章ももらっている上に、レジスタンス活動における功績で、レジスタンス記念章と自由フランス志願兵役記念章も受けている。一族はおばさんのことを誇りに思っていたけれど、おばさんの戦争中の経験を話題にすることはほとんどなかった。戦後、多くの家族がそうだったように、つらい過去には触れたくなかった。過去は忘れてしまうのがみんなのためだと思っていたのだ。話すのはやめよう。暗い思い出にひたるのはやめよう。生き残ってしまった罪悪感もあったし、心的外傷や、まわりの人たちの暗黙のそぶりによって、記憶が抜け落ちてしまうこともあった。エレーヌは家族に悲惨な詳細を知られたくないと思っていた。そもそも実際に経験しなければ、想像するのは難しいだろう。こうして時間がたち、戦争を経験していない世代が育ち、ようやくエレーヌに質問する人間が現われた。二〇〇二年、わたしの祖母を囲んで昼食をとっていたとき、エレーヌは八人の仲間とナチスから逃れた話をわたしにしてくれた。わたしは仰天して、その話を記録したいから詳しくきかせてほしいと頼んだ。

　わたしはおばのエヴァとともに、パリ郊外のニュイイーに近い閑静な住宅地にあるエレーヌのアパルトマンを訪ねた。こぢんまりとした部屋には写真や本がどっさりあった。エレーヌは髪をきれいにセットして、シャネルのジャケットとスカートに身を包んでいた。わたしたちはお茶を飲んだ。わたしが話を記録させてくれてありがとうと言うと、エレーヌはまずこう言った。「こんな話、きいてもしかたないんじゃない？」

「大切なことなんです」。わたしは急に気後れしていた。自分の若さに、アメリカ人の軽薄な熱意に、そして自分の快適な生活に。

「この話はごくわずかな人間のたどった運命でしかないの。堕落せず、ナチスの迫害にもかかわらず、威厳を保って生きようとした人はほかにもたくさんいたのよ」。エレーヌは言った。まるであらかじめ用意して、練習しておいた台詞のようにきこえた。

　わたしはまず、レジスタンスに加わった理由をたずねた。「ナチズムをはじめとする全体主義体制に脅威を感じたからなの」

怖くなかったかとたずねると、怖くなかったと言う。危険だとわかっていても、自分の国のために戦えてうれしかったと。

昔の記憶を掘り返しても、意味がないんじゃないかしら、とエレーヌはつぶやく。わたしはわたしで、根掘り葉掘りたずねたり、忘れていたかったかもしれないことを思い出させようとしたりするのは、失礼じゃないかと迷い始めていた。過去について話をするのはあまり好きじゃないけれど、戦争のことはいつも、毎日考えているとエレーヌは明かした。戦争がエレーヌの脳裏を離れることはなく、戦後の人生にも深く影響を与えているようだった。

何時間もかけて、エレーヌは話すのに慣れていった。わたしはなんとなく、これから何度も話をして、さらに詳しいことがきけるだろうと思っていた。エレーヌのアパルトマンを辞したときには、エレーヌは、わたしに打ち明けたことを多少後悔していたとしても、話してよかったと思ってくれているような気がしていた。しかし、エレーヌが気が進まなかったせいか、わたしが躊躇したせいか、わたしたちが再び過去の話をすることはなかった。

その後、エレーヌの話を書き、一族の歴史を調べ始めたわたしは、自分はタブーを犯しているのではないかと感じるようになった。頭の中で、やめておけという声がした。エレーヌの過去を利用するなんて、恥ずべきことだ。過去は静かに眠らせておけ、と。しかし過去はじっとしていなかった。歴史は、個人の記憶と同様に、凝り固まっているわけではない。絶えず生き返るのだ。

エレーヌに話をきいた二年後、わたしは偶然スザンヌ・モデが書いた『死にたくなかった九人の娘たち』という本を見つけた。スザンヌはエレーヌの友だちで、愛称はザザ。逃亡の数か月後にこの手記をまとめていたのだが、死後一〇年たった二〇〇四年にようやく出版された。[3]ザザの本を詳しく読むうちに、別の記録もみつかった。ニコル・クラランスが移送から二〇周年の記念に『エル』誌に寄稿したものだった。この記事から、ニコルが出演したラジオインタビューが何本かあることもわかっ

5列縦隊で並ぶ女たち

た。[4]そして二〇一二年にエレーヌが亡くなる直前に、オランダのふたりの映画制作者アンジュ・ウィーバーディンクとイェツク・スパンニャが『逃亡《オンツナプト》』というドキュメンタリー映画を制作し、エレーヌはメンバーのひとりだったロンことマデロン・ヴェルスティネンと再会した。[5]映画はロンが書いた『わたしの戦争年代記』をもとにしていた。数年後、ギギの息子マーク・スペイカーが、ロンが自分の本を英語に訳し、ギギに渡していたものを、わたしに送ってくれた。

エレーヌも、ザザも、ニコルも、ロンも、友情と、類いまれな勇気と、生きのびることについて語っていた。細かい点で違っていても、重要なところでは一致していた。それでも大きな謎は残っている。意図的に語られなかったのか、それとも記憶から抜け落ちていたのか、今となっては知るすべはない。はじめ、九人のうちクリスティン（わたしの大おばのエレーヌ）を除く八人については、ニックネームしかわかっていなかった。ザザ、ロン、ギギ、ジンカ、ジョゼ、メナ、ニコル、そしてジャッキー。九人とも政治犯として捕らえられていた。のちにエレーヌの父親がユダヤ人だったこと、ニコルがユダヤ人家庭の出身だったことがわかるが、ふたりとも自分がユダヤ人であると言わなかったし、おそらくユダヤ人という意識がなかったのだろう。もし意識していたとしても、ドイツ兵には隠していた。強制収容所にいるだけで不幸なのに、ユダヤ人であるとわかればさらに酷い目に遭うからだ。

　エレーヌの父親はロシア生まれで、若いころリトアニアで数学の教授をしていたが、勉強を続けるためハイデルベルクに移り、さらにフランスのソルボンヌ大学で学んだ。エレーヌの母親マルティーヌは、当時ソルボンヌにわずか二名在籍していた女子学生のひとりだった。フランス中南部の田園地帯ロトの出身で、父親はワイン醸造家として成功していた。一族の誇りは、司祭が日曜のミサに自分たちのワインを使ってくれていることだった。マルティーヌは信心深いカトリック家庭で育ち、修道女から教育を受けた。裸になったことは一度もなく、体を洗うときでさえ服を着ていた。マルティーヌはずばぬけて頭がよかったに違いない。高等学校の卒業試験に合格したとき、修道女から勉強を続けるよう勧められた。それは、娘が勉強をしすぎると、縁談に差し障ると考えられていた当時としては、めったにないことだった。意外なことにマルティーヌの両親は、娘がパリに出て化学を学ぶことを許した。エレーヌの父親は、音楽の才能があり、一度は交響楽団に入ったが、志半ばで諦め、原子物理学を研究していた。ふたりは大学で出会い、急いで結婚し、六か月後にはエレーヌが生まれていた。

　聡明なマルティーヌは、学問を諦めなくてはならなかった。もしかしたらここでの挫折感が、複雑な母娘関係につながったのかもしれない。いずれにせよ、エレーヌは父親と気が合った。七年後と八年後に妹が生まれた。エレーヌと年の離れた妹たちは、お互いにおもしろくない気持ちをいつまでも抱いていた。エレーヌは妹たちの面倒をみさせられたことを、妹たちは父親がエレーヌばかりかわいがることを、恨みに思っていたのだ。エレーヌがドイツに移送されたと知らされたとき、父親は取り乱した。ある晩、夕食の席で、妹のひとりが父親に質問をした。父親が答えないので、マルティーヌが「娘に返事してやってくださいな」とたしなめた。

するとと父親は答えた。「わたしには娘はひとりしかいない。その娘は今、ドイツにいる」[6]

エレーヌは姉妹の中で、特に頭がよかった。工学や数学の立派な学位をいくつも持っていた。語学の才能もあり、ポーランド語、ドイツ語、英語、ロシア語などを流ちょうに話した。その語学の能力と、危険に陥ったときの明晰な思考力、そして冷静な外交力で、エレーヌはラーフェンスブリュックで自然にリーダーになっていった。ニコルはのちにエレーヌをグループの「柱」だったと述懐している。

ラーフェンスブリュック強制収容所

エレーヌは家畜運搬用の貨車にぎゅう詰めに乗せられて、五日間移動した。水も、食料も、光も、空気も、排泄する場所もないに等しかった。一緒に移送されたのは二〇〇人の女性政治犯《レ・レジストント》で、ほとんどがフランス人だった。女たちはこの非人道的な移送を、団結の力で乗りきった。交代で立ったり横になったりしたのだ。具合が悪い者はできるだけ小さな窓の近くに場所をもらい、新鮮な空気を吸った。士気を高めるためにフランス国歌『ラ・マルセイエーズ』を歌った。

ついに列車が止まった。エレーヌは知るよしもなかったが、そこはラーフェンスブリュック強制収容所にいちばん近いフュルステンベルクの町の駅だった。町と強制収容所は湖をはさんで向かい合わせにある。バルト海に近く、冷たい風が吹きすさぶ場所で、地元の人たちは「小さなシベリア」と呼んでいる。

到着したのは夜だった。プラットフォームはスポットライトで容赦なく照らし出され、ナチスの親衛隊員と女看守《アウフゼーリン》たちが監視し、首輪につながれたジャーマンシェパードが吠えたて、獰猛《どうもう》に飛びかかってこようとする。プラットフォームは低く、女たちは貨車から飛び降りなくてはならない。年とっていてうまく降りられず、足首や膝をひねってしまう女もいる。転んだ女たちを、看守が小突く。混乱の中、よろめき折り重なる女たちを、看守が鞭《むち》でたたき、ドイツ語でどなりつける。わずかに残った荷物は取りあげられ、貨車の裏に放り投げられる。

移送中に死んだ者は、別の貨車に運ばなくてはならない。その間にもドイツ人の看守がどなる。

「さっさとしろ《シュネル》！　早く出ろ《ラウス》！」

列がふたつできる。自力で歩ける体力が残っている者の列と、立ち上がるのもやっとの者の列。弱った者たちは荷物と一緒にトラックに乗せられる。疲れてよろよろしている母親に、娘が乗るように勧める。これが最初の選別で、弱った者たちは死体焼却炉に送られ、母親には二度と会えないことを、娘たちはまだ知らない。

「五人《ズ・フユンフト》！」。看守が金切り声をあげ、命令がわからずにおろおろしている女たちを蹴りつける。

「五列になれって言ってるわ」。エレーヌは慌てて小声で言った。

「五列よ」。女たちがフランス語でくり返すのがきこえる。

駅から強制収容所まで、およそ四キロメートルの道のりを歩かされる。一九四四年六月一四日、エレーヌが到着した強制収容所は泥だらけで、腐肉と、排泄物と、死体焼却炉から排出される灰混じりの濃い煙の臭いに満ちていた。

エレーヌは「一度みたら忘れられない顔をしていて、あれだけの人ごみの中でも、すぐにわかった」とザザは到着時の混雑の中で、リセ時代の友人をみつけたときのことを書いている。[7]多くの点でエレーヌと対照的なザザは詩人で、だれもが空腹のことしか考えられないときでも、空の色に目を奪われていた。エレーヌが冷静で抜け目ないとすれば、ザザは温かく率直だった。二二歳で逮捕されても前向きで、ユーモアのセンスがあり、人生への愛にあふれていた。忍耐強く、だれとでも仲よくしたが、いちばん親しかったのはエレーヌで、ザザだけはエレーヌに遠慮しなかった。ラーフェンスブリュックに到着したときから、ふたりはずっと一緒にいた。エレーヌはすきあらば逃亡しようと計画していたが、ザザはもっとなりゆき任せだった。根が楽観的なザザは、これからどうなるのか、様子をみようとしていた。

　一九三九年から一九四五年まで使用されていたラーフェンスブリュック強制収容所は、ドイツの強制収容所としては唯一女性専用として建てられた。ほとんどの被収容者は、九人と同じように、ラーフェンスブリュックからさらに何百もの強制労働収容所や絶滅収容所に送られた。しかしここで殺された被収容者も大勢いた。ラーフェンスブリュックの記録の多くは戦争終結前の数週間のうちにナチスによって焼却処分された。しかし歴史家や、元被収容者によって、この収容所についての多くの証拠が集められている。特にラーフェンスブリュックに収容されていた民俗学者ジェルメーヌ・ティヨンは、最後の数か月間に詳細な資料を収集していた。

　およそ一二万三〇〇〇人の女と子ども、さらに二万人の男がこの収容所を通過した。ラーフェンスブリュックには、四〇の付属収容所、小規模な男性収容所、シーメンス社の工場に併設された強制労働収容所、そしてウッカーマルク青少年強制収容所とは名ばかりの絶滅収容所があった。ラーフェンスブリュック強制収容所での死者は推計三万人から九万人。フランスの強制移送者記念財団（ＦＭＤ）の試算では四万人が犠牲となったとされているが、たしかなことはわかっていない。終戦が差し迫った混乱の時期に到着した女たちのほとんどは、登録されなかった。貨車に「送られ」てガスで殺された女の数についても記録がなく、ある試算では五〇〇〇人から六〇〇〇人がこの仮のガス室で殺されたという。[8] 付属収容所での死亡者数もわかっていない。生まれてすぐに殺されたり、餓死したりした赤ん坊も、公式の数字には入っていない。「死の行進」中に死亡した女たちの数もわかっていないのだ。

　生き残った人たちは、重要なのは数ではなく、それぞれの犠牲者の名前なのだと考えている。[9] それでも数がわかれば、どれだけ膨大な犠牲が払われたかが実感できる。エレーヌたち九人のうち、すでに七人がラーフェンスブリュック強制収容所に到着していた一九四四年六月、三〇〇〇〇人収容のこの収容所には三万八四九人がいた。[10] 朝の点呼は三時間以上続き、被収容者たちはその間じっと立って待っていなくてはならなかった。収容所には人があふれ、基本的な物資や設備が不足し、地獄のような状況だった。

　収容所に入った女たちは、まず収納室《エフエクテンカマー》に連れていかれ、服をすべて脱いで、大きな茶色い紙袋に入れるよう命じられる。看守に渡した袋は、被収容者番号をつけられ、山と積まれる。装身具や金銭など、こまごまとした所持品をまだ持っている場合は、それも渡す。記録にうるさかったナチスは、すべての品物を細かく書きとめていた。二〇一八年、ドイツのバート・アーロルゼンにある国際追跡サービスに、ナチスの記録の中にエレーヌの情報が残っているか問い合わせると、大量の情報を送ってくれ、その中に数ページの持ち物のリストが含まれていた。ザザは結婚指輪と五フランを提出したと手記に書いている。エレーヌが提出したのは、ブレスレット、腕時計、そして現金七〇サンチーム〔一サンチームは一フランの一〇〇分の一〕だった。

　女たちは体じゅうの毛を剃られた。手脚を広げて立ち、乱暴に陰毛を剃られたために切り傷やひっかき傷ができ、あとで化膿することも多かった。

背中を押されるようにしてシャワー室に入る。天井に穴の開いた部屋に入れられると、ザザがエレーヌの手をつかんだ。天井を見上げ、ザザはたずねた。「あそこから何が出てくると思う？　ガスか、水か？」

　激しくたたきつけるシャワーでずぶ濡れになると、次の部屋に連れていかれ、服を渡される。この時期にはもう被収容者用のストライプの囚人服は底をついていた。そのため、新たに移送されてきた被収容者には、死んだ女たちの服があてがわれた。毎週、アウシュヴィッツで殺されたユダヤ人の服がトラックで運ばれてきた[11]。服の配給はでたらめで、ナイトクラブのダンサーのドレスを渡される者もいれば、女学生のパジャマを渡される者もいて、長い列をなして出てくる女たちの姿はグロテスクだった。しかし、プライドを傷つけ、惨めな気持ちにさせようというナチスの意図とは裏腹に、女たちには自分たちの服装を笑い飛ばす余裕があった。エレーヌたちと同じ列車で移送されてきたレジスタンス活動家のリーズ・ロンドンは、ラブレーを引用しながら、この瞬間のことを回想録で次のように綴っている。「笑いは人間の特性だ《ル・リレ・エ・ピヤン・ル・プロパ・ド・ロム》」[12]。女たちは笑いと歌で人間性を守り、抵抗した。

　フランス人のグループが隔離棟にいくと、すでに四〇〇人ほどの被収容者がいた。ドイツ兵は病気や細菌の感染を恐れ、入ってきたばかりの被収容者を必ず数週間隔離していた。そこにはフランス人のほかに、ドイツ人が「反社会的分子《アソチアール》」とみなした売春婦や同性愛者、シンティ・ロマ人（当時はドイツ語で「ツィゴイネル」と呼ばれた）もいた。

　広い隔離棟の半分にはテーブルが置かれ、残りの半分には四段の木製ベッドが並んでいた。エレーヌとザザはいちばん上の段に寝床を確保した。そこからならこの場所で起きるすべてのことに目を光らせていられるとエレーヌは思った。

　エレーヌの記憶によれば、隔離棟にいる間はドイツ軍の軍服を分解させられた。ボタンを取り、縫い目をほどき、布を仕分ける。軍服にはどれも血糊がついていて、ほとんどに銃痕があった。それは東部戦線で死亡したドイツ兵の軍服だった。時にはポケットの中に、投函されないままの手紙が入っていた。兵士の手紙を読んで、東部で従軍していた兵士の士気が低いことをエレーヌは感じた。
約一週間後の六月二三日、また移送列車が到着し、のちに友だちになるオランダ出身の二七歳のロンと二三歳のギギが乗っていた。ふたりは一九四四年にライデンの学校を辞め、レジスタンスに加わるためにパリにきたのだった。

運動神経がよく、上品なギギは、まっすぐな茶色い髪を顎の下のあたりで内巻きにし、前髪を額に垂らしていた。澄んだグレーの目が、面長の顔に優美さを添えている。慎み深く、穏やかなたたずまいは、まるで聖母のようだ。混乱を極める収容棟の中で平然と落ち着き払っている姿は、みる者に安心感を与えた。

ロンは対照的だった。知っている六か国語を組み合わせた言葉が、口からほとばしり出てくる。勇敢で、即座に決断し、慎重な人間なら躊躇する場面にも飛びこんでいく。生き生きとして、外向型で、小柄だが頑丈で引き締まった体で、お腹の底から笑い、どんな国の人とも仲よくなった。姉御肌で横暴なところもあるが、ロンの勇気のおかげで九人が窮地を脱したのは一度や二度ではなかった。

ある日、いつものようにだらだらと続く点呼の最中に、エレーヌはロンに小声で言った。「何を考えているの？」

するとロンはこう答えた。「六か月前、ボーイフレンドに迫られて、だめって言ったことを思い出してたの。断らなきゃよかった[13]」

ロンは、隔離棟にいる間に、オランダ人の被収容者が訪ねてきたことを覚えている。「めずらしく明るいメモが届いたと思ったら、ハーグでわたしの両親の近所に住んでいたサビネからだった。サビネは堂々と定期的に隔離棟にきて、わたしたちの窓をたたいて、おしゃべりしていった。もちろん、くるたびに追い返されたけど、まったく動じないで、また訪ねてきた。早口で交わす会話は、サビネにもわたしにも貴重で、切ない気持ちで故郷を思い出した[14]」

サビネはロンに、収容所にいる人の情報を教えてくれた。すでに隔離棟を出たフランスの政治犯のグループがいた。ザザは、フレンヌで友だちになったジンカがいることを知った。九人の中で、ザザとジンカには夫がいた。ザザは結婚してわずか一か月で逮捕され、ジンカは結婚の九か月後に夫が逮捕された。どちらの夫も移送されたが、どこにいるかわからない。ふたりの若妻にとって、それが大きな心配の種だった。

ジンカは二九歳で、九人の中でいちばん年上だったが、明るい性格で、年齢よりも若くみえた。美しく豊かな金髪の巻き毛で、青い目は大きく、すきっ歯の前歯が愛らしく、わずかに上を向いた鼻のせいで、少し生意気そうにみえた。恐怖に屈することなく、収容所でも特に暴力的なグループに脅されようとも、顎を上げ、笑い飛ばした。悲惨な噂をきいても取り合わず、「でたらめな話《ボバー》でくよくよするのはやめましょう」とたしなめた。小柄で、足がとても小さく、支給された木靴はまるで大きなボートのようで、水ぶくれができたり、血がにじんだりした。しかしジンカは鋼の意志を持ち、みんなを励ました。小さなジンカはいつもいちばん重い荷物を、いちばんつらい仕事を進んで引き受けようとするので、仲間は諦めさせるのにあれこれ作戦を練るようになった。

エレーヌは、ロンのオランダ人の友だちから、友人のジュヌヴィエーヴ・ド・ゴールが収容所にいることを知らされた。シャルル・ド・ゴールの姪だ。一九四三年当時、ド・ゴールがナチスへの抵抗をラジオで盛んに呼びかけるのを多くの人がきいていたが、何者であるかは謎のままだった。ジュヌヴィエーヴは「ガリア」の偽名で、レジスタンスの地下新聞『抵抗《デフォンス》』におじについての記事を二本寄稿していた。この記事は、リーダーを自任し、ロンドンに亡命していたド・ゴールを、レジスタンスの活動家たちが信頼する後押しとなった。[15]

エレーヌはジュヌヴィエーヴに会いたいと思った。この収容所でレジスタンス活動が組織されているか、知りたかったのだ。だがそのためには隔離棟を抜け出さなくてはならなかった。幸い、隔離棟には同情的な監視員《ブロッコヴァ》がいた。監視員は被収容者（ポーランド人が多い）から選ばれ、それぞれの棟の被収容者を見張っていた。自分の権限を利用して、助けてくれたり力を貸してくれたりするブロッコヴァもいれば、私腹を肥やすブロッコヴァもいた。ドイツ兵より残酷なブロッコヴァもいた。だが、隔離棟のブロッコヴァだったヒルダ・シンコヴァはチェコ出身の共産主義者で、フランス人の被収容者たちに情報を流してくれた。日曜日、エレーヌがジュヌヴィエーヴをさがしにいきたいと頼むと、ヒルダは許してくれた。

　収容所は広大で、木造の収容棟が冷酷なほど幾何学的な格子模様に並んでいる間に、長い通路が続いていた。エレーヌは収容棟を数え損ない、間違った通路を曲がったため、道に迷ってしまった。どこをみても同じ、灰色の泥の世界だった。日曜日の午後、被収容者はできるだけ屋内で過ごしていた。週にただ一度の休みだ。働かされているのは、ユダヤ人とエホバの証人の信者、それに罰を与えられた女たちだけだった。暑さと悪臭の中、収容所には命の気配がなかった。突然自分のいる場所がわからなくなったエレーヌはパニックを起こし、慌てて角を曲がった。そしてふたりの親衛隊員に出くわしてしまった。ふたりはエレーヌをみてにやりと笑った。ひとりは大柄な男で、食料が不足している時代にしては太っていた。もうひとりの小柄な男はけんか腰で、残酷そうな目をしていた。話すのは大柄なほうで、もうひとりはけたけた笑っている。

　エレーヌは動揺した。こんな不意を衝かれるような状況に陥ってはいけないのに、頭が真っ白になって、ここにいる理由も説明できなければ、身を守るすべもなかった。男たちはエレーヌの両側から腕をつかんだ。

「どうやら道案内が必要なようだな」。太った男が言った。小柄な男は笑い声をあげ、ふたりはエレーヌを引きずって、狭苦しい衛兵所に連れていった。

ふたりはエレーヌを壁に押しつけた。ごつごつした厚板を背中に感じる。エレーヌは、アンジェーで拷問されたときによく逃げこんだ、頭の中の避難所にいこうとした。しかしエレーヌをどうやって「助け」ようかと冗談を言い合っている男たちの汗の臭いが鼻をつく。

目を閉じかけたが、それでは弱みをみせることになり、相手が図に乗るだけだと知っていた。エレーヌは目を見開き、大柄な男の目をまっすぐ見据えた。男はペンチを取り出し、エレーヌの目の前で振ってみせた。「おめかししてやろう」。男はエレーヌのほうにかがみこみ、耳にささやきかけた。「もっとかわいらしくしてやるからな[16]」

男はどなり声をあげた。「開けろ！」。ソーセージのような太い指で、エレーヌの口をこじ開ける。男がペンチを乱暴に口の中に入れ、舌が油っぽい金属の味を感じた。男は臼歯を一本選んだ。ペンチの先に力が入るのがわかる。「こいつをおさえとけ！」。男は相棒に命じた。小柄な兵士の汗ばんだ腕につかまれ、おさえつけられている間に、歯が口から引き抜かれ、力任せに引きちぎられた鋭い痛みが火花のように襲い、続いて口の中になま温かい血があふれだした。冷や汗と吐き気で倒れそうになる。しかしエレーヌはぐっと飲みこんだ。

「よし《ヤー》。かわいくなったぞ！　このほうがずっといい」。男は根っこが血だらけの歯をエレーヌにつきつけた。エレーヌにはわかった。この男はまだ満足していない。この手の人間は決して満足しない。だがありがたいことに、ちょうどそのとき鐘が鳴り、一時間ごとに厳しく定められた次の任務の始まりを知らせた。男たちがやるべきことを、決められた仕事を思い出したのがわかった。男たちはしぶしぶエレーヌを戸口の外に突き飛ばした。エレーヌはつまずき、血の混じった唾を地面に吐き出すと、奇跡的に道を思い出し、仲間たちが待つ比較的安全な隔離棟にもどることができた。

第二章　ザザ

ナチスの親衛隊は強制収容所の運営に分断統治の手法を用いた。収容所内部の運営を一部の被収容者に任せ、ある程度の権限を持たせることによって、現状維持を望むようにしむける。女たちは基本的に国籍で分けられ、グループを超えて連帯できないようになっている。新たに移送されてきた者たちは、序列を学び、収容所で生き残るための暗黙のルールを身につける。

ラーフェンスブリュック強制収容所ができたばかりのころ、緑の三角形と黒の三角形――それぞれ犯罪人と反社会的分子《アソチアール》の印――をつけた被収容者が監視役だった。しかし一九四一年夏、親衛隊はポリオの蔓延を恐れ、収容所を被収容者たちにすべて任せ、完全に不在になった。この機に乗じて、最大グループであるポーランド人が収容所運営のほとんどの権限を手に入れた。ポーランド人は反ユダヤ人、反ソ連でドイツ政府に協力的だといわれていたが、上流階級出身のポーランド人たち――「クラクフのインテリゲンチャ」とも呼ばれた――は、積極的にドイツに抵抗していた。たしかに歴史的背景から、反ユダヤ的な考えが染みついている人も多かった。これは非常にデリケートな問題で、ロンは仲よしのポーランド人の政治犯アリナとよく論争になった。ロンは次のように述懐している。

「中立的な立場から、アリナはユダヤ人とユダヤ人ではないポーランド人の間にある憎しみの感情について説明してくれた。この憎しみはとても根が深いのだが、わたしにはそのはっきりした理由がどうしてもわからなかった」[1]

同じ国籍の人の間にも序列はあった。ソ連出身の被収容者の中には、ヒトラーが独ソ不可侵条約を破棄する前に、スターリンによってドイツ側に引き渡された者がいた。ロシア革命で敗北した側についていた女たちで、共産主義者に嫌われていたためだ。ヒトラーがソ連に侵攻した際に捕虜となったソ連市民も大勢いたし、赤軍の兵士もいて、そのほとんどはスターリングラード攻防戦で捕らえられた医師や衛生兵だった。ナチスから散弾銃女《フリンテンバイバー》と呼ばれた彼女たちには英雄のオーラがあり、収容所で抵抗した武勇伝が知れ渡っていた。そのひとり、イヴゲニア・ラザレヴナ・クレムがひそかに率いた大勢のソ連兵のグループが、自分たちの兄弟を殺すための銃弾は作れない、と軍需工場での労働を拒否した。自分たち捕虜は、ジュネーブ条約のもと、軍需品の製造を強制されないはずだと主張したのだ。罰として何日も屋外に立たされ、水も食料も与えられなかったが、ソ連兵たちは挫けなかったため、親衛隊は怒り、それから驚嘆した。結局、親衛隊のほうが折れるという異例の事態となり、ソ連兵たちは厨房での仕事を与えられた。

スザンヌ・モデ（ザザ）

ボリシェビキ〔ロシア社会民主労働党の多数派〕で、熱烈な共産主義者だったクレムは、およそ五〇〇人の赤軍兵士を組織し、率いることができた。兵士たちはクレムを信頼し、命令に忠実に従った。しかし親衛隊は、リーダーをつきとめることができなかった。ある日曜日の午後、被収容者全員が、いつも長い点呼が行われる点呼広場《アペルプラッツ》で行進するように命じられたとき、赤軍の兵士たちがぱりっとした服装で現われた逸話はよく知られている。空腹やチフス、結核に苦しみながらも、わずかばかりの水で体を清め、軍服は前の夜にマットレスの下に敷いてしわを取り、精一杯清潔にしていた。チェコの共産主義者ダグマル・ハイコヴァは、このときのことをあとで綴っている。だれもが足を引きずり、疲れきった体で単調な行進と軍歌をくり返して、このばかげた訓練が早く終わってくれることだけを願っていた。そのとき、収容所に威勢のよい声が響きわたり、みんながそちらに目を向けると、ソ連の兵士たちが一糸乱れぬ行進で入ってきた。

　広場の中央までくると、兵士たちは赤軍の軍歌を歌い始めた。大きく澄んだ声で、次々と、何曲も歌った。広場の中央を行進する女たちの顔ははつらつとして、恥の象徴として頭は丸刈りにされていたが、顔を上げ、まっすぐに前をみつめていた。だれもがその場で凍りついた。まるで赤の広場でのパレードをみているかのようだった。[2]

　ソ連兵の英雄的な行動と規律正しさに、ほかの女たちは強い尊敬の念を抱いたが、非ユダヤ系のポーランド人だけは別だった。ポーランドにとってはスターリンもヒトラーも同じように脅威で、どちらがましかということについて、ポーランド人の間でも意見が分かれていたのだ。

　フランス人は、「ただの」ソ連人の「野蛮な性質」を恐れ、軽蔑していたものの、ソ連兵には感心していた。フランス人被収容者の多くは共産主義者で、ロシア革命を偉業と称えていた。

　フランス人自身はというと、ほかの国の出身者からの評判はよくなかった。それより前の一九四四年二月、フランス人の政治犯が初めて大量にラーフェンスブリュック強制収容所に移送されてきた。

到着時に二七で始まる被収容者番号を与えられたことから「二万七〇〇〇《レ・ヴァン・セット・ミル》」と呼ばれた女たちは、強制収容所で生き残ることにまったく向いていなかった。自分がここに送られたのは単なる事務的なミスで、すぐにもっとましな場所に移れると信じていたのだ。ラーフェンスブリュックに着いた女たちが入れられたのは、反社会的分子が収容されていた「スラム」と呼ばれる第二七収容棟から第三二収容棟だった。スラムは悲惨なほど過密状態で、もともと二〇〇人を収容するはずの建物に六〇〇人が詰めこまれ、その人数は日毎に増えていた。最初に移送されたフランス人たちはそのあふれかえったスラムに入れられ、ショックを受けた。彼女たちには、その時代のその階級の人が共通に持っていた人種差別意識と社会的道徳観というものがあった。そのため、シンティ・ロマ人におびえ、売春婦を不快に思い、同性愛者に衝撃を受けた。その収容棟を監視していたのはポーランド人の監視員と班長《ストゥボヴァ》で、一九三九年にポーランドがドイツ軍に侵略された際に助けてくれなかったフランスに対して根深い憎しみを抱えていた。フランス人はほかの国の女たちからもさげすまれていた。チェコ人からはミュンヘン合意でフランスがズデーテン地方のドイツ併合を許したこと、スペイン人からはスペイン内戦時にフランス政府がフランコ率いる反乱軍にあいまいな態度をとったこと、ドイツ人の被収容者からはヴィシー政権がナチスに協力していたことで恨みを買っていたのだ。

やがて、「二万七〇〇〇」のフランス人から死者が出始めた。移送されてきたときの彼女たちは誇り高くおしゃれで、化粧をし、美しい服を着て、エルメスのスカーフをまとい、高級なハンドバッグを持っていた。しかし数週間のうちに肌は腫れ物やシラミだらけになり、結核やチフスで死んでいった。自分たちのおかれた苦境に愕然とし、生きる気力を失ってしまったようだった。ほかの被収容者たちも、フランス人が弱っていることはわかっていたが、自業自得だと考えていた。体を清潔にする方法を知らず、諦めやすく、見た目を気にかけるばかりで命を守ろうとしない。食べ物の獲得競争に加わらず、ただ飢えていた。

ラーフェンスブリュックにやってきたとき、「二万七〇〇〇」のフランス人被収容者たちには、収容所で力を持っている者たちとのつながりがなかった。収容所のしきたりを学ぶのに時間がかかったのだ。しかしあとから移送されてきたグループは、少しずつうまくやれるようになった。そして四月にパリから移送されてきた大勢の被収容者たちが、希望の持てる知らせをもたらしてくれた。戦況がドイツに不利になりつつあるというのだ。

九人のうちの七人がすでにラーフェンスブリュック強制収容所に到着していた一九四四年六月、ドイツはソ連との戦線で壊滅的な敗北を喫した。ヒトラーの戦争は終わったも同然だった。しかし負けを認めることはプライドが許さなかったドイツの最高司令官は、さらに兵器製造を増やし、挽回を図ろうとした。特に力を入れたのがＶ２ロケットと呼ばれる誘導装置付きの最初の長距離弾道ミサイルだった。一九四三年八月一七日から一八日にかけての夜、連合軍はＶ２ロケットの開発が行われていたペーネミュンデを空襲した。開発を指揮していた科学者のヴェルナー・フォン・ブラウンがロケットの設計図を炎の中から救い出し、一〇日後にはナチスがドイツ中部にあった地下トンネルを徴用して、Ｖ２ロケット開発の秘密計画が再開された。この場所はのちにミッテルバウ＝ドーラ強制収容所として知られるようになる。この画期的なロケットが実現すれば、戦況をひっくり返すことができるとドイツ軍は信じていた。健康なドイツ人男性はすでにさまざまな戦線で従軍していたため、ナチスは各地の強制収容所にコマンドと呼ばれる付属の強制労働収容所を設置するようになった。ピーク時には主な強制収容所に一万五〇〇〇の付属強制労働収容所があり、一〇万人の被収容者が働かされていた。ドイツ軍はこの巨大なネットワークを利用して兵器を製造していた。

　強制収容所《コンセントラシオンスラガー》全体の統括をしていたのは親衛隊トップのハインリヒ・ヒムラーだった。若いころのヒムラーは、とても軍人にはなれそうもなかった。体が弱く、目が悪く、ドイツ軍の士官を目指すことはできなかった。そこで活動の場に選んだミュンヘンの極右民兵組織が、ほどなく国家社会主義ドイツ労働者党（ナチ党）となり、ヒムラーはヒトラーの右腕となった。一九三三年までには、親衛隊を精鋭部隊に変貌させた。[3]そしてこの親衛隊が強制収容所の運営をするようになるのだ。[4]

強制労働収容所は莫大な利益をもたらし、ナチスの軍事力に貢献した。ドイツの産業界が被収容者の労働に支払った対価は、そのままナチスの金庫に入った。親衛隊は女性の被収容者を、ひとりにつき一日四ライヒスマルクで、クルップ、ＢＭＷ、ＩＧファルベン、シーメンスなど、ドイツの一九の企業に貸し出していた。収容所で秘書の仕事をしていたジェルメーヌ・ティヨンは、ヒムラーたちナチスが被収容者をかろうじて生かしておくためのわずかな費用よりはるかに大きな金額で貸し出し、多額の利益を得るのを目撃していた（それ以外にも、被収容者の財産を金歯にいたるまで没収して自分たちのものにしていた）。[5]一九四三年九月、シーメンスの責任者ルドルフ・ビンゲルは被収容者たちの働きで得られる利益に気をよくして、親衛隊の「友の会」に一〇万ライヒスマルクを寄付した。[6]ドイツの銀行も製造業者と同じように利益を得たが、ドイツの敗戦後に責任を問われることはほとんどなかった。

選別の日

一九四四年七月、ザザたちの隔離が終わると、ラーフェンスブリュック強制収容所の看守長が強制労働収容所で働く者の選別を行うと発表した。ザザはぞっとした。ザザとエレーヌは、ジンカ、ロン、ギギと親しくなり、慰めを感じていた。いったいどこに連れていかれるのだろう。ここよりひどい場所だろうか。何よりも心配なのは、五人がばらばらになることだった。やっとラーフェンスブリュックでの生活に慣れてきたところだ。たしかにここは生き地獄だけれど、少なくともなじみのある地獄だ。

選別の日にもう働けない人間だとみなされると、死が待っている。売春婦に選ばれ、親衛隊の看守の相手をさせられたり、男の被収容者への特別なほうびとして扱われたりすることもある。もともとヒムラーは、ベルリンや占領した国々から売春婦を連れてきていたが、一九四四年の夏にはさらに売春婦が必要になっていた。二〇〇人以上の被収容者たちが「特別棟《ゾンダーブロック》」と呼ばれる場所に送られた。[7]配給が多めにもらえ、「奉仕」が済めば解放されるときいて、自分から志願する者もいた。売春婦に選別された女の多くが病気や暴行によって死亡した。一九四四年に六週間だけ特別棟にいたある人は、その恐怖を次のように語っている。「毎朝起きると女看守に体を拭かれた。コーヒーを飲み終わると、親衛隊員がやってきて、女たちを強姦し、暴行した。それが一日一六時間も続き、食事の時間は合わせて二時間半しかなかった[8]」

ザザは友だちになったばかりのジョゼが特別棟に選別されるかもしれないと心配していた。スペインからの移民の家庭で生まれたジョゼは、一八歳でレジスタンスに加わり、その一年半後にゲシュタポに逮捕された。頭を刈り上げられ、飢えてやせ細り、中性的な体になった女ばかりの殺風景な収容所でも、ジョゼの美しさが失われることはなかった。奇跡的に残っていたジョゼの豊かな黒髪を、金髪のドイツ人看守が剃ってしまわないようにと仲間たちは祈っていた。まるで映画スターのような高い頬骨、卵形の顔、上品な唇は、イタリアの女優アンナ・マニャーニをさらに洗練させたようだった。感情がすぐに顔に出るのは、若いからかもしれない。まわりの女たちはジョゼを守ろうとしたが、ジョゼは意外と芯が強かった。南フランスの養護施設で思春期を過ごしただけのことはあった。

ジョゼはその美しい歌声も愛された。夜、ベッドで押し合うように横になり、きいてきたばかりの恐ろしい噂を小声で伝え合いながら、近づく選別への心の準備をしているときに、女たちはジョゼにセレナードを歌ってくれとせがんだ。おびえて歌えないようなときでなければ、ジョゼは心をこめてシューベルトをみごとに歌いあげた。

　七月一八日、選別の日の朝になると、女たちは服を脱いで点呼に並ぶよう命じられた。若い娘たちが恐怖と屈辱に身を震わせ、大事な部分を隠そうとしていることにザザは気づいた。ザザ自身も気が遠くなりそうな思いだったが、そのとき、エレーヌに肘でつつかれた。気をしっかり持たなきゃ。今こそ、自分のいる場所に意識を向けなければ危険だ。ザザはちらりとエレーヌをみて、目と目で会話しようとした。エレーヌはかすかに笑みを浮かべたが、ザザはエレーヌが歯が抜けたあとを気にしていることがわかった。何もないすきまを舌で触れると、怒りのあまり力がわいてくるのだとエレーヌはザザに打ち明けていた。すべてが終わったあと、自分がやろうと決めていることを思い出すのだと。エレーヌは刃向かうように顔をあげ、怒りを隠そうともしていない。

　女たちは親衛隊の将校の前で行進させられた。そこには工場を経営している民間企業のビジネスマンもいて、採用したい女を指さしたり、採用したくない女の体をけなしたりしていた。「あれをみろ、そもそも本当に女なのか？」。うんざりしたように顔をしかめる者もいる。「あれはお払い箱だ！」。別の男が笑い声をあげ、両手を動かして、年とった女の垂れた乳房をばかにする仕草をする。親衛隊の指揮官がうなずいてみせると、ばかにされた女は行列から連れ去られ、処刑されることになる。

　若い女たちの中には恐怖で震えている者もいたが、ザザはエレーヌとジンカを手本にした。男たちのおもちゃになるつもりはない。出産のあとのある年とった女たちが行進から連れ出され、そのまま死体焼却炉に引っぱられていくと、怒りさえわいてきた。次に健康で頑丈な女たちが疥癬《かいせん》や発疹、伝染病がないか調べられた。性病検査のため膣も調べられたが、検査をする看守はゴム手袋を一度も交換しなかった。

　ロージーという名の若い娘が、この屈辱的な検査のあと泣きくずれた。そして列を乱しそうになったが、そばにいたふたりの女がロージーを抱え、しっかり支えた。ロージーはジョゼと同じくらいの年ごろだった。男性にキスされたことも、裸をみられたことも、ましてや触られたこともなかった。ふたりの女がロージーを落ち着かせようとして、しっかりしなさいと小声で話しかけているのを、エレーヌは視界の端で見守った。まわりの女たちが愛情深く気にかけてやったおかげで、数か月後、ようやくロージーは元気をとりもどすことができた。[9]

ザザは、仲間たちと一緒にグレーと青のストライプの囚人服を渡されて、ほっとした。殺すつもりなら、服など渡さないだろうと思ったのだ。きっと強制労働収容所に送られるのだ。さらに政治犯であることを示す赤い三角形と、被収容者番号を書いた布きれ、それを服に縫い付けるための針と糸も支給された（腕に番号のタトゥーを入れるのはアウシュヴィッツだけで、それもユダヤ人被収容者にほぼ限られていた）。あとでザザは、かすめとった針と糸をエレーヌに自慢げにみせた。どちらも貴重な道具だったのだ。

七月一八日から二一日まで、女たちは広い囲いに入れられて、移送を待った。その間、残される女たちがこっそりやってきては、別れのプレゼントを渡した。セーター、石けんのかけら、紙切れに書かれた詩、靴下。この団結こそ、女たちの生きる支えだった。だがそれだけに、別れがいっそうつらく感じられた。

ラーフェンスブリュックから強制労働収容所への列車は、ベルリン郊外で分岐線に入り、しばらく留め置かれた。そのとき、ドイツ語のわかる被収容者が、鉄道員の話をききつけた。ナチ党上層部の高官が、ヒトラーを暗殺しようとしたというのだ。そのニュースはあっというまに車両から車両へと伝わった。暗殺が失敗したのは残念だったが、仲間の高官さえヒトラーに反旗を翻したときいて、希望がわいてきた。

ザザとルネ

かつてのナチスは盤石だった。ザザは一九歳のとき、自宅アパルトマンのバルコニーから、ドイツ軍のパリ入城を目撃した。その前には、ドイツ軍に占領されないうちにパリから逃れようと、人々がスーツケースやベビーカー、手押し車を押し、首からガスマスクをさげて、南に向かうのもみた。レジスタンスの人たちはいったい何をしているのか、とそのときザザは思ったかもしれない。

ザザはまた、政府がじわじわと国民を締めつけていくのを感じていただろう。四人以上の集会の禁止、夜間の外出禁止、配給、検閲。そしてドイツ軍に抵抗した報復として捕虜が殺されているというポスターを、町じゅうでみかけるようになった。処刑された捕虜のリストは、レジスタンス活動をためらわせるためだったが、逆に憎悪と反抗の炎を燃えあがらせた。ザザの最初の抵抗はおそらくシンプルなもので、ドイツ軍が貼ったポスターに「人殺し」と殴り書きするとか、レジスタンスを象徴するロレーヌ十字を壁に描くとかいった類いだろう。地下鉄の出入口でこっそりちらしや違法新聞を配ることもあったかもしれない。そして最初のユダヤ人の大量虐殺が起きると、ほかの多くの人たちと同じように、ザザももっと何かしたいと思うようになった。そこで一九四三年にはユースホステル会員（アジステ）としての活動を始めていた。

フランスのユースホステル（ＡＪ）は、ドイツのユースホステルからヒントを得て第一次世界大戦と第二次世界大戦の戦間期に創設された。その理念は、若者が国境を越えて旅し、歩きまわり、経験を分かち合うことで、平和と理解を広めようというものだった。その背景には、第一次世界大戦による荒廃のあと、若い世代の間で理想郷への情熱が高まっていたことがあった。ザザはユースホステルの活動をしているときに将来の夫ルネ・モデと出会った。

ドイツ占領下のフランスでも、政治と無関係の組織は活動継続を許されていて、ユースホステルもそのひとつだった。しかし創設者のマルク・サニエは、ユダヤ人の加入禁止を拒んだ[10]。一九四三年にユースホステルの活動が法律で禁じられると、指導者の多くがレジスタンス活動に移行し、組織そのものが地下活動の拠点のようになった。サニエは会長を続けたが、事務局長とともにドイツに占領されていない南部の自由地域に避難した。北部の活動は、ルネとローラン・ボラミエが責任者になった。ルネはドイツ軍の兵や要塞の位置などの軍事情報を集め、連合国側に伝える役目も担っていた。

ドイツはフランスで労働者の募集を始めた。二〇歳以上のフランス人男性がドイツで働くことを志願すれば、代わりにフランス人捕虜を解放するという制度だ。しかし十分な人数が集まらなかったため、一九四三年には強制労働局（ＳＴＯ）が問答無用で若者を徴集するようになった。それに対してユースホステルは偽造書類を提供して徴集逃れを手伝い、強制労働を免れた若者たちがさまざまな地下活動に従事するようになった。

ザザのいとこも、強制労働局に徴集されそうな若者を助けるため、ユースホステルの本部で手紙のタイプ打ちを手伝っていた。ドイツの軍需工場に出発する前に、ジュラにあるユースホステルのキャンプに参加しませんかという内容だった。若者がユースホステルに到着すると、その若者がドイツにいきたくない場合にどうすればいいか、いちばん相談しやすそうな人をルネが注意深く選んだ。一日ハイキングをしたあと、たき火を囲み、歌を歌い、屈辱的な敗北をする前のフランスについて語り合っているときなどに、ルネはその話を持ち出した。

二二歳のザザと二三歳のルネが惹かれ合ったのは、不思議なことではない。ふたりは移送と強制労働を目前に控えた若者に、ジュラでたっぷり新鮮な空気を吸い、体を動かす一、二週間を提供する仲間だった。ルネはその活動のリーダーで、青い目のザザは手伝いのボランティアだった。ザザは寒さにも雨にも不平を言わなかった。先に立って薪を集め、ジャガイモの皮をむき、夕食のあとには真っ先に歌を歌った。慎重に探りを入れるのがルネなら、信頼して心を開ける雰囲気をつくるのがザザだった。やせて背の高いルネは熱心な社会主義者で、世間話をするタイプではなかった。素直に感情を表に出したり、陽気な冗談を言ったりするのは苦手だった。しかしザザがいると、若者たちにも物怖じせず話しかけることができた。自分の強さや能力を感じることができた。ザザがそばにいてくれることに感謝し、そのやさしさや寛容さに感心していたことだろう。ふたりの間に仲間意識が芽生え、互いに理解し合うようになり、ふたりだけの冗談やニックネームが生まれた。それは濃密な時間だった。朝早く、ザザはルネの好みに合わせたあたたかな紅茶を持っていった。夜にはたき火ごしにルネにほほ笑みかけ、そのひと言ひと言に耳を傾けた。それまで結婚を意識したことがなかったルネだったが、生涯をともに過ごしたい相手としてザザをみるようになった。おそらくそんなキャンプの日々のどこかで、ルネがザザの手をとり、初めてのキスを交わしたのだろう。

一九四四年二月、ふたりは結婚した。新居はパリ一〇区のオトヴィル通り一二番のアパートだった。狭く暗かったが、喜びにあふれていた。ザザの若いころで、いちばん幸せな時期だった。世界は狂乱の時代で、身の回りは危険にあふれていたが、ザザとルネは出会えてよかったと思っていた。毎朝目が覚めたとき、隣にルネがいることが信じられなかった。ふたりは小さな勝利を祝い合った。あの若者が無事に南部に逃れて反独遊撃隊のマキに加わった。ザザが闇市で本物に限りなく近い味わいの代用コーヒーをみつけた。ルネが新たに徴集される若者の名簿を手に入れることができた。愛は魔法の盾のようだとザザは思っていた。

結婚して一か月後の一九四四年三月二二日、アパートで秘密会議を開いている最中に、ザザはルネやほかのユースホステルのメンバーとともに逮捕された。だれかが密告し、大がかりな捜査が行われたのだ。

ジュリエット・ベスも、そのときのユースホステルの一斉検挙で逮捕されたひとりだ。彼女が回想録に書き残している取り調べの様子は、おそらくザザが経験したのと同じようなものだっただろう。ベスは全裸にされ、前からふたりの男、うしろからふたりの男に監視された。ベスが質問に答えないと、うしろの男に鞭で打たれたり、前の男に平手打ちされたりした。若い女が見知らぬ男たちの前で裸にされるのもこの上ない屈辱だが、いつ打たれるかと思っているのはもっとつらかったとベスは述懐している。[11]

　取り調べが終わると、ザザはフレンヌの刑務所に送られた。ここで過ごした三か月の間に、ザザは一度だけルネと再会することができた。刑務所の庭でほかの女たちと立っていたとき、前を通り過ぎた列の中にルネがいたのだ。ふたりは声をかけあった。ルネはザザに挫けるな、きっとまた会えるからと言った。その後、ザザはルネがドイツに移送されたことを知った。

　ルネが送られたのはハンブルク郊外のノイエンガンメ強制収容所だった。そこからさらに八〇ある付属収容所のひとつに送られ、不発弾処理班に配属された。被収容者たちは地下数メートルの深さに埋められた何千発もの不発弾を掘り出し、輸送し、破壊する仕事をさせられた。爆弾の多くには遅発信管が取りつけられているため、処理は非常に危険だった。親衛隊員と技術者は安全な場所にとどまり、被収容者はたいてい素手で爆弾を掘り出すのだ。被収容者たちは順番にふたりずつ作業した。そうすればたとえ爆発しても死者がふたりで済むからだ。この作業に携わった被収容者の推定生存率は悲惨なものだ。終戦まで生き残ったのは一〇人にひとりだったのだから。そんな生存者のひとりは、夜になると、吹き飛ばされ、こっぱみじんになった仲間の死体をバケツに入れて収容所にもどったと語っている。

　ザザがルネの消息を知ったのは、ようやく自分の試練が終わってからだった。それでもザザは、ルネはきっと生きている、戦争が終わったらまた一緒に暮らせるのだという望みを抱き続けていた。ザザがドイツに移送されたのはルネの数週間後、一九四四年六月一四日のことだった。

ライプツィヒ強制労働収容所

強制労働に選別された女たちを乗せ、ラーフェンスブリュックを出た列車は、ライプツィヒの強制労働収容所に到着した。二〇一七年一月、わたしは二一歳の娘ソフィーを誘ってドイツを訪れ、エレーヌとザザの足跡をたどってみることにした。

それまでわたしは、合計しても八日間しかドイツに滞在したことがなかった。ベルリンにいくのは初めてだった。ドイツ語も話せない。だがソフィーもわたしも帰化したドイツ人で、ドイツのパスポートを持っている。わたしの祖父、ソフィーにとっての曾祖父はドイツ系ユダヤ人で、ヒトラー政権下の一九三四年に亡命し、国籍を失った。そのような経緯から、わたしたちはドイツ国籍を再申請し、ヨーロッパ市民になることができたのだ。

わたしたちはライプツィヒから旅を始めた。こぢんまりとしたナチ強制労働記念館で、公文書保管人《アーキヴィスト》のアンネ・フリーベルに会った。やわらかな口調のアンネは、わたしたちを歓迎し、話をきくと、保管している文書を調べてみましょうと言ってくれた。わたしはエレーヌのフルネームと生年月日を書き、もしかしたら偽名の「クリスティン」のほうで記録が残っているかもしれないと説明した。そして仲間のふたり、ザザとロンの本名も伝えた。次の日、アンネからメールで二種類の書類が送られてきた。

一種類目は、一九四四年七月二一日にラーフェンスブリュックから移送された被収容者の名簿だった。ライプツィヒとしては最大規模の二〇〇〇人以上が強制労働に送られ、その国籍はフランス、ポーランド、ソ連、ギリシャ、オランダ、ハンガリーなどさまざまだった。

スキャンされた文書の三枚目に、エレーヌの名前をみつけた。「ジェニン・ポドリアスキー」となっていた。ライプツィヒの被収容者番号は四〇六三。未婚の技師と書かれていた。二種類目の書類は一九四四年八月二二日時点で、ライプツィヒのＨＡＳＡＧ強制労働収容所にいた被収容者全員の名簿だった。エレーヌはクリスティン・ポドリアスキーの名で載っていて、ラーフェンスブリュック強制収容所での番号と、ライプツィヒでの番号が記されていた。エレーヌの名前のすぐ下にはザザの名前（スペルが間違っていて「スサンヌ・マンデト」となっていた）が、少し上にはロンの名前（「マデロン」ではなく「マグダレナ」となっていた）があった。名簿はアルファベット順になっていなかった。被収容者の名前など、どうでもよかったのだ。女たちはラーフェンスブリュック強制収容所での番号順に並ばされ、その番号には、与えられたときにだれが近くにいたかという程度の意味しかなかった。ザザとエレーヌの名前の近くに、「ジョゼ」という名前があり、もしかしたらこれはあのジョゼかもしれないと思った。ずっと上にはギギの名前もあった。

ナチスの名簿にエレーヌの名前をみつけたわたしは、改めてぞっとした。ここにあるのは、想像を絶する犯罪の正式な手続き書類だ。ラーフェンスブリュックから列車でライプツィヒの強制労働収容所に到着した女たちの様子を想像してみる。大急ぎで整列し、不安と恐怖にさらされながら受付の順番を待ち、足を引きずりながら少しずつ前に進んでいく様子を。

ライプツィヒ郊外シェーネフェルトにあるＨＡＳＡＧの軍需工場には、大きな赤煉瓦の建物が並び、そのまわりを電気柵と有刺鉄線、監視塔が取り囲んでいた。テューリンゲン地方にあったブーヘンヴァルト強制収容所付属の強制労働収容所では、五〇六七人の女性を使って弾薬やバズーカ砲のように肩にかついで擲弾を発射するパンツァーファウスト〔対戦車擲弾発射器〕を製造していた。ＨＡＳＡＧ（フーゴ・シュナイダー・アクチエンゲセルシャフト）社はドイツ最大の兵器製造会社で、ナチスの強制労働収容所の被収容者をポーランドやドイツの工場で働かせていた。一九三五年から終戦まで、ポール・ブディンが企業グループ全体の統括管理者を務めていた。ヒムラーのように女の仕事は子ども《キンダー》と教会《キルシエ》と台所《クーヒエ》にとどめるべきだと考えていたナチ党員とは対照的に、ブディンは女性の労働について近代的な考えを持っていて、占領下のポーランドの産業界で初めて女性に機械の操作を任せた。そして「手本となる工場」として、ヒトラーから特に認められた。女性被収容者は安い賃金で借りることができ、死亡率も低かった。

開戦後まもなく、ＨＡＳＡＧの上層部はブーヘンヴァルトの司令官に被収容者の待遇を改善するよう求めた。過酷な労働環境と一二時間シフトによって、ＨＡＳＡＧは労働者を次々と失っていた。ＨＡＳＡＧのある工場で働いていた男性労働者の平均就労期間は三か月半だった[12]。一九四四年七月に到着した女たちは、平均して九か月間、軍需工場で働いた。

ＨＡＳＡＧの強制労働収容所に到着すると、ザザたちは広い点呼広場に集められ、女看守《アウフゼーリン》に番号順に五列で並べと命じられた。収容所の司令官、親衛隊中尉ヴォルフガング・プラウルは、すらりとした長身をしみひとつない軍服に包み、磨き上げた自分の黒いブーツを乗馬用の鞭でいらいらしたようにたたいていた。プラウルはもともとブーヘンヴァルトにいて、絞首刑の執行人であったことや、働いているユダヤ人に反ユダヤ的な歌を歌わせたことで知られていた。大戦末期には心を入れ替えたようで、女の被収容者たちに「親切に」なった。ドイツの敗戦が差し迫り、ブーヘンヴァルトの司令官ヘルマン・ピスターから、厳しすぎる管理の手を緩めるよう指示されたのだ[13]。

プラウルの隣に立っていたのは美しい娘で、目は氷のような淡青色、金髪は編んで王冠のように頭の上に巻いていた。収容所内の管理を任されている収容所古参《ラガエルテスター》ジョアナ・シュマンスカだ。

プラウルが短い「歓迎」のスピーチをすると、語学堪能な被収容者たちがフランス語、ポーランド語、ロシア語に通訳した。女たちは、ここでは「働かざる者食うべからず」だと言い渡された。大切に扱われるか、酷い目に遭うかは、行動次第だ。何よりも大切なのは、おとなしく服従することだと。

「あんたたちは人殺しよ！」。若い女が叫び、プラウルのスピーチをさえぎった。極度の疲労と、ラーフェンスブリュックで母親が処刑送りになるのを目のあたりにした衝撃で、正気を失いかけている。女の怒りが爆発したのを、だれもが肌で感じた。看守に平手打ちされた女は、平手打ちを返した。あっというまに看守が集まってきて、女を取り囲んだ。殴る蹴るの暴行を加え、プラウル司令官も一緒になって乗馬用の鞭で打ちすえている。動けなくなった女は、親衛隊員たちによって、管理棟に運ばれていった。一〇日後に再び姿をみせた女は、死にかけたゾンビのようだった。座ることもできない狭く暗い箱に、新鮮な空気も灯りも食べ物もない状態で入れられていたのだ。女たちは自分の持ち物を目立たないように少しずつ出し合って、元気になるまで看病を続けた。[14]

そのような恐ろしい場面を目にしたものの、強制労働収容所がラーフェンスブリュックよりずっと住みやすいことがわかって、女たちはほっとした。何よりうれしかったのは、それぞれの収容棟に洗面所があることで、横長のステンレスの流しに二〇の蛇口が並び、水がちゃんと出た。ラーフェンスブリュックでは一〇〇〇人あたりに壊れかけた蛇口がひとつしかなく、しかも汚れた水が出た。ここでは石けんこそなかったものの、何か月ぶりかで体を洗うことができた。

危険な作業

一日の始まりは午前四時の「起床《アウフシユテン》、早くしろ《シユネル》！」というどなり声で、女たちは急いで洗面所に向かった。トイレにいくのは大慌ての競争だった。今を逃したら、夜までトイレにはいけないのだから。だれもがごそごそと靴や服をさがす。ギギは左の木靴がみつからず、パニックを起こす。いつものように仲よしのメナがさがしにいき、収容棟の隅に落ちているのをみつけてきてくれる。

メナの家族はもともとブルターニュの出身だが、二二歳のメナは生粋のパリジャンを自認していた。

労働者階級ではあるが、画家になるという大望があった。ちゃめっけのある陽気な性格で、恋に恋していて、話がおもしろく、よく笑った。レジスタンスに加わったのは世界を救うためじゃないとメナは認め、「好きな人がいたからなの」と肩をすくめてみせた。

エレーヌは端布で作ったターバンで頭をていねいに包み、同じベッドにまだ横たわっているザザの様子をうかがった。ひと晩じゅう熱が下がらなかったのだ。エレーヌはそっとザザをつついた。「ごめんね。けさは起きられなくて」。ザザはなんとか起きあがろうとした。

ザザの体は燃えるように熱い。「レヴィアにいかないと」。エレーヌは言った。

レヴィアとは診療所のことで、ドイツ軍の診療所を意味するクランケンレヴィアの略だ。フランス人被収容者たちは、薬もくれないこの施設をクランケンレヴィアなどと呼びたがらなかった。ほとんどの収容所で、レヴィアは被収容者が死ににいく場所だった。しかしライプツィヒでは、病気になった被収容者がいちばん必要としている休息を取ることができた。

「大丈夫、働けるわ」。ザザは言い張った。

エレーヌはザザをじっとみた。メンバーがひとり減るとチームの仕事がどれほど大変になるか、ふたりともわかっていた。ただでさえ、毎日のノルマを果たすのがやっとなのだ。七人のチームが一二時間で五〇トンの鉄の筒を運ばなくてはならない。ひとりあたり七トンだ。体が弱いジャッキーは、七トンも運ぶことができない。ジャッキーは二七歳のときに夫を戦争で亡くし、人生の荒波にもまれていた。ジャッキーはジフテリアを患っていた。今ではワクチンと抗菌薬のおかげで、むやみに恐れなくていい病気になったが、一九四〇年代には命に関わった。フランスに侵攻したドイツ軍が病気を持ちこみ、「喉を絞める天使」とあだ名されたジフテリアがヨーロッパじゅうに蔓延した。収容所でこの病気にかかれば死を覚悟しなくてはならない。喉に薄い灰色の膜ができ、息ができなくなるのだ。

ジャッキーは仲間と同じように働こうとしていたが、ときおり息切れがして手を止めなくてはならなかった。大好きなパリに帰りたい、近所のカフェにいって、たばこを吸い、ワインを飲みたい、それだけがジャッキーの願いだった。「船乗りと愛人が酔いつぶれるくらいのワインをね」。ジャッキーは低いかすれ声で言った。

ジャッキーがひどく息苦しそうにしているのが、ジフテリアのせいだということを仲間は知らずに手を貸していた。ジャッキーはこれまで何度も、それも長い期間、レヴィアにいっていた。これ以上レヴィアにいかせたら危ない、ということはみんなわかっていた。「弱った心臓」のことがプラウル司令官の耳に入ったら、ジャッキーは移送され、到着と同時にガス室送りになるという恐ろしい絶滅収容所にいくことになるだろう。

チーム全員が力を合わせなければ、とてもノルマは達成できない。でもザザの具合が悪いのなら、どうせ働けないのだから、レヴィアで休んでいたほうがいい。あとはみんなでなんとかしよう。なんとかするというのがどれほど不可能に近いことか、エレーヌにはわかっていた。

「平気だってば。今日は気分がいいの」。ザザは言い張った。

エレーヌはうなずいた。嘘だとわかっていた。エレーヌはうしろめたい気持ちになった。エレーヌたちが洗面所にいくとほかの女たちが場所をあけてくれた。ザザは顔に水をかけ、気持ちを引き締めた。

急いで列に並んで、ふたりのソ連人が運んできてくれた「コーヒー」を受け取る。悪臭を放つ黒い液体はコーヒーとは似ても似つかなかったが、唯一、温かいという長所があった。女たちは前の晩に隠しておいたパンを取り出し、全員の量が同じになるように、注意深く小さなかけらに分けた。

そして、収容棟の外に急いで並ぶと、点呼が始まる。エレーヌはザザを支えて歩かせ、司令官や看守に気づかれないよう、きちんと立っているようにみせた。看守たちには、役に立たない被収容者をつまみ出すという、邪悪な役目があった。監視員が点呼をさせている間、ふたりの女看守が目を光らせている。点呼は何度もくり返される。そばには監督官につながれた獰猛な犬がいて、女たちの足に向かって吠えかかったり飛びかかったりしている。よけそこねた女の足やかかとに犬がかみつき、血が流れると、監督官は声をあげて笑った。エレーヌの被収容者番号は四〇六三、ザザは四〇六二、ジョゼは四〇六五、ロンは四〇五九。長い点呼の間、互いに近くに立っていたことになる。

　監視員がひとりずつ、結果を報告する。ここにいる人数、診療所にいる人数、死者の人数。監督官が集計し、数が合うと、名簿にサインする。そして女たちは近くの工場に向かって行進を始める。

　エレーヌのチームの仕事は、パンツァーファウストの発射筒を鍛造し、電気炉で焼きもどすことだった。炉で焼きもどした発射筒は、手押し車に載せ、酸洗槽に運ばなければならない。エレーヌたちは被収容者の中でも若く、力があったため、いちばん骨の折れるこの仕事をあてがわれた。ひとりあたり合計七トンの材料を炉に入れ、焼きもどしたら炉から出すという作業を、一日一二時間続ける重労働だ。発射筒は摂氏六〇〇度で三時間かけて焼きもどす。すべての炉に材料を入れ、熱処理が始まると、つかのま休むことができる。

　作業は危険を伴った。手押し車にぞんざいに発射筒を積みこむと、荷崩れして落ちてくる恐れがあり、足の骨を折るけがにつながる。工場の別の場所では、パンツァーファウストの発射筒に充填する有毒性の高い爆薬を製造していた。防護服などだれも着ていなかった。ＨＡＳＡＧの工場で強制労働させられた人のうち、少なくとも五〇〇〇人が死亡した。

　その日、炉から出したばかりの熱い発射筒を手押し車に載せたとき、ザザはめまいがして、手押し車のふちにつかまった。不安定な手押し車が傾き、発射筒が転がって、ザザの手の指をつぶした。ギギたちは慌ててザザの指から発射筒を押しのけた。熱い鉄で焦がされた皮膚のにおいがした。

「ああ、ばかなことしちゃった」。ザザは涙を流しながら、仲間に何度も言った。「ほんとにドジね。ごめんなさい」

エレーヌは仕事を休むよう、ザザにもっときつく言うべきだったと思った。まともに働ける体調ではなかったから、こんな事故が起きてしまったのだ。エレーヌは頭にかぶっていたターバンをはずし、ザザの傷ついた指に巻いた。ドイツ人の現場監督フリッツ・シュトゥピッツは、ザザに診療所にいく許可をくれた。エレーヌはフリッツに小声で礼を言うと、ザザに言った。「仕事が終わったら会いにいくから」

そのあとエレーヌは必死で手押し車を数え、重さを計算した。仲間をせき立てては、そんな自分が嫌になったが、どう考えても作業は遅れていて、どうしたら時間に間に合わせられるだろうかと途方にくれた。現場監督の中にはノルマに厳しく、達成できなければ相応の罰を与える者もいた。ただでさえ少ない食事の量を減らしたり、髪を剃ったり、殴ったりするのだ。最悪の場合、チームごと絶滅収容所に移送されることもあった。

ライプツィヒに着いてすぐに、女たちはプラウル司令官の選別の恐ろしさを知った。ノルマを達成できなければ絶滅収容所に移送され、噂では到着してすぐに殺されるという。まず選ばれたのは子どもと妊婦だった。プラウルは、食料の配給を増やし、楽な仕事をあてがうためだと説明した。数週間は、みなその話を信じていた。プラウルは一六歳未満の子どもの名簿を作らせた。ところがその子どもたちはぼろぼろの古い服を与えられ、絶滅収容所に送られることになった。ナチスの記録によれば、七五人――幼い孤児や病人や妊婦（それぞれの妊娠月数がていねいに書き添えられていた）――がライプツィヒからアウシュヴィッツに移送され、そのほとんどが一九四四年八月二九日の到着時にガス室に送られた。[15] 移送され、生き残ったのはフランス人のシモーヌ・ジャンただひとりだった。

少女の中には年齢を高く偽り、この最初の選別を免れた者もいる。妊娠をある程度まで隠していた者もいたが、お腹が出てくるとすぐに移送された。数週間に一度、弱った者や死にかけた者が移送されていき、どうやら生産性がないとみなされた者が選別されるらしいということがわかってきた。疲れていたり、顔色が悪かったりすると、プラウル司令官に目をつけられ、選別された。工場で働く地元の市民に足元をみられ、三、四日分のパンと引き換えに口紅や頬紅を買う者もいた。しかし化粧が濃すぎるとプラウルに気づかれてしまう。「けばい女め、こっちにこい」と言って選別された者もいれば、化粧がみつかってその場で射殺された者もいる。[16]

　就業時間の終わりに、ノルマを達成できたかどうかを現場監督が確認する。ザザがけがをした日、エレーヌには達成できていないことがわかっていた。ところが奇妙なことが起きた。現場監督のフリッツがエレーヌの顔をみて、「ノルマ、ようし。整列」と言ったのだ。そのとき、エレーヌの心にぽっと希望の光が差した。この人はいい人かもしれない。人間らしい人かもしれない。もしかしたら逃亡を助けてもらえるかもしれない。

　その夜、エレーヌは収容棟の監視員に頼みこみ、ザザの見舞いにいかせてもらった。監視員が甘い物好きだとわかっていたのは幸運だった。同じ棟の女たちがこっそり貯めこんでいた砂糖を出してくれたのを、賄賂にした。

　診療所にいってみると、ザザのまわりに診療所で働くポーランド人の被収容者が集まっていた。フランス語でプルーストの話をしている。エレーヌのあっけにとられた顔をみて、ザザは「どうやらわたしはみんなが好きなだれかさんに似ているらしいの」と突然人気が出た理由を説明した。

「そう、かわいそうなイアンカにね」。ポーランド人のひとりが言った。

「マイダネクの強制収容所で死んでしまったの」。別のポーランド人がザザの巻き毛をなでた。「こんな青い目で、こんな金髪の巻き毛で……」

　ザザは診療所で親しくなったポーランド人たちにちやほやされながら数日を過ごした。ポーランド人は収容所でいちばん力を持っていた。親衛隊からひどい扱いを受けるのは同じだったが、ましな食べ物や、石けんや、暖かな服といったちょっとした贅沢品を手に入れることができた。ポーランド人たちは、ザザがイアンカでないとわかってはいても、イアンカによく似たザザの世話を焼けるのがうれしいのだった。ザザは食べ物や、木靴の中にぴったり入るフェルトのスリッパまでもらった。このスリッパが、のちの逃亡の際にとても役に立つことになる。いつも楽観的なザザは、あとでエレーヌにこう打ち明けた。「ね、結局はいいほうに転がるんだわ。もしわたしが指をけがしなかったら、あなたはフリッツと話をすることもなかったし、わたしは暖かいスリッパを手に入れられなかったんだから」

エレーヌとフリッツ

戦争の最後の年、捨て鉢になったドイツ軍は健康な兵を残らず前線に送り、工場の監督には民間人を雇った。そのような民間人は年齢層が高く、ナチスのプロパガンダに踊らされることもなく、息子や親族を失って打ちひしがれていることが多かった。敗色が濃厚な中、おそらく自分たちの戦後のことを考えていたのだろう。いずれにしても、ＨＡＳＡＧで現場監督をしていたドイツの民間人の中に、被収容者に「親切な」者がいたという記録が残っている。

生存者のひとり、フェリツィア・カライも、そのような話をいくつか記録している。あるユダヤ人の被収容者は、ドイツの民間人がパレスチナにユダヤ人の国ができるという新聞記事をトイレにこっそり置いておいてくれたという。年とったウィルヘルムという現場監督は、総統に忠誠を誓いながらも、毎日「娘たち」のために家から食べ物を持ってきていた。ところが一九四四年春のある日、女たちが工場にいくと、ウィルヘルムがロープで首をつっていた。そこにはいつもの食べ物と一緒に手紙があり、自分には敗戦の屈辱は耐えられない、ナチスは間違っていた、「きみたちを娘のように愛していたウィルヘルムじいさん」を忘れないでくれと書かれていた。[17]

ポーランド人の現場監督はメナのことが好きになり、メナがいつも使っている機械の横にちょっとしたプレゼントを置くようになった。あるときは工場の床に散らかっている鉄くずと針金で美しく飾った櫛だった。またあるときはジャガイモで、メナはそれを炉から出てきたばかりの赤々とした発射筒でしんぼう強く焼いた。[18]

ライプツィヒの工場は休みなく稼働していた。女たちは週六日は一二時間、日曜日は半日働いた。一週間昼間に働くと、次の週は夜間に働く。生産が中断されるのは連合軍による空爆のときだけで、女たちは地下のシェルターに避難させられた。苦しい仕事から解放されると大喜びで、女たちはにこにこと工場を出て、シェルターに駆けこんだ。連合国は勝ちつつあり、ナチスの敗北は目前だった。シェルターに入ると、女たちは地べたに座り、石造りの壁に寄りかかった。灯りは電球ひとつだった。たいていは、このときとばかりに眠った。ジョゼはザザの膝に頭をのせた。静まり返った中、爆弾が炸裂する轟音《ごうおん》がきこえ、地面が揺れるのを感じた。

エレーヌはザザと並んで座り、涼しい地下室のほのかな光の中、最後の一群が入ってくるのをみていた。その中にフリッツ・シュトゥピッツがいた。入口に立ち、疲れはてた女たちを見回しているのをみて、エレーヌは自分をさがしているのがわかった。ザザが言ったとおり、「エレーヌは一度みたら忘れられない顔をしている」のだ。ふたりの目が合い、エレーヌは軽くうなずいた。座っている女たちを注意深くよけながら、フリッツはやってきて、エレーヌの隣に座った。

長いこと、みんな黙りこくっていた。やがて、まわりにうながされて、ジョゼがシューベルトの旋律を歌いはじめた。シェルターは土と体のにおいでむっとしていたが、暗闇の中にやさしく流れる旋律を、だれもが楽しんだ。エレーヌはフリッツのほうをみなかったが、隣で耳を傾けているのがわかった。

突然、大きな爆発音がして、ジョゼの澄みきった声をかき消した。何人かが悲鳴をあげた。そしてまた静かになった。エレーヌは動じなかった。ふっと息を吐き、小声でフリッツに話しかけた。「あの音は、きっと直撃ね」

「おそらく車両基地を狙っているんだろう」

「そうね。わたしでもそうするわ」

「そんなことを考えていたのか？」

エレーヌはまずいと思ったが、フリッツの顔に笑みが浮かんでいるのがわかった。

「偉大なドイツ軍を打ち負かす方法を考えているんだな」。フリッツは続けた。

その言葉に、エレーヌはかすかな皮肉を聞き取った。「毎日考えているわ。あなたがわたしの立場なら、やっぱりそうするでしょう？」。エレーヌは声をひそめながらも、はっきりと言った。

エレーヌがそんな危険なことをおおっぴらに言うので、フリッツはもしかしたら驚いたかもしれないが、同時に感心もしたのだろう。話をするうちに、フリッツはエレーヌが自分より高い教育を受けていることに気づいた。

「技師なのか？」。フリッツは驚きを隠さずに言った。

「戦争が始まるまで、パリで研究をしていたの」

「でも、きみは——」。フリッツは言いかけてやめた。工場で強制労働させられている女たちは犯罪者や売春婦だときかされていた。しかしエレーヌが自分の研究について話すのをきくうちに、犯罪者でも売春婦でもないことがわかってきた。

白髪まじりのフリッツは、考えこみ、額に深いしわを寄せた。フリッツは整った顔立ちをしていた。この時代を生きるにはやさしすぎる人だとエレーヌは思った。繊細な顔をみれば、何を考えているかすべてわかる。新たに手に入れた権力をもてあそぶタイプの現場監督にはみえなかった。現場監督の中には女たちをどなりつけ、突き飛ばし、重労働をさらにつらいものにして苦しめるのに倒錯した喜びを見出す者もいた。発射筒を積んだ手押し車をひっくり返し、焼けた鉄の部品を積み直させたりするのだ。エレーヌは昼番のときにはよくフリッツが現場監督になるので、ありがたいと思っていた。のちにエレーヌは、フリッツが自分から進んでエレーヌのチームの担当になっていたことに気づいた。ほかのチームの女たちがもっと手ごわい相手から恐ろしい仕打ちを受けていることは知っていた。

　フリッツは礼儀正しく、謙虚だった。そういう人だということは、エレーヌも前から気づいていた。レジスタンス活動のチームに多くの人を勧誘した経験から、エレーヌは人の性格を見抜くのが得意だった。そしてザザがけがをした日のフリッツの対応――フリッツ自身にとっても危険な行動――をきっかけに、ますますフリッツに興味を持ち、希望さえ抱くようになっていた。

「わたしは――何？」。エレーヌは問い詰めた。フリッツが言おうとしていたことはわかっていた。

「なんでもない」。フリッツは首を横に振り、うつむいて自分の手をみつめた。「ただ、きいていたことと違ったから。きみたち全員について。ここに連れてこられた理由とか」

「わたしたちはみんな戦士なの、捕虜なのよ」。エレーヌは胸を張って答えた。「ここに連れてこられたのは、わたしたちが、自分の国を占領したファシストに抵抗した愛国者だからよ」

　フリッツは声をひそめて言った。「そもそもこの戦争は、最初から気に入らなかったんだ。あの男も嫌いだ」。ヒトラーのことだとエレーヌにはわかった。「おれには関係のない戦争だ」。ふたりは長い間みつめあっていた。お互いにわかりあえたと思った。やがて警戒解除のサイレンが鳴り、全員持ち場にもどるよう命じられた。

　エレーヌは空襲を心待ちにするようになった。申し合わせたようにフリッツと並んで座り、話の続きができるからだ。フリッツは労働組合のリーダーで、組合員の勧誘をしていたことがわかった。結婚していて、ひとり息子は東部戦線で戦死した。ラーフェンスブリュックにいたときに苦労して分解した、弾痕《だんこん》や血痕だらけの軍服の中に、フリッツの息子のものもあったのかもしれないとエレーヌは思った。フリッツの妻は空襲が激しくなってきたためライプツィヒを離れ、疎開していた。息子の戦死で、妻の心がずたずたになっていたこともあり、フリッツは故郷の小さな村にいる両親の元に妻を送ったのだった。妻の悲しみは自分の手には負えない、とフリッツは打ち明け、こう言った。「ほかにどうしてやることもできなかったんだ」

エレーヌは、第一次世界大戦で夫を亡くした女性を、母親が慰めていたときのことを思い出した。母親は「時間がお薬」というようなことを言っていた。

「きっと時間がかかるのね」。エレーヌはフリッツに言った。気持ちはあっても、人を慰めるのは苦手だった。

「みてもらいたいものがあるんだ」。フリッツは言った。

暗いシェルターの中で、フリッツは息子の写真を取り出した。フリッツの悲しみがエレーヌにも伝わってきた。たった一枚の写真なのに、悲しみのせいで、パンツァーファウストの発射筒を受け取ったときのように重く感じられた。この戦争について、自分たち被収容者と同じように感じているドイツ人はたくさんいるのだということを、エレーヌは実感した。

エレーヌも自分の家族の話をした。それから好きな音楽や食べ物の話になった。フリッツは読書家だったので、お気に入りの作家や詩人についても話した。そのひとりがリルケで、フリッツは「奇妙な詩人」と呼んだ。息子を亡くしたときに、リルケが大きな心の支えになったのだと言う。そしてエレーヌに詩の一部を暗唱してくれた。

戦争が終わったら何をしたいかという話もした。フリッツは村の農場に帰りたいと言った。そして妻さえその気になってくれたら、子どもが欲しい。「妻には無理な相談かもしれないが」。フリッツは静かにつけ加えた。

「わたしはまた研究にもどりたい。数学の研究を続けたいの」。エレーヌは言った。

「子どもは？」

「さあね」。エレーヌは首を横に振った。「この世界に子どもを送り出すことを想像する気にはなれないわ」

　エレーヌが技術者だと知って、フリッツは工場にある六つの炉のサーモスタットを管理する役目を任せた。フリッツにはそれが兵器製造の妨害につながるおそれがあることはわかっていたし、エレーヌは実際に妨害した。エレーヌはサーモスタットの計器をいじって温度を高くみせかけておいて、加熱の途中で炉を止め、最後に再び炉の温度を上げた。すると、焼きもどしが終わった発射筒が真っ赤に燃えているから疑われることはない。しかし加熱の途中で温度が下がっていた発射筒は、酸洗槽に浸しているときか、最初に使用したときに粉々になり、引き金を引いたドイツ兵を死に至らしめる。

　パンツァーファウストの不良品が暴発し、兵士が負傷したという知らせが、ナチスの上層部に届いた。機械の点検のため、何人かが工場に派遣された。彼らを緊張して迎え、案内したのは工場の現場監督長をしているドイツ人技師で、エレーヌがなるべく避けている嫌なやつだった。一行はエレーヌがサーモスタットを管理しているブリッジにやってきた。ここから、工場のあちこちで行われている作業をみることができるのだ。女たちの多くは端布で作ったターバンで頭を包み、袖をまくっていた。だれもが汗にまみれ、汚れていた。自分たちがみられているのはわかっていたが、だれも視察官のほうをみなかった。機械が耳をつんざくような音を立てている。

「機械には何も問題はありません」。現場監督長が、負けじと大声を出した。「供給される原材料の質が悪いのです」

「努力が足りないのだ！」。視察官は鋭く反論した。「言い訳などききたくない」

エレーヌは、一行が下でやっていることにあまり注意を向けないことを願った。ザザとジャッキーが炉から発射筒を出し、酸洗槽に運ぶため、手押し車に積んでいる。発射筒は本来ほど熱くなっていない。ザザがけがをして以来、エレーヌは片手で働かなくてはならないザザのために、発射筒があまり熱くならないように細工していたのだ。まさか視察官がくるとは思ってもいなかった。

すぐに次の炉の焼きもどしが終わる。エレーヌは温度を上げ、炉が開いたときに発射筒が真っ赤に燃えてみえるようにした。仲間に声をかけて注意をうながすわけにもいかない。下からフリッツが、ぞっとしたような顔でこちらをみている。もう少し感情を表に出さないようにしてくれればいいのにとエレーヌは思った。

「おまえは何をしている」。視察官がどなるようにエレーヌに言った。騒音に負けないよう、こちらに身を乗り出してくる。エレーヌは男との距離が突然縮まってぎょっとする。

「炉の管理をしています」。エレーヌも大きな声で答えた。

「なぜそんな仕事を」

「技術者ですから」

視察官は笑いだした。「自分のことを技術者だと言っているぞ」。視察官が仲間にエレーヌの言葉を伝えると、一行も合わせるように笑いだした。

「それなら技術者として、自分が何をやっているか説明してみろ」。視察官はまた身を乗り出して、小さな子どもに話しかけるように言った。

「よくわかりません」。エレーヌは肩をすくめた。「言われたとおりにしているだけです。この針がこの数字を指すようにするのがわたしの役目です」

視察官はエレーヌの肩をぽんとたたいた。「いい子だ。祖国のためにしっかり働けば、きっと解放されるからな」

男たちが女を見下すのを逆手に取り、有利にことを進めるのは簡単だとエレーヌは思った。視察官たちは、この工場で妨害活動が行われているとは夢にも思わないだろう。腹ぺこで愚かな女たちに、そんなことができるわけがない。エレーヌは一瞬、幸せを感じた。自分はまだ抵抗できる。この妨害活動のおかげで、自分はまだ役に立っている、生きていると感じることができた。

次の日、フリッツがジャガイモを持ってきてくれた。エレーヌたちはそれを炉から出したばかりの熱い発射筒で焼いた。ごちそうだった。ふだんは食事は一日一回で、たいてい味の薄いスープだった。フリッツは、エレーヌがうまく切り抜けたことをこっそり祝ってくれたのだ。

エレーヌは思いきってフリッツに、逃亡を助けてほしいと頼んだ。これまで暗黙の了解だったことを、はっきり言葉にしたのだ。ふたりは暗い地下シェルターで、方法を話し合った。フリッツはエレーヌに前線の最新情報を知らせた。そして近いうちに工場での仕事を辞めるつもりだと言った。妻のいる村にもどるのだ。すべてが崩れ落ちる瞬間に、いあわせたくなかった。「偉大な総統が失脚したとき、みんながどんな行動に出るのか、わかったもんじゃないからな」

フリッツはシェルターの土の床に、指で地図を描いた。ライプツィヒからみてフランスとの国境はどの位置にあるのかを示し、エレーヌが逃亡したときにどちらの方向を目指せばいいかを教えた。そしてだれにもみられないうちに床の土を手で払った。

フリッツとの間に、「そういうこと」は何もなかった、とエレーヌはわたしに言った。そしてこう続けた。「当時はだれもそんな気持ちになれなかったの。とても無理だったわ。でもね、今でもフリッツには感謝しているの。どんなに悪い状況のときでも、いい人はいるものね[19]」

聖カタリナの日

一九四四年八月四日、一二〇〇人のポーランド系ユダヤ人がライプツィヒに到着した。ナチスが労働力を必要としていたため、すぐに絶滅させられる代わりに、強制労働に選別された女たちだった。一口にポーランド系ユダヤ人といっても、さまざまな者がいた。ワルシャワのゲットーからきた者、マイダネクの強制収容所からきた者、地方の小さなユダヤ人町からきた者も大勢いた。その後、アウシュヴィッツから小規模なグループが到着し、一二月にはハンガリー系ユダヤ人が移送されてきた。ユダヤ人の被収容者たちはほかのどのグループよりも配給される食料が少なく、生活環境が劣悪で、過酷な仕事を与えられた。そして、すでにどのグループよりも大きな心の傷を負っていた。大量虐殺に遭い、集団自殺を目撃し、からくもガス室を免れてきた。おそらくそのだれもが愛する人を目の前で失っただろうし、生きているだけで運がいいと思っている者もいただろう。

フランス人被収容者たちは、ユダヤ人に手を差しのべた。それは何人かのユダヤ人が六歳から一三歳までの娘を連れてライプツィヒにきたからだった。フランス人は娘たちを収容棟に招き、貴重なチョコレートなど、隠しておいた食べ物を与えた。そして遊び相手になり、かわいがった。母親たちはその親切に心打たれた。フランス人の中には、かつてのジョゼのように、ユダヤ人の子どもをかくまって逮捕された者もいた。ユダヤ人家族の逃亡を助けるためにレジスタンス活動に加わった者もいた。自身もユダヤ人で、それをナチスから隠していた者もいた。フランス人とユダヤ人の間に友情が生まれたが、言葉の問題があった。フランス語のほかに英語、ドイツ語、ロシア語、ポーランド語が話せるエレーヌは、よく仲介と情報収集の役を買って出た。

プラウル司令官は、ライプツィヒの被収容者を国籍、人種、文化によって分断しようと努めていたが、女たちがうまくその境界を越えることもあった。そしてちょっとした抵抗を試みた。一九四四年一一月一一日、女たちは数分間、完全に作業を停止した。第一次世界大戦の休戦を記念して、犠牲者に黙禱したのだ。エレーヌがサーモスタットに細工をしたように、工場のあちこちでさまざまな妨害活動が行われていた。発射筒を酸洗槽に浸ける時間を短くしたり、民間人に頼んで手紙を送ったり、フランス国歌『ラ・マルセイエーズ』や軍歌を歌ったりもした。ライプツィヒにはノルマがあった。ノルマ以上の仕事をすると、クーポンがもらえ、食堂でサーディンの缶詰やパン、たばこ、歯ブラシ、櫛などと交換できた。しかしフランス人はこの報奨制度を利用せず、自分たちは必要最低限の仕事しかしないし、状況さえ許せばその仕事さえ手を抜くと言いきった。

　被収容者の多くが、一一月二五日に自分たちが聖カタリナの日を祝ったことを、誇らしげに述懐する。昔は未婚女性が美しく飾りつけた帽子をかぶり、村の通りで踊った伝統的な祝日だ。戦争前にはだんだんすたれ、パリのファッション界で帽子やオートクチュールの店が自慢のデザインをお披露目するくらいになっていた。戦争前にパリのオートクチュールの店でお針子をしていた何人かの被収容者がお祝いをしようと言いだした。何週間も前から、女たちは時間をみつけては帽子作りにいそしんだ。既婚の女が未婚の女を手伝って、なんの材料も手に入らない状況で作り上げた帽子は、驚くほどみごとだった。ロンはこう書いている。「フランス人は信じられないほど創意に富んでいて、何もないところから――マットレスの麦わらや、端布、紙切れ、歯ブラシ、たまたまみつけた針金や木切れ、つまりは手に入るものはなんでも利用して――なんとも美しい帽子やボンネットを作り、ヘアスタイルまでとても手がこんでいた[20]」。帽子は形も色もさまざまで、羽根や紙で作った花や鳥、リボン、鎖、ガラスの破片などで飾られていた。まさに壮観だった。メナは、捨てられたがらくたから自分たちがあれだけの物を作り出したことを思い出すたびに感心すると言い、この仲間との団結が、何よりも自分を支えてくれたと話していた[21]。

メナが作ったのはロマンティックなターバンで、側面に紙で作ったブドウが飾られていた。ジョゼはスペインの民族衣装で使う大きな櫛を黒いレースで飾った。上にカゴがのっていて、中に白い鳥が入っている帽子もあった。頭の上に厚紙で作ったエッフェル塔をつけている女もいた。お祝いはフランス人の収容棟で始まったが、すぐにほかの棟にも広がった。帽子をかぶった女たちが手をつないでファランドールを踊りながら歌い、収容棟から収容棟へとこっそり巡っていった。ウクライナ人、ロシア人、ポーランド人、ユダヤ人を訪ね、診療所にいる病人のところまでいった。だれもが帽子をみたがった。看守や監視員までがそのできばえに感心し、一緒に手をたたいて夜までお祝いさせてくれた。翌日はみんなへとへとだったが、そんなことは気にならなかった。自分たちがまだ生きていて、単調な労働以上のことができるとわかったからだ。

　政治犯たちは、さまざまな国や民族の祝日を利用して、連帯を育てていった。行方のわからない子どもの誕生日をみんなで祝った。フランス人の被収容者は、親のいないユダヤ人の子ども——一六歳未満（中には九歳の子どももいた）で、年齢を高く偽っている子どもたち——の「お母さん」になっていた。そして自分の養子のために食べ物を取っておき、プレゼントした。ユダヤ教のあがないの日には、断食しているユダヤ人の力になった。

クリスマス

　一九四四年の秋、ライプツィヒでは連合軍による空爆が続いた。毎日昼になるとドイツ国防軍の華々しい勝利を放送していた工場のラジオが、九月に突然静かになった。ドイツ軍が負けているからだと女たちにはわかった。

　九人グループの最後のふたりが、九月に到着した。そばかすと緑の瞳が印象的なニコルは、二二歳の誕生日の翌日にゲシュタポに逮捕された。知的で意志の強いニコルは、レジスタンスで優秀なスパイとなり、当時の若い女性にはめずらしく、リーダーを任されていた。パリからドイツに向かう最後の移送列車に乗せられたとき、ニコルとジャッキーには連合軍がパリ郊外を爆撃している音がきこえていた。パリ解放まであと数日だった。ニコルはクリスマスまでには家に帰れると信じ、収容所の仲間にもそう請け合った。しかしその間にも食料は減り、工場での作業はますます過酷で忙しくなっていった。

一一月も末になると、有刺鉄線の向こうに広がる野原は雪の毛布におおわれた。日曜日にはライプツィヒに住むドイツ人が家族連れで外の道を散歩した。よちよち歩きの子どもと手をつないだり、赤ちゃんをベビーカーに乗せたりした人たちは、柵の反対側にいる奇妙な生きものを、縞模様のぼろ布をまとい、檻の中で飢えている女たちを眺めた。

北極からの風は刺すように冷たく、罰は残酷さを増した。毎日の点呼は永遠に続くように思えた。しかし女たちの心はしっかりしていた。クリスマスには家に帰ると決めていたからだ。希望ではなく当然のこととして、あと何週間、あと何日と指折り数えていた。

一二月半ばになると、日が短くなり、日の光が弱まった。点呼は暗い中で行われた。一九四四年の一二月は、ヨーロッパの歴史に残るほどの寒波に襲われた。風は容赦なく吹きつけ、くたびれた服の縫い目のひとつひとつから入ってきた。収容棟の窓の割れ目や壁板のひび割れからも吹きこんできた。凍えた体を休めて眠りたいと思っても、ひどく冷たい風が心の中に入りこんできた。ドイツ軍が盛り返し、攻勢に出たというニュースが流れた。アルザスを奪還し、アルデンヌを奪還した。クリスマスに帰れないことは明らかだった。

同じ収容棟にいたリーズ・ロンドンは、この時点で多くの被収容者が諦め、心を閉ざしたと書いている。そのような心理状態は命に関わる。最初の兆候は、体や服を洗わなくなることだ。被収容者たちは「ソーシャルワーカー」のチームを作り、兆候が現われた仲間にお節介を焼いた。家で待っている子どもや家族のことを思い出させた。もうへとへとで服なんか洗いたくないのね、代わりに洗ってあげるわと話しかけた。相手が黙りこみ、どんな手助けも拒むようになると、「ソーシャルワーカー」たちは無理やり服を脱がせ、服も体も洗ってやった。この結束とお節介で、絶望した女をほぼ間違いなく立ち直らせることができるのだとリーズは書いている[22]。

リーズたち「ソーシャルワーカー」チームがクリスマスのお祝いをしようと言いだしたとき、激しい反発に遭った。どなりつけられた。

「もうクリスマスの話なんかしないで！」

「何も考えずに、とにかくその日をやりすごしたいのよ！」

「もう一生ここから出られないんだわ！」

「兄弟や夫や父親がアルデンヌで死にかけているのに、お祝いなんかできるわけないでしょう」

しかし収容棟の中でも、若い女たちは、九人も含めて乗り気になった。「クリスマスをお祝いするのは、ここで過ごす最後のクリスマスだからよ。わたしたち、春には自由になるんだから」

毎晩、一二時間の労働と長時間の凍えるような点呼が終わると、女たちは体の痛みと空腹に耐え、看守たちが居住棟に引きあげるのを待ちかねて、足音をしのばせて収容棟のあちこちに集まり、リハーサルをした。あるグループはコーラスを、別のグループは芝居を、別のグループはダンスを準備していた。

話題はもっぱらクリスマスパーティと準備のことだった。寒さと、飢えと、点呼のたびに女たちをおおいつくす雪にもかかわらず、収容棟は活気づいていた。かき集めたがらくたで、プレゼント作りが始まった。ついにこの場所を離れる日がきたら、家族に何か持って帰りたいと思っていた。ロンは兄エリックのために、『知恵と美の宝箱』と題した小冊子を作った。メナはジンカの子どものために

ダッハウに向け行進する被収容者たちをひそかに撮影した写真

小さなテディベアを縫った。ジンカとザザは、薄っぺらいマットレスから破り取った布切れと糸と紙を編んで、それぞれ夫のためにシガレットケースを作った。ニコルとギギは詩を書いた。ベルトつきの小さなポーチと詩の小冊子を作り、クリスマスに交換することにした。

一九四五年一月、厳しい寒さの中、アウシュヴィッツから死の行進をしてきたユダヤ人の一団が、ライプツィヒにたどり着いた。その混乱と混沌に乗じて、エレーヌの収容棟のフランス人被収容者が、ユダヤ人の服から黄色い星をはぎ取り、収容棟にかくまった。女たちはなけなしの食料を分け与えた。ユダヤ人たちがやってきたことで、ガス室の噂が本当だったことがわかった。ドイツ軍が大慌てでアウシュヴィッツから撤退し、悲惨な死の行進が始まったこともわかった。そのおかげで数か月後に自分たちも経験することになる死の行進に備えることができた。

四月上旬、また空襲があり、エレーヌとフリッツは地下シェルターで並んで座って、気づかれないように言葉を交わしていた。フリッツが小声で言った。「さあ、手を出して」。そしてコートの下から布でくるんだ包みを取り出した。エレーヌはそれをみずに、服の中に作っておいた大きなポケットにすべりこませた。何かわからないが、重くて大切そうな物だった。

「書類は手に入らなかった」。フリッツはそっと言った。偽造書類を手に入れられるか試してみようと話をしていたのだ。エレーヌはザザの書類も頼んでいた。だが望みが薄いことはふたりともわかっていた。「無理だった」

「書類なしでなんとかやってみるしかないわね」。エレーヌは答えた。

フリッツがこちらを向くのがわかった。そしてこう言った。「明日、出発する」

「奥さんのところへ?」。喉にこみあげるものがあった。お別れなのだ。

フリッツはうなずき、土の上に地図を描くと、故郷の村の場所を示し、その名前を何度もくり返した。そして線をかき消すと、せかすように言った。「ここを出るんだ。できるだけ早く。もっとひどいことになる」

ふたりは顔を見合わせた。エレーヌは何か言いたかったが、自分の気持ちを正直に伝えるのはいつも苦手だった。

「すべてが終わったら、」。フリッツは言葉が喉に引っかかっているように、ゆっくり言った。「どうか無事を知らせてくれ」

「わかったわ」。エレーヌは約束した。

あとで包みを開けてみると、フリッツからの最後の贈り物はワイヤーカッターだった。

死の行進

終戦間近の一九四五年一月から五月、ドイツ軍の戦況が悪化する中、親衛隊は最後の力を尽くして、敵の襲来前に収容所から撤退しようとしていた。みずからの犯罪の証拠を抹消するため、書類を焼いた。ヒトラーは被収容者はひとりとして生きて敵に渡してはならないと命じた。「消して」しまうか、撤退させるかだ。親衛隊は多くの被収容者を殺し、あとには死体の山が残酷な証拠として残った。そのほかの被収容者たちは死の行進に駆りたてられ、はじめのうちは国境からなるべく離れた別の絶滅収容所へ、そして最後には明らかな目的地もなく歩かされた。

敗北が近いことを悟ったヒムラーは、話し合いによって出口をみつけようとした。そして価値のある被収容者、重要人物を選別した。まだラーフェンスブリュック強制収容所にいたジュヌヴィエーヴ・ド・ゴールもそのひとりだった。一九四五年二月、ジュヌヴィエーヴは地下シェルターに隔離され、保護拘置のような状態になっていた。ヒムラーは残った労働力で偉大なナチ軍を再構築すると公言していたが、おそらく被収容者を対価や見返りとして利用できるかもしれないと考えていたのだろう。いずれにしても、被収容者を収容所から収容所へと移動させるのは、とても道理にかなったこととは言えなかった。アウシュヴィッツからラーフェンスブリュックまで、何千人もの被収容者を行進させ、到着と同時に殺すなど、まったく筋の通らない話だ。

死の行進がたどったルートは、理性を失った断末魔のようにドイツを縦横に走っていた。戦後、目撃者の証言をもとにその記録が注意深くまとめられ、それぞれの行進の地図、通った町のリスト、一日の移動キロ数、死者と生存者の数がわかるようになっている。欄外には「ガルデレーゲンの納屋で生きたまま焼かれる」、「畑で一〇人が機関銃によって射殺される」、「共同墓所が近くにあると言われている」といった注が書きこまれている。推計によると、一九四五年はじめに収容所にいた生存者七一万四〇〇〇人のうち、二五万人が一月から五月までに強制撤収させられ、雪や寒さ、雨の中で、食べ物もなく、屋根もなく、まともな靴も服もないまま、死んでいった。[23] 飢餓レベルの栄養状態で何年も収容所に押しこめられ、病気を抱え、精も根も尽き果てて息絶えた。[24] 倒れたり、歩けなくなったりすれば、銃殺された。

四月一〇日と一一日、ライプツィヒのＨＡＳＡＧ強制労働収容所は連合軍による空襲で壊滅的な被害を受けた。被収容者にも死者が出て、死体は瓦礫に埋もれていた。収容所は大混乱に陥り、食料の配給が止まった。連合軍が四方から迫る中、親衛隊員たちの危機感が募っていくのが女たちにもわかった。収容所と工場の敷地が爆発物で囲まれているという噂が立った。そこに残っている証拠を人間もろとも吹き飛ばす計画だというのだ。

管理上、一九四四年六月から、ライプツィヒ強制労働収容所はおよそ一二〇キロメートル南西にあるブーヘンヴァルト強制収容所の付属収容所になっていた。四月一一日、ブーヘンヴァルトの被収容者たちが、監視塔にいた重装備の親衛隊員を襲い、午後三時一五分にみずからを解放した。その後まもなく、アメリカ第四機甲師団に派遣されたフランス軍のエマニュエル・デザール中尉とポール・ボド軍曹がブーヘンヴァルト強制収容所に入った。そして収容所の正確な位置をアメリカ軍に報告した。自由になった被収容者の何人かは、武装して門から出たところで、陸軍ジープに乗ったふたりのユダヤ系アメリカ兵、エゴン・Ｗ・フレックとエドワード・Ａ・テネンバウムと出会った。ふたりはのちに次のように書いている。「角を曲がり、本通りに入ると、ぼろを着て腹を空かせた男たちが何千人も、きちんと整列して行進していた。東に向かって……男たちは笑って手を振った」[25]

ブーヘンヴァルト解放の知らせはライプツィヒのプラウル司令官のもとにも届いた。プラウルは親衛隊のほかの指揮官たちとともに、慌てて戦争犯罪の証拠を隠して回った。重要な書類は焼却処分したが、勇気ある被収容者オデット・ピルプルが火の中から有罪証拠を救い出した。

四月一三日の夜、ライプツィヒ強制労働収容所では、五〇〇〇人の女が外に集合するよう命じられた。寒く、冷たい霧雨の降る夜だった。空気は不安と混乱に満ちていた。女たちはわずかな大切な持ち物の包みをしっかり抱えていた。大急ぎで食べ物が配られた。数切れのパン、テーブルスプーン一杯分のマーガリン、四杯分の嫌な臭いのするミートペースト。ふだんの飢餓食より多かったが、それが最後の配給になるとは、だれも知るよしもなかった。パンツァーファウストのパンフレットも配られ、トイレットペーパー代わりに使うように言われた。[26] 九人はなるべくくっつきあっていた。「はぐれちゃだめよ」。ロンは仲間に声をかけた。

一九四五年四月一四日午前二時、女たちは列になって収容所の門を出て、東に向かったが、目的地はわからないままだった。のちにザザが書いているように、だれもが「巣を壊されて慌てているアリのようだった」という。[27] 五〇〇〇人が一〇〇〇人ずつのグループに分けられ、一〇〇人ずつの班になって五列で歩いた。列を整えるために歩いては止まった。時にはうしろむきに歩かされ、時には早足になり、ときおり突然止まれと言われた。暗闇に目が慣れてくると、夜空に輝く星がみえた。ドレスデンの方角を示す標識を通りすぎた。

星空の下で過ごす最初の夜、ザザはたしかな解放感を味わっていた。九人でうまくはぐれずにいる。終戦はもう目の前にある。ドイツはまもなく敗北するだろう。あと少しの我慢だ。

はじめは体がこわばっていてうまく動けなかった。出発まで、寒い場所でずっと待たされていたからだ。ジョゼのように、夜勤だった者もいる。手押し車に載せた書類をたき火まで運ばされて、二日近く睡眠をとっていなかった。しかしだんだんペースが上がってきた。やわらかな風が吹き、新鮮な空気を吸うことができた。

だが、用を足すのは不可能といってよかった。列から一歩でもはずれれば、銃殺されるからだ。様子をうかがい、列が止まる瞬間を待ち、見張りが気づかないよう祈る。それしかチャンスはない。作業ズボンを留めているベルトをすばやくゆるめ、仲間が見張ってくれている間に、その場にしゃがみこむのだ。

夜明けには風が強くなった。寒くなり、女たちは薄い毛布を頭からかぶって行進を続けた。ザザは、女たちを追い立て、突き飛ばしていた見張りの姿がみえず、どなり声や遠くの機関銃の音もきこえなくなっているのに気づいた。まるで夢の中にいるような心地で、率先して声をかぎりにユースホステル時代のキャンプの歌を歌った。ルネと肩を並べてハイキングした日々を思い出しながら。九人のグループがなんとかはぐれずにいるのがうれしかった[28]。

ザザと並んで歩くのは、勇敢なジンカ、姉御肌のロンと物静かなギギというふたりのオランダ人、そして気まぐれなメナだ。ザザのうしろには、エレーヌと美しいジョゼ、息苦しそうなジャッキー、そしてジャッキーと一緒に九月に到着したニコルが並んでいる。ニコルは肺炎にかかっていて、歩くのもつらそうだ。それでもみんなで診療所に迎えにいき、無理やり連れ出してきた。収容所が吹き飛ばされるなら、残っている者はみな殺されるだろう。

一〇〇人の班には、銃を持ったふたりの親衛隊員と、鞭を持った女看守が見張りについていた。親衛隊員のうち、「ろくでなし」と呼ばれている男は、行進が始まったばかりのときにニコルを何度か平手打ちした。熱でもうろうとして、列をはみ出したからだ。もうひとりの親衛隊員は、自分が知っているかぎりの情報を教え、女たちを励ましてくれたため、「親切なほう」と呼ばれた。一日目、女看守が鞭をベルトにはさみ、花を咲かせた枝を手折った。女たちはそれを明るい前兆ととらえた。季節は春で、陽差しは暖かだった。道ばたの木には花が咲き、平坦な田園地帯には雪が解けたばかりの畑に顔を出し始めた緑の草の香りがあふれていた。

日が高くなると、同じように道を歩いているドイツ人が目に入った。トラックにぎっしり乗っていたり、荷物を満載にした自転車や、樽を積んだ荷車や、家財道具を山積みにした手押し車を押していたり、荷物を抱えていたりする。女たちは子どもの手を引き、年寄りは疲れて不安そうな顔をしている。一九四〇年のドイツ軍のパリ侵攻を経験し、フランスじゅうの道が避難民であふれた光景を覚えているフランス人被収容者たちには、何が起きているのかわかった。ドイツ人が逃げだしている。戦争に負けたのだ。

ドイツの村人たちが外に出て、飢えてひどいありさまの女たちの行進を見送った。グレーと青の囚人服はぼろぼろで、木靴を履いた足は傷だらけで血がにじみ、疲れはててよろめき、倒れ、仲間同士で助け起こし合っているその体には、殴打と窮乏のあとが残っている。ひとりの老婦人の横を通りすぎたとき、ニコルは婦人が顔をおおい、「末代までの恥だわ」と言うのをきいた。[29]

一二時間近く歩き、ヴルツェンという村の郊外までできた。休憩しようと野原に入ると、すでに男の被収容者たちが大勢いた。やはり死の行進の途上なのだ。男たちはぼろきれの山の中で眠っていた。女たちも輪になって地面に倒れこんだ。二時間後、連合軍の激しい空爆が始まって、ようやく目を覚ました。地面が揺れ、土や小石が飛んできた。歩き疲れ、腹を空かせていた女たちは、荷物で頭を隠してまた眠ろうとした。まわりではパニックを起こした被収容者たちが、てんでに逃げ惑っていた。暗く冷たい夜空の下、悲鳴と泣き声が響きわたり、大混乱が起きていた。一度、爆撃機が地上掃射し、銃弾がジョゼのリュックサックに穴をあけた。ジョゼが寝ていた場所からほんの数メートルしか離れていなかった。ジョゼはぞっとした。銃弾が自分に当たっていたかもしれないのだ。ジョゼをなだめるのは大変だった。

突然、耳慣れたドイツ語の怒声がきこえてきた。見張りが鞭を振っている。立ち上がり、また行進を始めろと言っている。五〇〇〇人だった行列は、野原で一緒になった男の被収容者たちも加わって、倍になっていた。

はじめのうちは、また動けることがうれしかった。ザザはジンカに、数週間前にライプツィヒでたずねた質問をまた投げかけた。「ねえジンカ、もし兵士になったら、怖いかしらって話をしたの、覚えてる？」

あのとき、収容棟で服を洗っていると、空襲警報のサイレンが鳴ったのだった。まわりの女たちは、慌ててシェルターに向かった。しかしジンカが急ぐそぶりをみせないので、ザザは駆けだしたい気持ちをこらえて一緒にいた。最初の衝撃音がきこえ、振動を感じても、ジンカはじっとしていた。どこか近くに爆弾が落ちたのに。

「あなたは怖いの？」。そのときジンカはザザにたずね返した。冷静で、まったく怖がっていない。「兵士になって、撃たれるとしたら」

ザザは笑って言った。「わかったわ、あなたは怖くないのね！」

本物の兵士のように地上掃射を経験した今、ザザはジンカに同じ質問をした。ジンカはすきっ歯をみせて笑い、肩をすくめた。「もしかしたら、もう何も感じないかもしれないわね」。ジンカの声は、その笑みと同じように、悲しみをたたえていた。

行列はヴルツェンの村に入る。空からの攻撃を避けるため、建物の壁に身を寄せるようにして歩く。ドイツ人の死体をふたつ、通りすぎた。体じゅう血だらけで、金髪の頭に血がたまっていた。

一日歩き続け、夜になっても歩き続けた。午前三時、エレーヌは親切なほうの見張りに近づいて、情報を得ようとしたが、何も知らないと言われた。見張りも疲れきった顔で、今はただ歩き続けるしかないとエレーヌに言った。

それは、ザザがのちに「星の夜」と呼んだ、行進の中でもとりわけつらい夜だった。寒さが厳しくなった。粉雪が舞う中、重い足取りで進むうち、薄い服とコートの下で、体は凍えきっていった。コートの背中には、逃亡しても一目でわかるよう、白いペンキで大きく「×」が描かれていた。体じゅうが痛み、足には血がにじむ。道ばたには力尽きて死んだり、列からはずれて頭を撃たれたりした被収容者の死体が転がっていた。血を流す者、苦しむ者、死にかけている者を何人も通りすぎた。骸骨のような死体を通りすぎた。ぞっとするような凍りついた目で星を見上げている死体をいくつも通りすぎた。ザザは、死んだ女の顔を雪がまるでベールのようにおおっているのをみた。女たちは行進を続け、時には互いに支え合った。倒れれば確実に死ぬからだ。ロンが言った。「わたしたち、試されてるのよ」。深く考えずに口にした言葉だったが、生きる意志があるかどうかが問われる究極の試練のように感じていた[30]。

一度、エレーヌがザザにうなずきかけ、今逃げようと訴えたが、ザザは断った。疲れきっていたのだ。

ライプツィヒを出てから二四時間以上、何も口にしていなかった女たちは、幻覚をみるようになった。

「ねえ、あの塀の上に男の人が座って新聞を読んでいるようにみえるんだけど、本物かしら」。エレーヌが言った。その男の人が亡くなった祖父にそっくりだということは、言わずにおいた。

「気のせいよ。考えてもごらんなさい。この雨と雪じゃ、新聞なんかぐしょぐしょになってるはずよ」。ロンが答えた。

ザザは大聖堂の尖塔をみたと言い張ったが、ジンカが言った。「いいえ、ただの高い木よ」

しばらくして、ジョゼが列からはみ出した。一日の仕事が終わったあと、マルセイユの家に歩いて帰っているつもりなのだ。ジョゼにはアパートの灯りがみえた。自分の部屋のドアはすぐそこだ。ジョゼにははっきりみえていた。メナが必死でジョゼを連れもどした。

「帰らせてよ！」。ジョゼは泣き声をあげた。「お願い、帰らせて！　家に帰りたいの！」。しかし疲れきっていたジョゼに、あらがう力は残っていなかった。メナとジャッキーが両側から抱え、一緒に歩くうちに、ジョゼは正気に返り、厳しい現実にもどって涙を流した。

そんな風に二八時間歩き続け、ようやくオーシャッツ郊外まできた。ライプツィヒから東に六〇キロメートルの町だ。たそがれの中で、男の被収容者たちが親衛隊に駆りたてられるのがみえる。絶叫と銃声がきこえる。突然目の前に、撃たれた男たちの体の山が現われ、その上を歩かされる。犬と親衛隊が見張っていて、よけられないようにしている。血を流し、死んでいく男たちの体に足をとられる。

有刺鉄線で囲まれた畑に着いた。ようやくここで休むことが許される。遠くの煙突から煙が出ていて、だれかが死体焼却炉だと言うが、ジンカが言い返す。「噂話はもうこりごり。だれかの家の煙突でしょ」

第三章　ニコル

一九四五年四月一五日の朝、オーシャッツ郊外のあちこちの畑では、強制収容所から出てきた八〇〇〇人から一万人の被収容者が休んでいた。そのまわりで、親衛隊員が見張っている。町の人々はすでに数日間、被収容者の悲惨な行進を目にし、迫りくる赤軍の砲撃の音を耳にしていた。人々は木を切り倒し、赤軍の戦車を町に入れまいとした。警戒感が高まり、飢えた被収容者と、猛り狂ったソ連軍にはさまれて、攻撃され、殺され、略奪されるのではないかと恐れていた。親衛隊員は住民の敵意を感じ取り、ますますパニックに陥った。数ではとうていかなわない大勢の被収容者を管理するため、残虐な行為に走った。

　食料と水の配給がもうないということは、だれの目にも明らかになっていた。ドイツ兵には被収容者を食べさせる手段がもうないのだ。見張りの顔に浮かんだ恐怖の表情から、計画さえないことが見て取れた。疲れと寒さと空腹と渇きが極限に達した女たちは、地面に倒れこみ、体を丸め、身を寄せ合って暖を取った。うとうととしては体を震わすということを数時間くり返したが、眠ることはできなかった。あらゆる筋肉がうずいた。足はすりむけ、血がこびりついていた。夜が明けると、ロンとザザは立ち上がり、支え合うようにして水をさがしにいった。だが水はどこにもみつからなかった。

エレーヌが声をひそめてザザにたずねた。「元気になった？　次は一緒に逃げてくれる？」

ザザはほかの仲間にも声をかけたかった。みんなで一緒に逃げたかった。しかし、ザザとロンがのちに振り返っているように、運命の分かれ道が訪れていた。今逃げなければ、もう逃げられない。

エレーヌは揺らがなかった。「なんとかしなくちゃ。こんなこと、続けていられないわ」

ほかの女たちはうめき声をあげた。頼むから休ませてちょうだい。だがエレーヌは引き下がらなかった。生きのびるため、危険を冒してでも逃げようと思う人はいないのかとたずねた。

まず、ロンが名乗り出た。「ひとつだけ、たしかなことがあるわ」。ロンは歌うようなオランダ訛りで言った。「今すぐやってくれるって言うなら、機関銃で撃たれて死んでもいい。でも、一五日だか何日だかわからないけど、ゆっくりと飢え死にしていくのはいやなの。もう二度とこんな夜は過ごしたくない。わたしも自分の命を自分で救いたい」

エレーヌは詰めよった。「今すぐ決めてちょうだい。みんな一緒にいくの？　それともわたしたちだけいっていいの？」

ほかの女たちもゆっくり起き直り、互いの顔がみえるように円を描いて座った。ザザは親友の顔をみた。エレーヌからはもう何か月も、逃げようと説得されてきたが、そのたびにしりごみしていた。いつもちゃんと理由はあった。ほかの仲間はどうするの？　クリスマスの準備はどうするの？　収容所がもうすぐ解放されるという噂があるのに？　しかし、ここまできたら、もう先はない。エレーヌの言うとおりだ。逃げて生きのびるか、それともとどまって死ぬか。

ザザは言った。「わたしは生きのびて、またルネに会いたい」。結婚してすぐに離ればなれになった夫。ハイキングで歩いたあと、痛くなった足をさすってくれたことを思い出し、涙がこみあげてくる。

次に口を開いたのは、もうひとりのオランダ人、ギギだった。ロンをひとりでいかせるわけにいかない。ギギはグレーの目にかかっていた前髪を払いのけ、静かな声で言った。「わたしも生きたい。

母と一緒にライデンのカフェに座って、本物のコーヒーを飲みたいの。それにね、」。ギギは声をひそめ、無理にいたずらっぽい笑みを浮かべた。「あの人のことは話したでしょ。ゲシュタポの本部で会ったティメンっていう男の人」。ふたりは拷問室の手前の小部屋で何度か短時間一緒にいただけだったが、それで十分だった。ふたりともオランダ人であることがわかり、遠くでだれかが痛みに悲鳴をあげている中、自分たちの言葉でつかのま小声で語り合った。相手から力をもらおうとした。連れていかれる直前に、ギギはポケットに大切に集めていたたばこの吸いさしをプレゼントした。

次にジンカが、すきっ歯ののぞく笑顔で話しだした。わたしを置いていってもらっちゃ困るわ。九人の中で唯一子どものいるジンカは、妊娠中に逮捕された。そしてフレンヌ刑務所で女の赤ん坊を産み、フランスと名づけた。赤ん坊は一八日間手元におくことを許されたが、そのあと連れていかれた。ジンカはいつかフランスにもどり、娘をみつけると心に誓い、家に帰るためならなんでもする覚悟だった。「わたしは生きのびる。娘を母親のいない子にしないためにね」。静かに相づちを打つ声がきこえた。ジンカ自身、幼いころに母親をスペイン風邪で亡くしたことをみんな知っていたのだ。九人は小さなフランスの一歳の誕生日を収容所で祝った。メナはジンカのために小さなテディベアを作り、フランスに再会したらあげてちょうだいと

ニコル・クラランス

言った。九人にとって、母国フランスに帰るのと、赤ん坊のフランスのもとにもどるのは同じことで、象徴的な意味を持っていた。「わたしたちのフランスをみつけ」なくてはならないのだ。

メナが手を伸ばし、ジンカの手を握った。「そうよ」。メナは小さな声で言った。

「あなたは？」。ジンカはメナに明るい笑顔を向けた。「あなたはなんのために生きるの？」

メナはいつものように屈託なく笑った。メナは人生を冗談か何かのように生きていて、今の状況も意外な展開程度にとらえ、そのうちなんとかなるだろうというような態度で受け流していた。メナはジンカにこう答えた。「そんなの決まってるわ。わたし、おばあちゃん《グランメール》に会いにいくの。ブルターニュの海辺にあるサン＝ジャキュ＝ド＝ラ＝メールに住んでいてね、地球上でいちばん美しいところよ。おばあちゃんとキッチンに座って、窓から海を眺めるわ。あなたたちも遊びにきてちょうだいね」

一瞬、ザザは潮の香りをかぎ、頭上で鳴いているカモメのかん高い声をきいた気がした。「きっと楽しいでしょうね」。ザザはその気になって言った。

みんなの視線がジョゼに集まった。ジョゼはメナの肩にもたれていた。いちばん年下のジョゼは、守ってやらなくてはならない存在だった。無邪気な妹のように思われていたジョゼだが、フランスでかくまっていたユダヤ人の子どもたちを思い出しては、ひそかに罪の意識に苦しんでいた。逮捕されたとき、ジョゼは食べ物の包みを運んでいた。あの包みのひとつひとつに、名前と住所が書かれていた……ジョゼは身を震わせた。考えるだけで、胸が張り裂けそうだ。ジョゼは目を閉じ、首を横に振る。まわりの女たちは、それを「逃げない」という意思表示と受け取る。

「一緒にきてくれなきゃ困るわ」。ジンカが言った。「歌ってくれる人がいなくなるもの。ねえ、教えて、ジョゼ。あなたはなんのために生きるのか」

「そうよ、きてちょうだい。諦めちゃだめ。そんなこと、わたしたちが許さないわよ」。ザザも言った。

「諦めるつもりはないわ」。ジョゼは言った。

「だったら教えてよ。なんのために生きるのか」。ジンカがうながした。

この一年間、ジョゼは一日一日を生きのびることしか考えてこなかった。何かのために生きるってどんなことだろう。逮捕される前は、なんとなく生きていた。もし生きのびられるなら、しっかり生きていきたい。お母さんのような、乱暴な夫から逃れられずにいる貧しい主婦にはなりたくない。何か意味のある人生を歩みたい。ジョゼは自分にはその力があると知り、自信をつけていた。「わたし、パイロットになって、何もかも見下ろしながら飛びたいわ」。ジョゼは顔を上げ、はっきりと言った。

みんなうなずいた。ジョゼらしい。「わたしたちに爆弾を落とさないでちょうだいね」。ジンカが冗談を言った。

「落とさないわ。飛行機に乗せてあげる。空から下界を眺めましょう」

「でも、わたしは雲の上を飛ぶよりも先に、家でゆっくりしたいの」。ジャッキーがぶっきらぼうに言った。「パリにもどって、近所を歩きたい。近くの公園にいって、おじいさんがハトに餌をやっているのをみていたい」。ジャッキーの体調はますますひどくなり、話すのも息苦しそうだ。「わたしも入れてくれるなら、いくわ」

「もちろん、いきましょう」。ギギが言った。

「足手まといにはなりたくないの」

「みんなで一緒に歩くのよ」。ロンが言った。

次はニコルの番だ。熱が上がり、赤い顔をしている。ライプツィヒでは料理の作り方を詩のように暗唱して人気になった。寝る前の数分間、みんなが服や髪についたシラミを退治しているときに、ごちそうの話をして楽しませた。ニコルは肩をすくめた。「みんな、もうわかるでしょ」。ニコルはすばらしい食事のため、何品も料理が出てきて、おいしいカマンベールとブルゴーニュ産の上等なワインがついてくる食事のために生きたいのだ。

エレーヌは家族に会いたいと言った。「あとね、」エレーヌは大きな声でつけ足した。「生きのびてナチのくずたちが負けるのを見届けたいわ」

最後にロンが、全員の話をまとめるように言った。「わたしが今死んでも、明日死んでも、だれも気にしない。そりゃあ家族は、母や父や、何人かの友だちは悲しんでくれるかもしれないけど、すぐに忘れられる。わたしはまだこの世に生きた痕跡を残せていない。今諦めたら、何も残らないじゃない」

九人は生きのびることに決め、そのために一緒に逃げることにした。見張りのドイツ人たちはびくついている。疲労で倒れた見張りもいる。いつも情報をいち早く手に入れるポーランド人たちが、ドイツ軍は被収容者を死ぬまで歩かせるつもりなのだとエレーヌに教えてくれた。食べ物は底をついたし、ライプツィヒにはガス室がなく、大勢をまとめて殺す方法がないのだから。絶滅収容所にいかされるのだという噂や、どこか何もない田舎で解放され、あとは自分たちでなんとかしろと言われるのだという噂もあった。飢えて自暴自棄になった人間が一万人も田舎をうろつきまわっている光景など、考えたくもなかった。

行進させられた人間の多くは、その後数週間にわたり、悲惨な末路をドイツじゅうでさらした。行列に残った女の多くは、四月一七日に、機関銃によって野原で一斉に銃殺された。さらに多くが飢えと赤痢で死亡した。親衛隊の上官たちもすぐに逃げだし、女たちを押しつけられた下っ端の見張りは、女たちを邪険に扱った。ドイツの市民が被収容者のために道ばたに置いてくれた水の入った手桶も、見張りが蹴飛ばしてしまった。市民が食べ物を差し出しても、見張りが先に食べ、残りを泥の中に落として、女たちがそれを争って食べるのをみて楽しんだ。食料がないまま、行進は何週間も続いた。逃げる者もいた。大きなグループは小さく分けられた。地元の人たちは、行進を続ける気の毒な女たちを眺めた。子どもたちはあざ笑い、大人たちは肩をすくめて「あれはユダヤ人だよ」と言った。

ドイツ兵はソ連軍におびえ、出くわさないようにしょっちゅう進路を変えた。ドイツの農場からも人が逃げだしていて、自分たちの町の壁に「ユダヤ人は不幸をもたらす」という敵意むき出しのスローガンを書き残した者もいた。ときおりアメリカ軍の飛行機が上空を飛んでくると、見張りは女たちの中に紛れようとした。中には死んだ被収容者の服をはぎ取って着ていた者までいた。

一九四五年四月、ドイツじゅうの収容所から、何千もの被収容者が追い立てられ、行進させられていた。それは現実とは思えない光景だった。ライプツィヒに収容されていたポーランド系ユダヤ人のロムアルダ・シュトラミクは、次のように述懐する。「わたしたちは夢遊病者のように歩いた……夜が明けると、若い男が溝に横たわり、そのそばで女がひざまずき、なすすべもなくみつめているのがみえた。女は突然金切り声をあげた。『息子よ、おまえなの？』。男は顔を上げ、『母さん！』と言ってまた倒れた。銃声が二発きこえた。わたしは列にもどり、またほかの女たちと一緒にのろのろと前に進んだ」

逃亡

見張りも疲れて不注意になっていたおかげで、九人のうち何人かは、すきをみてはあちこちに固まって座っているグループのところにいって、情報を集めることができた。

ロンは男のグループに近づいては、一緒に逮捕された兄エリックの消息をたずねた。そして、ニュルンベルクでみかけたと思うという人がいたと言って、うれしそうにもどってきた。それはのちに真実でないとわかるのだが、そんなちょっとした情報に、ロンの期待はふくらんだ。

エレーヌはポーランド人グループとの物々交換で、ワンピースを手に入れた。これがあとできわめて重要な役割を果たすことになる。ザザはいつもの皮肉のきいたユーモアをまじえながら、このワンピースのことを著書に書いている。「女性たちよ、シンプルで実用的なワンピースさえあれば、朝の買い物ができるのだ[2]」

仲間たちがいない間に、わずかな持ち物を見張っていたギギがトラブルに巻きこまれた。女がザザの毛布を盗もうとしたのだ。ギギが声をあげ、女を追いかけると、女はくるりと向きを変え、何か固い物でギギの太ももを突いた。女は仲間を呼び、ギギの声にジンカが駆けつけた。本気のけんかになった。ギギとジンカはなんとか相手を追い払うことができたが、ギギの太ももには大きなあざができ、腫れあがってしまった。

「あなたの毛布を守れてよかったわ」。ギギは顔をしかめながらザザにけんかの報告をした。「でも、今日はとても歩けそうにないわね。もしかしたら逆に、大きなけがをしたおかげで、足のあちこちにできている水ぶくれが気にならなくなるかもしれない」

エレーヌとロンはポーランド人から、自分たちは赤軍とアメリカ軍にはさまれているのだと教えられた。残酷なことで有名な赤軍には捕まりたくなかった。「骸骨までレイプする」と言われているのだから。なんとかアメリカ軍をみつけなければ。

九人で話し合い、逃げるのは真夜中がいいだろうということになった。工場での夜勤の経験から、午前二時に疲れがピークに達することはわかっていたので、体を動かすのに慣れていないドイツ兵の注意力がいちばん下がるだろうと考えたのだ。ロンは言った。「背中から撃たれるか、無事に逃げおおせるかのどっちかね。生きるも死ぬも、九人一緒よ」

行進再開の指示が飛ぶと、九人はゆっくりと立ち上がり、再び列を作った。ザザは体じゅうの筋肉が痛み、足が焼けるようだったが、気にしないと自分に言いきかせた。試練は永遠に続くわけではない。どうなるにせよ、これが囚われの身として過ごす最後の晩になるのだ。

ザザの前の列が、五人のソ連人になった。奇妙な服装で、まるでおそろしいおとぎ話に出てくる年老いた魔女のようにみえる。へんてこなとんがり帽子とケープを、ライプツィヒの工場のカーテンで作ったらしい。地下世界のばけもののように、足を引きずり、よたよた歩いている。このぞっとする姿のおかげで、逃げる決心が固まった、とザザは皮肉まじりに考えた。

ラーフェンスブリュック強制収容所の被収容者たち。移送に選ばれたことを示す「×」印がペンキでつけられている

九人は夜がくるまで待つつもりだったが、オーシャッツを出た時点で、すでに統制は乱れていた。歩みは遅く、ひどい渋滞のようにたびたび止まった。列の一部はまばらになり、別の一部は固まっていた。見張りは金切り声をあげ、鞭を振り回したが、元気がなくなっているようにみえた。チャンスが訪れたのは、そのときだった。朝方の混乱の中、何人かの女が菜の花を摘んで食べたのに、撃たれなかった。のちにニコルは次のように書いている。「わたしたちはそこで心を決めた。いちかばちか、やってみよう。幸い、わたしたちは若かった。それに九人が一緒だった」[3]

そして九人は溝に身を潜めた。そして黄色い菜の花畑に寝ころがり、ついに手に入れた自由に声をあげ、息を弾ませた。ぐずぐずしてはいられないことに最初に気づいたのはエレーヌだった。「さあ、動かなくちゃ。ここにずっといるわけにはいかないわ」

まずは姿を変えなくてはならない。コートに縫いつけられた政治犯を示す赤い三角の布と被収容者番号をはぎ取る。しかし捨てずに取っておく。身分を証明するものがあとで必要になるかもしれないからだ。服を裏返し、縞模様がみえないようにする。持っていた包みを広げ、持ち物は融通し合うことにする。

「所持品を確認しておかなくちゃね」。エレーヌが言った。

　九人が持っていたものは、次のとおり。マッチの箱。小瓶に入ったアセトンは、被収容者であることがわかるようにコートに白いペンキで描かれた「×」印を消すのに使えるかもしれない（これは役に立たないことがあとでわかった）。何か月も前にエレーヌがフリッツにもらった大きなワイヤーカッター。ラーフェンスブリュックでの最初の選別で、ザザがこっそり取っておいた針と糸。爪やすり。小さな鏡。エレーヌが手に入れたばかりのワンピース。馬の形をした小さな瀬戸物のブローチは、すべての持ち物検査を奇跡的にすり抜けて、九人のお守りになったものだ。一一〇ドイツマルク。櫛。ブラシ。トランプ一組。玉ねぎ。メナがフランスの一歳の誕生日を祝って作った小さなテディベア。サーディンの缶詰は、大好きなイアンカに似ていると喜んで、ポーランドの女たちがザザにくれたものだ。

　目標は、今やすぐそばで激しさを増し、めまぐるしく変化している戦いの前線を越えて、アメリカ軍をみつけること。とはいえ、さしあたっての心配は食料だった。もう何日も食べていない。それに、身を隠し、休む場所もみつけなくてはならない。昼日中に外にいるのは危険だ。フリッツが地下シェルターで描いてくれた地図のおかげで、エレーヌには自分たちがどのあたりにいるか見当がついていて、南西に向かうべきだとわかっていた。しかし今はだれも動きたくなかった。疲れはてていたのだ。

「わたしには無理」。ニコルが言った。これまで決して希望を捨てなかったニコルも、限界にきていた。行進が始まる前日まで、ニコルは重い肺炎で診療所にいた。仲よしのルネ・アスティエ・ド・ヴィラットも一緒で、狭いベッドでともに寝ていた。診療所を出るようにニコルに強く勧めたのはルネだった。ドイツ軍が工場を爆発物で取り囲み、連合軍がくる前に収容所を丸ごと吹き飛ばそうとしているという噂は本当に違いないとルネは思っていた。ルネ本人は病気が重く、出られなかった。何年もたってから、ニコルはルネにもらったメモを思い出した。わが子を諭す母親のように、励まし、時には叱るようにして、ベッドから起きあがり、ここを出て命を守りなさいと書いてくれた。友だちを置いていくのは、胸の張り裂ける思いで、ニコルはルネに万が一のことが起こるのではないかと恐れた。のちにニコルはこう書いている。「離ればなれになるのではないかとずっとおびえていたが、運よく移送でも選別でも一緒になれた。どこかでばらばらになっていたら、途方に暮れていただろう[4]」

この二日間、歩きどおしに歩いたせいで、ニコルは精も根も尽き果てていた。脱走の瞬間は、なんとか仲間とともに列からはずれることができたが、成功したとたん、生きる意欲が消え去ってしまったように感じた。ルネを思うと心が痛んだ。体調の悪さでもうろうとして、もうどうなってもいい気がした。

「だめよ、いかなくちゃ」。エレーヌが言い張った。その言葉を、ニコルは遠くでぼんやりときいていた。

「いきましょ。きっとゆっくり休める場所がみつかるわ。何も心配せずに休める場所がね」。メナが言ったが、それは空想にすぎなかった。安全な場所などどこにもない、とニコルにはわかっていた。

ニコルは拒んだ。「いいから、わたしにはかまわないで。お願い。もう歩けないの」

女たちはゆっくり立ち上がろうとした。ジンカが真っ先に立って、ジャッキーの手を引っぱった。ジャッキーは立ち上がると、ふり向いてニコルに言った。「ここに残るってことは、ソ連兵に乱暴されるか、ドイツ兵に頭を撃たれるかするのをただ待ってるってことよ。わかってるわね」

「そっとしておいて」。ニコルはうとうとしはじめた。わたしはこれで十分。収容所の泥にまみれて惨めに死ぬんじゃなくて、黄色い菜の花畑で死ねるんだから。

溝でずっと隣にいたジョゼが、ニコルの頬を打った。「だめよ、ニコル。起きて！」

頬の痛みが、ニコルを夢から引きもどした。メナが両手を伸ばし、ニコルをがっしり抱えて無理やり立たせると、もう一度頬を打った。「さあ！　いいかげんにしてちょうだい！」

ニコルは突然立たされ、びっくりして、仲間たちを見回した。

「わかった？　わたしはあなたと同じくらい頑固になれるのよ」。ジョゼが言った。収容所で、ジョゼはずっとニコルを尊敬していた。意志が強く、頑固なまでに希望を捨てず、「パリが解放されたのよ！　もうすぐドイツのやつら《ボッシュ》をやっつけてやるのよ！」とくり返し仲間に訴えていたニコルのようになりたいと思っていた。だから、あんなに憧れていたニコルの頬をたたいた自分に驚いて、すぐに謝ろうとした。

ロンが笑った。「頑固なのはみんな同じよ。だからこうやって生きてるんじゃないの」

「わたしたちは、だれひとり置いていったりしない。生きるも死ぬも一緒。そういう運命なのよ」

「いきましょう。小さな村の納屋かどこか、休める場所をみつけないと。あっちのほうに何かありそうだわ」。エレーヌが遠くにみえる木立と家並みを指さした。「もしかしたら、アメリカ兵がどこにいるか、教えてくれる人がいるかもしれない」

「ね。エレーヌは納屋かどこかに隠れようって言ってる」。ジョゼがニコルを励ますように言った。

「そしたら休めるわよ」

九人は遠くにみえる村にゆっくり近づいていった。なだらかに起伏する広々とした黄色い菜の花畑の中を歩いていく。身を隠す場所はどこにもなく、一時間ほど歩いたところで、自分たちが横切ろうとしている小道に、ドイツ兵のグループがいるのがみえた。こうなったらどうしようもない。

「ああ、イエス様、マリア様、ヨセフ様」。ジョゼがスペイン語でつぶやき、十字を切った。

「落ち着いて」。エレーヌの口調は穏やかだったが、有無を言わさぬ響きがあった。「親衛隊でなければ、そしらぬ顔で通ってしまえるわ」

「何人いる？」。ザザがたずねた。ザザのメガネは、ラーフェンスブリュック強制収容所に到着したときに、なくなってしまった。親衛隊員に平手打ちされた衝撃で落ちたメガネを、その親衛隊員が踏みつけ、かかとで粉々につぶしたのだ。ザザはメガネを失い、ひどく落ちこんだ。しかしわずか一週間後、選別が行われ、メガネをつけている者は全員死体焼却炉送りになった。メガネをしていなかったザザは、命拾いをした。

「たった三人よ。わたしひとりで、たたきのめしてやれるわ」。ジンカが答えた。

「ええ、あなたならできるわ。その木靴でね」。ギギが言った。

　小柄なジンカが大きな木靴を振り回してドイツ兵を殴っている様子を想像して、女たちはくすくす笑った。

「あなたたちは笑うけど、わたしはジンカがザザの毛布を盗もうとした女たちをやっつけたところを、ちゃんとみたんですからね」。ギギは続けた。

「ジンカとはけんかしないようにしなくちゃ」。メナが言った。

　動揺し、恐怖に襲われながらも、女たちはなんでもないそぶりで、問題など何ひとつないという顔で、笑ったりしゃべったりしながら兵士の前を通りすぎることにした。通りすがりにエレーヌとロンが兵士に挨拶をし、全員が無邪気な顔で手を振った。

　うまくいった。兵士たちは同じように手を振って、通りすぎていった。

　自分たちはここの人間だという顔をしていれば、まわりの人もそのように扱ってくれることがわかった。それが九人の大きな戦略になった。

村の農場

小さな村の近くまでくると、農場があった。母屋の前庭で、九人はふたりのフランス人捕虜に出会い、大喜びしたが、捕虜たちは重要な情報を何も知らないことがわかった。九人と話していてもそわそわして、絶えずあたりを見回している。それでも立ち去ることはなく、久しぶりにフランス語で話せるのを楽しんでいるようだった。

話をしていると、母屋から女の子が弟を連れて出てきた。棒で弟をたたき、大声で命令している。

「さっさとしな《シュネル》！　ほら右《レヒツ》！　ほら左《リンクス》！」

まさに強制収容所で親衛隊の女看守にされていたこととそっくりだった。九人はぞっとしてその光景をみつめた。ザザがジンカにそっと言った。「子どもまであんな野蛮なことをするの？」

そのとき、母屋の隣の納屋から、大柄なドイツ人の男が飛び出してきた。捕虜たちは小声で「村長《ブルガーマイスター》がきた」と言って、走り去った。男におびえているようだった。胸板が厚く、はげ頭で、大きな赤い鼻と二重顎をした男は、ビロードの服を着て、胸にはナチ党のバッジやメダルをたくさんつけている。そして足には大きく立派なブーツを履いている。

「わたしは村長だ！　わたしの村で何をしている」。男は九人にどなりつけるように言った。

エレーヌは勇気を振り絞り、笑みを浮かべ、はっきりとした口調で、自分たちは外国人労働者《ガストアルバイター》で、工場が爆撃を受けて閉鎖され、家に帰るところだと説明した。

「家はどこだ」。男はまたどなった。

エレーヌがフランスだと答えると、男は激怒し、赤かった顔が赤紫色になった。

「なんだと。ドイツ人じゃないのか。ドイツ人じゃないくせに、わたしの家の前で何をしている。外国人は立ち入り禁止だ！　収容所にいけ！　ナウンドルフに収容所がある。今すぐそこに送りつけてやる！」

女たちは、口角泡を飛ばして叫び続ける男を、ぞっとしてみつめた。ドイツ語がわからない者は、何を言われているか正確には理解できなかったが、怒りに満ちたドイツ人にどなりつけられるのには慣れていた。これまで何か月も経験してきたことだ。収容所の点呼のときのように身じろぎもせず、両手を体の横につけ、頭をうなだれ、目を合わせないようにした。このような怒りの前では、目立たないようにするのがいちばんだと学んできたのだ。

男は先ほどの女の子に、母さんのところにいって、オーシャッツの警察に連絡するように言えと命じた。すぐにこのフランス人たちを連れていってもらうんだ。「このフランスの……」。男は軽蔑に満ちた顔でちょっと間をおき、はき出すように続けた。「女どもをな」。エレーヌには男が「売女ども」と言おうとしたのがわかった。子どもの前だから思い直したのだろう。

最悪の事態になった。まだ逃げだしたばかりだというのに。これで終わりなのか、こんなにすぐに？

しかしそのとき、どういうわけか村長は、自分の仕事はこれで終わりだと思ったようだ。もしかしたら女たちが身につけたおとなしい態度をみて、このまま生けにえにされるのを待つ子羊のように、従順に立ったままでいるだろうと考えたのかもしれない。とにかく男はくるりと背を向け、去っていった。

そのとき、ニコルがいつもの元気をとりもどした。自由を味わい、囚われの身で死ぬものかという気持ちになっていた。ニコルは声をひそめながらも、勢いよく仲間に声をかけた。「今よ！」。その声を合図に、九人はさっと回れ右をして、無我夢中で走りだした。道は村のはずれで分かれていた。一方の標識にはナウンドルフ、もう一方にはシュトレーラと書かれていた。シュトレーラは北だが、収容所のあるナウンドルフに比べれば、今は天国に思えた。議論の必要はなかった。九人はシュトレーラへの道を選んだ。

「イスラエルの民」

ニコル・クラランスは一九二二年八月三日、パリに生まれた。[5] 自分が「イスラエルの民」であると知ったのは、小学生のときだった。そのころ両親が、反ユダヤ主義が台頭するオーストリアから逃げてきたふたりのユダヤ人の女の子を引き取った。ニコルはその女の子たちのほうが、自分よりずっとユダヤ人らしいと感じた。ニコルは生まれてから二回しかシナゴーグにいったことがなかった。当時のニコルが、なんらかの社会的格差の存在を感じていたとしたら、それは階級の違いだった。ニコルの家は裕福な中産階級だった。一〇歳までは幸せで、守られていた。父親はアルザス地方の家の出で、祖父の跡を継いで羊毛を扱う商人をしていた。パリの庭つきの上品なタウンハウスでは、母親のリュシー・テレーズが申し分のない家庭になるよう、心を配っていた。母親はニコルに自分と同じ道を歩むよう期待していた。化粧をすることは許されなかった。手袋をはめ、握手をするときには膝を曲げてお辞儀をする。勉強など熱心にすることはないという考えだった。

母親は優美で遠い存在だった。母親は父親よりも洗練された祖父を敬愛していた。母親の実父である祖父はオーストリアの画商の娘と結婚し、義理の父親のフランスでの事業を担っていた。そして当時流行していたイギリス製のクリスマスカードの輸入に力を入れた。

しかし一九二九年、すべてが音を立てて崩れていった。世界を揺るがした金融恐慌で、ニコルの父親の事業も風前の灯火となった。母親が心を砕いて築き上げた中産階級の快適な生活が、ひっくり返った。ニコルは子どもだったが、金策のため、先祖伝来の家財が次々に売り飛ばされていったことは覚えている。それでも足りず、負債は膨らみ、使用人をすべて解雇するしかなかった。子どもたちの家庭教師もこなくなり、ノルマンディーの別荘は銀行に差し押さえられた。毎週の買い物は、最低限必要な物だけになり、節約のために暖房も弱めた。暖かく居心地のよかった家は、空っぽで、乱雑で、寒くなった。しかもこの喪失と災難の時期に、母親と兄のミキが大病を患った。ミキには手術が必要だったが、費用が出せなかった。入院費もないため、母親と兄は家で療養するしかなく、十分な治療が受けられなかった。

　ニコルは一一歳にしてこのような劇的なできごとを経験することになったが、子ども特有の立ち直りの早さに助けられた。大人ほど生活の変化が苦にならなかった。順応し、料理を覚え、野菜や果物を瓶詰めにし、ベッドを整え、シーツを洗い、悪臭を放つミキの包帯を交換した。公立のリセに転校しなくてはならなかったが、じつはそのおかげですばらしい解放感を味わった。さまざまな階級出身の同世代の子どもたちと付き合うのは楽しかった。地下鉄代を浮かすため、毎日何キロメートルも歩いたが、それもおもしろく、自由ととらえた。両親には心に傷を残すようなできごとも、ニコルの強く自立した性格を育てる中心的な要素となり、のちにニコルが生き残る支えとなった。ニコルは柔軟性を身につけ、ものごとの肯定的な面をみるようになり、変化を恐れず、創意工夫をこらした。

　一方、母親のリュシー・テレーズは精神的なショックから立ち直れなかった。流行のガウンを着なくなり、美しいモスグリーンのドレスやミンクのコートは、売られたり、差し押さえられたりした。母親は大切にしている貴重品を差し押さえから守ることばかり考えるようになった。未払いの請求書が届き続け、そのたびに母親はごまかしたり嘘をついたりして、涙にくれ、頭痛に悩まされるのだった。

　夫婦仲にも影響があった。父親のピエールはプライドを傷つけられ、黙りこんだ。リュシー・テレーズは仕事をさがさなければならなかった。ふたりのやりとりには、必ず非難とそれに対する応酬がこめられていた。時にはどなり合いや暴力にまで発展した。ニコルは家を出たいと思うようになった。
父親は少しずつ事業を立て直した。以前のように順風満帆というわけにはいかなかったが、債務で身動きできない状態からは抜け出した。そのころには、ニコルもミキも成長し、外の世界に関心を持つようになった。世の中は大きく動いていた。社会主義の台頭、スペイン内戦、ナチスによるオーストリア併合、ドイツで勢いを増すファシズム。

リセ時代、ニコルは鋭くまばゆい青緑色の目と、黒い巻き毛を持つ、美しい娘に成長した。つましい暮らしの中でも、上品に装うことができた。仲よしは、いとこのクロードと、クロードの親友のクローディーヌ、クロードのいとこのミシェリーヌだった。週末には四人でよく映画を観に出かけた。のちにミシェリーヌとニコルが移送されたが、もどってきたのはニコルだけだった。

ニコルが一八歳になる直前の一九四〇年六月、ドイツ軍がパリに侵攻した。一家はすぐに南部の自由地域に向かった。ニコルには理由がよくわかっていなかった。歯医者さんの予約もあるし、学校もあるのに。どうしてそんなに慌てていかなくてはならないの？　ガス殺や虐殺の「噂」は前からあった。オーストリアの女の子をふたりかくまったこともあった。それでも、すべて本当のことだと信じている人はいなかった。母親はよく父親を制し、「ピエール、やめてください。そんな気味の悪い話をすべきじゃないわ」と言っていた。

それでもすぐにニコルにも事態の深刻さがわかってきた。一九四一年、ニースではユダヤ人の就労が禁じられていた。父親が逮捕された。隣人に告発されたのだ。まわりにいる人たちを信用してはいけないのだ、とニコルは気づいた。父親は一時収容所に送られたが、なんとか助け出すことができ、一家はすぐにマルセイユに移った。ユダヤ人狩りの危険はつねにあった。ニコルは自分の身分証明書にユダヤ人《ジユイーヴ》のスタンプが押されているのをみるたびに、屈辱で顔がほてった。ミキは突然のユダヤ人狩りで危うく捕まるところだった。通りを歩いているときに、急に前方と後方でフランス警察が身分証明書の確認を始めたのだ。トラックが停まっていて、身分証明書にユダヤ人《ジュイフ》と書かれた若い男を次々と乗せている。ミキは立ちつくした。そのとき、親切な女性がドアを開け、アパートに入れてくれた。ミキは裏口から出て、中庭の塀を乗りこえて逃げることができた。息を切らして帰ってきたミキはニコルに、両親には話さないでくれと頼んだ。動揺させるだけだからだ。ニコルは無力感に襲われ、それを腹立たしく思った。やられっぱなしは嫌だ。

「連帯ネットワーク」への参加

ニコルは、プロテスタントのスカウト活動に、団のリーダーとして加入した。スカウトを知ったのは、友だちのクローディーヌが、戦前にパリで活動していたからだ。当時のスカウトは、初期のレジスタンス活動と緊密に協力していた。ニコルは団員を連れて海岸に遠足にいったときに、責任者のミク・グラパンから、情報を集めるよう頼まれた。

グラパンはスカウト活動を通して、有名なレジスタンス指導者マリ＝マドレーヌ・フルカドが率いる「連帯ネットワーク」に加わってくれる人をさがしていた。一九六八年のインタビューに現われたフルカドは、礼儀正しく、落ち着いた、いかにも中流階級らしい女性で、浅い縁なし帽をかぶり、パールを身につけ、おとなしそうにみえた。ゲシュタポがその外見に何度も騙されたのもうなずける。

二児の母でもあるフルカドは、三〇〇〇人以上の活動員を擁するフランス最大の地下ネットワークを、戦争勃発直後から率いていた。イギリスの軍事情報部で機密情報サービスを担当する六課（ＭＩ６）や特殊作戦を担当する九課（ＭＩ９）、のちには枢軸国に占領されたヨーロッパ諸国で諜報活動や破壊活動、偵察活動を実行するために創立された特殊作戦執行部（ＳＯＥ）と連携して活動した。フルカドは長い間、自分が女であることをイギリス側に隠していた。フルカドが活動員に動物のコードネームをつけたため、ドイツ軍は連帯ネットワークを「ノアの箱舟」と呼んでいた。フルカド自身のコードネームは「ハリネズミ」だった。公務員や女性の勧誘に力を入れた。女性の活動員のほうが信頼できた、とフルカドはのちに語っている。思慮深く、自分のレジスタンス活動を自慢したりせず、安全上の大きな失敗を犯しにくく、拷問されても簡単に口を割らないと感じていたという。

　連帯ネットワークは、ドイツ軍の陸や海での動き、フランス国内における兵站《へいたん》業務などについての情報を集め、地下放送局やスパイのネットワークを使ってイギリスに伝えていた。それは非常に危険な仕事で、「イーグル」のコードネームで知られ、フルカドの副官を務め、恋人で、子どもの父親でもあったレオン・フェをはじめ、フルカドの身近な仲間の多くが捕らえられ、拷問され、殺された。戦争中、フルカドは妊娠し、出産しながらも、大規模なネットワークを指揮し、つねにドイツ軍より有利な立場を守り、みずからの「体調」をイギリスに隠しとおした。

　連帯ネットワークは、大西洋の戦いで決定的な役割を演じ、ドイツ軍の潜水艦Ｕボートの位置を正確に伝えた。大戦初期、ドイツ軍が大西洋上での船舶の航行を阻止し、支配したため、イギリスは輸送を完全に絶たれる危機に陥った。しかし連帯ネットワークがＵボートの支配を打破した。フルカドの仲間たちが列車の運行に関する情報を集め、大西洋防衛の詳細な地図を提供したことが、ノルマンディー上陸の成功を決定づけた。おそらく最大の貢献は――アライアンスの活動員ジニー・ルソーによる――Ｖ１ロケットとＶ２ロケットの開発計画の発見と、フランス北西部での発射記録の入手だろう。この情報のおかげで連合軍はペーネミュンデのミサイル実験場を破壊することができた。

　マリ＝マドレーヌ・フルカドは、女性が参政権さえ持たなかった時代に、男性に、それも時には軍人に命令した女性だった。二回逮捕され、二回逃れた。二度目の逃亡は悲惨なものだった。フルカドは未明に服を脱ぎ、口にくわえて、汗だくになり、痛みをこらえ、もがき苦しみながら、牢の窓にはめられた鉄格子の間に、きゃしゃな体を無理やり通したのだ。[6]

ニコルはスカウトを連れてマルセイユの東にハイキングにいき、地中海沿岸の岩だらけの入り組んだ入江を歩いては、ドイツ軍が設置した燃料庫や哨兵の詰め所をメモしていった。ニコルが集めた情報は、グラパンが連帯ネットワークに報告した。グラパンが逮捕されると、ニコルはレジスタンス活動との唯一の接点を失った。それはニコルにとってドイツに抵抗した初めての経験だった。ニコルはさらに意欲を燃やした。

次の機会は、家族が安全に身を隠せる場所を求めて、サヴォア地方に転居したときに訪れた。一家は昔からの友人たちと再会した。その中に、リセ時代の仲よしのクローディーヌと、結婚したばかりの夫ジル・アラソンがいた。ニコルはふたりのリヨンでの結婚式に参列していた。クローディーヌは、ジルがニコルに好感を持っていることに気づいていた。無理もない。ニコルは魅力的で、生き生きしているからだ。

ジルはニコルに、禁じられているラジオを納屋に隠しておいてもらえないだろうかと頼んだ。ラジオがあれば、ロンドンからの暗号メッセージを受信できる。ニコルはメッセージを受信し、解読し、メッセージに示されている受取人に、決められた時間と場所に届ける役目を引き受けた。アヌシー、グルノーブル、サヴォアの連絡担当者《アジョン・ド・リエゾン》になったのだ。

連絡担当者――ネットワーク間、またはロンドンからフランスのネットワークへメッセージを伝える担当者――にとっての障害は、夜間外出禁止令、道路の通行止め、そしてドイツとフランスの警察が頻繁に行う身分証明書の確認だ。ニコルが若い女で得をしたのは、世間知らずにみえることだった。男なら、なぜ強制労働局（ＳＴＯ）に志願してドイツで働かないのかと詰問されただろう。連絡担当者の多くが女だったのは、そのためだった。ニコル、エレーヌ、ジンカ、メナ、ジャッキーはみな連絡担当者を経験していた。だからといって、しょっちゅう呼び止められ、身分証明書を確認されることに変わりはなかった。女には、男にはない行動の自由があったが、女だからこその危険もあった。若く美しい女がひとりで出歩けば、警察やゲシュタポの餌食になりやすいのだ。

　任務の途中、グルノーブルでいつものように身分証明書の確認を受けているとき、ニコルは親衛隊情報部（ＳＤ）で働く若いドイツ人に呼び止められた。親衛隊の秘密情報部で、ゲシュタポの姉妹組織だ。[7] ニコルは尋問のために事務所に連れていかれる前に、メッセージの入ったマッチ箱をなんとか道ばたの溝に落とすことができた。そしてすぐに明らかになったのは、男はニコルがレジスタンス活動に関わっていると疑ったのではなく、自分の思いどおりにしようとしているということだった。

　ニコルがどうやってレイプされずにすんだのか、詳しいことはわからない。ニコルの娘が提供してくれた未発表の個人的な記録には、男と苦悩に満ちた夜を過ごし、たびたびレイプされそうになったと書かれている。オーラルヒストリーのインタビューでもこのときのことに触れ、何度もレイプされかけ、「想像を絶する恐怖」を味わったが、任務にひたむきに取り組んだおかげで悲惨な経験を乗りこえることができたと語っている。

　一九四〇年代には、女性に対して今日の常識では考えられないような憶測がなされた。たとえば、若い女が夜ひとりで外にいれば、「やっかいごとを自分から求めている」とみなされた。関心を寄せられ、迷惑に感じても、自業自得だと言われた。ニコルをはじめ、連絡担当者を引き受けた若い女は、みなそのようなリスクを背負っていた。レイプされた若い女は恥じ入り、だれにも打ち明けられなかった。法的手段もなく、相手がドイツ人の警察官ならなおさらだった。そうなれば、あとは状況をうまく打開するしかなかった。女たちはよく互いの美しさを、女としての魅力で男を動かす力を、世間知らずな娘を装って権力を持つ者の目をごまかす技を、ほめ合った。ニコルは、自分のいちばんの武器は、相手を魅了する力だと考えていたようだが、それは危険な賭けだった。女はいざというときに力ではあらがえないからだ。ニコルを逮捕した兵士のように、男は欲しいものを手に入れても罪に問われなかった。

きっとニコルは若いドイツ人のなけなしの道徳心に訴えたのだろう。皮肉たっぷりに男を「守護天使」と呼び、無邪気さを最大限に発揮して、妹や母親のこと、ドイツでの生活のことをたずねたかもしれない。あなたが寂しいのはわかると言い、両親が心配して倒れてしまうから帰してほしいと懇願したかもしれない。またここにきて、恋人になると約束したかもしれない。翌日の明け方、男はようやくニコルを解放した。しかし持っていたお金——ニコルのものではなくネットワークの資金で、かなりの額だった——はすべて取り上げられた。男はニコルを駅まで送り、ニコルがエクサンプロヴァンスいきの列車に乗るのを見届けたが、実はニコルは町にとどまった。そしてすぐに捨てたメッセージをさがしにいった。太陽が昇り、人々が出勤しはじめたため、目立たないよう、注意が必要だった。しかしようやくマッチ箱がみつかり、ニコルはほっとして、その日のうちにメッセージを届けることができた。

残酷な親衛隊員との出会いは、ニコルの闘争心をますますたきつけた。もっと活動に関わりたいと思うようになった。

義勇兵《フランティレール》

チャンスは一九四三年六月にやってきた。ニコルはスカウトのシアターキャンプでウジェーヌ・クラウディウス＝プティと出会った。無政府主義者で労働組合の強力な支持者だったウジェーヌは、みずからが共同設立した義勇兵《フランティレール》という名の組織に若者を勧誘するのに、シアターキャンプを利用していた。ウジェーヌは若く情熱的なニコルに目を留め、一五日後には、ニコルは「アネット」の偽名でレジスタンス活動の中心地リヨンで連絡担当者をしていた。

遠いサヴォア地方に残る父親と母親には新しい仕事の本当の内容を伏せ、ひとりで働いて生活してみたいのだと言ってリヨンに向かった。戦争と迫害からの逃避行によって両親は変わり、数年前までは社会的に許されなかったことを受け入れるようになっていた。ニコルを驚かそうと、母親が突然リヨンを訪れ、いるはずの住所に住んでいないことがわかってしまったため、ニコルはやむなく真実を打ち明けた。まもなく母親もレジスタンス活動に加わった。義勇兵は、一九四〇年のパリ陥落後、最初にできたグループのひとつだった。『義勇兵』と題した地下新聞のほか、小冊子の発行や偽造書類の印刷に携わっていた。ニコルは同じ志を持つ人たちのグループのために働くことができて、張りきっていた。そして活動にのめりこみ、さらに積極的な行動を起こすようになる。

ニコルの母親のいとこにロベール・リヨンという人物がいた。ロベールが率いるレジスタンスグループ「アコリテ」は、イギリスの特殊作戦執行部（ＳＯＥ）のフランス支部長を務めるモーリス・バックマスターが作ったフランス人スパイ組織「バックマスター・ネットワーク」の一翼を担っていた。多くのフランス人スパイがひそかにイギリスに渡り、訓練を受け、パラシュートでフランスにもどってきて、イギリス諜報部から直接指令を受けて活動していた。ＳＯＥの協力のおかげで、新しいレジスタンス組織や反独遊撃隊のマキ、フルカドの連帯ネットワークは活動員を訓練し、連携してさまざまな地下活動を行い、フランス解放の日まで、ドイツ軍を揺さぶり続けた。

ニコルは英語ができたので、自分にもロンドンのＳＯＥ本部で訓練を受けさせてほしいとロベールに頼みこんだ。しかしロベールは、それではニコルの才能が無駄になると断った。女がいけば、事務仕事をさせられるだけだと言うのだ。そしてニコルに自分のグループに加われば、即戦力になれると請け合った。ニコルはすでに地下放送局を使ってメッセージを送受信する方法を知っていた。また、破壊活動の標的をみつけたり、スパイや物資、ラジオの隠し場所を確保したりする仕事も担うことになった。ニコルはパラシュートで落とされる物資の受け取りに参加するようになり、時にはハンドバッグやスーツケースの底に武器を入れ、こっそり運ぶこともあった。

まもなくニコルはレジスタンス活動に専念するようになった。アルプスの南、グルノーブル近くで活動しているマキと連絡を取り合うのがニコルの仕事だった。ニコルは彼らに偽造配給カードをはじめ、多くのものを提供した。

初めてパラシュートを受け取ったとき、ニコルは農場の一家とともに、暗い空き地をロウソクの火で囲んだ。任務が成功すると、「天にも昇る」高揚感が得られた。危険を顧みず、協力してくれる地方の人《ペイザン》たちと仕事をするのが誇らしかった。普通の人たちとの連帯は、大きな希望をもたらした。自転車を一〇台盗んで提供してくれた工場労働者もいた。ニコルは何週間も山にこもり、マキと行動をともにすることもあった。しかし何日もひとところにとどまることはできず、移動の連続で、孤独を感じることもあった。

当時、ニコルには手引き人《パッスール》の役目があった。逃亡中のイギリス人飛行士を、次の場所に案内する任務で、リセ時代の友だちクローディーヌと夫のジルが、リヨンのアパートを隠れ家として提供していた。ニコルは飛行士をふたりの家に案内し、つかのまの夕べをともに過ごすこともあった。

一九四四年五月一〇日、ロベールがゲシュタポに逮捕された。二度目のことだった。尋問のためにパリに護送される途中、ロベールはヴィレヌーヴ゠サン゠ジョルジュ近くで列車の窓から飛び降り、トゥルナン゠アン゠ブリの友人の家までたどり着くことができた。連絡を受けたニコルは、数日後にロベールのもとに向かい、義勇兵の仲間が偽造した書類一式を届けた。

ロベールと一緒にいるところを頻繁に目撃されているニコルは、ロベールがゲシュタポに追われるようになったため、居場所を変える必要に迫られた。ニコルはパリに配置換えになり、スカウト時代の仲間、ドゥニーズ・ジェイコブ゠ヴェルネイがリヨンでの仕事を引き継いだ。「ミャルカ」の偽名で活動していたドゥニーズは、有名なフェミニスト、シモーヌ・ヴェイユ〔Simone Veil. 同名の哲学者とは別人〕の姉だ。[8] パリに向かうニコルが乗っていた列車は、破壊活動に遭い、脱線した。そのとき、ニコルは赤十字の制服で変装していた。身分を偽るには格好の変装だったが、ニコルはスカウトの訓練で覚えたなけなしの応急手当ての知識を総動員して、けが人を助けなければならなくなった。ありがたいことに、重傷者はいなかった。

　パリに到着すると、すぐにレジスタンスの仲間に連絡した。そして「ドミニク」の偽名で「ジャクマン」ことジャック・ジョルダの副官として働いた。ジャックはネットワーク全体を統括し、ニコルはパリとその周辺の連絡担当者をとりまとめた。

　連合軍はすでにノルマンディー上陸を果たしており、戦いの潮目が変わったと感じる人が多くなっていた。レジスタンスに加わる人が増え、おかげでニコルは連絡担当者を採用しやすくなったが、それは同時に人目につきやすく、危険が増したということでもあった。ドイツ軍はレジスタンスを取り締まろうと躍起になっていた。九人の仲間のうち七人までが、一九四四年二月から七月までの短い期間に集中して逮捕されており、それは地下活動を妨害し、撲滅しようとドイツ軍がありとあらゆる手を尽くしていた時期と一致する。ひっきりなしに一斉検挙と逮捕が行われた。裏切り者が出た。拷問に耐えきれず、秘密を漏らす者がいた。また、危機意識の低い小さなグループに入りこんでくるスパイもいて、そうなるとネットワークそのものが消滅することになった。ニコルは過去の経験から、重々用心していたが、ストレスは並大抵ではなかった。あるとき、ひとグループが丸ごと検挙されたことがあり、そのあとジャクマンはニコルに休みを取るよう命じた。

　ニコルは武器を運んだついでに、マキの友人のところに寄り、数日間山でキャンプをした。ニコルは仲間とともに自然の中で過ごすのが好きだった。キャンプファイヤーやおもしろい話が好きだった。みんなで歌い、死んだり捕まったりした仲間の話をし、将来について、すべてが終わったあとのことについて、話し合った。ニコルは自由と幸せを感じ、目的意識がはっきりした。天気のよいある日、ニコルは山の中で二二歳の誕生日を迎えた。仲間のひとりが、そろそろ結婚相手をみつけないといけないなと言った。だが、これだけのものをみて、これだけのことを経験した今となっては、自分が母親のような生活を送れるようになるとは思えなかった。もっと自然の中で暮らしたかったが、その夜、ニコルはパリにもどらなくてはならなかった。

翌日の一九四四年八月四日、パリ解放のわずか三週間前にして、ニコルはブルトイユ広場で自転車に乗っているところを、ゲシュタポの諜報員に呼び止められた。諜報員はニコルがだれだかすっかり承知しているようだったし、いずれにしても自転車鞄の中には、ひと目みれば疑わしいとわかるものが入っていたため、逃れようがなかった。逮捕され、拷問を受けた連絡担当者が、ニコルのことを話し、ゲシュタポが待ちかまえていたのだ。

パリ、最後の移送列車

ニコルはポンプ通りにあるゲシュタポの悪名高い拷問施設に連れていかれ、尋問を受けた。

ノルマンディー上陸前後の一九四四年四月一七日から八月一七日まで、ポンプ通りの建物では、ゲシュタポが法律を完全に無視して、ひそかに拷問と殺害を行っていた。歴史において、このような「秘密軍事施設」がつくられるのは、自暴自棄のあらわれ、社会の分断の前兆と決まっている。ポンプ通りの施設では、裁判はなく、略式で死刑が執行される。正式な逮捕手続きはなく、脅迫と懲らしめだけが行われる。外国人やフランス人のレジスタンス活動家は、男も女も、激しく鞭打たれ、水責めをはじめとするさまざまな拷問をされた。多くが息絶えた。のちの法廷での証言で、女たちが「性的な辱め」を受けたこともわかっている。

ゲシュタポのポンプ通りでの業務を指揮していたフリードリヒ・ベルガーは民間人で、パリの下層社会から犯罪者や暗殺者を四四人雇い、あらゆる手を尽くして情報を引き出す仕事を任せた。ベルガーは、戦争を食い物にし、苦難の時代に私腹を肥やすサイコパスのひとりで、闇市で莫大な財産を築いていた。一九四二年五月、パリに移ってきたベルガーは、短期間で金もうけができる効率的なシステムを作り上げた。闇市で商売をしている者を拷問し、品物を保管している場所を聞き出して、奪うのだ。一九四四年四月、ベルガーはゲシュタポに雇われ、パリのレジスタンスネットワークの破壊を任された。わずか四か月の間に、ベルガーの部下は三〇〇人を逮捕した。ニコルを含む一六三人が移送され、そのうち五〇人はもどらなかった。

一九四四年八月一六日、ドイツによる占領もあとわずか数日となる中、ポンプ通りに拘束されていた四二人の若者が処刑された。ブローニュの森の噴水の前で銃殺されたのだ。三日後、パリは連合軍によって解放された。

そのときには、ベルガーはイタリアに逃れていた。一九四七年にイギリス人に逮捕されたが、どういうわけか逃亡した。ベルガーの部下二三人は、反逆行為、スパイ行為、殺人、殺人の共謀、敵への協力の罪で死刑判決を受けた。一九五二年一二月の軍事裁判では、被告人不在のまま死刑判決が下された。のちに、ベルガーが戦後アメリカの諜報機関に雇われ、冷戦時に活動していたことが、記録によって明らかになっている。目的のためなら手段は選ばないというわけだ。フリードリヒ・ベルガーは、ミュンヘンで、就寝中に安らかにこの世を去った。

ニコルはゲシュタポのポンプ通りの施設で三日間尋問され、拷問を受けた。のちに夫となるスカウト時代の仲間が、リヨンで会ったときにこんなことを言っていた。拷問を永遠に耐えることなどだれにもできないが、四八時間耐えられれば、その間にネットワークの仲間は身を守ることができる。実際にどんなことをされるのか、ニコルはきいていた。さまざまな道具（木の棍棒や革の鞭）でぶたれ、電気やゴム管や水で苦しめられる。痛い目に遭うことは、頭ではわかっていた。しかし実際に痛みに襲われると激しい衝撃を受け、ただ一瞬一瞬をやりすごすことしか考えられなくなった。偽りの集合場所と偽りの名前をでっち上げると、再び尋問され、拷問された。「息つく暇もないほど痛みと緊張と心神喪失に耐え続ける三日間だった」とニコルはのちに書いている。ついにフレンヌ刑務所への移送が決まったときには、ほっとしたほどだった[9]。

刑務所の房の中で、ニコルは初めて涙を流した。惨めだったが、ありがたかったのは、ようやくひとりになって、頭の中で渦巻くさまざまな感情を整理できるようになったことだった。わたしは何か重要な情報を漏らしてしまっただろうか。なんとかだれも裏切らずにすんだだろうか。仲間はどうなるのだろう。ジャクマンはどうなるのだろう。あの書類さえ持っていなければよかったのに。マキの仲間のところにもう少し長くいればよかったのに。疑問や自己批判が次々と襲いかかってきて、ニコルを苦しめた。ニコルのすすり泣きを耳にして、別の房から声をかけてくれる人たちがいた。「諦めるな」。自分はひとりではないと教えてくれる声だった。「みんな仲間だ」。ポンプ通りで残酷な目に遭ったニコルを、人間味のある温かな声が包んでくれた。

まもなくニコルは女子房に移された。広く暗い部屋に入ると、ぼんやりと人の輪郭がみえ、小さなつぶやき声がきこえてきた。だんだん目が慣れてくると、自分のまわりのベンチに何十人もの女が座っていることに気づいた。

だれかがニコルの名を呼び、駆け寄ってきた。旧友のルネだった。ふたりは抱き合った。ルネ・アスティエ・ド・ヴィラットは白髪まじりの四〇歳だったが、熱意にあふれ、精力的だった。そしてニコルの血気盛んな面をいつも魅力に感じていた。刑務所で再会した瞬間から、ふたりは一緒にいるためならなんでもした。房内にスパイがいたときのために、用心して話しすぎないようにした。パリからわずか四五キロメートルのランブイエが爆撃されている音がきこえていた。連合軍はすぐそこまできている。戦争はじきに終わるだろう。囚人たちの間には、おさえることのできない喜びがあった。

そしてたびたび『ラ・マルセイエーズ』の合唱がわき起こるのだ。

しかし一九四四年八月一五日、迫りくるアメリカ軍から逃れようと、ドイツはパリから最後の移送列車を、東の収容所に向けて出発させた。パリでは停電が続き、フランス人の車掌はストライキに入っていた。パリ東駅は機能していなかったため、ドイツ軍はドイツ人の車掌に命じ、パンタン駅から列車を出すことにした。三四歳のアメリカ人スパイ、ヴァージニア・ダルベール＝レイクも、ほかの囚人とともに、追い立てられるようにしてパリをあとにした。

家畜用の貨車に押しこめられる一六五四人の男と五四三人の女に、赤十字のスタッフは支援物資を手渡し、こう励ました。「あなたがたがドイツに到着する前に、戦争は終わりますよ」。移送の途中で一四三人が逃亡に成功した。レジスタンスが移送を阻止しようと線路を爆撃し、列車が何度も止まったからだ。しかしドイツ軍は意思を変えず、残った囚人たちに爆撃された線路上を歩かせ、待ちかまえていた別の列車に乗せた。村人たちが囚人に声をかけた。「がんばれ！《ボン・クラージュ》　フランス万歳！《ヴィヴ・ラ・フランス》」。ドイツに入る前に、列車が動かなくなるに決まっていると、みな思っていた。だがしばらくすると、ぎゅう詰めの貨車のすきまからみえる標識が、ドイツ語になっていた。囚人たちは涙を流した。[10] 最後に移送された人のうち、九〇三人はもどらなかった。

女たちがラーフェンスブリュック強制収容所に到着したのは一九四四年八月二一日だった。貨車の戸が開け放たれると、悲鳴や叫び声、犬の吠え声、ドイツ兵のどなり声が一気にきこえてきた。フランス人は、フランス国民としてのプライドの証として、品位を保つという形で抵抗した、とのちにニコルは述懐している。「何をされても、決して動物には落ちぶれない。だから列車が到着したとき、みんな化粧をして、髪をとかし、できるかぎり見栄えよくしようとした。そんなわたしたちをみて、ソ連の人たちは売春婦だと思い、唾を吐きかけてきた[11]」。女たちは駅から収容所まで行進させられ、そのあと何時間も炎天下に立たされた。ニコルは移送前の混乱でルネを見失ってしまったため、なんとかみつけようと必死になってさがした。ルネはどこ？　無事に到着できたのだろうか。

　女たちは収納室に追い立てられ、服を脱がされ、せせら笑っている親衛隊員の前を獣のように歩かされた。自分がすぐにも殺されるのかどうかもわからない状態で、ニコルは恥ずかしさと恐ろしさで押しつぶされそうになっていた。突然、前のグループの中にルネの姿がちらりとみえた。ニコルは気づかれずにこっそりルネに近づくことができた。ニコルは五七四四三、ジャッキーは五七四四二、ルネは五七四四一という被収容者番号を与えられることになる。登録のときに前後に並んでいたからだ。

　女たちは二二番収容棟に隔離されることになった。そこはすでにポーランド人の被収容者でいっぱいになっていた。パリでは解放が進んでいたが、ワルシャワは灰燼と化しつつあった。ポーランドでもレジスタンス活動が起こっていたが、抵抗は鎮圧された。八月から一〇月までに、一万二〇〇〇人の女と子どもが、ワルシャワからラーフェンスブリュック強制収容所に送られた。

　ニコルとルネは決して離れず、同じベッドで眠った。細長い板のベッドは、ふたりには救命いかだだった。ルネはゲシュタポに受けた残虐な拷問からまだ回復せず（そしてついに回復しないまま終わるのだが）、疲労でぐったりしていたものの、恐怖に搦《から》め捕られ、シラミやノミに悩まされて眠ることができなかった。ルネはニコルに穏やかに話しかけ、その言葉がふたりを慰めた。幅六〇センチメートルの板の上でくっつき合い、それをふたりの全宇宙のように感じながら、ルネは、故郷のロット川沿いの地域に育つ、それはおいしいメロンの話をニコルにした。家族が暮らす大きな家のこと、母と妹のこと、姪と甥のことを、ルネは語ってきかせた。無邪気に過ごした子どものころの夏の日のことを、まるで絵に描くように描写した。ルネの話をきいていると、ニコルは別の時間、別の場所にいくことができた。言葉の中に、物語の中に、力と安らぎを見出した。

　前からいる被収容者は、新しく到着した女たちから最新情報をききたがった。それは希望の持てる情報だった。ドイツ軍が撤退を始めている。あと数日、数週間、長くても一か月だ、と女たちは言いきった。戦争はまもなく終わる。ニコルは耐えられないほどの空腹を抱えていても、もうじきドイツが負けるという信念を決して失わなかった。

しかし、一九四四年八月のラーフェンスブリュック強制収容所は、想像を絶する過酷さだった。収容所に慣れ、気の遠くなるような憎悪と恐怖から抜け出すまで八日かかった、とニコルはのちに書いている。ジャガイモの皮とお湯だけのスープを食べられるようになった。口を慎み、鞭や棍棒から逃れ、最悪な仕事を振りあてられないように身を隠せるようになった。戦い、物々交換し、あり合わせのものですませられるようになった。ポーランド人とフランス人との間、そしてほかのグループとの間にも、あからさまな敵対関係があり、ニコルは収容所の中での序列を急いで頭に入れなければならなかった。

トイレにいくのは、夜中の二時か三時。明け方四時の点呼前にはみんながトイレにいきたがり、わずか数個しかないトイレに三〇〇〇人が殺到するからだ。このトイレの中身を捨てにいく仕事は、なんとしても避けなければならなかった。髪にも服にも、排泄物の悪臭が染みこんで、消えなくなるからだ。奇跡的に水が出る蛇口を奪い合うようにしてたった一組の服を洗い、濡れたまま着て乾かした。うだるような暑さだったが、貴重な水も赤痢菌に汚染されている恐れがあった。病気になれば、診療所にいかなくてはならないが、診療所にいってもどってきた者はほとんどいないときかされた。病気が長引けば、静脈にガソリンを注射され、殺されることもある。

ここでは何もかもがルール違反だということも知った。服を洗うのはルール違反。体を掻《か》くのもルール違反。体を掻くのはシラミがいる証拠で、シラミはチフスを運ぶから、チフスを恐れているドイツ兵に感染を疑われたら、処刑に選別されてしまうかもしれないのだ。

隔離が終わると、ニコルたちは毎日の選別におびえて過ごすようになった。ワルシャワから到着した大量のユダヤ人が、湖そばの湿地に設置された当座しのぎのテントに押しこめられており、人口過密問題の解決が待たれていた。

離ればなれになることを極端に恐れていたニコルとルネとジャッキーは、同じグループになってほっとした。二八人のグループだったが、何をするのかはわかっていなかった。列になり、何度も何度も点呼を受けたが、希望は持てそうだった。全員が健康で丈夫そうだったからだ。

二八人は行進して駅にもどり、自分たちが乗ってきた家畜用の貨車に乗せられた。列車は南に向かい、ベルリンを通り過ぎた。貨車のすきまからみたベルリンは、廃墟のようだった。戦火に焼かれた首都を走る列車の中で、女たちは誇らしい気持ちで『ラ・マルセイエーズ』を歌った。ライプツィヒに到着し、収容棟が大きな煉瓦の建物なのをみてほっとした。中もそれほど混みあっておらず、ふたりでひとつのベッドを使えた。被収容者の国籍はさまざまだった。指示は拡声器を使って、ポーランド語とドイツ語で出された。新たな被収容者番号をあてがわれ、ニコルは四四四四番になった。

女たちはともにレジスタンス活動をした仲間と再会した。姿を消した何人もの仲間の中から、生き残っている者をみつけては喜び合った。ルネはジンカをみつけた。パリのコメットネットワークでともに活動し、墜落したイギリス人パイロットをかくまった仲間だ。ニコルもジンカと仲よくなった。おしゃれ好きなニコルは、ジンカが赤い端布を二枚使い、ところどころを結び形を整えて作った粋なターバンで、金色の巻き毛を包んでいるのをみて感心した。ニコルはエレーヌとも、そしてふたりのオランダ人、ロンとギギとも親しくなった。

春の日

ドイツの田園地帯で、ニコルと八人の仲間は、あの赤ら顔の村長からなるべく離れようと足を速めた。しかしシュトレーラに続く道は、爆撃の標的になりやすい列車の線路と並行していた。連合軍の爆撃機が低空飛行でやってきて、地面が激しく揺れたかと思うと、遠くで断続的な機銃掃射の音がする。女たちはそのたびに道の脇の溝に飛びこみ、溝の片方の斜面に寄りかかり、もう片方の斜面に脚を預けて休んだ。ニコルは空を見上げ、白い雲がふんわり漂っているのを眺めた。青臭い土のにおいがして、草が両手をちくちくと刺す。今は春なのだ。工場労働で傷つき、荒れた手が、やわらかい自然にふれている。ニコルははっとした。人間が戦い、破壊している間にも、世界はこんなにも美しいままでいたのだ。このはかない緑の葉は、戦争が起きていることなど知りもしないだろう。遠くで爆弾が落ちたのも、まだ危険であることも、ぼんやり意識していた。だがそこに横たわりながら、ニコルには自分たちが本当に自由になったのだという実感がわいてきた。たしかにここはまだ敵の領地内で、自由といってもいつどうなるかわからない。この先何が待っているのか、見当もつかない。きっとどこの村にいっても、さっきのような村長がいるのだろう。上空を飛ぶアメリカ軍の爆撃機は命を脅かすかもしれないが、希望ももたらしてくれる。ドイツから解放してくれる友軍が、すぐそこまできているということなのだから。

　立ち止まって座るたびに、再び立ち上がって歩きだすのがつらくなったが、とにかく今夜休む場所が必要だったし、お腹も空いていた。「食べ物がなきゃ、もう進めないわ」。ロンが正論を主張するのは何度目だろうか。ほかの仲間もうめくように同意の声をあげた。

　エレーヌもうなずいた。あの村長の剣幕に縮みあがってはいたが、いつまでもここにいるわけにはいかない。「次の村に着いたら、また運試しをしましょう」

「きっとだれか助けてくれるわよ」。ザザが期待をこめて言った。

　九人は、おどおどしながらクラインラーゲヴィッツという小さな村に入った。前の村で浴びせかけられた村長のどなり声が、まだ耳の奥に残っていた。村はずれの一軒目の家の前で、開戦直後からこの村の家で働いているというユーゴスラヴィア人の捕虜と出会った。戦争捕虜の多くが、田園地帯のドイツ人家庭に送られ、働かされていたのだ。仕事は過酷だったが、農村地に送られた捕虜は食料が十分に与えられ、比較的待遇もよかった。ユーゴスラヴィア人の捕虜は、九人がぼろを着て疲れはてているのをみて、何か欲しいものはないかとたずねてくれた。

「どうか、水を」。エレーヌはとっさにそれしか言えなかった。捕虜は仲間に水を持ってきてくれと頼んでから、女たちのやつれた顔とやせこけた体に気づいて、親切にたずねてくれた。「もしかしたら、食べ物も欲しいんじゃないかな」

エレーヌは落ち着いた口調で、とてもお腹が空いているのだと説明した。じつのところ、四日間何も食べていないのだと。

窮状を知って、捕虜は九人を白い家に連れていってくれた。家の前の小さなポーチにベンチがあり、そこに九人を座らせた。仲間のユーゴスラヴィア人が水差しと、タオルのかかった大きなボウルを持ってきた。ふたりは何やら話し合ったあと、最初のユーゴスラヴィア人がドイツ語で説明してくれた。

「あまりたくさんはないけれど、よかったら食べてくれ。友だちも、きみたちがお腹を空かせていると思ったそうだ」

女たちは大喜びし、いっせいに感謝の言葉を口にした。捕虜がタオルをどけると、ゆでたジャガイモが山のように入っていた。九人はそのもてなしに驚き、涙を浮かべる者もいた。

悲惨な女たちの姿に、さらに五、六人のユーゴスラヴィア人が食べ物を取りに走っていった。そして搾りたての牛乳やパン、ジャムの瓶ふたつ（マーマレードとブラックベリー）、バターを持ってきてくれた。豪勢な食卓を目の前にして、女たちは我慢できなくなり、両手でジャガイモをつかんだ。牛乳を分け合い、パンをちぎり、ジャムをたっぷりつけた。

女たちは口をいっぱいにしたままキスし合った。すすり泣き、笑い、むさぼるように食べた。そして捕虜たちに何度もお礼を言った。捕虜たちは親のようにやさしく見守った。「病気で伏せっていたわが子がようやく食べられるようになったのを喜んでいるかのよう」[12]だった、とザザはのちに書いている。

九人はジャムやバターやパンを回し合った。エレーヌは行儀の悪さを詫びようと、「ずっと何も食べていなかったものだから」と言った。男たちはただ笑った。

ニコルはポーチの手すりに寄りかかり、太陽に顔を向けた。バターとジャムを塗ったパンを噛んでいると、涙が頬を転がり落ちた。ほんの数時間前、自分はいつ死んでもおかしくなかった。でも、今はここにいる。食べ物をこんなに甘く感じるのは、生まれて初めてだ。

ひとりの男が男物の大きなブーツを持ってきた。ジンカの足が傷だらけで、血がにじんでいたからだ。女たちはお礼を言ったが、ジンカがブーツを履いてみると、膝まですっぽり入ってしまった。その姿にみんなが笑った。

ようやく落ち着いて、気を引き締めることができた。食べ物はきれいになくなった。狂おしいほどの飢えはおさまった。しかし今度は疲れで体が鉛のように重く感じた。ロンは最初に会った捕虜に、どこか安心してしばらく休める場所はないだろうかとたずねた。

「ひと晩だけでいいんです」。エレーヌも言った。

ユーゴスラヴィア人は、村長に相談するといいと言った。

ジャッキーがうんざりしたようにうめいた。またドイツ人のお偉いさんに会うのかと思うと、みんなぞっとした。エレーヌは言った。「村長さんと話をするのはあまり気が進まないんです」。そして、前の村で危ない目に遭った話をした。しかし捕虜たちは、この村の村長は親切だと請け合った。前の村の村長のようなことはしないと。

「大丈夫。村長さんはいい人だ。連れていってあげよう」。ユーゴスラヴィア人のひとりが言った。

エレーヌは仲間にフランス語で説明し、不安な気持ちで村長に会いにいった。

残りの八人は日だまりに座り、捕虜たちとおしゃべりしようとした。ロンとギギはドイツ語が話せたので、通訳した。互いに名前と出身地、家を離れてどのくらいになるかを教え合った。だれもがこの悲惨な戦争がすぐに終わることを願っていた。

　ありがたいことに、エレーヌはすぐにもどってきた。笑みを浮かべ、捕虜担当の巡査部長を連れている。そしてこの巡査部長が自分たちのために納屋の屋根裏を徴用してくれたのだ、とうれしそうに報告した。

　はしごを登って屋根裏の干し草置き場にいくと、刈りたての清潔な藁の香りに迎えられ、九人は有頂天になった。それぞれゆっくり休める居心地のいい場所をみつけ、藁を重ねてマットレスを作り、痛い靴を脱いで、ぼろぼろの服を広げ、ベッドにした。

　突然、ザザが仲間を制した。「しーっ！」。九人は凍りついた。

　ザザがききつけたのは、捕虜たちがもどってきた足音だった。九人は不安げに顔を見合わせた。考えていることは同じだった。あの人たちと、厄介なことになるのかしら。食べ物をやったから、借りを返してもらおうと言いだすのかしら。

　そのとき、男たちが納屋の戸をノックする音がした。

　ノックをしてくれた！　九人はその音に笑みを浮かべ、ほっとした。思いがけず礼儀正しくされたことに、感動していた。もうずいぶん長いこと、こんな風に敬意を払ってもらったことなどなかった、とザザは思った。だれかがノックする音をきくのも、プライバシーが守られている感覚を味わったのも、久しぶりだった。

「どうぞ《アントレ》」。何人かが言った。

　九人がますます喜んだのは、男たちがキルトと毛布と蒸留酒の瓶を届けにきてくれたことがわかったからだ。

またひとしきり「ありがとう」と「おやすみなさい」、そして「ゆっくり休んで」という言葉が交わされると、男たちは去っていった。九人はキルトと毛布を分け合い、それぞれ寝心地のよいあたたかなベッドに入った。じめじめしていない、安全な場所を確保できたことを祝って、九人はサーディンの缶詰と、メナが昼間にコートの中にひそませておいたパンの残りでパーティをした。「備えあれば憂いなしでしょ」とメナは言った。

するとニコルも「もしものときのために」パンを失敬したことを明かした。収容所での生活で、わずかな食べ物も用心のために取っておく習慣が身についていたのだ。でももう貯めこむ必要はなくなった。こんなにうまくいっているのだから。

メナとジンカは持っていた食べ物を配った。全員の手にサーディンを載せたパンがいきわたった。天国のようだ。九人はごちそうを楽しみながら、将来について語り合った。この村が、前の村と比べてどんなにすばらしいかを話し合った。ユーゴスラヴィア人のもてなしにはいくら感謝してもしきれず、なんていい人たちなんでしょうと言い合った。

「ねえ、ここにいましょうよ」。ジャッキーが苦しそうに息継ぎしながら言った。

「そうよ。ここなら暖かいし、安全だし、眠る場所もあるわ」。ザザが同意した。

「あと何日か、何週間かしたら、戦争も終わるんだし」。ジャッキーは続けた。

「それにあのユーゴスラヴィア人が、やさしくしてくれる」。メナも言った。捕虜たちもメナの魅力をみのがさず、ことさら親切にして、メナの手がからになるたびにジャムやらバターやらジャガイモやらを渡してくれたのだった。「明日になったら、服と髪を洗って、農場の仕事ができるんだってことをみせましょう。自分の食い扶持を自分で稼ぐのよ」。メナは提案した。

しかし現実的で頭のよいニコルが、そんな計画に冷や水を浴びせた。「期待しすぎちゃだめ。こんなに前線が近いのに、突然乳搾りを始めるわけにはいかないでしょう。事態はどんどん変わっていくはずよ。まだ戦争は終わっていないんだし、夢みたいなこと考えないほうがいいわよ」

「いいじゃない、少しくらい夢をみさせてよ」。メナが訴えた。

「ちゃんと現実をみておいたほうがいいの。この先何があるかわからないんだから」。ニコルは言った。

「さあ、少し眠っておきましょう」。エレーヌが言って、この話は終わりになった。

第四章　ロンとギギ

翌朝早く、夜明けとともに、ユーゴスラヴィア人が納屋の戸を遠慮がちにノックして、女たちを起こした。干し草に包まれてぐっすり眠っていた九人は、起きあがった。ゆっくり休むことに慣れていなかったせいで、少しふらふらした。ユーゴスラヴィア人たちがはしごを登ってきて、ピッチャーに入ったカフェオレと、ゆでたジャガイモ、痛む足に塗るための軟膏、バター、塩をくれた。たばこも、ひとり一本あった。

九人は床に場所をあけ、この貴重な朝ごはんを囲んだ。やさしく起こされるのはいつ以来だろうか。容赦ないどなり声に邪魔されず、ゆっくり眠っていられたのはいつ以来だろうか。

納屋の板壁の間から日光が差しこみ、ふわふわと舞うほこりの粒を照らした。黄金の光を浴びながら、静けさと穏やかさの中で、顔を洗う。外では鳥が歌っている。

男たちは横一列に並んで立っていた。もう髪をとかし、ひげを剃っている。着ている服は粗末だが清潔で、ボタンがちゃんと揃っている。

「三つの卵のうちひとつは固ゆでだけれど、どれだかわからないんだ」。若い男が、メナが差し出した両手の上に卵を三つ、そっと載せた。

ギエメット・ダンドルス（ギギ）

マデロン・ヴェルスティネン（ロン）

「ありがとう」。メナは卵を慎重に受け取った。髪には藁が刺さっているし、顔は寝起きでほてっているが、メナがほほ笑みかけると、男は顔を赤くした。

「こんなに早く起こして悪いんだが、よくない知らせがあってね」と話しだしたのは、最初に道で会った捕虜だった。どうやらリーダー格らしい。

「そう。どんな知らせかしら」。エレーヌは動揺せず、落ち着きはらって言った。

「発表があったんだ。昨日の夜遅くに知ったんだが、休んでいるのを邪魔しないほうがいいと思ってね」。男は大きく息を吸った。「自分たちは――この地域にいるすべての捕虜は――当局に召集され、東に向かって行進することになった。行き先はナウンドルフの収容所。出発は今日の朝だ」

「ああ、イエス様、マリア様！」。ジョゼが声をあげた。「そんなところには、いけないわ！」。ニコルがジョゼの肩を抱いてなだめた。

「きみたちは早く出発したほうがいいよ。召集の前に」。頬を赤らめた若い男がメナに言った。まるでそこにふたりだけでいるような口ぶりだった。

「当局はまだきみたちのことを知らないからね」

「それで起こしたんだ」。リーダーがエレーヌに言った。「ほんとうはゆっくり寝させてあげたかったんだが」

別の男が両手いっぱいに服を抱えてきた。「出発の前に、これがいるんじゃないかと思ったんだ」。男たちには、恩着せがましいところがまったくなかった。持ってきてくれたのは、セーター二枚、ズボン二本、それに帽子や手袋だった。ジャッキーは、ライプツィヒを出るときに着ていたワンピースがぼろぼろになり、ほとんど透けそうになっていたので、喜んで男物のズボンをはいた。大きく、ごわごわしていて、ずり落ちないようにウエストをロープで締めなくてはならなかった。その後、一日に少なくとも一回は、だれかがこう教えてやることになる。「ジャッキー、またズボンの前が開いているわよ！」

男たちは鋳鉄《ちゅうてつ》製の深鍋と、それを火にかけるときに使う三脚の台もくれた。重く、持ち運びしにくい物だったが、ニコルが「わたしが持つわ！」と言った。ずっと煮こみ料理が食べたくてしかたがなかったのだ。ニコルはこの便利な料理器具がすっかり気に入った。ジャガイモをゆでられるし、タンポポの葉でスープも作れる。ニコルはマキの仲間と山で過ごした楽しい日々を思い出していた。

九人はおしゃべりもせず、急いで朝ごはんをすませた。がっかりした気持ちは、だれも口にしなかった。前の晩に期待を膨らませて交わした会話を、胸の中にしまいこんだまま、荷造りをした。ニコルとジョゼは納屋を見て回った。「キャンプの大切な約束事のひとつはね、『きたときよりも美しく』よ」。ニコルは言った。

未知の場所への不安を抱え、まだ痛む体で、九人は村を離れ、再び歩きだした。この村で、めでたしめでたしの結末を迎えることはできなかった。田舎の乳搾り女になって、終戦を待つのは、夢に終わった。ナウンドルフを注意深く避けながら、西を目指す。

十字路で、若いドイツ人の将校に出くわした。バイクのそばに立ち、九人に手招きしている。

「すみませんが、」将校は礼儀正しく声をかけてきた。「地元の人の知恵を借りたいんです。アメリカ軍とソ連軍がどのあたりにいるか、知っていますか。何かきいていませんか」

エレーヌはザザを肘でつつき、調子を合わせるように合図した。「噂ならきいてますけど」。エレーヌは笑みを浮かべ、媚びるように言った。ザザが、将校が手にしている半分折りたたまれた地図をみるようしむけている。

「どんな噂です？」

エレーヌはできるかぎり会話を引きのばした。しかし、エレーヌも、メガネをなくしたザザも、地図をよくみることができなかった。

「お話しできて楽しかったですよ、お嬢さんがた。しかし仕事にもどらなくてはなりません」。将校は言って、バイクのエンジンをかけた。バイクは咳きこむような音を立て、黒い排気ガスを吐き出した。九人は不安げな顔で将校を見送ると、どさりと膝をつき、抱き合ってくすくす笑った。日当たりのいい草地に、道路からみえないくぼみがあった。九人はやわらかな草の上で昼寝をした。「ひなたぼっこをするトカゲのよう」だったとザザは書いている[1]。肌の色をどうにかしなくちゃとニコルが言った。まるでカブのように白かったからだ。ユーゴスラヴィア人にもらった冷めたゆでジャガイモを少し食べ、蒸留酒を飲み、たばこを吸った。ゆっくり休み、さっき起きたことについて話し合うには、うってつけの場所だった。おかしな話よねと九人は言い合った。ドイツ人の将校が逃亡中の囚人に前線の場所をきくなんて。太陽が体を温めてくれ、香りのよい草の中で、小さな虫がブンブン飛んでいる。空気は新鮮で、穏やかだ。時計はなかったが、ザザはそこで少なくとも五時間は休憩したと言っている。あまりにも疲れていて歩けなかったし、あの将校に通報されたかもしれないという不安もあったからだ。エレーヌは、あの将校のことなら心配ないと言った。エレーヌのドイツ語は完ぺきだから、ドイツ人だと思われただろう。それにあの将校は素直そうで、自分の仕事をしようとしていただけだ。何か疑っている様子はまったくなかった。エレーヌは、フリッツに親切にしてもらった経験から、ドイツ人の中にも親衛隊やゲシュタポを憎み、ただこの悲惨な戦争が終わることだけを願っている人がたくさんいるのではないかと思っていた。

九人は、何かたずねられたときに、どう説明すればいいか話し合った。収容所にいた被収容者と言うか、それとも外国人労働者と言うか。最初の村でエレーヌが思いついた、工場が閉鎖になった外国人労働者だという説明は、相手の反応があまりよくなかった。今のところ、強制収容所から逃れてきた被収容者という本当の話のほうが、うまくいっている。九人は、次は本当の話をしようと決めた。話題はあの親切なユーゴスラヴィア人捕虜のことにときどきもどり、男たちをすっかり虜にしたと言ってメナをからかった。

ジョゼもからかわれた。歩き続けたおかげで、頬に赤みがさしたからだ。ジョゼは輝くばかりだった。歩いているとき、ジョゼは髪の毛を端布で作ったターバンで隠していた。しかし朝になって、その長く美しい黒髪が、ユーゴスラヴィア人たちの目を引いた。ジャッキーは、男たちがジョゼから目を離せずにいるのに気づいていた。「わたしたちはみんな物乞いのようだったけれど、背中に美しい巻き毛を垂らしたジョゼは違った」

「そのうち男の人が寄ってきて大変なことになるかもしれないわね」。ザザが言った。

「あら、ジョゼになんて話しかけたらいいか、わからないに決まってるわよ」。ジャッキーが言った。

「それならいいけど」。ザザは姉のように感じていた。

「何がいいの？」。ジョゼがむきになって言った。ジョゼは、まわりから子ども扱いされるのが我慢ならなかった。精神的には、実際の年齢よりずっと大人びていると思っていた。

ジャッキーがたずねた。「ジョゼ、あなたヴァージンなの？」

「そうよ。それがどうかした？」。ジョゼの返事に、みんなが笑いだした。

九人の結びつきは強かった。体のこと、性体験のことを、ざっくばらんに話し合った。個人的なことを互いによく知っていた。ジンカとザザには夫がいて、ジャッキーは夫を亡くしていた。だから当然ながら性体験があった。三人のほかに、逮捕前に恋人がいた者もいる。当時は倫理観が激変した時代だった。すべてが変わりつつあった。昔にもどりたいという気持ちもあったかもしれないが、レジスタンスに加わったことで、自主性を持って行動する高揚感を味わっていた。自分には思っていたより多くのことができると知った。自分は母親や祖母とは違う。何よりも自分の体を自分の意思で動かして、生きている実感を得たかった。もし生きのびることができたら、妻や母親という役割に限定された生活に満足できるだろうか。みえない未来を前にして、仲間の中にはジョゼには無垢のままでいてほしい、昔ながらの安全な世界にとどまっていてほしいという気持ちがあったかもしれない。しかしジョゼには余計なお世話だった。

日が傾いてくると、そろそろ別の村に向かわなくてはならず、また敵対心むき出しの地元の人に出くわすのを覚悟した。

レッペンの村の入口で、ロンとエレーヌは道ばたに生のジャガイモが落ちているのをみつけた。さらにもうひとつ、草の上にも落ちている。あたりをさがしてみると、もっとみつかった。だれかがジャガイモを運んでいて落としたのだろう。でも生のジャガイモをどうやって料理するの、とジョゼは言った。

「火さえおこせれば、これが使えるわ」。ニコルが、抱えていた鉄の重い三脚台と深鍋を指さした。

しかしロンは、自分の泥だらけの足元に転がっている泥だらけのジャガイモをみつめた。自分はそこまでなり下がったのだろうか。そして地面から拾った物を食べるのは、屈辱的だと仲間に伝えた。

「わたしの主義に反するわ」と言うのが精一杯だった。収容所で、食べ物のかけらを巡って泥だらけになってけんかしていた女たちの姿を思い出していたのだ。

　収容所では、みずからの尊厳を守るのが何より大切だった。九人のうちだれも、食べ物を手に入れようとして人を押しのけたり、けんかしたりしなかった。互いを尊重し合い、食べ物は均等に分け、礼儀が通用しない世界でも礼儀を忘れまいとした。そのおかげで、ほかの女たちが獣のようになり、自分を見失い、絶望の闇に落ちても、しっかりと自意識を失わずにいられた。だからロンには、ジャガイモが自分より重く感じられたのだ。

　ほかの八人もその場に立ちつくし、ジャガイモを拾うべきか否かという実存的問題に向き合い、収容所での日々を思い出して、まだ有刺鉄線の内側にいるような気持ちになっていた。

　ジャッキーの言葉が、仲間を現実に引きもどした。「なによ、ただの食べ物じゃないの！ばかばかしい《メルデ》！　忘れたの？　わたしたち、もう少しで飢え死にしそうになったのよ。ラーフェンスブリュックだったらどうだった？　ジャガイモがあっても見向きもせずにいられた？」

　九人はすぐさま作業に取りかかった。だれもがかがみこみ、レッペンの村には目もくれず、点在する黄色やベージュ色の壁に赤い三角屋根の家々も、遠くにそびえる石板色の玉ねぎのような丸屋根の教会も、みえていなかった。

「兵隊がいる」。突然、ニコルが小声でエレーヌに知らせた。長年のレジスタンスでの経験から、つねにあたりを警戒する癖がついていた。ニコルがみつけたのはライフルを手にしたふたりの兵士で、村の入口を見張っているようだった。その目がこちらに向けられている。

「兵隊がいるわよ」。ニコルは少しだけ声を大きくして、ほかの仲間にも知らせた。全員が立ち上がり、兵士をみた。兵士もこちらをじっとみている。ドイツ人の女が銃声のような音を立てて雨戸を乱暴に開け、窓から身を乗り出した。そして兵士たちをどなりつけた。「ちょっと！　あんたたち、何をぼんやりしているの。さっさとあれを撃ってちょうだいよ。きたならしい流れ者！　泥棒！　撃ちなさいよ！　早く撃ってちょうだい！」

　兵士たちはゆっくりとライフルを持ちあげ、銃口を九人に向けた。

　ニコルの全身を恐怖が駆け抜けた。女たちはジャガイモを握りしめ、くるりと向きを変えて横道に入り、壁のかげに隠れた。

　収容所生活で体はぼろぼろ――皮膚には水ぶくれがあり、足首は捻挫し、腰は痛み、そして何か月にもおよぶ栄養不良状態――である上、この数日間歩き続けてきたせいで、走るのはとうてい無理だったが、必要に応じてすばやく動くことくらいはできた。横道をそのまま進むと、村の外に出た。九人は道の脇の溝に入り、息を整えた。みんなすっかり動揺していた。

「思ったんだけど、九人で固まっていると、人目につきすぎるんじゃないかしら」。エレーヌがようやく口を開いた。

「わたしたち、きっとひどいありさまなんでしょうね。わたしが村の人でも、やっぱり怖くなったと思うわ」。ザザが言った。

「村に入るときは、まず先遣隊をふたり送りこむっていうのはどうかしら。エレーヌとロンがいいと思うんだけど」。ニコルが言い、みんな賛成した。エレーヌとロンは仲間の中でも、特にドイツ語が堪能だった。ふたりでもう一度、今度は変装して村にいくことにした。エレーヌは丸襟のワンピースを着た。ロンはその次に上等な、スカートとストライプのシャツを着たが、ストライプはほとんど消えかかっていた。ザザが手早く端布からベルトを作った。

「あまりウエストをきつく締めないようにしておくわよ。あなたががりがりなのがわかってしまうと困るから」。ザザは言った。

　ザザは手芸が得意だった。ラーフェンスブリュックでは自分とエレーヌのために靴下を編んだ。土の中からみつけた金属の釘を編み針にして、ほころびたウールの下着をほどいて材料にしたのだ。ライプツィヒでエレーヌが脱走しようと持ちかけたときには、たびたびうるさく言われるのにうんざりして、ザザが「わたしと一緒じゃなくったって、いいでしょ」と言うと、エレーヌはいつものすました口調で「だって、わたしは裁縫ができないんだもの。あなたがいないと困るの。あなたの針と糸もね」と答えた。

身だしなみを整えると、ロンとエレーヌは眠る場所と手に入れたばかりのジャガイモを料理する場所をさがしに出かけた。

時計がないため、正確にどのくらい時間がたったのかはわからない。ニコルには何時間にも感じられた。溝で待っていた七人は次第に心配になり、気ままなおしゃべりも途切れた。あの兵士とどなっていたドイツ人の女の姿が、何度も頭の中に甦った。もしロンとエレーヌがもどってこなかったら、どうすればいいのだろう。

ニコルは春の夕暮れの肌寒さを感じはじめた。ザザは喉元に不安のかたまりがせり上がってくるのがわかった。ジョゼは、ほかの六人が口に出せずにいたことを、はっきりと言った。「あのふたり、もどってこなかったらどうする？　ナウンドルフに連れていかれたのかもしれない。銃で撃たれたのかもしれない」

「もう少し待ってみましょう」。ニコルは言ったが、すぐに自分に問いかけた。少しって、あとどのくらい？

やがてエレーヌとロンがもどってきたので、七人はほっとした。ふたりは無表情で、何を考えているかわからない。七人は質問を浴びせかけた。

「どうだった？」

「何かみつけた？」

「別の村まで歩かなきゃいけないの？」

「これからどうするの？」

ふたりの先遣隊は何も答えない。七人はふたりが黙り続けていることにいらいらしはじめた。「なんとか言ってちょうだいよ、ねえってば！」。ジャッキーがどなった。

ようやくエレーヌとロンはいたずらな笑みをみせた。「さあ、いくわよ。わたしたち、宿屋で食事ができるのよ！」。ロンが言った。

「それに、夜は納屋で眠らせてもらえるの」。エレーヌが続けた。

「よくもからかったわね」。ザザは言いながらも、ほっとして笑い声をあげた。

教会の前を歩きながら、エレーヌは自分たちの話はあいまいにして、難民で、食べ物と眠る場所をさがしているとだけ言ってあるのだと説明した。自分たちのことはなるべく話さないほうが得策だ。

まもなく、階段状の切妻のある立派な宿屋《ガストホフ》に到着した。中は居心地がよく暖かで、ハチミツ色の光に満ちていた。食べ物の匂いが漂い、どこかで話し声がしていた。すべてが普通で、戦争など起きていないかのようだった。以前の生活だったら、ドイツ風の装飾やレースのカバーがかかったピアノ、飾りのついたセラミック製のストーブなどが目につくこのような場所は「古風」に感じられただろう。何年ものちに、ニコルはこのときの奇妙な状況を説明し、「今でもあれは夢だったのではないか、わたしが想像しただけなのではないか、本当にあったことなのだろうかと不思議な気持ちになる[2]」とつけ加えている。

九人はテーブルクロスのかかった丸テーブルを囲んで座った。金髪を三つ編みにし、頭の両側にイヤマフのようにくるりと巻きつけたウエイトレスが、食事をするのかとたずねた。ばかばかしい質問だったが、もちろん、食事をするなら支払いをしなくてはならない。手書きのメニューを確認した会計係のジョゼは、お金は食べるためにあるのだと言った。後生大事に取っておいたって、いずれドイツが負ければお金の価値はなくなる。九人はさっそく値段を検討し、麺類だったら予算内に収まるだろうという結論に至った。

九人は黙って座り、気遣わしげにあたりを見回した。まるでみずからライオンの洞穴に飛びこんでしまったような気がした。別のテーブルにはドイツ軍の将校がいる。「逃げだしたあとすぐに、道でドイツ兵に会ったときのことを思い出して」。エレーヌが仲間に小さな声で話しかけた。「ここの人間だって顔をしていればいいのよ」

宿屋の主人が湯気の立つ麺を持ってきたとき、ドイツ軍の将校が三人、テーブルに近づいてきた。片メガネをつけたいちばんの上官は、「まるで映画から出てきたようだった」[3]とロンはのちに書いている。年は四〇くらいで、大きな軍帽をかぶり、胸には勲章がぎっしりついていた。かかとの高い革のブーツを履き、右手に鞭を持っている。その両側にはふたりの若い将校が、きっちり一歩下がってついている。三人とも金髪で、鋭い青い目をして、きれいにひげを剃っていて、その姿は女たちを心底震えあがらせた。

片メガネ氏、とのちにロンがあだ名した将校は、鞭で自分のブーツをぱちりとたたくと、九人のテーブルの前でぴたっと立ち止まった。恐ろしい沈黙が流れた。

と、将校の顔にうれしそうな、まぬけそうともいえる笑みがさっと広がった。「本当かね。きみたちはフランス人だそうじゃないか。パリからだって?」

「じゃあ、パリをご存じなんですか」。ジャッキーが平然とたずねた。

「パリは大好きだ!」。片メガネ氏は強いドイツ語訛りで言った。一度、一九四二年に短い休暇で訪れたのだという。総統が、すべてのドイツ兵は一度パリを訪れるべきだと言ったからだ。ヒトラーはパリに三時間だけいて、のちに「わが人生において最高にして最良のひとときだった」と言ったという。

「パリを嫌いな人なんていないかしら」。ジャッキーは猫なで声で言った。
メナも一緒になって媚びを売り、あのすばらしい街にどんなに帰りたいか、熱く語った。女たちはフランス語で、将校たちはドイツ語で話していたが、まったく問題はなかった。将校は三人とも、とりわけ片メガネ氏は、美しいパリっ子にうっとりしていた。のちにロンは次のように述懐した。「フランス人の魅力が存分に発揮されていた。洗練されていて、魅力的で、人を惑わすようでいて、決してあからさまではないのだ。ときおり親しげな笑みを浮かべ、かと思うと慎み深く顔を伏せ、おしとやかに上目遣いでみるのだが、その目がなんとも鋭いのだ」[4]。奇跡的に、ジャッキーは一度も苦しそうな顔をしなかった——もしかしたら、かすかにあえぐような声が、一層魅力的にきこえたのかもしれない。

片メガネ氏がたずねた。「それで、パリは変わっていないかね。シャンゼリゼは昔のままか。エッフェル塔は、ムーランルージュは、きみたちのような美しい娘さんがまだ大勢いるのかね」
「ぜひパリにいらして」。ジャッキーは誘うように肩をそびやかした。「ご自分でお確かめになったらいいわ」

この将校たちのことは、どうやら怖がらなくてよさそうだ。だが、心配事はほかにもあった。収容所にいる間、できるだけ早く食べる癖がついてしまっていた。雑な作りのブリキの皿から、指や粗末なスプーンですくい、つねに見張りに見下ろされながら食べていた。しかし今は本物の皿と本物のナイフやフォークを前にして、笑みを浮かべたドイツ人のウエイトレスに給仕をしてもらっている。食べはじめた九人にとっていちばんの気がかりは、自分たちをのぞきこんでいる将校たちではなく、フォークだったのだ。

ジョゼがそっとニコルに言った。「自分の手をつっついてしまいそう」
はやる気持ちを抑え、なるべくゆっくり、行儀よく、収容所生活ですっかり忘れてしまったマナーをなんとか思い出しながら食べる。

なかなかそばを離れないドイツ兵の前で、ジョゼは何気ない風を装って、注意深くお札を出し、そっとたたんでテーブルに置いた。片メガネ氏は抵抗するように両手を挙げた。

「だめだ！　そんなことはさせられない！　この上品なご婦人方と楽しくおしゃべりさせてもらったんだ、喜んで払わせてもらうよ」

女たちはとりあえず辞退したが、ジョゼはすぐに大切なお金をしまった。九人は麵を食べ、片メガネ氏とふたりの部下との会話を楽しむふりをした。食事が終わると、ドイツ人たちはおやすみなさいと言って、かかとをカチリと合わせ、大げさなほどていねいにお辞儀をした。九人はようやく近くの納屋に案内された。藁は新鮮で、横になれるのはありがたかったが、体は冷えきったままだった。ジャッキーが蒸留酒を少し飲んで、体を温めようと提案した。瓶から回し飲みをし、じきに深い眠りについた。

残忍なヒエラルキー

ジョゼがほんの少しの間テーブルに置いたあのお札の中に、一枚の五マルク紙幣があった。ロンはその五マルクを手に入れたいきさつを覚えていた。ライプツィヒの強制労働収容所にいたとき、ベッドとベッドの間の床に落ちているのをみつけたのだ。お金を持っていることは禁じられていたし、自分でも書いているようにロンは「まぬけな娘」だったので、収容所古参と呼ばれている被収容者の監督役を任された被収容者に届けようとした。

強制収容所システム（もしかしたらすべての拘置システム）の巧妙なところは、一部の被収容者に、ほかの被収容者より大きな権限を与える点だ。権限を与えられた者は現状を維持することで得をするため、ナチスと同じかそれ以上に、システムを存続させたいと思うようになる。

　ライプツィヒ強制労働収容所の収容所古参はジョアナ・シュマンスカといった。女たちが収容所に到着したときにプラウル司令官の隣に立っていた。シュマンスカは複雑な人間だった。美しく、自分でもそれを知っていた。二八歳で、戦前はワルシャワで有名な女優だったと噂されていた。人目を引き、クールで、笑ったところをみたことがないとロンは言う。もちろん、笑わないのには理由があった。シュマンスカは開戦直後に収容された。ルヴフ大学の地理学教授の娘で、戦前にユダヤ人と付き合いがあり、本人の戦後の証言によれば、ユダヤ人のゲットー脱出を助けるために指輪の密売に関わったとして逮捕された。しかし、尋問でネットワークの仲間の情報を明かしたと言われている。シュマンスカはマイダネクに送られ、収容所古参を務めた。

　何人かのポーランド人は、戦後の戦犯裁判で、シュマンスカはほかの被収容者から選ばれて収容所古参になったのだと証言している。当局に抵抗する勇気があり、正直で誠実だったからだという。マイダネクの収容所古参に選ばれたときに辞退して親衛隊員に殴られ、死にかけたという証言もあった。一方で、マイダネクで生きのびたユダヤ人は、シュマンスカから残酷で厳しい扱いを受けたとまったく異なる証言をしている。ユダヤ人は、シュマンスカが被収容者を殴るときに歯をむき出しにすることから、「トラ」と呼んでいた。シュマンスカとプラウル司令官との間には「ロマンティックな関係」があると噂されていた。つまり、プラウル司令官がシュマンスカを性的に搾取し、シュマンスカはそれを利用して自分や仲間の待遇をよくしようとしていたのだ。

　シュマンスカがユダヤ人被収容者を守っていたことは事実だ。たとえば、マイダネクで非ユダヤ系ポーランド人で通っていたラリラ・ライヒは、自分が本当はユダヤ人であることをシュマンスカは知っていて、一九四三年の大規模な選別から救ってくれたと言った。しかし、多くのユダヤ人は異なる印象を持っていた。ドーラ・スロカは「もしマイダネクに死体焼却炉があったら、シュマンスカは真っ先に犠牲者を送りこんだでしょう」[5]と語っている。

ロンが五マルク札を持っていくと、シュマンスカは真っ青になった。「あなた、何を考えているの。お金がみつかったことがわかったら、女看守は連帯責任を問われるのよ」

ロンははっとした。被収容者がお金を手にするような状況を許すのは、重大な過失だ。女看守は全員ポーランド人で、赤十字とつながりがあるため、ときどき家から小包が届く。おそらくロンがみつけたお札は、そんな小包からいつのまにか落ちたものだろう。シュマンスカはお札を受け取らず、ロンに持っているよう命じた。ロンの手を上から握り、「しっかり隠しておきなさい」と言ったのだ。

戦争が終わってから、ユダヤ人の元被収容者がパリでシュマンスカに対して起こした戦犯裁判で、ロンは証言をするよう呼ばれた。ロンは完全に部外者だった。ユダヤ人でもなく、ポーランド人でもなく、シュマンスカの仲間でもない。ロンはシュマンスカをかばう証言をした。五マルク札の一件を思い出し、シュマンスカは自分が置かれた状況で最善を尽くしたと言った。シュマンスカをはじめとするポーランド人たちが、収容所の運営を円滑にしてくれたのだと。そのおかげで、ドイツ人から必要以上に残虐な扱いを受けずにすんだ。シュマンスカは司令官と関係を持ったことでも訴えられていた。ロンは、それは戦争犯罪ではないし、シュマンスカがそのような状況に追いこまれ、ほかに選択肢がなかったことは容易に想像できると主張した。その後、ジョアナ・シュマンスカは釈放され、ユダヤ人ピアニストである夫とともにアメリカに渡った。[6]

プリーモ・レーヴィは著書の中で、物語は生き残った者が語るものであり、生き残った者は運がよく、収容所の邪悪なヒエラルキーの中でほぼ間違いなくなんらかの特権を有していた者であると書いている。その場合の特権とは、足に合う丈夫な靴があったとか、あまりきつくない任務をあてがわれたとか、監視員がたまたまともな人だったとかいうささいなことだったりする。

さらに、ナチスの思想原理は、民族浄化や優生学、社会進化論の考え方をもとにしていた。それも一般的に広く受け入れられ、ヨーロッパやアメリカで支持されていた。フランスのジョゼフ・ド・メーストルやルイ・ド・ボナールやアルテュール・ド・ゴビノー、イギリスのヒューストン・ステュアート・チェンバレンやサー・フランシス・ゴルトンといった人種差別的な思想家、そしてアメリカの優生学運動は、ナチスに直接影響を与えた。

強制収容所のシステムは、そのような考えを究極的な実践に移したものだ。そこでは残忍なヒエラルキーが再構築されている。最底辺はいわゆる反社会的分子。ここにはシンティ・ロマ人やエホバの証人の信者、同性愛者、売春婦、犯罪者が含まれる。この層の生存者は歴史からすっかり忘れ去られたかにみえたが、二〇二〇年二月になって、「緑の三角」と「黒の三角」の被収容者が犠牲者として認められた。彼らは生存者のグループに入っていなかった。戦後、みずからの権利を主張する政治団体も持たなかった。英雄とも、尊い犠牲者ともみなされていなかった。被収容者の間にも、この層に対する偏見があった[7]。

じつは、エレーヌおばさんも、わたしがインタビューしたほかの八人の子どもや孫も、九人がシンティ・ロマ人やソ連の民間人を憎み、恐れ、残忍な犯罪者と考えていたと語っている。エレーヌは、政治犯でもユダヤ人でもない被収容者は売春婦だというドイツのプロパガンダを信じていたようだった。性産業に関わっていた者の多くは、戦争で夫を亡くし、家を失った母親たちだった。いわゆる反社会的分子は何千人も殺されたが、戦後の戦犯裁判ではひとりも証言台に呼ばれなかった[8]。

ユースホステルで活動し、ザザと同じときに一斉検挙で逮捕されたジュリエット・ベスは、フレンヌ刑務所で同じ房になったミュリエルという売春婦と親しくなったことを回想録に綴っている。ミュリエルは脱走兵と一緒にいたところを憲兵隊員にみつかり、逮捕されたが、「自分の仕事をしていただけ」だったため、釈放されるはずだった。しかし移送された。戦後、ミュリエルはほかの売春婦と同じように、ドイツ兵と関係を持ったため、利敵協力の罪に問われ、裁判にかけられた。ジュリエットは弁護に駆けつけ、ミュリエルは収容所で政治犯ばかりの中で苦労しながらも勇敢に行動したのだから、罰するべきではないと主張した。[9]売春婦であったことを許されるには、政治犯の弁護が必要だったのだ。戦後、売春婦は群衆によって制裁を受け、その罪を周知するために髪の毛を剃られ、通りを歩かされ、中傷の言葉を浴びせかけられることが多かった。そのような女たちは「丸刈り女《レ・トンデュ》」と呼ばれた。

　ナチスが実行したシンティ・ロマ人の絶滅政策「ポライモス」について、戦後しばらくは論じる歴史学者はほとんどいなかった。犠牲になった何万人ものシンティ・ロマ人のうち、ラーフェンスブリュック強制収容所に送られた二〇〇人の少女が、医学実験として強制的に不妊手術を受けさせられた。中には八歳の女の子もいた。ほとんどが手術の後遺症で死亡した。手術は鎮痛剤の類いをまったく使用せずに行われた。ラーフェンスブリュック強制収容所の所長だったフリッツ・ズーレンは、のちの裁判で次のように自己弁護している。「われわれは女だけでなく、男にも子どもにも不妊手術をしたが、相手はジプシーだ[10]」。ドイツ政府がポライモスを認めたのは、一九八二年になってからだった。

　強制収容所での同性愛についてもまったく語られることがなく、はっきりとしたことはなかなかわからない。レズビアンは反社会的分子として完全に孤立し、たいてい最も残虐な看守が担当になった。生き残った政治犯はよく、「ポン引き《ジュロ》」と呼ばれる男のなりをした「有害な」女たちの「変わった習性」について話してくれる。彼女たちの収容棟は満員で、しょっちゅう激しい罰が下される。若い同性愛の女が電気の通った有刺鉄線に身を投げたという話も何度かきいた。これなら簡単に死ねると思ったのだろうか。死体はみせしめのため、有刺鉄線にぶら下がったままにされたという。名前の記録はなく、どんな人たちだったのかを知る手立てもない。反社会的分子の収容棟では、人があふれ、扱いがひどく、みずからを慰めるための性行為がみられたという話もある。ベッドを揺らし、大きな声をあげていた、あるいは性行為の報酬として食べ物が渡されていたともいう。同性愛者は厨房から食べ物を盗むといった類いの罪を犯すことが多く、そうなると証拠がなくても連帯責任を取らされた。たいていのフランス人政治犯は、同性愛者を道徳的に許しがたいことをする人たちとみなしていた。そして、ドイツの犯罪者の世界には同性愛者がよくいたし、ほかの国の政治犯の中にもいたけれど、フランスの政治犯の中にはまったくと言っていいほどいなかったと主張する[11]。

　純粋な結びつきの物語もある。カフカの恋人で翻訳家だったミレナ・イェセンスカは、マルガレーテ・ブーバー＝ノイマンと出会い、互いにすっかり魅せられた。ミレナは生きのびることができなかったが、ブーバー＝ノイマンは次のように書いている。「わたしはラーフェンスブリュック強制収容所に送られたことを感謝している。そのおかげでミレナに出会えたのだから[12]」

　ブーバー＝ノイマンは、ミレナとの強い友情について、戦後、著書に記している。戦争が終わったら収容所の経験を一緒に書いて本にしようというミレナとの約束を果たして書き上げたその著書は、女同士の団結が大きな力となる証となっている。女性の仲間意識の強さは、収容所での女性の平均生存日数が男性より長い理由と言えるのかもしれない。女同士の友情や、恋愛感情が重要な役割を果たしたことについては、ロンも書いている。

ロンと兄エリック

　ロンことマデロン・ヴェルスティネンは、子ども時代をオランダ南西部のスヘーヴェニンゲンで過ごした。父親は公証人をしていた。学生時代はライデンで、近東研究の第一人者であるフランツ・ボール教授のもとでアッシリアの研究をした。戦時中、ロンはボール教授の唯一の学生だった。ロンが逮捕されると、ロンの父親とボール教授はナチスの将校に賄賂を渡し、ロンと兄のエリックを釈放してもらおうとしたが、失敗した。[13]

エリックはロンより六歳上で、ライデンで法律を学んでいた。ヴェルスティネン家は、輝かしい経歴を持つ一族だった。もともとは裕福な農家で、のちにオランダ領東インド諸島との貿易に携わった。ロンの両親の世代は、オランダに前衛芸術、前衛文学、前衛思想が集まっていた驚くべき時代を楽しんだ。その子どものエリック、ロン、そしていとこたちの世代は、政治に関心を抱いた。

ロンはハンサムな兄が大好きだった。あるとき、ふたりがライデンのパブでしゃべっていると、タトゥーだらけのほろ酔いの船乗りが入ってきて、ふたりの隣のストゥールに座った。船乗りは何かぶつぶつ言っていて、ロンには「ポセイドン」ときこえた。

エリックが怒って言った。「失礼ですよ、これはぼくの妹です」

ロンはエリックにそっとたずねた。「いいじゃないの、海の神様って言われただけでしょ」

エリックは歯がみしながら、船乗りは「ポセイドン」ではなく、「ポートサイド」と言ったのだと説明した。売春婦をみつけやすいとして知られた場所だ。

すると船乗りは酔った口調でエリックに話しかけた。「そんないい女、どうやってみつけたんだ」

エリックは腹立たしげにくり返した。「これはぼくの妹です。さあ、今すぐこの店から出ていってください」

「そうか。ポートサイドだな」。船乗りは回らぬ口で言って、酒をすすった。

ロンによれば、エリックはていねいに上着を脱いで椅子の背にかけ、カフスリンクをはずして腕まくりした。それからメガネをはずしたので、ほぼ何もみえなくなった。エリックはボクシングのレッスンを何回か受けたことがあるが、これでは一発殴ろうとしたって、相手さえみえないだろう。ロンは突然状況が悪化したことに、不安になった。相手がどんなに酔っぱらっていようとも、けんかをすればこちらが負けるに決まっている。だがそのとき船乗りが立ち上がり、支払いを済ませ、「もういくよ、いけばいいんだろ」と言って出口に向かったので、ロンはほっとした。
エリックが妹の名誉のためにけんかをしようとしてくれたことに、ロンは心動かされた。本当にけんかになったら、ひどいことになっていただろうけれど。ライデンの学生寮にエリックをたずねたときには、こんなこともあった。エリックが二五歳、ロンが一九歳のときだった。ベッドに寝そべり、頭の下で腕を組んでいたエリックが、突然こんなことを言いだしたのだ。「いろいろ考えてみたけれど、ぼくが愛している女はひとり。それはおまえだ」。ロンも、心から理解し合えるのはエリックだけだと感じていた。もしかしたらロンがこれまで愛した男はエリックだけだったかもしれない。一九四〇年にロンがライデンの大学に入ると、エリックは少しぶっきらぼうに、自由になったからって、だれとでも寝るんじゃないぞと忠告した。ロンは驚いて、自分はまだヴァージンだとエリックに明かした。エリックはロンの頭に手をのせ、「そのままでいろ。そのままでいるんだ」と言った。[14]
ナチスによる占領と抑圧が加速し、ライデンの大学ではユダヤ人の教授を全員解雇するよう命じられた。法学部の学部長が抵抗の演説を行い、一九四〇年一一月、学生がストライキに入った。ロンも友だちのギギとともにこのストライキに参加したのだろう。六八人いた教授のうち五三人が抗議のために辞職し、大学は閉鎖された。エリックの友人のピーター・タゼラーは、ロンドンの亡命政府と協力して、ユダヤ人家族や取り残されたオランダの飛行士のために逃亡ルートを用意するグループのリーダーだった。ピーターの活動に刺激を受けたエリックは、一九四三年にオランダを離れ、パリで活動している法学生の友人ヴィクトル・スワンのもとにいった。ロンもエリックについていきたかった。手記の中で、ロンはボーイフレンドがいたと書いているが、エリックがつねに憧れの対象であったことは間違いない。
ロンとギギは、上流階級の女性向けの快適な学生アパートで出会った。ギギの落ち着いた物腰は、ロンの気性の激しさと好対照をなしていた。ふたりは共通の目的で結びついていた。ユダヤ人家族が駆り集められているという話に衝撃と恥ずかしさを感じていたのだ。ロンは、自分が何もできずにいることに耐えられなかった。ふたりはパリにいき、エリックをみつけて、レジスタンス活動に加わろうと決めた。エリックからの最新の手紙には、パリ北駅近くのオテル・ド・モントロンに滞在していると書かれていた。

楽園の喪失

ギエメット・ダンドルス（ギギ）はオランダの貴族の家柄の出身だ。父親のローレンチウス・アンリ・ダンドルスがアルンヘムで生まれたころには、ダンドルス家はオランダ領東インド諸島で莫大な財産を築いており、その資産で暮らすことができたようだ。ギギの母親のクララ・ファン・ライクと結婚したとき出されたフランス語の告知文書には、父親はユサール騎兵の予備中尉であると書かれている。ふたりはヘゼンベルグにある一族の地所に居を構え、馬や牛、犬やニワトリを育てた。三人の子どもが相次いで生まれ、ギギは末っ子として一九二〇年に生まれた。一家は広い田園地帯で豪勢な狩猟の会を催した。ヘンドリック王子とウィルヘルミナ女王が訪れることもあった。ダンドルス家は気前のよさで知られ、地元の行政機関に資金を提供したり、町のお祭りに寄付したり、だれでも参加できるイベントを催したりした。

　広大な地所には、馬番のための家や運転手のための家、庭師頭のためのコテージもあった。子どもたちは乳母に育てられ、住みこみの家庭教師に勉強を教わった。クララはフランス生まれで、フランス人に嫁いだ姉もいて、フランス語のほうが上品だという意識があったため、家でもフランス語で話すことが多かった。しかし贅沢な生活を維持することはできなかった。一九三〇年から一九三三年にかけて、ギギが一〇歳から一三歳だったころのどこかの時点で、両親は別居した。ニコルの家庭事情とよく似ている。父親のローレンチウスが破産し、結婚生活が破綻した。一家の破産整理は一九三四年一月に完了した。その間にローレンチウスは病気になり、スイスの療養所に入っていた。九月には離婚が成立して、ローレンチウスは一一月にオランダにもどり、数日後にこの世を去った。ギギが一四歳のときのことだった。

　思春期が始まったばかりの多感なときに、ギギは両親の結婚の破綻と、子ども時代の楽園の喪失と、父親の死を経験した。それらのできごとから、ギギは本当に大切なのは愛と友情だけだと学んだようだ。家族の話では、ギギは芸術的で感受性が鋭かった。はっきりとした価値観を持ち、それに従って生きていた。物静かで、控えめで、人の先頭に立つことを望まず、しかし支配されることを嫌った。[15]

　一九四四年三月七日、ロンとギギは偽の書類を手にライデンを発ち、パリに向かった。ふたりは理想に胸を躍らせていた。旅は滞りなく進んだが、一度、ドイツ人の検札係が疑わしげにふたりの書類をいつまでも確認していてひやりとした。おそらくギギに話しかけたくてぐずぐずしていたのだろう。オテル・ド・モントロンで、ふたりはヴィクトル・スワンとエリック、それにグループの仲間に会った。あと数日ホテルに滞在してから、スペイン経由でイギリスに渡り、特殊作戦執行部（SOE）に合流するというのが当初の計画だった。ギギもロンも、詳しいことは気にしていなかった。ついに自分たちも行

家族がばらばらになった13歳のころのギギ

動を始められるのが、とにかくうれしかった。

三月八日、ギギとロンはエリックと食事に出かけた。両親のことを話し、戦争とは関係のないくだらない冗談やエピソードを話しては楽しんだ。配給のことや、どこにいけばまともな代用コーヒーが飲めるかということも話題になった。ロンはボール教授のもとで進めていた研究の話もした。それが兄妹がともにする最後の食事となった。

ギギとロンは、エリックよりひとつ上の階の部屋をあてがわれ、休んだ。一九四四年三月九日午前六時、ふたりはドアを激しくたたく音に目を覚ました。「警察だ！　すぐにここを開けろ！」

言われたとおりにするしかなかった。ドイツ人の警察官たちがロンを押しのけ、勢いよく部屋に入ってきた。ひとりが銃口をふたりに向けている。ネグリジェ姿で震えながら、ふたりは部屋が引っかき回されるのをみているしかなかった。驚いたことに、警察官はあっというまにクローゼットの奥の羽目板がはずれることに気づいた。羽目板をはずしてみると、ドイツ軍の軍服やライフルなどの武器がどっさり出てきた。こっそり手に入れた備品を隠しておいて、ドイツ軍の作戦を妨害し、ユダヤ人家族をなんとか逃がすのに使う計画だったのだろう。警察官はホテルじゅうの部屋をくまなく調べて回った。ヴィクトルも、エリックも、一〇人以上の仲間も、みな逮捕された。

ネットワークに裏切り者が出ていた。それに先立つ二月、ゲシュタポはオランダのいくつかのレジスタンスグループの存在を暴くことに成功していた。一斉検挙により、ジャン・ワイドナー率いるオランダ‐パリの逃亡ラインはほぼ壊滅した。オテル・ド・モントロンは、組織の集合場所だった。そのホテルはもう使わないほうがいいというヴィクトルへの忠告の手紙は、届かなかった。ヴィクトルも、エリックも、ロンも、ギギも、まんまと罠にはまってしまったのだ。

その朝、ギギのフランス人のいとこジェイムズが、ホテルにたずねてきた。ちょうど自転車で到着したとき、ギギたちは警察車両に乗せられるところだった。ありがたいことに、ジェイムズは警察に気づかれず、ギギはほっとした。ジェイムズは向きを変え、家族に悪い知らせを届けた。

取調室の外のベンチで、ギギの隣に座ったのは、同じオランダ人のティメン・ウィレム・スペイカーだった。ふたりは生まれ育った環境が違い、それまで会ったこともなかった。ギギはライデンの大学でフィールドホッケーのクラブに入っていた。ティメンはオランダ東部のナイメーヘンにある大学で法律を勉強し、無声映画の劇場でピアノを演奏して生活費を稼いでいた。大学を卒業できなくなるかもしれないと思いながらも、ティメンは一九四一年、オランダのレジスタンス活動で知り合った仲間が大勢いるパリにやってきた。

ギギ（いちばん右）。フィールドホッケークラブの仲間と

緊張感みなぎるこの時期、どんな出会いにも意味がこめられていた。ギギもティメンも、この先のことはわからなかった。処刑か。拷問か。再び家族に会えるのか。自分の運命に、どう耐えていけばいいかもわからなかった。ベンチに並んで座ったふたりは、オランダ語で会話ができることに気づいた。恐怖と不安の極限にあって、それは大きな喜びであり、慰めであった。ティメンはギギのグレーの目をみているうちに心が和み、ギギがポケットにあった吸いさしのたばこをプレゼントしてくれたことにほろりとした。

数日後にフレンヌ刑務所に移送されたふたりは、別々の区画にいたものの、連絡を取り合うことはおそらく可能だっただろう。ジュリエット・ベスは、同房だった売春婦のミュリエルが肩の上に立たせてくれたおかげで、通気用の小さなよろい窓越しに話をすることができたと言っている。ジュリエットのメッセージは房から房へと伝えられ、目的の相手に届けられたのだ。[16]

ティメンは心に誓っていた。「もしここから生きて出られたら、刑務所で出会ったあの娘をさがし出して、結婚しよう」

ティメンが移送されたのは、コンピエーニュの一時収容所で、ロマンヴィルと同様に、ドイツに移送する囚人を一時的に集めておく場所だった。一九四四年六月一八日、ティメンはダッハウに移送されることになった。ロンの兄エリックも同じ列車に乗っていた。同時に移送された二一四三人のうち、オランダ人は九人しかいなかった。エリックとティメンは知り合いになっただろうか。ティメンが出会い、収容所の暗黒の日々を耐えるようすがになった娘が、エリックの妹と親友であることに気づいただろうか。

エリックはダッハウからナッツヴァイラー＝シュトリュートホフ強制収容所へ、さらにファイインゲンの強制労働収容所へ移動させられた。エリックは「夜と霧（ＮＮ）」命令の対象となっていた。これは、公に処刑されたレジスタンスリーダーが殉教者のように扱われ、仲間を鼓舞する結果となったため、ヒトラーが一九四一年に発した総統命令で、リーダーたちの行方をわからなくさせ、家族には何も知らせずに何年も苦しめることを意図していた。「夜と霧」の対象になった囚人は収容所を転々とさせられ、死亡しても一切記録は残されなかった。[17]

美と連帯

収容所暮らしでロンを苦しめたのは、殺風景な、美しいものがかけらもない環境だった。日中、華やかな色をみられないせいか、夢の世界がどんどん鮮やかで彩り豊かになっていった。「一四か月近くの収容所生活で、一度も悪夢をみなかったのは驚くべきことだ。悪夢は日中に起きていた。夜になると自分だけの世界にひたり、奪われたあらゆるものをとりもどすのだ。ひとつ、たしかに言えるのは、この色に満ちた夢が、わたしが生き続ける大きな原動力になってくれたということだ[18]」

ロンは仲間の中にも美を見出した。よくギギの手や、ほかの友だちの目をみせてもらい、うっとりと眺めた。触れることはなかった。「触れなかったのは、わたしたちがいつも狭い場所に押しこめられ、互いの体から逃れられなかったことと関係しているに違いない……それでも、矛盾しているように思えるかもしれないが、美しい手や目を鑑賞している瞬間、互いの存在に神聖ささえ感じ、敬う気持ちがわいてきた[19]」

ロンは、あるフランス人の女が収容棟に駆けこんできて、こう言ったという。「すぐに洗面所にきてちょうだい。ソ連人の子が体を洗っているんだけど、もう信じられないの。すっごくきれいなのよ」。そこにいた女たちはいっせいに駆けだし、「息をのんでその美の女神のような姿」を拝んだ[20]。その娘は筋肉質で健康的で、がりがりにやせ細ってはいなかった。肌はなめらかで、腫れ物も、シラミに咬まれた跡もない。肌の上で水が輝いている。娘はソ連兵で、そのおかげで特権があり、ほかの者には許されていない時間に洗面所を使うことができた。女たちは、静かに完ぺきな体を洗っている娘を、うっとりとみつめた。

ソ連兵たちはクールで、排他的で、寡黙な、エリート軍団だった。ロンも、ほかの女たちも、その規律正しさや威厳に感心していた。それほどみごとだった。もしかしたら、工場でノルマ以上の仕事をして配給を増やしてもらうのを拒絶している自分たちフランス人政治犯に、一目置いてくれているのではないかとも思ったが、力強いソ連兵に比べて小さくて弱いフランス人は、きっとばかにされているのだろうと考え直した。

ロンは、団結力の強いフランス人共産主義者たちのことも尊敬していた。そのほとんどが労働者階級出身の工場労働者だった。彼女たちは誇り高く、献身的で、仲間を大切にしていた。共産主義者たちは「連帯のボウル《レ・ギャメル・ド・ラ・ソリダリテ》」という活動を始めた。空のボウルが回ってきて、収容棟の全員がスープをスプーン一杯とか、パンをひとかけらとか、提供するのだ。そのボウルは、その日いちばんつらい思いをしている者に渡される。体調が悪く、食べ物を必要としている者、看守に殴られた者、工場でけがをした者、愛する人が死んだと知らされた者。ジュリエット・ベスはこの活動について次のように書いている。「慈善とは、自分が与えられるときに与えること。連帯とは、自分が何も与えられないときに与えることだ[21]」

友情は生き残りを左右した。ロンとギギはフレンヌ刑務所で離ればなれになったが、ラーフェンスブリュック強制収容所で再会した。ふたりは生涯親しかった。ギギはロンの頑固さに不満を感じることもあったが、しなやかな強さにはいつも感心していた。群衆をかき分けてでも、ふたりがライプツィヒへの移送者リストに載っていることを確かめたのは、ロンのほうだった。ロンは知恵が回り、収容所という地獄でも取引きの方法をみつけた。ギギが上の空になったり、いいかげんな態度を取ったりすると、かんしゃく玉を破裂させた。ふたりは互いを補い合っていた。ロンは押しの強いところがあったが、人当たりのいいギギが物事を丸く収め、グループをまとめていた。

生き残るために、九人は互いに支え合った。その後の生活ではたやすくみつけられなかったほどの固い友情で結ばれていた。兵士が、戦争でともに戦った仲間に兄弟のような情を感じるように、強い友情は、九人の経験の重要な核となっていた。メナとギギはとても親しくなり、その友情は生涯続いた。ザザとエレーヌも親友になった。ニコルは初めて会ったときからジンカに憧れ、ライプツィヒの診療所で同じベッドだったルネ・アスティエ・ド・ヴィラットを命の恩人として大切に思っていた。ロンはライプツィヒで出会ったポーランド人のアリナと固い友情で結ばれていた。アリナと自分は波長が合うのだとロンは書いている。ロンがアリナと知り合ったのはライプツィヒに着いたばかりのころで、点呼のために長時間立たされたせいで脚が腫れ上がり、倒れて――ロンはひどく悔しがったが――診療所に運ばれたときだった。

　アリナには冷たいところがあったが、それはすでに何年も、いくつもの収容所で過ごしてきたからだった。政治犯として捕らえられたのは一九四〇年、まだ二〇歳のワルシャワ大学の学生だったときだ。ロンとアリナは長話をすることが多かった。哲学的な話をすることもあったが、たいていは子どものころの話だった。ロンはアリナを通して、ドイツ侵攻前のポーランドの生活を知った。アリナの家族には、男性が残っていなかった。アリナは母親にとって、唯一生き残った子どもだった。

　ロンは若いポーランド人の間で人気があった。戦争のため、突然学業を中断させられ、何年も収容所に閉じこめられていたポーランド人たちは、新しい考え方や話に飢えていた。ロンはそんな彼女たちに新しい風を吹きこんだ。ポーランド人たちはロンの言葉のひとつひとつに耳を傾けた。ロンは注目の的になるのが何よりも好きだった。そこでアッシリアについて、美術史について、講義をするようになった。父親がアンティークをみたり買ったりするときに、よく連れていってもらっていたロンは、アンティークの家具やクリスタル製品、カーペット、そしてさまざまな時代や流派の絵画について、何時間でも話していられた。ロンは英語も教えたが、じつは自分もあまり得意ではないのだと認めていた。しかし、ポーランド人たちを喜ばせ、夢中にさせるには十分だった。ロンは昔読んだ小説のあらすじを話してきかせた。一九四四年のひどく寒いクリスマスに、ロンはライプツィヒで『知恵と美の宝箱』という小冊子を作成した。アラビアの装飾文字から、イランのルーミー、ペルシアのハーフィズ、イギリスのシェイクスピアといった詩人の詩、そしてサマセット・モームの小説の一節まで、すべてロンが記憶していたものが収められていた。

置かれている状況が危険で不安定になればなるほど、ロンの話をきいて現実逃避したいという者が集まってきた。ロンが好んで話したのは自分の身の上話や、一八歳のときに三か月過ごしたアルジェの話だった。

一九四五年三月末、被収容者が集められ、死の行進が始まる三週間前に、ロンは重い袋を持ちあげようとして、背中がバキッと音を立てるのをきいた。ロンはその場に倒れこんで立ち上がれなくなり、ましてや歩くこともできなくなった。ストレッチャーに乗せられ、診療所にいくと、ありがたいことに熟練看護師のアリナがいた。アリナは、ロンによればおろおろしているだけのソ連人の医師を押しのけ、治療に取りかかった。ロンは凍えるように寒く、しかもショック状態に陥っていた。アリナはありったけの毛布をかき集めてロンを包み、湯たんぽまで入れた。そして一時間ごとに温かいカブのスープをスプーン一杯飲ませるよう命じた。アリナに呼ばれて、いつもロンの話を楽しみにしているポーランド人がやってきて、つきっきりで看病したが、ロンの具合はいっこうによくならなかった。このままでは体が麻痺して、選別を免れなくなる。話したり考えたりはできるが、それ以外は何もできず、ドイツで死ななければならない自分の運命を呪うしかなかった。

どん底の状態のとき、アリナがマッサージをしながら顔をのぞきこみ、「また話をしてちょうだいよ」と言ったのを、ロンは覚えている。

ロンは、自分がうなずくことさえできないのに気づいた。アリナの心配そうな顔をみて、自分は死ぬのだと観念した。しかしそのとき、頭に「役立たず」という言葉が浮かび、強烈な反感を覚えて、がぜん闘争心がわいてきた。五日目の朝、指にうずくような感覚があり、ロンは様子をみにきたアリナにこう言った。「また指が動くようになったのよ！」

アリナはさっそく行動に出た。ギギとメナを呼んで、ロンをベッドから引きずり出したのだ。「さあ、歩いてごらんなさい！　ほら、動いて！　その調子！　慌てないで！　大丈夫よ！」。アリナは大きな声で言った。ギギとメナはロンを間に抱え、必死に歩かせようとした。リハビリは一時間ごとに行われた。

六日目には、ロンは小さな歩幅で歩けるようになった。しかし、七日目の真夜中、アリナが慌ててロンを起こした。「起きてちょうだい！　今すぐここから出ていきなさい！」

説明も何もないまま、ロンはふたりの人間にベッドから助け起こされたが、それがだれなのかはわからなかった。ふたりはロンを真ん中にして黙って先を急いだ。ロンは引きずられるようにして診療所を出て、収容棟の間の真っ暗な通路を通り、自分のベッドに寝かせられた。

翌朝の点呼をロンがどうやってしのいだのかは謎のままだ。ギギとメナとジンカに支えてもらったに違いない。ロンは次第に体力をとりもどした。一〇日後にはかなり元気になっていた。アリナとポーランド人の友だちが、諦めずに看病してくれたおかげだ。あとでアリナが明かしてくれた話によると、あの夜、ドイツ兵が診療所に見回りにきて、収容所の立ち退き前に処刑すべき者をチェックすると教えてくれる人がいたのだという。ロンはアリナに命を救われたのだ。

第五章　ジンカ

四月一七日の朝、九人はのんびり目を覚ました。日光が納屋の板壁のすきまから、かすかに差している。藁のベッドの中で、ぼんやり過ごす。ジンカはいつもの癖で、シガレットケースに手を伸ばした。ライプツィヒの藁布団から破り取った端布で、何時間もかけてていねいに作ったものだ。ケースの中には、一枚きりのフランスの写真が入っている。ふくふくと健康そうな赤ちゃんだ。収納室で働く被収容者がこっそり返してくれたもので、奇跡的にここまでなくさずに持ってこられた。枕として使っている小さな袋に、いつも大切にしまっている。毎朝、この使いこんだやわらかなケースに手を伸ばすと、夫ルイ・フランシスとのわずかなつながりを感じることができる。もうすぐこれをあの人に渡すのよ、ジンカは自分に言いきかせる。これをあげたら、この何か月もの間、自分がずっとあの人を思っていたとわかってもらえるだろう[1]。本当は去年のクリスマスプレゼントにするつもりだった。あのころは一二月には帰れると思っていた。

日が差すほうへ

だれも起きて動きだす気にはなれなかった。うとうとしながらおしゃべりし、近くの牧草地で鳴いているのどかな牛の声をきいていた。自由になって二回目の夜が過ぎた。しかし、まだ頼りない自由だ。はっきりとしない前線をこれからみつけ、アメリカ兵に会わなくてはならない。

「大砲の音でもすればいいのに。そうすれば、少なくともどっちの方向にいけばいいかがわかるじゃない」。ジンカが言った。ジンカのことだ、赤ちゃんのフランスが待つ故郷に帰れるのなら、砲撃にでも爆撃にでも敢然と立ち向かっていくだろうと仲間は思った。「前線って、もっとうるさい場所じゃないの？」

ルネ・ルボン・シャトネ（ジンカ）

「もしかしたら、まだ遠いのかもしれないわね」。エレーヌがまじめに答えた。あと何キロメートル、あと何日歩けば進軍中のアメリカ軍に出会えるのか、だれにもわからない。エレーヌが心配していたのは、再びドイツ軍に捕らえられることと、アメリカ兵より前にソ連兵に出くわしてしまうことだった。もしかしたら、少人数のグループに分かれたほうがいいかもしれない。しかし、ほかの八人が反対するのはわかっていた。

「これはほかの戦争とはぜんぜん違う」。ジャッキーがハスキーな声で言った。「くだらないマジノ線〔フランス北東部のドイツとの国境に沿った長大な要塞線〕も、塹壕《ざんごう》もない。どこが前線かなんて、さっぱりわからない《セ・ル・ボーデル》」

　ジャッキーは死んだ夫のことを考えていた。ジャン・オベリー・デュ・ブレは、従軍していたわずかな期間に結核にかかり、死亡した。夫はドイツ軍が侵攻してきたときにどれほどの混乱が起きたか話してくれた。フランスの将軍はよぼよぼの年寄りで、正しい判断ができなかった。戦うことなどとうてい無理にみえた。この戦争は、前の戦争とはまったく違う。どうすればいいのか、だれにもわからなかった。この「まやかし戦争《ドロール・ド・ゲール》」は、最初から最後まで、屈辱的な失敗だった。

　ジャッキーはグループの足手まといになることを気に病んでいた。いっそのこと、自分は思いきってどこかの村の納屋に残ったほうが、仲間のためになるのではないか。

　メナの声に、ジャッキーはわれに返った。「奥様、お嬢様、こんなに気持ちのいい朝ですもの。お食事はわたくしがベッドまでお持ちしますわ」。メナが芝居がかった身振りをつけて言った。

「あのユーゴスラヴィア人がくれた三つの卵のうち、どれが固ゆでか、わたしにはわかるの」

「ほんとうに？　何が出てくるの？」。ニコルがたずねた。

「どうやって？」。ニコルは言った。

「重さよ。卵はゆでると軽くなるの」。メナがあまりにも自信たっぷりに言うので、それは論理的ではないと知っているはずのエレーヌまでが、一瞬信じた。

　メナは残っていたパンの上に固ゆでで卵を載せて配るつもりだった。両手で注意深く卵の重さを確かめる。念のため、卵を回してみる。女たちはおもしろがってメナをみていた。メナは顔をしかめ、神経を集中させている。「これよ」。メナはひとつを持ちあげてみせた。「ぜったいに、ほかのふたつより軽いもの」

　メナは胸を張り、持ちあげた卵の殻を割った。殻はぐしゃりと割れ、中身が指の間からどろりとこぼれ落ちた。メナは驚きと衝撃に、小さな叫び声をあげた。ありがたいことに、メナのことならよく知っているジンカが先回りしていた。ブリキのボウルを卵の下に置いて、メナの指の間からこぼれた黄身を受け止めたのだ。「えらい！」。ロンがジンカに声をかけた。

女たちはどっと笑いだした。笑い声はいつまでも止まらない。緊張が解け、ひどくおかしくなったのだ。こんなに心から笑ったのは、いつ以来だろうか。ジンカがメナの小さな叫び声をまねすると、笑い声はさらに大きくなり、メナまで一緒に笑いだした。

「まあ、しかたがない。いい考えがあるわ！」。メナは言った。

メナは生卵にパンのかけらを混ぜ、蒸留酒を少し垂らした。ユーゴスラヴィア人がくれた瓶にまだ少し残っていたのだ。それをパンに塗った。とてもおいしかった。ニコルはその料理を「メナ流固ゆで卵のトースト載せ《タルティーヌ・ド・デュ・ア・ラ・メナ》」と命名した。

エレーヌも一緒に笑いながら、先のことを心配していた。もっとちゃんとした食事をしなければいけないと思っていたし、できれば前線の大まかな位置も知りたかった。いつまでも運よくいくとは限らない。そこで、宿屋の主人をさがしにいった。もしかしたら朝食をごちそうしてもらえるかもしれないと思ったのだ。主人は厨房で鍋をガチャガチャやっていて、エレーヌをみて驚いていた。やせて神経質な主人は、九人がもう出かけたと思っていたようだ。納屋で寝てもいいと言ったことを後悔しているのがわかった。九人を助けたい気持ちがないわけではないが、ドイツ軍が怖く、早くいなくなってほしいと思っているのだ。

「出発前に何か温かいものを食べられたらと思ったんです」。エレーヌはできるだけ礼儀正しいドイツ語で、へつらうように言った。

「ああ、いいとも」。主人はいらいらしたように言った。「ただし、食堂ではなく、厨房で食べてくれ。

さっさと済ませて、すぐに出かけるんだ」

「ほかのみんなに伝えます――」

「わかってくれ」。主人は、エレーヌの言葉をさえぎって言った。「おまえさんたちがみつかったりしたら……何日か前に、ここからそう遠くない場所で、行進していた囚人が何人か脱走してな。この村の人間が追いかけて捕まえて、野原で処刑した。『ユダヤ人狩り』とか言ってな」

エレーヌはうなずいた。決して恐怖心を顔に出すまいとした。「わたしたちは逃亡した囚人じゃありません」

主人はうなった。見え透いた嘘を言うなと言っているのだ。「殺したんだ、あっというまにな」。主人はパチンと指を鳴らした。「ここいらの人間は、おれほど同情的じゃない。噂じゃ、ソ連軍がベルリンに入ったそうだ。町を破壊しているといって、みんなおびえている」

主人はもうひとつ、話をしてくれた。村にいたドイツ人の将校が、その朝、銃で自殺したばかりだというのだ。これはよくない前兆だ。人々がパニックを起こし始めている。

ほかの八人が厨房にやってくると、主人は将校の自殺の話をまたした。静かに手早く、九人はゆでたジャガイモを食べ、牛乳を飲んだ。そして荷物をまとめて出発した。前線と思われる方角へ。

レッペンを出るとき、年とった女が窓から身を乗り出し、ロンに話しかけてきた。「お嬢ちゃん、どこにいくの？」

「お日さまが差すほうへ」。エレーヌの提案で、詳しいことがわかるまで、とにかく太陽を頼りに西を目指し、アメリカ兵をみつけようということになっていた。

「それで、行き先は？」

「家です。オランダです」。ロンは答えた。

年とった女は驚いた様子もみせず、自分もプロイセンからの難民で、いつか家に帰りたいのだと言った。ロンが背中にかけている粗末な袋をみて、女はたずねた。「お嬢ちゃん、あなた、それ以外すべてなくしてしまったの？」
ロンは答えた。「はい、奥さん。でも、命はなくさずにすみましたから[2]」

宝の地図

朝早く、大笑いしたおかげで、主人から憂鬱な話をきかされても、気を落とさずにすんだ。ロンはその日の日記に次のように書いている。「自由はまるで両手で大切に持たなくてはならないクリスタルのボウルみたいだったけれど、だんだん当たり前に感じられるようになった[3]」。だが、体力がなく、疲れきっていることに変わりはなかった。足からは血がにじんでいた。エレーヌは腰痛がひどくなっていた。ジンカは自分では気づいていなかったが、結核にかかっていた。ジャッキーはジフテリアだった。ジョゼの両足は感染性の発疹におおわれていた。ニコルはまだ肺炎が治りきっていなかった。メナは逃亡直後から、これは楽しいキャンプの旅だと自分に言いきかせていたのだが、次第に現実の厳しさに神経が参ってしまった。そして狂気と気まぐれの境界線をさまよい、奇妙な行動を取るようになり、まわりを動揺させた。メナがマルハナバチをみて笑い声をあげ、大喜びでスキップを始めると、残りの八人は心配そうに顔を見合わせた[4]。メナは自制心を失ったように大きな声をあげて「みて、みて、ほらマルハナバチよ。ほら、みてったら！」と指さした。

収容所で正気を失った女を何人もみていただけに、みなぞっとした。自由に手が届いた今になって、メナの神経がおかしくなるなんて、あまりにも残酷に思えた。メナに腹を立てる者もいた。メナはしっかりしなくちゃいけないと。だがギギはメナを理解し、笑顔で接していた。メナと腕を組み、気持ちを落ち着かせようとした。そしてメナの額にキスをして、一緒に歩くと、次第に歩調が落ち着いていくのだった。

ライプツィヒからオーシャッツまでの地形は、平坦で単調だったが、ここまでくると、木立やなだらかに起伏する丘がみえるようになった。小さな谷間にかわいらしい村があるのがみえる。

次のライツェンの村までは、ほんの数キロメートルだった。村に着くとたちまち警察官に呼び止められ、前線と前線の間の地域は立ち入り禁止だと言われた。その言葉に九人の心は浮き立った。偶然とはいえ、初めて戦線の場所に関する確かな情報が得られたのだ。

警察官はしかつめらしく手を出して、九人に身分証明書をみせなさいと言った。エレーヌが一歩前に出た。いずれまたこんな風にドイツの兵士や警察官と対峙することになるだろうと覚悟はできていた。避けられないことなのだ。なんとかうまく話をして、この場を切り抜けるしかない。

残りの八人はうつむいて、目を合わせないようにした。メナがくすくす笑いだしたが、ギギが手を握って落ち着かせた。エレーヌはとっさに外国人労働者を騙《かた》ることに決め、工場が爆撃を受けたのだと警察官に説明した。「この服をみてください。わたしたち、何もかもなくしてしまったんです。持ち物を取りにもどる暇もなくて」。まさに命からがら逃げてきたという有様だったが、事実、そうだったのだ。逃げて、家に帰ろうとしている。それだけなのだ。

「わたしたち、普通の女です。何も悪いことはしません。戦争のことは何もわからないんです。わたしたちにはどうしようもないことだし。家に帰ろうとしてさまよっている、普通の女なんです」。これで警察官の同情を買えるといいのだが。「すみませんが、兵隊さんたちの邪魔をせずに、フランスにもどるにはどこを通ればいいのか、地図を描いてもらえませんか」

警察官はエレーヌをじろじろみてから、残りの女たちをひととおり見渡して、再びエレーヌに目をもどした。ふっと息をつき、表情を和らげたのがわかった。警察官は警察署までついてくるように言い、父親のような態度で地図を描いてみせると、少なくとも自分の知る限りでは、前線が今どのあたりにあると思われるかを説明した。そして前線を避けるにはどうすればいいかを教えた。エレーヌは地図のできばえをほめ、親切に感謝し、「無邪気な」質問をいくつも浴びせた。「戦争のことはさっぱりわからないものですから」とエレーヌはくり返した。「ご覧のとおり、普通の女ですから」

エレーヌは内心、快哉を叫んでいた。警察官が地図を描いてくれた紙は、ライツェン警察署の書簡用紙だった。これからこの書簡用紙が、地図そのものより役に立ってくれるだろう。アメリカ軍がどこにいるのか、警察官は正確な情報を知らなかったが、そんなことは気にならなかった。書類を重視するドイツ人が、この公式の用紙をどのように受け止めるかは明らかで、その利用価値は大きかった。これをみせて、自分たちはここを通る許可を得ているのだと言うことができる。まさにライツェン警察署から通行許可証《レッセパッセ》を得たも同然なのだ。

エレーヌが警察官から話を引き出している間、残りの八人は警察署の外で、灰色の雲からときおり顔を出す太陽で体を温めようとしていた。ドイツの兵士たちがやってきて、のんびり座って笑い合っている女たちに気づいた。八人がフランス人だと知ると、兵士たちはおしゃべりに加わろうとした。そして自分たちは敵ではないことを女たちにわかってもらおうとした。話をしているうちに、女たちが外国人労働者ではなく、親衛隊から逃れてきたことがわかった。兵士たちは物々交換を持ちかけた。八人はパンふたつとマーガリン、チーズ、小さなチョコレート、そしてたばこを受け取り、二〇マルクと赤い三角の布一枚を渡した。逃亡したフランス人政治犯を助けたという証拠があれば、この先役に立つかもしれないと兵士たちは考えたのだ。兵士たちが去ったあと、八人は一本のたばこに火を点けて回した。ひと息吸いこんだジャッキーが、咳の発作に襲われた。

「やめたほうがよかったわね。あなたの心臓には、たばこはよくないのよ」。ジンカが言った。

「ばかばかしい《メルデ》!」。ジャッキーは言いかえした。「平気よ。わたしの肺が練習不足なだけ。わたしの心臓によくないのは、このキャンプの旅のほうよ」

メナがたばこを取りあげ、完ぺきな煙の輪をいくつも作ってみせた。先ほどまでの興奮状態は過ぎ、今は感傷的な諦めの感情にひたっているようだ。「体によくても悪くっても、キャンプの旅が続くことに変わりないわ」

ひそかな記録

エレーヌおばさんと「キャンプの旅」をした仲間について調べ始めたとき、わたしが知っていたのは八人のニックネームか偽名だけだった。ナチ強制労働記念館のアーキヴィストが提供してくれた、ライプツィヒのＨＡＳＡＧ強制労働収容所で働かされていた被収容者の名簿のおかげで、九人のうち何人かの正確な情報がわかった。しかしそこでわたしは行き止まりにぶつかった。スキャン画像のコピーは、汚れや鉛筆の印、解読不可能な書きこみなどがあって読みづらかった。九人についてもっと知るには、パリにあるフランス国立公文書館にいくしかなかった。

　実際にいく前に、どのような資料をみたいのか、膨大なオンライン目録から選んで予約する必要があった。いったいどこから始めたらいいのか。わたしはオデット・ピルプルという人の書類箱を選んだ。その人もＨＡＳＡＧの強制労働収容所の被収容者だったと書かれていたからだ。

　国立公文書館にいくと、予約しておいた書類が待っていた。昔ながらのカンバス地の表紙で、ひもで結ばれていた。ページをめくると、懐かしい、ほっとするような古い紙の匂いがした。父親の農場の屋根裏で、箱に入った戦争中の手紙や雑誌を夢中になって読みふけった暑い夏の午後に、一気に引きもどされたようだった。少年時代の父親は、うら若きエリザベス女王に恋をしていて、戴冠式の雑誌を集めていた。父親の父親、つまりわたしの祖父の手紙や書類も残っていた。祖父はドイツでユダヤ人迫害を逃れ、戦争中はアメリカの戦略情報局の局員として働いた。当時の紙には独特の匂いがあり、ピルプルの書類も同じだった。

ピルプルは九人と同じようにフランス人政治犯だった。そしてライプツィヒで同じ収容棟にいたこともわかった。パリでは非合法の新聞『リベラシオン』の印刷と配布を手伝っていたというから、ジュヌヴィエーヴ・ド・ゴールと同じだ。一九四一年、ピルプルはパリ三区の区長の助手になり、その地位を利用して、ユダヤ人にも非ユダヤ人にも多くの偽の書類を提供することができた。その中には偽の身分証明書、出生証明書、配給カードなどがあった。そして自分はすぐに、証明書にユダヤ人であることを示すスタンプを「押し忘れてしまう」のだと書いている。ピルプルは一斉検挙を事前に知らせた。ゲシュタポの捜査を妨害し、自分のアパートにユダヤ人をかくまった。ドイツ空軍に撃ち落とされたイギリス人やアメリカ人のパイロットを助け、偽の書類を渡した。ユダヤ人の赤ん坊をクリスチャンの家庭に預けた。しかし一九四四年、ピルプルはユダヤ人家族をアパートにかくまっていたのを発見され、逮捕された。フレンヌ刑務所からロマンヴィルの一時収容所、そしてラーフェンスブリュック強制収容所をへて、ライプツィヒのＨＡＳＡＧ強制労働収容所にたどり着いた。

書類箱にはほかにも、ピルプルがライプツィヒで持っていたメモや細かいリスト、それに収容所解放直前にピルプルが持ち出したナチスの書類が入っていた。わたしは、目の前の書類の中に、あのアーキヴィストが送ってくれたコピーの原本があることに気づいた。エレーヌの偽名である「クリスティン」の横に、ピルプルが「エレーヌ」と書きこんでいた。本名を知っているということは、親しかったに違いない。どうやったのかはわからないが、ピルプルはこの重要な書類を破壊から救い出すことに成功していたのだ。

ナチスの書類を持ち出す前に、ピルプルはＨＡＳＡＧの工場の床に落ちていた紙をありあわせの糸で縫って、にわか作りのノートにしていた。そしてそこに収容所に一緒にいる仲間や、移送された仲間、殺された仲間を記録していた。全員の正確な住所も記録して、戦争が終わったら家族に連絡し、愛する人に何が起きたかを知らせることができるようにしていた。死んでいった仲間のリストもあった。九月に到着した人たちのリストもあり、その中にジャッキー、ニコル、ニコルの親友のルネの名もあった。これはわたしがライプツィヒのアーキヴィストから受け取ったリストには入っていなかった情報だ。ピルプルのように、ひそかに記録をつけていた人がいたおかげで、真実が守られたのだ。

二〇一五年一一月にパリで起きた痛ましい同時テロ事件のあと、このようなときにはよくあるように、惨劇の現場のひとつとなったバタクラン劇場の近くに、自然発生的な記念碑ができ、壁に写真や手紙や絵やカードが貼られた。この記念碑を片づけて日常にもどろうとなったとき、記録係が紙やカードやメモを保管するために、一枚一枚ていねいに、愛情をこめて集めていた。

公文書館の閲覧室であたりを見回しながら、わたしは先人の存在を、ピルプルのように命の危険を冒してまでも記録と保存をした人の存在を感じていた。ピルプルは証言の重要性を知っていた。その日、わたしはピルプルから、この本を書いてもいいと言ってもらえた気がした。

ある回想録

ナチスの書類の原本をみつけたものの、わたしにはどうやってジンカの本名を調べればいいかわからなかった。ジンカはイディッシュ語で「小指」や「小さい人」を意味する名前「ミジンカ」の愛称かもしれない。もしかしたらほかの仲間がつけたニックネームかもしれない。では本名はなんだったのか。ジンカは娘に会えたのだろうか。わたしはフランスの出生記録がどこかでみつかるかもしれないと考えた。

そこでわたしはフレンヌ刑務所で生まれた赤ん坊の記録や、その赤ん坊たちがどうなったかがわかるような記述をさがした。また、混乱を極めた死の行進の間に逃亡した話もさがした。逃亡の話はたくさんみつかった。それだけナチスの組織の崩壊が進んでいたということだろう。

　エレーヌが載っていたナチスのライプツィヒ被収容者の名簿に、ルネ・ゲットという名前があった。被収容者番号は四〇三六。わずか一六歳のときに逮捕されている。一九四五年には一八歳になる計算で、ジョゼと同じ年ごろだ。記録によると、ルネは死の行進がヴルツェンにさしかかったときに逃亡した。連合軍の飛行機の爆撃を受け、ジョゼのリュックに穴があいたときだ。だれもが逃げ惑っているときに、混乱に乗じて四人の仲間と森に向かって走ったとルネは説明している。親衛隊員が撃ってきて、ルネは後れをとったが、仲間のひとりが引っぱってくれて、溝に逃げこむことができた。そこに村人が通りかかったので、そのすきに森に逃げこむことができ、最初の夜はそこで過ごした。その後ルネはソ連軍に発見され、五月七日にグリンマにあるアメリカの難民キャンプに引き渡された。

　ルネはロマンヴィルの一時収容所からノイエブレム強制収容所、ラーフェンスブリュック強制収容所、そしてライプツィヒのＨＡＳＡＧ強制労働収容所へと移送されている。ジンカと同じルートだ。戦後、ある家族がルネに小さな男の子の写真を送っている。家族はこの男の子と母親のポーリーの行方をさがしていて、ポーリーはルネの友だちだった。ポーリーがどうなったのか、知りませんか。ルネは写真の裏にこう書いていた。「ポーリーの上の息子。生きてはいないだろう。ポーリーを最後にみたのは、解放直前の収容所の道ばただった。逮捕されたとき、ポーリーは妊娠していた。生まれた双子はポーリーの目の前でバケツに入れられ、溺死させられた。そのあとポーリーは正気を失ってしまった。あのまま道ばたで死んでしまったのだろう」

　ジンカの赤ちゃんも助からなかったのではないかとわたしは考えた。しかし調査を続けるうちに、フランスの刑務所で生まれたという五人の赤ん坊の写真付きの新聞記事をみつけた。写真は戦後撮られたもので、当時八人の赤ん坊が生まれたという説明が添えられていた。母親たちはほかの囚人とは別の房にいて、その後ラーフェンスブリュック強制収容所に、何人かはさらにライプツィヒに移送された。赤ん坊は母親から引き離され、七人が生き残った。ユダヤ人だったミシェリンとその赤ん坊だけが、一九四三年にガス室に送られた。

母親たちのひとり、リーズ・ロンドンは、戦争が終わってから回想録『ダゲール通りのトガリネズミ』を書いている。リーズは、若いフランス人男性をドイツで強制労働させることへの抗議行動を計画した。往来の激しいダゲール通りに立ち、熱のこもった演説をすると、主張を書いたパンフレットが紙吹雪のように舞い、情熱的な『ラ・マルセイエーズ』の合唱がわき起こった。

抗議行動は長くは続かず、すぐに警察が人々を取り押さえた。リーズはなんとか逃げおおせたが、致命的なミスを犯していた。その朝、夫から警告されていたのに。夫はリーズが危険な行動に出ることを知っていて、階段でキスをしたときに、こう言ったのだ。「ちゃんと地下鉄の切符を買っておくように[6]」

リーズは夫の警告を真に受けなかった。もしかしたら、たいしたことではないと自分に言いきかせ、夫のことも安心させようとしたのかもしれない。いずれにせよ、ここぞという大事な瞬間に、リーズは地下鉄の切符を持っていなかった。徒歩で逃げるしかなく、近くに住んでいる友人のアパートでかくまってもらおうとした。しかし、同じ建物の住民に目撃され、数日後に告発され、逮捕された。この抗議行動を報じた新聞記事が、リーズをトガリネズミ《メジェル》と呼んだ。ドイツ当局から、リーズを死刑にするように圧力がかかったが、リーズは妊娠していたために命拾いした。フランス当局は、ドイツに全面的に協力していたものの、妊娠した女性を移送したり処刑したりすることにはためらいがあった。お腹の子どもは無実だからだ。

ジンカのことを考えながら、わたしはリーズの回想録で、刑務所での出産の描写を読んだ。陣痛が始まると、武装した兵士に監視されながら病院に運ばれ、ベッドに手錠でつながれた。陣痛が強まると、フランスの秘密警察による尋問が始まった。リーズがまだ活動員の名前やネットワークのリーダーなどの情報を知っているはずだと考えたのだろう。男はリーズを平手や拳で殴り、子宮の収縮が始まってもやめなかった。ついに主治医が黙っていられなくなり、男に出ていけと言った。しかしそこで陣痛が止まり、リーズは刑務所にもどされた。ついに本格的な分娩が始まったとき、リーズは仲間に手伝ってもらい、ひそかに出産した。声を立てないよう、タオルを噛みしめていた。

一九四四年四月四日から五月一六日にかけて、リーズをはじめ、女の政治犯は全員移送された。刑務所は母親たちに、赤ん坊はできる限り家族のもとに届けるよう努力すると約束した。移送前日の夜、子どもを手放した女たちに、逮捕時に着ていた服と結婚指輪と時計が返された。以前の服を着ると奇妙な感じがしたのは、体重が減ったために、ぶかぶかだったからだ。だれも眠ることができず、引き離された子どもを思って胸を痛めていた。翌朝早く聖職者がやってきたので、女たちはそのポケットに住所を書いた手紙を入れ、聖職者から手紙を受け取った家族が子どもを迎えにきてくれることを祈った。移送されるグループが出発するたびに、あちこちの棟から歌声がきこえてきて、全員が合唱した。それは「蛍の光」と同じメロディーの『別れの歌《シャン・デ・ザデユー》』だった。

リーズ・ロンドン

さよなら、友よ
もうもどれまい
さよなら、友よ
二度と会えまい
はらからよ
これは、ただの別れ

いつかまたまみえん
ただの別れ

女たちは中庭に連れていかれ、ナチスの兵士に取り囲まれた。刑務所長が名簿を読みあげる。最後の名前が呼ばれたとき、みえない合図に導かれるように、女たちが『ラ・マルセイエーズ』を歌いだしたとリーズ・ロンドンは書いている。
「親衛隊員は激怒し、わたしたちをライフルの銃身で殴り、トラックに押しこんだ。それでもわたしたちは歌い続けた」。親衛隊員はライフルを手にしてトラックのうしろに立ち、女たちに防水シートをかけて隠した。石畳の上を走るタイヤの動きで、町の中を通っているのがわかった。「わたしたちは『ラ・マルセイエーズ』を歌い続けて、通りがかりの人たちに、このドイツ軍のトラックが何を運んでいるかを知らせ、警告しようとした[7]」

ロマンヴィルの一時収容所で、女たちは収容棟の木のベッドに、仲間の名前や「フランス万歳《ヴィヴ・ラ・フランス》！」、「くたばれヒトラー《ア・バ・イトラー》！」の文字が彫られているのに気づいた。ダニエル・カサノヴァの名もあった。女たちは集まって、指でその名前をなぞった。英雄ダニエルも、ここを通過していったのだ。ダニエルは歯科医で、フランスが降伏すると若者や女性のグループを組織した。地下新聞『自由思想』に記事を書き、『女性の声』紙を創刊した。ダニエルは男女の完全な平等を心から信じていた。活動的で朗らかなダニエルに刺激され、多くの女性が抵抗運動に参加した。夫が逮捕され、ドイツに移送されると、あちこちを転々として身を隠した。そしてついに自身も逮捕され、アウシュヴィッツに移送されて、診療所で働いた。ドイツ軍が感染症や伝染病を極度に恐れていたため、ドイツ兵の身近にいる診療所の医療スタッフなどは、水や清潔な服を十分に与えられた。

ダニエルは自分が得た情報をできるだけ仲間に伝えた。身を守れる仕事を仲間に紹介することもあった。たとえばある仲間には、診療所からネズミを追い払う仕事を用意した。夜になって収容棟の仲間をたずねるとき、ダニエルはいつも涙で頬をぬらしていた。毎日、おぞましいものを目撃していたからだ。しかし、仲間たちにとってダニエルは希望だった。きっと生きのびて、自分の経験を後世に伝えてくれると確信していた。そしてただひとつ、なんとか失わずに守ってきた結婚指輪をダニエルに託した者が大勢いた。

ダニエルがチフスで命を落としたのは、リーズたちがロマンヴィルに移送される一年前で、その知らせはダニエルがたどった道をもどり、フランスの刑務所にいる者たちにまで届いていた。リーズ・ロンドンはこう書いている。「思い出が甦り、ダニエルを敬愛していた女たちの目に涙が浮かんだ。彼女がもういないことは知っていたが、ダニエルをとても近くに感じたのだ」[8]

五月三〇日、リーズたちはロマンヴィルからノイエブレム強制収容所に移送された。それはまさに地獄への転落を意味した。貨車の扉が開いた瞬間、女たちは恐ろしい光景に愕然とした。リーズは次のように書いている。

> 骸骨のような男たちの耐えがたい姿を初めてみたときのことは、今でも忘れられない。鞭を手にした傲慢で威勢のよい親衛隊員たちに命令されて、水盤のまわりを這いずり回り、いつまでも残虐な人でなしの慰みものになっている。親衛隊員たちはそれを「お遊び」と呼んでいるのだ。ふたりの被収容者が死体を引きずって前を通ったのをみて、わたしたちは凍りついた。通りすがりにひとりがわたしたちに小声で言った。「ここじゃ、あいつらは人間にここまでするんだ」[9]

ルネ・ゲットも、ノイエブレム強制収容所に到着した際にみせられた「お遊び」について説明している。「わたしたちは、がりがりにやせ細った男が四つんばいになって砂糖のかたまりに向かって這っていくのをみていた。砂糖は犬のように舌で拾いあげないといけないのだが、最後の最後になって取りあげられる。それから親衛隊員が鞭で男をたたき、四つんばいで走り回らせた」[10]

収容所での出産

ジンカの本名の最初の手がかりは、リーズ・ロンドンの回想録でみつかった。ふたりは親しかったのだ。リーズは回想録に自分が描いた「ジムカ」という名の女性の鉛筆画を載せ、続けて括弧をつけて「ルネ・シャトネ」と書き添えていた。この人物がジンカであるかどうか、わたしは確信が持てなかった。しかし、ロンの本を手に入れて読んでみると、最後のほうにジンカの本名は「ルネ・ルボン・ルボン」だと書かれていた。ルネ・ルボンとルネ・シャトネを調べるうちに、それが同一人物であることがわかった。結婚前の姓がルボン、結婚後の姓がシャトネなのだ。父方の祖母がジンカという名で、それにちなんでルネ・ルボンのミドルネームはジンカになった。

ロンは次のように書いている。「ジンカことルネ・ルボン・ルボンは小さなお人形のようで、髪は巻き毛で、前歯はかわいらしいすきっ歯だった。彼女は仲間の中でただひとり、子どもがいて、フランスという名のその子はフレンヌで生まれ、家族に引き取られている」[11]

ジンカの父親ピエール・ルボンは、フランスの植民地通商大臣を務めたアンドレ・ルボンの息子だった。ジンカの祖母にあたるピエールの母親ジンカ・パレオログは、最後のロシア皇帝の時代にフランスの駐露大使を務めたモーリス・パレオログときょうだいだった。ジンカは貴族や有力な政治家、外交家のいる一族に生まれた。

一九一三年にピエール・ルボンはジャンヌ・クローゼ゠フォネロンと結婚し、ふたりの娘が生まれた。ジンカは一九一四年に生まれた。ピエールは第一次世界大戦に出征した。終戦前の一九一六年、ジャンヌはスペイン風邪にかかって死亡した。ジャンヌの未婚の妹シモーヌが、家族の世話をしてくれた。数年後の一九一九年、ピエールはシモーヌと結婚し、さらに子どもが四人生まれた。ジンカのおばで義理の母親でもあるシモーヌは、第二次世界大戦前の一九三六年に世を去った。ジンカは二歳のときと二二歳のとき、二度母親を亡くしたことになる。残された弟と妹の面倒は、ジンカがみるしかなかった。ジンカの結婚があまり早くなかったのは、おそらくそのせいだろう。

ジンカとルイ・フランシス。1942年夏

　第二次世界大戦が勃発すると、家族はすぐにレジスタンス活動に加わった。ルボン家はシャルル・ド・ゴールと親しく、ジンカの父ピエールは生涯忠実なド・ゴール信奉者だった。一九四〇年にはジンカはすでに雑誌やパンフレットを配り、プロパガンダに協力していた。上の弟のイヴは自由フランス軍に加わり、一九四二年にビル・ハケイムの戦いで戦死した。ジンカの父親はド・ゴールと協力し、ジェイド・フィッツロイという名のレジスタンスネットワークを率いた。別の弟ロジェは、ガンベッタネットワークのリーダーだった。

　未婚の娘の将来を心配していたピエールは、供給省で事務長をしていた男性に目をとめた。ルイ・フランシス・ルボン（親戚ではない）はジンカより二歳若く、政治科学と法学の学位を持っていた。陽気で愛嬌のある顔をしていて、すらりと背が高く、大きな耳と笑顔が印象に残った。小柄なジンカと並ぶと、その背の高さが際立った。

　ピエールはキューピッド役を演じた。ルイ・フランシスを家に招き、ジンカに紹介した。愛国的なルボン家では、ドイツと戦うことは言うまでもなく重要なことだった。ルイ・フランシスもジンカと同じ情熱を持っていたと思われるが、同時にジンカを笑顔にすることもできた。おそらくピエールやほかのネットワークに協力し、身を隠している人たちのために配給カードを手に入れたりしたことだろう。ルイ・フランシスはジンカに夢中になり、写真をみるかぎり、ふたりは幸せだった。厳しい戦時中にもかかわらず、しっかりと腕を組み、楽しげな笑みを浮かべている。ふたりは一九四二年九月一一日に結婚した。

　一九四三年四月、ジンカはルイ・フランシスとともにコメットネットワークに加わった。撃ち落とされたイギリス人パイロットをかくまい、イギリスに帰す手助けをしているネットワークだ。ジンカは大柄のアメリカ人パイロットをかくまうことになったが、その場所というのがパリの建物の屋根裏に造られた恐ろしく狭い部屋で、その名も「女中部屋《シャンブル・ド・ボン》」といった。アメリカ中西部の農場で育ったパイロットは、戦争が始まるまでは外国はおろか、州の外にさえ出たことがなく、窮屈な小さな部屋で頭がおかしくなりそうだった。アメリカ兵はジンカに、パリを離れる前にぜひエッフェル塔がみたい、そうでないと、友だちや家族に土産話ができないじゃないかと言った。ジンカはパイロットを気の毒に思い、エッフェル塔がみえるトロカデロ広場に連れていく約束をした。そのときジンカは、アメリカ兵の体の大きさが、自分の隣で、そして困窮したパリジャンの中で、どれほど目立つか考えていなかった。地下鉄では、何人かにじろじろみられた。ジンカはアメリカ兵に絶対にひと言もしゃべらず、話しかけられてもきこえないふりをするよう言いきかせた。トロカデロ広場に着くと、恐ろしいことに休暇中のドイツ兵が大勢いて、眼下のセーヌ川とその先のエッフェル塔の眺めをせっせと写真におさめていた。アメリカ兵はエッフェル塔の姿に圧倒され、よく響く大きな声で「ワーオ！　こりゃあすばらしい！」と言った。

ジンカはアメリカ兵の腕をつかみ、向きを変えさせ、足早にメトロにもどりながら、とにかく黙っていてちょうだいと小声でたしなめた。あとになってジンカは、アメリカ兵の手放しの感動ぶりをよく思い出して笑った。パリの美しさに、思わず大きな声が出たのだろう。しかしあのときは、頬をひっぱたいてやりたかった[12]。

ジンカの二一歳の異母妹マルトと二〇歳の異母弟ロジェは、パイロットたちをスペインとの国境に送る役目を引き受けていた。ふたりは地下組織の人たちのために偽の書類を用意したり、人やラジオの隠し場所を確保したりもした。しかし一九四三年になるとコメットネットワークにドイツのスパイが潜入し、非常に危険になった。複数の隠れ家が強制捜査に遭い、活動員がゲシュタポに逮捕された。身を隠していた何百人ものアメリカ人やカナダ人のパイロットがブーヘンヴァルト強制収容所に移送された。そして結婚して九か月がたった一九四三年六月二三日、ルイ・フランシスが逮捕された。

夫はどうなったのか。二か月近くたっても正式な通知がない。ジンカは気が気ではなかった。ルイ・フランシスがフレンヌ刑務所にいて、もうすぐドイツに移送されると教えてくれる人がいた。心配が募る中、ジンカは自分が妊娠三か月だということを知る。夫とこの喜びをわかちあいたい、できることなら元気づけたいと思ったジンカは、八月一二日、フレンヌ刑務所にいってルイ・フランシスのことをたずねた。夫が移送されたり死刑になったりするのではないかという不安もあった。それが危険な行為であることはわかっていただろうが、ジンカは勇敢だった。ゲシュタポにその場で逮捕され、ジンカもフレンヌ刑務所で囚われの身になった。

ジンカがすぐに移送されていたら、生き残った可能性は低かっただろう。しかし妊娠中だったため、リーズ・ロンドンと同じようにフランスの刑務所に留め置かれた。六か月後の一九四四年二月八日、ジンカは女の子を産み、愛国心からフランスと名づけた。前にも触れたように、ジンカはフランスを一八日間だけ手元に置くことを許された。ルイ・フランシスが娘誕生の知らせをきいたかどうかはわからないが、その時点でまだフレンヌ刑務所にいたから、おそらくきいただろう。ジンカにメッセージを送ることもできたかもしれない。

ジンカの妹弟のマルトとロジェは、イギリスの諜報機関に直接協力するネットワークに加わっていた。一九四四年三月二〇日、新たな作戦の準備をしているとき、突然ゲシュタポが事務所に踏みこんできた。そしてふたりもフレンヌ刑務所に入れられた。ジンカとマルトは会えたのだろうか。ルイ・フランシスとロジェはどうだっただろうか。

ルイ・フランシスとロジェは、刑務所内の噂で、ジンカとマルトが一九四四年五月にドイツに移送されたことをきいたかもしれない。当時刑務所にいた多くの人が、移送がある朝、囚人たちが中央の中庭に集められると、刑務所全体が緊張に包まれたと話している。そしてある瞬間になると、すべての房にいるすべての囚人が歌いだし、『別れの歌』の最後のフレーズを「ただの別れ」に変えて、声を限りに合唱したのだという。ルイ・フランシスとジンカは、おそらく刑務所では会うことができなかっただろうが、互いのことを思いながら同じ歌を歌っていたに違いない。

ジンカはロマンヴィル一時収容所で、さらなる移送を待つことになる。ある囚人の家族が、収容所の裏の丘に登ると、女子房の窓がのぞけることを発見していた。ジンカは遠くの丘で妹のクロードに抱かれているぷくぷくと健康そうに太った三か月のフランスをみることができた。どのような方法を使ったのか、クロードは赤ちゃんのフランスの写真をこっそりジンカに届けていた。

ルイ・フランシスは一九四四年六月三日にベルリン北部のザクセンハウゼン強制収容所に移送された。ラーフェンスブリュック強制収容所から湖をはさんだ対岸にあるフュルステンベルクの町までは、列車で数駅の場所だ。ふたりが少なくとも移送後数か月はとても近くにいたことを、ジンカは知っていたのだろうか。

長い闘い

ロマンヴィル一時収容所の中庭で、五〇人の名前が読みあげられた。ジンカもそのひとりだった。呼ばれた者は荷物をまとめるよう命じられ、赤十字の支援物資を受け取った。何時間も列になって中庭で待たされている間、話すことは禁じられた。それからトラックに乗せられてパリ東駅で降りると、兵士に取り囲まれた。『ラ・マルセイエーズ』を歌おうとしたが、兵士が乱暴にやめさせようとするので、口をつぐんだ。まわりには市民が大勢いて、兵士たちは暴動が起きないよう神経をとがらせていた。女たちは機関車のすぐうしろの客車に乗せられた。

列車が走りだすと、日よけを下げるよう命じられ、窓に錠がかけられた。窓に触れることも、話すことも禁じられたが、すぐに話が広まった。トイレにいって、便器にメッセージを落とせば、線路に落ちるはず。女たちは家族に宛てた最後の言葉を走り書きし、一枚、また一枚とメッセージが「送られ」た。メッセージの多くは鉄道員によって集められ、本当に届けられた。

走りだして一時間たったころ、列車が激しく揺れた。爆撃を受けたのだ。列車が急停止し、乗客は座席から放り出された。そのとき、飛行機の音がきこえた。イギリス空軍の爆撃機の標的になっている。列車内は大混乱に陥り、叫び声が響いた。再び飛行機が上空に飛来する音がきこえ、爆撃に続いてタタタタタという規則的な銃声がした。ジンカの上に倒れこんだ女はひどいけがを負っていた。ドイツ兵が列車の屋根の上に武器のような物を引っぱり上げ、爆撃機に向かって撃ち返した。上空でさらに飛行機の音がして、発砲がくり返された。

自分たちはなぜ噂にきいていた家畜用の貨車ではなく、客車に乗せられたのか、ジンカはずっと不思議に思っていた。しかし、今わかった。この列車はドイツ軍の兵士と武器を運んでいて、自分たちは人間の盾に使われたのだ。

爆撃機が飛び去ると、静けさが訪れ、続いてドイツ兵の叫び声とけが人のうめき声がきこえた。ジンカの車両では、何もかもぐちゃぐちゃだった。窓ガラスは割れ、ドイツ兵が下げろといった日よけはずたずたになっていた。銃弾を浴びずにすんだのは、ジンカを含めごくわずかで、その数人でドイツ兵にどなられながら死体を車両の外に運び出し、線路の脇に並べた。新しい機関車がつなげられ、列車は再び走りだした。

何度も止まっては進み、時には逆方向に進んだりしたのち、ようやく真夜中になって長旅が終わり、駅に降りるよう命じられた。そこはノイエブレムだった。獰猛な犬を連れた看守に追い立てられながら、広いホールに着くと、藁のマットレスの上で眠るよう言われた。女の看守が鞭を手に、囚人たちの間を歩き回っていた。そのとき、勇気あるだれかが『アヴェ・マリア』の美しい旋律を歌い始めた。看守はやめさせようとしたが、その声があまりにも美しく、透明で、非の打ち所がなかったため、圧倒されてそのまま歌わせた。それがジンカがドイツで過ごした最初の夜だった[13]。

翌朝看守たちは、おまえたちはここに「教育」を受けにきたのだと言った。女たちは外に連れていかれた。そこには長方形の水盤があり、一〇人ほどの男の囚人が後ろ手に縛られていた。服を着ていない者や、両足をひもでゆるく結ばれている者もいた。男たちはみな水盤のまわりを走らされていた。まずは中腰で走り、次には体を伸ばして走り、次はまた中腰でという具合に、いつまでも終わることがない。看守たちは目の前を通る男を鞭で打ったり、押したり、つまずかせたりしている。倒れれば犬に襲われ、看守に蹴飛ばされる。水盤に突き落とされ、溺れる者もいる。男たちの目の前の地面に粗末な器に入ったスープをこぼし、なめさせて喜んでいる看守もいる。看守たちはこれを「お遊び」と呼んだ。命令に背けば、女たちも同じ罰を受けることになる。ジンカたちが足を踏み入れたのは、ぞっとするような世界だった。

ジンカは九人の中で最初にラーフェンスブリュック強制収容所に送られた。到着は一九四四年五月だった。ノイエブレムにいる間に、東部戦線とイタリアでのドイツ敗北の知らせはきいていた。六月に到着したエレーヌ、ザザ、ロン、ギギ、ジョゼ、メナは、連合軍のノルマンディー上陸を知っていた。ニコルとジャッキーが到着した八月には、パリ解放が進んでいた。ドイツの戦況悪化に合わせるように、九人はドイツの奥へ奥へと移送され、解放から遠ざかることになった。

ノイエブレム強制収容所で、ジンカは自由になる日は近いと確信していた。ドイツの降伏はもはや時間の問題だった。ところが再び列車に乗せられ、さらに東に送られることを知って、ジンカの心は沈んだ。これから生き残りのための長い闘いが始まるのだと感じた。今回は、家畜用の貨車に押しこまれた。暑さの中で水も与えられず、喉の渇きは耐えがたかった。五月といえば夜は気温が下がるが、日中の貨車の中では気温がぐんぐん上がった。窓は換気用の小さなものしかなく、すぐに貨車の中は尿と大便と汗と恐怖の混ざった悪臭で満たされた。

ラーフェンスブリュック強制収容所に到着すると、人間性を奪うための責め苦が再び待っていた。ジンカは服と結婚指輪を奪われた。収納室で働いているドイツ系チェコ人の被収容者に、どうか赤ちゃんのフランスの写真だけは許してほしいと小声で懇願した。女はジンカには目もくれず、自分が着ているストライプのシャツのポケットに、そっと写真を入れた。そして数日後、何も言わずにこっそりジンカに写真を返してくれた。

ドイツの官僚的殺人制度の邪悪な手続きがすべて完了し、ジンカは四二一〇六番の被収容者になった。そして七月にはエレーヌたちとともにライプツィヒのＨＡＳＡＧ強制労働収容所に大量移送され、新たな被収容者番号三八九二を与えられることになる。

ライツェンの夜

ライツェンの警察署の外で、たばこを吸いながらエレーヌを待っていた八人に、農家の女が疑わしげに近づいてきた。「あんたたち、だれなの。ここで何してるの」。女はどなるように言った。その勢いに八人は当惑し、おびえた。

ロンが、エレーヌが警察官に話していたことを、辛抱強くくり返したが、女は話をきこうともせず、ロンをさえぎった。「あんたたち、兵隊と取引きしていただろう。あたしのジャガイモも買うかい」

ロンは、ゆでてあるものなら五〇キロ買うと言った。女はエレーヌが警察署を出るときにジャガイモを届けてくれたが、三七キロしかなく、しかも生だった。女のがさつで意地悪な態度に、ライツェンのイメージがすっかり悪くなってしまった。

「今日は野宿をするのはどう？　星空の下でキャンプファイヤーをして、ジャガイモを焼いて食べるの」。メナがすっかりその気になって言った。

「キャンプファイヤーなんて、ごめんだわ」。ジャッキーがぶつぶつ言った。「星も野原もうんざり。ああ神様、どうかちゃんとした屋根の下で寝させてください」

数キロメートル歩くと、なだらかな野原に囲まれた大きな農家があり、納屋もあった。九人で一緒にいると人目につきやすく、ぎょっとされることはわかっていた。なにしろ服はぼろで、足を引きずり、やせ衰えた女たちが、鉄製の深鍋と三脚台とジャガイモの袋をぶら下げているのだから。そこで七人は塀のうしろに隠れ、エレーヌとロンだけで運試しすることにした。

もどってきたふたりの表情があまりにも申し訳なさそうだったため、七人は何も言わなかった。だれも何もたずねなかった。女たちは黙ったまま持ち物を拾いあげ、次の村までどのくらいあるのだろうかと考えた。そのとき、エレーヌが言った。「ねえ、どうしてそっちにいくの」

ロンとエレーヌが笑いだした。七人がまんまと騙されたのがおかしかったのだ。

「すごく運がよかったの。この農場のご主人のエルンスト・ライツァーさんと、娘のアネリーズさんに会ってね」。エレーヌが説明した。

金髪で笑みを絶やさないアネリーズは、一瞬の躊躇もなく食事に招いてくれた。九人が家に入ると、大きな明るい台所にきれいなテーブルがあり、花を生けた花瓶が飾られていた。女たちは空腹を忘れ、素朴な美しさに心奪われた。美しさを奪われた色のない世界に長くいたため、驚きのあまりしばし立ちつくし、涙を浮かべた。

アネリーズが座ってと声をかけてくれた。大きな深鍋に入ったスープから湯気があがり、ゆでたジャガイモやクリームチーズ、ジャム、パン、それにコーヒーもあった。アネリーズとエルンストは親切にもてなしてくれた。食事をする九人に、アネリーズとエルンストは控えめに質問をした。ほとんどアネリーズが話したのは、女たちと同じ二〇代だったからだろう。今、農業をしているのは、たまたまなのだとアネリーズは説明した。戦争が始まったとき、アネリーズは学校に通っていた。しかし兄ふたりが戦死し、母親も傷心のあまり死んでしまった。そこでアネリーズは勉強を中断し、父親の農場を手伝うことにしたのだ。アネリーズは話しながら膝の上のナプキンをしきりに動かし、膝の上で何度も平らにした。まるでアイロンをかけたら、自分の話までスムーズになると思っているように。かつて大きな夢があったが、戦争が起きてしまった。九人はうなずいた。アネリーズの気持ちはよくわかった。アネリーズが目をあげると、テーブルを囲んだ女たちが笑みを浮かべ、一心に耳を傾けていた。みなやせ細り、やつれ、服はぼろぼろで、笑みは浮かべていても顔つきはきつかった。この人たちは放浪者でも流れ者でもない。アネリーズは女たちがなぜこのような状況になったのか、純粋に興味を持った。

この夜のことを、九人はいつまでも覚えていた。父娘の温かいもてなし、穏やかな雰囲気と心からの思いやり。終戦が近いとみて、勝者の側についておこうと、しぶしぶ親切にするのとはまったく違った。アネリーズとエルンストのもてなしには、心からほっとできた。あなたたちはいったいどんな目に遭ってきたのかとアネリーズにたずねられたときも、純粋に疑問に思っていることがわかった。エレーヌが代表して話を始めた。その声は落ち着いて、なんの気負いも感じられなかった。

家畜用の貨車に乗せられて移送されたこと、不潔な場所にぎゅう詰めにされて地獄のようだったこと。処刑のこと、死体焼却炉のこと、昨日まで並んでベッドに寝ていた仲間が灰になり、煙に咳きこんだこと。焼けた肉や糞便や腐肉の悪臭のこと、それが肌や服の縫い目に染みついて離れなかったこと、服には数えきれないほどのシラミもたかっていたこと。

食堂の垂木からぶら下がっている仲間の死体の下で食事をさせられたこと。寒さの中、何時間も立たされたこと。点呼中になんの理由もなく処刑されるかもしれないこと。目の前で仲間が銃殺されるのをみているしかないこと。鞭で打たれ、殴られ、拷問されたこと。親衛隊員の売春婦にさせられた仲間もいたこと。ジンカの腕から奪われた赤ちゃんのこと、死ぬまで働かされた仲間のこと、飢えと恐怖で正気を失った仲間のこと。ラーフェンスブリュック強制収容所で医学実験に利用された「ウサギ《カニンシエン》」と呼ばれたポーランド人の女の子たちのこと。[14]

「ウサギ」たち

ナチスの医師カール・ゲープハルトは、残酷にも被収容者の脚を切開したり、骨を折ったり、脚を切断したり、近くの実験室から手に入れたブドウ球菌や連鎖球菌や壊疽《えそ》を生じさせるさまざまな細菌に感染させたりした。実験の対象になった女たちは、あり合わせの松葉杖を使って、足を引きずりながら収容所内を歩いていた。ほかの被収容者たちは「ウサギ」を守り、ナチスの脅威をありのまま伝えるためにも、生きのびさせなくてはならないと考えた。戦争末期、親衛隊員が生き残っている「ウサギ」を全員処刑せよと命じると、仲間たちは命の危険を顧みず、すでに死んだ者の番号と「ウサギ」の番号を入れ替えて、ほかの強制労働収容所への移送に潜りこませた。そのうち何人かは、終戦のわずか数か月前にライプツィヒのＨＡＳＡＧ強制労働収容所にやってきた。

ラーフェンスブリュック強制収容所でひそかに撮影された写真。「ウサギ」が傷跡をみせている

　エレーヌが話し終えたとき、アネリーズはすすり泣き、エルンストは表情を変えていた。普通のドイツ人だって、収容所で起きていることを知らないはずがないと思っていたが、その夜、本当に知らないドイツ人もいるのだということを、九人は理解した。

　エレーヌが話題を変え、自分たちの国籍を紹介した。「というわけで、ここにいるのは六人のフランス人と、ふたりのオランダ人と、ひとりのスペイン人です。わたしたちはみんな、学生や秘書をしていました。歌の勉強をしていた者もいるんですよ」

「まあ、そうなの」。アネリーズの声が明るくなった。「歌ってもらえるかしら」

　ジョゼは断れなかった。収容所にいたときも、日曜日に仲間から歌ってと言われると、断れなかった。歌の先生からは、疲れているときには歌ってはいけないと言われていた。若いうちに声帯を酷使するのはよくないからだ。ライプツィヒでは、当時人気のあった曲、シューベルトの『鱒《マス》』やリナ・ケティのヒット曲『待ちましょう』、リュシエンヌ・ボワイエの『残されし恋には』を歌うと、女たちが一緒にハミングし、リズムに合わせて頭を揺らした。ベッドの上で腕を組み、笑い合った。ジョゼの歌は得がたいすばらしい瞬間をもたらし、女たちはまた人間らしさをとりもどすのだった。

　アネリーズとエルンストを前にして、ジョゼは顔を赤らめ、小声でエレーヌにたずねた。「何を歌えばいいの？」

「『鱒』がいいわ」。エレーヌが提案した。収容所でも人気の曲だった。ジョゼの透明な声が、その場の空気を清らかにした。女たちがこれまで何度も耳を傾け、失った人たちを思って静かに涙してきた曲だ。しかし、暖かな台所でお腹が満ち足りた状態でジョゼの歌をきいているうちに、自由になった九人は泣き声を抑えきれなくなった。

第六章　ジョゼ

　四月一八日の朝、アネリーズの農場で目を覚ました九人は、ライプツィヒ郊外のテクラ収容所で、悪名高いアプトゥンドルフの大虐殺が起きていることなど知るよしもなかった。テクラ収容所にいた数千人は、四月一三日に死の行進に出発させられ、九人とほぼ同じ道を歩いていたが、体が弱っていた三〇〇人近くは加わることができなかった。一二人の親衛隊員が残った被収容者を収容棟に閉じこめ、建物の上からガソリンをかけて、発射筒とマシンガンを使って火をつけた。燃えさかる収容棟から逃げだした者は銃殺された。濃い煙に紛れ、近くにあった民間のポーランド人労働者の居住棟に逃げこんだわずか数人は、かくまってもらえたが、残りは地元の住人に撃たれたり殴られたりして死亡した。ほんの数時間後にアメリカ軍が到着し、まだくすぶっている建物に黒焦げの死体がたくさんあるのを発見した。驚いたアメリカ軍は現場を撮影し、わずかに生き残った者から証言を集めた。その記録が戦後、ニュルンベルクで開かれた国際軍事裁判で証拠として提出された[1]。アメリカ軍の到着が遅かったら、ライプツィヒのＨＡＳＡＧ強制労働収容所の診療所に残っていた女たちも同じ運命をたどっていただろう。

オストラウの警察官

その朝、アネリーズは九人に朝食をたっぷり食べさせ、洗濯室に案内した。そこにはシンクがあり、お湯が出た。九人は顔や手を洗い、ぼろ布を使って簡単に体を洗った。エレーヌは窓枠に歯ブラシをみつけた。

「でも、きれいじゃないかもしれないわよ」。ザザは疑わしげに歯ブラシをみた。

「だれのものかわからないじゃないの」。ロンも言った。

「もしかしたら牛飼いのかもね。でもわたしは気にしない」。エレーヌはきっぱりと言った。エレーヌの歯はラーフェンスブリュックにいる間にすっかり悪くなり、痛いのが悩みだった。きちんと磨きたいとずっと思っていたのだ。

アネリーズとエルンストは、少しでもお金を払いたいという九人の申し出を断った。そして「ドイツ人がみんながみんなひどい人間じゃないってことを、フランスの人たちに話してほしい」と言った。[2] 九人はアネリーズに政治犯の印である赤い三角の布を渡した。裏には次のように書き添えた。「九人の囚人に贈られた、温かく、思いがけない心からの歓迎の思い出に」

九人は晴れやかな気持ちで歩きだした。次の村は、こぢんまりとした絵のような場所だった。ドイツ人の女が庭の門まで出てきて、ゆでたヒヨコマメを差し出した。九人は喜んで受け取り、ニコルが運んでいた重い深鍋に入れた。女が自分から親切にしてくれたことがうれしかった。もしかしたら、このままうまく運ぶかもしれないと九人は思った。「みんな、とっても親切ね！」。ザザが大きな声をあげた。

ニコルは、あまりにもうまくいきすぎることに不安を感じていた。だれもが親切に歓迎してくれることなどあり得ないと思った。自分たちはほんの数日前までドイツ軍に囚われていたのだ。だから男たちがやってきて、敵意をむき出しにして道をふさいでも驚かなかった。

エレーヌが一歩前に出て話しはじめたが、またしても赤ら顔の村長にさえぎられ、どなられた。

「おまえたちのような者が何人も、この村を通ろうとするが、許さんぞ！」

エレーヌは深呼吸をして、歯の抜けたあとを舌でなぞった。腹を立てたドイツ人を相手にするときの癖になっていた。そして息を吸い、冷静に答えた。「普通はそうでしょうけれど、わたしたちはほかの人たちとは違うんです」

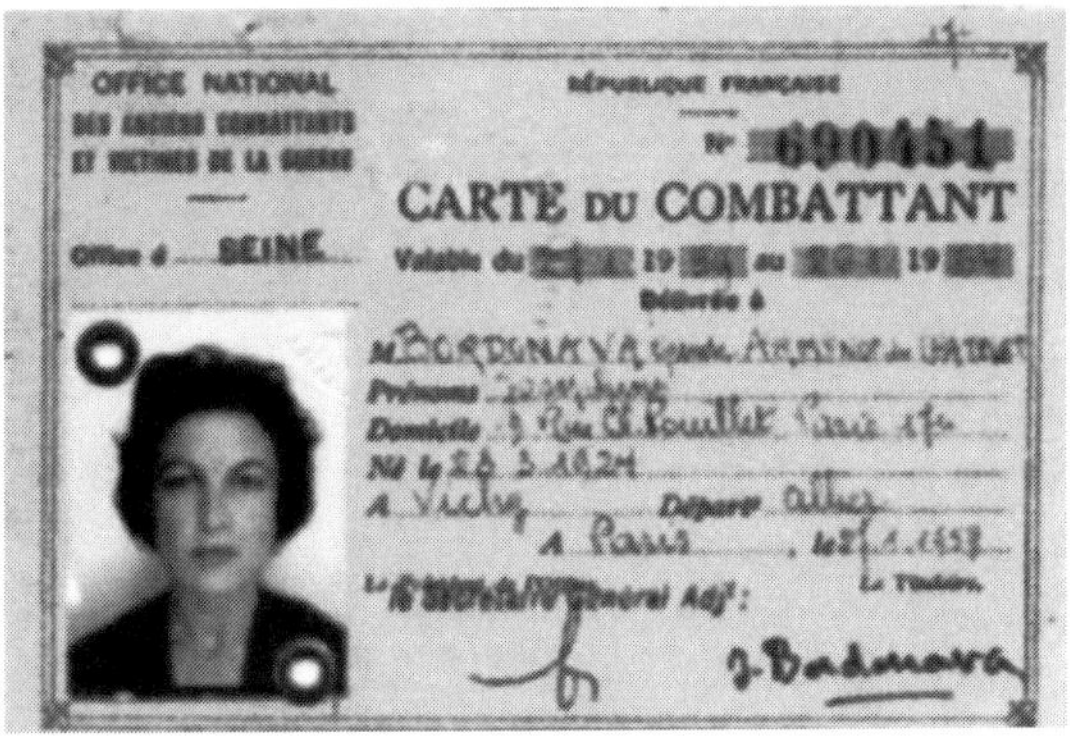

ジョゼフィン・ボダナヴァ（ジョゼ）

「どういうことだ。どこが違うっていうんだ」。村長は唾を飛ばしながら言った。「流れ者め……」

エレーヌはライツェン警察署の文字が入った紙を取り出した。「みてください。わたしたちは通行の許可をもらっているんです」

村長たちは寄ってきて、紙をじっとみた。そして急に態度を一変させた。まるで魔法のようだったとザザはのちに書いている。「ドイツではすべての公式書類に同じ効き目がある[3]」

九人はぐずぐずせず、すぐに小さな村を出て、道から少し離れたところに休む場所をみつけ、木の下で食事をした。紙切れ一枚で、偉そうにどなり散らしていたおじさんが、おとなしくて従順な小役人に変わったことを笑い合った。

そして、収容所で使っていた粗末なスプーンで、かわりばんこにヒヨコマメをすくって食べた。

ジンカが「ああ、こんなにお腹がいっぱいになるまで食べられるなんて」と言って、また口いっぱいにヒヨコマメを頬張った。

「ああ、あんなに長いこと、ほんの少しの食べ物で生きていたなんて」。ニコルが言った。


数時間休むと、次のオストラウの村に向かった。今度はロンとエレーヌが直接憲兵隊のところにいった。通行を「許可」する書類があるのだから、自分たちから届け出て、警察からは通行の許可を、村長からは眠る場所を確保する許可をもらえばいいという理屈だった。届け出ないでみつかれば、こそこそしていると疑われ、収容所に送られたり、もっと酷い目に遭ったりするかもしれない。

オストラウに着くと、七人は警察署の外にいて、ロンとエレーヌの話を遠くからきいていた。七人はだんだん恐ろしくなってきた。どうやら作戦は失敗らしい。荒々しいどなり声がきこえてくる。魔法の書類は効かなかったのだろうか。警察官の言葉は理解できなかったが、だいたい何を言っているかはわかった。

一方、ロンとエレーヌはそれほどおびえてはいなかった。こんな扱いを受けるのには慣れていた。警察官がどんなにどなっても、エレーヌは動じなかった。歯の抜けたあとに舌をあて、冷静に話が終わるのを待っていた。警察官はひとしきり中傷と罵倒の言葉を浴びせ、おまえらがだれだかわかっているんだ、おまえらみたいなのは親衛隊に突き出さなきゃならないんだ、なにしろはっきり命令されていて、これまでにも「売春婦やユダヤ人」をとっ捕まえてきたんだから、おまえらだってしょっぴいてやる、それがルールだし、自分はルールには従うんだからと続けた。

「ええ、わかります」。エレーヌは、警察官が息継ぎのために言葉を切ったすきに、落ち着きはらって答えた。「でも、わたしたち、ほかの人とは違うんです」。エレーヌは大切な紙を警察官に渡した。

「このとおり、許可をいただいているんです。通行許可を」

警察官は紙を受け取り、長いこと黙って確認した。そしてまた奇跡が起きた。「ああ、そうか」。警察官の声が小さくなった。「ライツェンね。なるほど。たしかにほかとは違うようだ」

「わたしたちは普通の女です」。エレーヌは続けた。紙が期待どおりの効果をあげたことに気をよくしていたが、あまり詳しく紙をみられたくなかった。エレーヌはそっと紙を取り返し、折りたたんで、コートのポケットにしまった。「戦争のことも、前線のことも、さっぱりわかりません。どうなんでしょう、危ないんでしょうか」

警察官はエレーヌの誘導に乗り、ふたつの前線にはさまれた中間地帯をどのように歩けばいいかもったいぶってアドバイスした。「細心の注意を払わねばならん。危険な場所だからな。女ならなおさらだ」

エレーヌが笑顔を振りまき、無知な女を演じれば演じるほど、警察官の態度が変わっていった。媚びを売りすぎず、無力を装うには、微妙なバランスが必要だった。エレーヌは完ぺきだった――しかしやりすぎてしまった。

警察官は話しながら――明らかに自分の声に酔っているようだった――エレーヌの全身をじろじろと眺めていたが、エレーヌはうっかり視線を合わせすぎてしまったのだ。警察官は声をひそめて言った。「今夜、泊まれる場所を用意してやる。ただし、おまえだけだ。友だちはだめだ」。警察官はロンのほうに顎をしゃくり、首を振ってみせた。「もう少しお互いのことをよく知ろうじゃないか」。警察官は小さな声で言って、ウインクした。「食い物ならいくらでもある」。警察官は誘うようにつけたした。

エレーヌの笑顔が凍りついた。

ロンが口をはさんだ。「でも、わたしたち、九人のグループなんです。そんな大勢が食べるほどはないでしょう。だから、もういきます。まだまだ先は長いんです。あなたもさっき言ったみたいに」

ロンがエレーヌの手を取り、エレーヌは感謝の気持ちをこめてその手を握りかえした。

「それは彼女が決めることだろう」。警察官が言いかえした。「後悔はさせないぞ」。警察官はエレーヌのもう一方の手を取って引きよせた。「こんな危険な時代でも、おれがいれば安心だ」

エレーヌがあとずさり、警察官の手から逃れようと体をひねったとき、腰に鋭い痛みが走った。ロンがふたりの間に割って入り、エレーヌを警察官から引き離そうとした。

「仲間と一緒にいないといけないんです」。エレーヌはロンのかげから無理に笑顔をみせ、もみ合ってなどいないふりをした。「これは義務なんです。警察官ですもの、わかってくださるでしょう」。エレーヌはさらに一歩あとずさり、警察官の手をふりほどいた。

「わたしたち、エレーヌがいないと困ります」。ロンはエレーヌの前に壁のように立ちはだかり、念を押すように言った。

「ごきげんよう」。エレーヌはその場をあとにした。

警察官が声をかけてきたが、ロンだけが答えた。「すみません、ほんとうにもういかないと」。ロンは両手を挙げてみせた。その気になったら、警察官は銃でエレーヌを脅すこともできたはずだ。エレーヌは従うしかなかっただろう。ふたりはできるだけ早足で警察官から離れた。

外に出ると、エレーヌはつぶやいた。「今すぐオストラウを出たいわ」

「大きい町は避けたほうがよさそうね。爆撃される危険が高いもの」

「ああいう男がいる危険もね」。エレーヌは怒りをこめて言った。

ふたりは仲間のもとにもどり、すぐに出発しようと言った。説明する必要はなかった。エレーヌの顔をみれば十分だったのだ。

日が傾きかけたころ、デルムシュッツに到着した。村長の家は険しい丘の上にあった。エレーヌはその家を見上げ、腰の痛みがひどくなるのを感じた。あそこまで登ってまた下りてこられるのか、自信がなかった。「だめ、もう歩けないの」。エレーヌは仲間に打ち明けた。声が震えた。クールなリーダーの仮面をはずし、弱みをみせるのはこれが初めてだった。

「脚が痛くて」。涙がこみあげてきた。エレーヌの右脚はひどく腫れ上がり、一歩歩くごとに腰に痛みが走った。アンジェーでの長い取り調べ以来、股関節に焼けるような痛みを抱えていたのだ。昼間の警察官とのもみ合いで、痛みがさらにひどくなり、一日歩いたせいで耐えがたくなっていた。

「大丈夫よ」。すぐにザザが言って、エレーヌの肩を抱き寄せた。エレーヌはわっと泣きだし、涙を拭きながら謝った。

「ギギにきてもらうわ」。ロンが言い、さらにオランダ語でギギに何か言った。

「もちろんよ」。ギギは答え、エレーヌにおどけて敬礼した。それからドイツ語でこう言った。「村長殿にお目見えできて光栄でございます」。エレーヌはほっとして、笑いだした。

エレーヌは仲間と一緒に溝に座った。感謝の気持ちでいっぱいだった。ジンカが、あとでユーゴスラヴィア人からもらった軟膏を塗って、マッサージしてあげると言ってくれた。これまで、自分ひとりか、ザザとふたりで逃げたほうが楽なのにと思っていたが、九人には九人が必要なのだと今になって気づいた。みんなの願いにこたえて、ジョゼが歌いだした。

エレーヌは不安が和らいでいくのを感じた。ここにいるのはわたしの仲間。一緒に安心して体を休められる仲間なのだ。

ユダヤ人の子どもたち

ジョゼことジョゼフィン・ボダナヴァは、開戦の前年にスペインから移民してきた家庭の子どもだった。一九三〇年代の世界大恐慌と内戦から逃れるため、スペインから多くの移民がフランスに流入した。しかしフランスでの身分は不安定なものだった。スペイン政府は国を出た難民の市民権を認めず、フランス当局も、移民の多くが不法入国者だったこともあり、受け入れを拒んだ。その結果、移民たちは南フランスの収容所に散らばった。その収容所が、のちにナチスによって別の目的で使われるようになる。ジョゼの父親は労働者だった。ジョゼは一〇歳のときにカンヌの児童養護施設に預けられ、一五歳まで過ごした。経済的理由だったのか、家庭の事情だったのかは明らかではないが、スペインからの移民の子であるために、ジョゼがフランス社会の周縁に置かれたことは間違いない。その後一時的に家族と暮らしたが、一七歳のときに児童養護施設にもどった。そして一八歳のときに、カンヌのマダム・ソヴァジョという人のもとで暮らしはじめる[4]。

ジョゼが育った児童養護施設、レヨン・ド・ソレイユ（太陽の光）は、一九三五年一〇月にアルバンとジェルメーヌのフォール夫妻が創立した。一〇歳のジョゼが入ったのはその二か月後だった。一九三九年に一時的にジョゼが親元にもどったころには、施設には二四人の子どもがいた。フランス北部がドイツに占領されたため、ユダヤ人の子どもが南部のカンヌに送られていた。一九四二年一一月、アルバンとジェルメーヌは偽の書類を使って三三人のユダヤ人の子どもを受け入れた。それがフォール夫妻にとって、マルセルネットワークと協力して行った最初の地下活動となった。マルセルネットワークはムサ・アバディとオデット・ローゼンストックが設立し、フランス南部でのユダヤ人の子どもの救済において中心的な役割を果たした[5]。

ムサ・アバディはシリア人で、ソルボンヌ大学で中世の寓話を研究していたが、一九四〇年に反ユダヤ法によって大学にいられなくなった。オデット・ローゼンストックはパリの若き医師だった。スペイン内戦末期の一九三八年、フランコ政権から逃れてきた人たちが、山を越えてフランスに入ってきた。オデットは医療ボランティアとしてピレネー山脈に入り、人々を助けた。そしてそこで難民を対象とした最初の抑留所の開設を目撃した。オデットは過酷な環境と非人道的な扱いに愕然とし、すぐに地下活動に関わるようになった。医療用のトラックを使って抑留所から難民を逃したのだ。共通の友人の紹介で出会ったとき、オデットはムサに強烈な印象を残した。

反ユダヤ法でオデットも影響を受け、一九四〇年一〇月に医療行為を禁じられた。オデットはムサを頼って南の自由地域にいき、逃げてきたユダヤ人難民の支援をした。その地域はまだイタリアの支配下にあり、イタリアはヴィシー政権やナチスの反ユダヤ法を適用していなかった。ヨーロッパじゅうからやってきたユダヤ人がイタリアの統治下で、移送の恐怖を免れていた。太陽の降り注ぐ地中海岸の町にいると、フランスの北部で、ヨーロッパのほかの地域で起きていることなど、どうでもよくなってくる。

しかし、平和は長くは続かなかった。一九四二年四月、ムサはニースの海岸遊歩道プロムナード・デ・ザングレで、ユダヤ人の女性が衆人環視の中、警察官に踏み殺されるのを目撃した。女性の六歳の息子は、目の前で母親が殺されるのを泣きながらみていた。まわりの人たちは無表情で眺めているばかり。ムサが何事かとたずねると、ひとりの男が「ユダヤ人を懲らしめているんだよ」と答えた[6]。

一九四三年はじめ、ムサは東部戦線で戦うイタリア軍の従軍司祭と知り合った。司祭はフリオ・ペニテンティ師といい、たまたまニースを訪れていた。ムサは司祭から東欧でのユダヤ人の虐殺や迫害のことをきいた。子どもたちが並ばされ、射撃訓練のように撃ち殺されていること、村ごと処刑され、まとめて埋葬されていること。ムサにはとても信じられなかった。司祭は十字架を取り出し、ムサの手に握らせると、その上から自分の手をのせた。「キリストの血にかけて、今の話は本当ですよ」[7]

ムサはオデットの待つ家に駆けもどった。ふたりは夜遅くまで話し合い、決心した。命をかけてもやるべき大きな目的ができた。ユダヤ人の子どもを救うのだ。そしてふたりはマルセルネットワークを設立し、一九四三年から一九四五年にかけて、洗礼証明書を偽造し、身元を偽り、小さな村の家庭や修道会に預けることで五二七人の子どもの命を救った。クエーカー教徒やユダヤ人のボーイスカウトの地下組織からも協力を仰いだ。ジョゼが人格形成期を過ごした児童養護施設のフォール夫妻もムサに協力し、里親がみつかるまで、多くの子どもたちを保護した。

一九四四年四月、オデットは逮捕され、アウシュヴィッツに移送された。オデットと同じ列車に乗せられていた者は、ほとんどが到着と同時に殺された。オデットは診療所の医師に任命された。あのヨーゼフ・メンゲレがおぞましい双子の人体実験を行っていたのと同じ診療所だった。オデットはなんとか生きのび、一九四五年四月一五日、ベルゲン・ベルゼン強制収容所でイギリス軍によって解放された。

ムサとオデットは深く愛し合っていたが、戦後まもなく別々に暮らすようになる。ムサは深刻なうつを患い、残虐な目に遭った子どもたちの記憶に悩まされ続けた。戦争が終わり、多くの子どもたちに親の死を告げなくてはならなくなったことで、心労は増した。しかしムサとオデットは一九五九年一一月三日に結婚した。

若きジョゼをレジスタンスの世界に導いたのはフォール夫妻だった。[8] ジョゼの軍歴によれば、一八歳になったばかりの一九四二年はじめにはカンヌでレジスタンスの活動をしている。しかしおそらくもっと早くから活動に関わっていたのだろう。ジョゼはレジスタンス組織コンバ（国民解放運動）の社会福祉部門に所属し、少額の支援金や物資や食料を、逮捕されたり殺されたりしたレジスタンス活動員の家族に分配する役目を担っていた。犠牲を払った人を組織が忘れていないことを人々に知らせ、最悪な事態が起きても家族が守られると活動員たちに納得してもらうことは重要だった。

一九四三年九月三日、イタリアが連合国とカッシビレの休戦協定に署名し、枢軸国に誓っていた忠誠を連合国に移すと、ドイツ軍はすぐさまフランス南部の自由地域を占領し、ジョゼたち活動家の緊迫感は増した。カンヌで最初に一斉検挙が行われたのは一九四三年で、ヴィシー政権下で親ナチスのファシストが結成したフランス民兵団による告発がきっかけだった。この一斉検挙で潜伏していた六人が逮捕、移送された。ユダヤ人移民に対する密告と迫害が増加した。ジョゼのネットワークも暴露された。迫るゲシュタポの逮捕から逃れるため、ジョゼはマルセイユに移った。

マルセイユでは、ジャン・ムーランが設立したばかりの統一レジスタンス運動（ＭＵＲ）に接触し、「セヴェリン」の偽名で一九四三年末から一九四四年三月一日まで、慈善パッケージの配布を担当した。マルセイユ周辺の小さな村で、マルセルネットワークに協力して子どもを預かっている家庭を回った。

どうやらカシス郊外の丘の上にある小さな村に、ユダヤ人の子どもをかくまっている家族がいたようだ。その家では長男と次男が統一レジスタンス運動に加わり、父親の畑を手伝えなくなっていて、母親も忙しくしていた。ジョゼはよくその家族を訪ねて、庭仕事や洗濯を手伝った。家事が終わると母親はいつもジョゼにお茶を飲んでいきなさいと勧めた。お茶といっても紅茶ではなく、森で集めた薬草を煎じたもので、ジョゼのような若い娘はぜひ飲むべきだと母親は言った。美しい黒髪が太くつややかになるというのだ。

あるとき、母親はジョゼの手の上に自分の手を重ねて言った。「息子が帰ってきて、あなたと結婚してくれたらいいわね。あの子はとても働き者なのよ」

ジョゼは頬を赤らめて笑った。「まだ会ったこともないのに」

「大丈夫。年寄りを信じなさい」と母親は言った。

子どもたちは、人が訪ねてきたときには隠れているよう言い含められていた。しかし、ジョゼがきたときにはこっそり出てきて、ジョゼをみて大喜びした。ジョゼが子どもたちと仲よくしたがっているのがわかったのかもしれない。児童養護施設でも、年長になってからは小さな子を一日じゅう抱いたりおぶったりしていた。つねにだれかに触れ、温もりを感じていた。レジスタンスに加わってからはひとりで暮らし、毎週住む場所を変え、だれかに打ち明け話をすることもなく、昔の友だちとの付き合いもなくなった。ジョゼは孤独だった。だからこの家族を訪ねると元気が出た。

子どもたちはジョゼに歌をせがんだ。いちばん年下のユダヤ人の子がジョゼの膝によじ登ってきて、胸に頭を預けた。かわいらしい巻き毛と黒い大きな目をした子だった。この女の子の母親がポーランドの劣悪な収容所に移送されたことをジョゼは知っていた。どこよりもひどい噂のある収容所だった。ジョゼが帰るときになると泣きだす女の子に、ジョゼはいつも言いきかせた。「泣かないって約束したら、あとひとつだけ歌を歌ってあげる」

家族を訪ねるのがつらい日もあった。いちばん上の息子が帰ってこないことを知らせなくてはならなかった日だ。「誇りに思ってください。フランスのために勇敢に戦って亡くなったのですから」。ジョゼは言った。その言葉は薄っぺらで一本調子にきこえた。ジョゼ自身、自分の言葉が信じられなかったからだ。父親が母親の肩を抱き、やさしく言った。「そう、そのとおりだよ。ありがとう、マドモワゼル」

ジョゼは夫妻を台所に残し、子どもたちをさがしに納屋にいった。子どもたちは子犬のようにまとわりつき、ジョゼの歌声をきいていた。膝に座ったおちびさんが、小さな指でジョゼの涙をぬぐった。そしてかわいらしい声でそっと言った。「泣きやんだら、お歌を歌ってあげる」

三月一日のできごとについて、レジスタンスのリーダーを地域や全国で務めたベルナデット・ラティエは次のように書いている。

ゲシュタポが、かつてそこに住んでいたユダヤ人を逮捕しにきたのだが、そこは今は統一レジスタンス運動の事務所になっていた。たまたまそこにいた連絡将校のジャン＝ピエールと、「セヴェリン」ことミス・ボダナヴァがゲシュタポにみつかってしまった。ジャン＝ピエールはその地域のすべての郵便物を、ミス・ボダナヴァは囚人のための支援袋と、家族への毎月の手当が入った封筒と、ジャン＝ピエールに渡そうとしていた社会福祉関係の郵便物を持っていた。ジャン＝ピエールは当時ゲシュタポが血眼でさがしていた人物だったため、その場にいた全員が逮捕された[9]。

ジョゼはパラディ通り四二五番地にあるゲシュタポのマルセイユ本部に連行され、尋問を受けた[10]。そしてマルセイユのボーメット刑務所に留め置かれたのち、ロマンヴィル一時収容所に移された。一九四四年六月一四日、ほかの五〇人の女とともにパリ東駅を出発し、ザールブリュッケンに運ばれた。そもそもはノイエブレム強制収容所に移送されるはずだったという。そして六月二三日、メナとロンとギギも含む四六人のひとりとして、ラーフェンスブリュック強制収容所に移送され、被収容者番号四三二二〇となった。

巨人の家

デルムシュッツの溝でロンとギギを待っていた七人は、だんだん寒くなり、不安を覚え始めた。もしかしたらあの丘の上にある村長の屋敷で、ふたりは逮捕されてしまったのかもしれない。これで旅は終わりなのかもしれない。七人は話し合い、さらにふたりを送り出すことにした。ジンカとニコルが、何が起きているか探りにいくことになった。残る五人は、どのくらい待ったかがわかるように、二〇〇〇まで数えることにした。数えていれば恐怖心が薄れるだろう。数え終わってもジンカとニコルがもどらなかったら、最悪の事態が起きたと考え、一目散に逃げ出すのだ。

しかし、数分もたたないうちに、ニコルは道ばたでギギと出くわした。「どこにいってたの？」。ギギは大きな声でたずねた。「あなたたち、いくらさがしてもみつからないんだもの！」。まったく方向音痴のギギらしい。仲間がどこにいるか、わからなくなっていたのだ。

ニコルが笑顔でギギを連れてもどったのをみて、五人は喜びの声をあげた。ギギは手短に、ロンが村長の屋敷で待っていると伝えた。すぐにいきましょう、晩ごはんよ。

エレーヌはニコルとザザに支えられ、ゆっくりと丘を登った。たどり着いたのは丘の上にそびえる堂々たる屋敷だった。脇には赤い腰折れ屋根の三階建ての納屋が並んでいる。白い漆喰の壁は、骨組みが外に出ているチューダー様式。クリーム色の優雅な母屋に対して、納屋はどっしりと大きくて陰気だ。広い玄関広間は、床に白と黒の石が敷き詰められ、壁には濃い色の鏡板がはめこまれていた。家族の先祖と思われる人物の等身大の肖像画が、いかめしい顔でこちらを見下ろしている。玄関の上にはドイツ語の格言がかかっていて、エレーヌが翻訳した。「神を信じ、みずからをも信じよ。天はみずから助くる者を助く」

「たしかにね」。ニコルが言った。

広い玄関で、ロンが出むかえてくれた。すでに勝手がわかっているような様子だ。台所に案内され、手を洗った。そこにあったのは巨大なシンクで、つま先立ちしなければ届かないほどだった。何もかもが規格外だった。テーブルの前の巨大な椅子をみて、メナが小声でギギに言った。「わたしたち、縮んじゃったのかしら。それとも本当に巨人の家にきちゃったの？」

ザザも言った。「ぶ厚い本を借りて、その上に座らないと」

「わたしはもっと大変なのよ！」。小柄なジンカが言った。ジンカは椅子によじ登るのに、仲間の手を借りなければならなかった。九人は足をぶらぶらさせ、くすくす笑った。笑っていると、この奇妙な巨大な家に対する恐怖心が和らいだ。

「今にわかるわ、どうして何もかもがこんなに大きいのか」。ロンが意味ありげに言った。

九人は大人のまねをしている子どもになったような気分で、家の主を待っていた。そこに家の主人と妻、そしてふたりの娘がもったいぶって入ってきたので、九人は押し黙った。村長も家族もまさに巨人で、四人とも一八〇センチ以上あり、肩幅が広くがっしりしていた。娘たちは髪を三つ編みにしてきっちりとまとめ、黒いロングドレスを着ている。笑みはなく、お客に会釈だけした。テーブルはきちんとセットされ、食べ物はふんだんにあったが、むき出しの敵意が感じられた。アネリーズとエルンストと食事をともにしたときとはまるで違った。いつもそんなにうまくいくわけではない、とザザはのちに書いている。もしアネリーズやエルンストのような人ばかりなら、そもそも戦争など起きなかっただろう。

　エレーヌにもほかの八人にも、嫌悪感をあからさまにした巨人たちが、みすぼらしい女たちと食事をともにする理由はひとつしかないとわかっていた。それは前線が近いからだ。明日にも自分たちの運命がひっくり返るかもしれないのだから、どんなに汚くて臭くても、勝っている側の難民に親切にしたほうが賢明だと判断したのだ。食事中、ほとんど言葉は交わされなかった。女たちがだれで、どこからきたのか主人は一度もたずねようとしなかったし、女たちも自分たちのことをひと言も言わなかった。料理が出されると、スープ皿に当たるスプーンの音だけが響いた。

　主人がスープ皿を押しやり、食事が終わった合図をすると、使用人がどこからともなく現われて、皿を片づけた。娘のひとりが使用人に、女たちを寝る場所に案内してやれと指図した。九人は小声でお礼を言うと、使用人のあとについていった。

案内されたのはだだっ広い納屋だった。九人は屋根裏のいちばん高いところに登ることにした。朝になって作男たちがやってきて、三つ叉《また》で刺されたらたまらないと思ったからだ。それに、昼間にエレーヌが危ない目に遭ったあとだけに、夜中に作男が入ってこないか心配だった。それだけではない。納屋の入口のそばにある、干し草をきっちり巻くための奇妙な機械も怖かった。この機械が夜中に突然動きだして、干し草と一緒にくるくる巻かれてしまったらどうする？　納屋にはありとあらゆる形の奇妙な機械がたくさんあった。すべてが巨大だった。そして運命の不吉な影が感じられた。九人の中で農家で育った者はなく、巨大なトラクターや鋤《すき》が、ただただ怖かった。

その夜はだれも眠れなかった。強い風が吹いていた。納屋はぎしぎし音を立て、うなり、まるでおんぼろの船で嵐の海を突き進んでいるようだった。だれもが平気な顔をしようとしていた――メナは「キャンプの旅」だと言い、ザザはみんなが「とっても親切」だと言った――が、大きな危険が迫っているのを感じていた。

第七章　ジャッキー

　四月一九日、九人は巨大な納屋の板壁のすきまから朝日が昇るのを眺めていた。だれもが物思いにふけっていた。ジャッキーは、今日一日生き抜く力がありますようにと祈っていた。ニコルはライプツィヒの収容所で、毎朝隣に寝ているルネとあいさつ代わりに手を握りあったことを思い出し、不意に悲しみに襲われていた。ジンカはルイ・フランシスのために作ったシガレットケースに手を伸ばし、どうか生きていて、と心の中で夫に呼びかけた。ジョゼはハミングを始めた。女たちは、ジョゼのこのやさしい歌声で目覚めるのが好きだった。それがジョゼにとって、身を隠していた子どもたちの無事を願う祈りの儀式とは知らずに。

　どんよりとした寒い日で、ぱらぱらと雨が降っていた。春の天気は変わりやすく、美しく晴れわたったかと思うと、次の瞬間には雨が降りだして冷えこんだ。九人が藁の上でぐずぐずしていると、母屋から使用人がきて、洗濯室にお湯が用意できていると言った。

　洗濯室は独立した建物だった。清潔な白いタイルの部屋にはシャワーがあり、大きな陶製の洗面台やバケツもあって、頭からお湯をかぶることができた。女たちはお湯を浴びながら、気の抜けたような顔で立っていた。ラーフェンスブリュック強制収容所以来、小さな声で「シャワー」と言われると、お腹を殴られたような気分になるのは、氷のように冷たい水を浴びせられたあと、地面に倒れるまで裸で雪の中に立たされた思い出が甦るからだ。「シャワー」という言葉は、ガス室の「シャワー」も連想させた。それに、ライプツィヒでは毎朝、痛いほど冷たい水を勢いよくかけられ、骨までしびれた。この何か月もの間にお湯に触れたのは、ライプツィヒ軍需工場だけだった。工場では、炉から出したばかりの真っ赤に焼けた発射筒を、大きな樽に入った水に浸して冷ましていた。発射筒を出したあと、女たちは見張りがいないすきを狙って、さっと頭を樽の中に入れた。熱いお湯で、頭皮にたかるシラミを退治しようと思ったのだ。

ニコルのレシピ

シラミ退治は、ライプツィヒでは夜の儀式の一部となっていた。就寝前、女たちは互いに、まずは頭から始め、服の縫い目もくまなく点検し合った。小さな悪党どもを指の爪でとらえてつぶすのが、すっかり得意になっていた。シラミがつくと、髪の毛を刈り上げられてしまう。被収容者も、親衛隊員も、シラミを恐れていた。収容所にはいたるところに「シラミ一匹は死に値する《アイネ・ラウス、ダイン・トード》」と書かれていた。シラミは疥癬やチフスを媒介する。収容所でチフスに感染すれば、生死に関わる。夜ごとの儀式は生き残りに欠かせなかった。

注意深くシラミをつぶしながら、女たちはその日きいた噂について話し合った。エレーヌのように外国語ができる者が、ほかの収容棟からきいてきた話を伝えた。最も優遇されているポーランド人とソ連人が、いちばん情報が早く、新たに陥落した町などを教えてくれた。しかし間違った噂も多く、さらなる噂によって否定されたりした。

女たちは互いの容姿をほめ合った。ほとんどがフランス人で、おしゃれに敏感だったのだ。なんてほっそりしているんでしょうと冗談を言い、でも頬にちょっと紅を差したほうがいいわなどと言いあった。日光を浴びることはできなくなっていた。朝の点呼はまだ暗く寒い午前四時に行われ、工場からもどってくるのは日が落ちてからだった。それから会話は食べ物の話に移るのだった。

　ニコルは料理のレシピを、材料をひとつずつ挙げ、手順を追って説明することに喜びを見出していた。きっかけは、作業中に幻臭を感じたことだった。炉から出てくる溶けた鉄鉱石と、熱した油のにおいが、グリルで焼いているステーキやローストチキンのにおいに感じられたのだ。幻臭は、つかのま心を解放してくれた。だがそのあとに、空腹と混乱に押しつぶされそうになるのだった。ニコルは、食べ物の話をすると気が紛れることに気づいた。そもそもニコルが知っているレシピのほとんどはお菓子で、砂糖やバターや卵がふんだんに出てきた。ニコルは毎晩シラミを退治する仲間たちに、ごちそうができあがっていく過程を説明するようになった。

ジャクリン・オベリー・デュ・ブレ（ジャッキー）

　まずは、イチゴの入ったババロアの作り方。ニコルが料理人と一緒によく家族のために作ったデザートだ。「ステップ一」とニコルが言うと、みんな静まり返った。「二五〇ミリリットルの牛乳を鍋に入れ、バニラビーンズを加えます。莢《さや》ごと入れても、莢から出して種をつぶしてから入れてもかまいません。家じゅうにバニラの匂いが広がるでしょう」

ニコルは言葉を切り、バニラの香りを吸いこんだ——気がした。

「ステップ二。ボウルに卵の黄身を四つ分入れ、砂糖七〇グラムを加え、色が薄くなって重みを感じるまでかき混ぜます」

「おばあちゃんの農場の卵、おいしかったな」。だれかが言った。みんながうんうんとうなずいた。卵——今、卵がひとつあったら、何週間も生きる力になるだろう。

「ステップ三。牛乳が沸騰する直前に、火から下ろして卵のボウルに入れ、しばらくかき混ぜます」。ニコルは料理人が牛乳を注いでくれている間、ぐるぐるかき混ぜていたことを思い出していた。幼い手は元気いっぱいで、疲れを知らなかった。

「ステップ四。混ぜ合わせたものを鍋にもどし、ごくごく弱火で温め、固まる直前にボウルにあけて冷まします。強火にすると卵が固まって分離してしまうから気をつけて。決して目を離してはいけません。

ステップ五。砕いたチョコレートを加え、少しかき混ぜて溶かします。わたしの母はよくホワイトチョコレートを入れていたわ。色に真珠のような光沢が出るから。

ステップ六。生クリームを、角が立つまでしっかり泡立てます」。これもニコルの仕事だった。料理人がすぐくたびれたと言うからだ。泡立て続けるのには根気が必要だった。クリームはいつまでたっても泡立たないように思えたが、必ず泡立つのだ。まるで魔法のように。

「卵と牛乳とチョコレートを混ぜ合わせた中に、ホイップクリームを入れ、包みこむようにします。そして冷まします」。ニコルは言葉を切った。料理人が泡立て器をなめさせてくれたことを思い出していたのだ。

「それから？」。暗いベッドのすみから、だれかがうながした。

「そうそう、キルシュにイチゴを漬けておくの。わたしは細かく刻んで、キルシュをたっぷり含ませるのが好きなんだけど。ええっと、次はステップいくつだっけ」

「ステップ七！」。女たちが声を合わせた。

「そうね。ステップ七。タルト型にバターを塗って、縁と底に細長いスポンジ生地を並べます。すきまなくぎっちり並べるの」

「わたしたちみたいにね！」。だれかが言って、笑いが起こった。女たちは狭いベッドにくっつき合って横になっていた。硬く窮屈なベッドの空間を最大限に利用するため、頭と足を互い違いにしているところが多かった。今夜のシラミ退治を終え、だれもが疲れきっていた。もうすぐババロアができあがる。いちばんいいのは、香りと味を思い出しながら、胃がねじれるような空腹に襲われる前に眠ってしまうことだ。

「ステップ八」。ニコルは続けた。「型にクリームを少し入れ、イチゴを入れます。またクリームを入れ、イチゴを入れます。型がいっぱいになるまで、それをくり返します。

　ステップ九。アイスボックスに入れ、四時間以上たったら、切り分けます」

　ニコルが話し終えると、一瞬の沈黙が流れ、それからくぐもった拍手が起きた。

「ちゃんと味わえたわ！」。ジャッキーが熱で目をうるませて言った。「イチゴも、クリームも……」

　翌日、女たちはまたレシピをききたがった。ニコルは、ジョゼに敬意を表して、スペイン料理のパエリアのレシピを披露した。マロンクリームとパフクレープも作った。レシピ語りは、一種のお楽しみ、パフォーマンスになった。女たちはもっとききたがった。別の収容棟の女たちもききたがった。

　ニコルがレシピを書けば、それを回すことができる。だれかが管理棟から失敬してきた紙をくれた。でも鉛筆がない。ニコルは思いきって工場にきている民間人に話しかけた。相手はそんなことをしたら危険だと言って嫌がった。しかし翌日工場にいくと、機械のニコルがみつけやすい場所に、ちびた鉛筆がそっと置かれていた。ニコルはレシピを書いて、ほかの収容棟の仲間に渡すようになった。ほかの「料理人」も自分たちのレシピを書いて渡すようになった。女たちはレシピを楽しみ、想像力を働かせ、唾を飲みこんだ。

意外に感じられるかもしれないが、レシピ語りや小さなレシピ帳の作成は、飢えた者たちによくみられることのようだ。[1] 空腹は殴られるよりつらいといわれる。体力的に消耗するだけでなく、精神的にも悲惨だ。飢えは人間を獣におとしめる。スープの配分ひとつでけんかが起こる。九人も、空腹のあまり正気を失った被収容者が、食べ物を盗み、殴り合うのを目撃している。パンのかけらひとつを巡って、泥だらけになってもみ合うのも。自分たちはあんな風に落ちぶれて、誇りを失ったりしたくない。そこで、レシピを語り合うことに、つかのまの慰めを見出した。週に一度だけ休むことが許される日曜日の午後になると、「日曜日のディナー」をともにした。

　ニコルは、自分が使っているマットレスのカバーの切れ端を破り取り、拾ってきた革ひもを使って、レシピを守るカバーを縫った。ギギも、ＨＡＳＡＧのスタンプが押された薄く細長い紙を使ってレシピ帳を作った。紙は一センチたりとも無駄にできなかった。レシピは砂糖やカラメルやバターや小麦粉をふんだんに使うものばかりで、カロリーと子どものころの思い出が詰まっていた。女たちはレシピ帳をとても大切にしていて、逃亡するときにも持っていた。死の行進からはずれた直後にエレーヌが所持品リストを作ろうと提案したときに、レシピ帳の話が出なかったのは、それぞれがそれだけ自分のものとして大切にしていたからだろう。空腹のときにも支えてくれる、貴重な宝物だったのだ。

　戦後、レシピ帳について語る者はほとんどいなかった。恥ずかしいことだとでも思っていたのだろうか。ただレシピが書いてあるだけで、政治的な小冊子などとはまったく違うのだが、誤解されるのを嫌ったのかもしれない。レシピ帳を作るのにどれほど危険を冒したのか、わかってもらうのはとうてい無理だろう。もしもそれが詩や歌、政治のような「高貴な」内容だったら、違っていたかもしれない。詩や歌の話なら、勇敢な体験談を彩るものとして、戦後になって多く語られた。だが手作りの料理本など、陳腐で身近すぎた。

　先のみえない収容所生活で、材料のリストがあって、順を追って作り方を説明する規則的で体系的なレシピというものが、たとえ一時的ではあっても安心をもたらした。主体的に何かをするという幻想を抱くことができた。食べ物について話すのは、つらすぎる話に触れずに思い出を語り合うことでもある。亡くした子どもや配偶者、親の話は危険で、悲しみのあまり正気を失うかもしれない。暗い思い出をきっかけに、負のスパイラルに陥ることもある。だが食べ物の思い出話なら、それほどつらい気持ちにならずに人間らしさをとりもどすことができる。レシピは現実世界との、かつての暮らしとの、そして将来との架け橋になってくれる。さらに、収容所にいる別のグループとの架け橋にもなる。だれだって食べる。だれにだって好きな食べ物がある。歌や詩はだれにでも書けるものではないが、おいしい食事を思い出せるのは、人類共通だ。

　フランス人の女たちのレシピが尽きかけた一九四五年初頭、ハンガリーからユダヤ人が移送されてきた。その中の何人かが、レシピ語りに加わろうとしたとニコルは書いている。ハンガリー系ユダヤ人たちは、ほかの被収容者たちより粗末な食事をあてがわれ、スープはお湯で薄められ、ただの冷めた液体になっていた。

ニコルがライプツィヒで書きためたレシピ帳

ハンガリー語ができる者はほとんどいなかったが、なんとか知恵を集めて——もしかしたらハンガリー人の中にほかの言語を話せる者がいたのかもしれない——ハンガリー人に好物のレシピを語ってもらった。新たな仲間が増えたおかげでまったく別の国の料理が「味わえる」と女たちは感じた。

前線はどこに

デルムシュッツにある巨人の屋敷の洗濯室で、女たちはお湯を浴び、すっかり贅沢な気分になっていた。石けんをみつけたときは、大喜びではしゃいだ。そして体を洗い、足や指の爪の汚れを流した。互いに背中をこすり合い、バケツに入れたお湯で、髪のシャボンを流し合った。髪からしたたるお湯は、汚れで茶色かった。少しずつ、頭がはっきりしてきた。歌い、お湯をかけ合い、清潔なタイルの上を汚れたお湯が流れて排水口に消えていくのをみて笑った。

巨人の屋敷では、何もかもが完ぺきだった。到着したとき、動物さえ自分たちより清潔なのをみて、九人は恥ずかしかった。「ほら、これで少なくとも、あの牛くらいにはきれいになったわね」。ジンカが言った。

湯気のたつ体に、先ほどまで着ていた服をまた着た。昼近くまでだらだらして、あわよくばもう一食ごちそうになれないかと考えた。ついに使用人がやってきた。「奥様が昼食をご用意くださいました。食事が終わったら、お出かけくださいとのことです」。使用人は軽蔑を隠しもせずに言った。

しかしそんなことは、どうでもよかった。体は清潔だし、食べ物もある。ゆでたジャガイモを食べ、温かい牛乳を飲むと、九人は丘を下り、次の村を目指そうとしたが、どちらの方角に向かうべきかわからなかった。あれほど豪勢な場所から、身を切るような風の中に放り出されて、九人は絶望に襲われた。

「前線って、もっと音がするものじゃない？」。足を引きずりながら、ジョゼが不満そうに言った。ジョゼはほかの者が思っていてもなかなか言いだせないことをよく口にした。

「砲弾の音でもきこえればいいんだけど」。エレーヌも言った。一歩踏み出すごとに、左の脚に痛みが走った。洗ってすっかりきれいになっていたジョゼの足の水ぶくれからは血がにじみ、木靴にこすれるたびにずきずき痛む。

ジャッキーのジフテリアもひどくなっているようだ。温かいシャワーを浴びたあとに寒い場所に出たせいで、悪化したのかもしれない。ジャッキーは何度も足を止めて咳をし、息を切らして、いつもより遅くなっているみんなの歩調にさえ追いつけなくなっていた。空咳が止まらなくなり、ジャッキーがうずくまると、残りの八人も立ち止まり、どうすることもできずに見守った。ジンカはジャッキーの荷物を持つと言い張った。これ以上進むのは無理だろうとエレーヌは思った。

あたりの静けさが気にかかった。道には人がいない。通りかかった大きな納屋は、すべてよろい戸が下りている。そのとき、フランス人捕虜がやってきて、九人は喜んだ。男は近くの農場で働いているという。エレーヌは前線はどのあたりかたずねた。ところが男は前に自分が逃亡しようとしたときの話を、だらだらと始めてしまった。どうやら食事はたっぷりもらえているようだ。さかんに自慢話をするが、捕虜になってからは、それほど危険な目に遭ったことはないのだろう。点呼中に女が殴り殺されるのも、女が番犬に腹部を引きちぎられるのも、目撃していないのだ。

エレーヌがしんぼう強くたずねたおかげで、男はようやく答えた。「今、前線はライスニヒのあたりらしいよ。でも、まだ戦闘は終わっていない。ドイツがライスニヒの手前の森で、大がかりな反撃の準備をしているんだ。おれならそこには絶対にいかないね。この戦争はまだまだ続くよ。あいつらは、ドイツ人はタフだからな」[2]。男はすっかりドイツ人を尊敬しているようだ。

「もういかなきゃ」。「いつまでもこうしているわけにはいかないわ」。ロンとニコルが同時に言った。

声が届かないところまでくると、九人はさっそく不満をぶちまけた。

「まったく役に立たない人ね」

「あの人が言ったことは忘れましょう」

「くだらないことばっかりしゃべってたわ」

「ばかばかしい自慢話ばかり」

「わたしたちはライスニヒを避けたりしないわ」

ニコルが男の言葉にきっぱりと反論し、話をまとめた。「この戦争はすぐに終わる。ドイツは負けるのよ」

九人が歩いている田園地帯は広大で、起伏のある丘が続いていた。激しく吹きつける風をさえぎるものは何もない。九人は疲れきり、のろのろと足を引きずって歩いた。畑の端にさしかけ小屋をみつけた九人は、ようやく風を避けて休めると、転がりこんだ。

あの捕虜が言ったことは忘れようと言い合ったものの、つい思い出してはいらいらせずにいられなかった。なんとか体力を回復して、先に進まなくてはならない。九人は逃亡を始めてから何度となくくり返してきた儀式をした。ひとりずつ、今の状況について考えていることを言うのだ。ニコルが真っ当なことを言った。「そろそろアメリカ兵をみつけて、このキャンプの旅を終わらせてもいいころだわ。もううんざりよ。みんなのことは大好きだけど」

ザザが提案した。「どこかの村に、何日かとどまりましょうよ。疲れちゃって、こんな風に歩き続けるのはもう無理よ。エレーヌだって、とてもつらそうだし」

エレーヌは心配そうなザザに、弱々しい笑顔でこたえた。「歩き続けるべきよ。ひとところにとどまるのは賢明じゃないと思う」

ロンがすかさず同意した。「そうよ。さっさと進んで終わらせてしまわない？　朝早く起きて出発して、昼間も休憩しないの。とにかく前に進むのよ」

ほかの仲間から抗議の声があがった。だれもが、ロンがそんなことを言いだすなんておかしいと思っていた。いつもなかなか起きなくて大変なのだから。それに、一一時や一二時までぐずぐずしているのは、もう一回食事を出してもらうための作戦でもあった。

「食べ物にありつけるチャンスをみすみす逃すわけにはいかないわ」。ジャッキーが言った。

「今日は少ししか歩いていないのに、もうくたくた。とにかく前に進むなんて、想像できないわ」。ジョゼが言った。

　話はまとまらなかった。九人は小屋の中で縮こまり、体を温めようと一時間ほどやってみた。しかし、寒さが入りこんできて、震えが止まらない。うなり声をあげる風の音が一瞬おさまったところで、ニコルが深呼吸をして立ち上がった。「寒くてじっとしていられない。歩きましょう」

　残りの八人もうめきながら立ち上がり、重い足取りで次の丘を登り始めた。少しいくと、オーバーシュタイナの村に着いた。丘の上に、教会の尖塔が突き出ているのがみえる。九人はまた、道ばたにジャガイモが落ちているのをみつけた。ジンカとメナが拾い始めた。しかしニコルとジョゼが止めた。

「待って！　食べ物なら十分あるわ。ライツェンの意地悪おばさんから買った生のジャガイモが残っているの。重くてこれ以上持てないから」

「だめよ。レッペンでジャガイモを拾ったときのことを思い出して。あのジャガイモのおかげで、わたしたち、ようやくちゃんとした食事ができたのよ。麺とフォークとおごってくれた片メガネ氏のこと、忘れちゃったの？　ちゃんとしたテーブルで、ちゃんとした食事ができたじゃない」。メナはあのとき、ジャガイモが幸運をもたらしてくれたのだと信じていた。

「ちょっと前まで、一個のジャガイモがどれだけ貴重だったか、考えてもみて。どんなに重くたって、立派な食べ物をこんなところで腐らせるわけにはいかないわ」。ジンカも言った。そしてまたジャガイモを拾い始めた。

女たちはまた道ばたの溝をみつけ、中に入って休んだ。ロンとエレーヌが村に入り、食べ物と寝る場所をさがすことにした。通りかかった村人たちが、ロンとエレーヌの惨めな姿に意地の悪いことを言ったが、ふたりは黙って言わせておかず、どうぞご心配なく、ちょっと休憩しているだけですからと言い返した。

小柄なドイツ兵がつかつかとやってきて、溝をのぞきこんだ。小柄なのは、信じられないほど若いからだ。軍服はぶかぶか。上着はもっと肩幅の広い大人の男用だった。ズボンはひもでずり上げられ、裾を折り返してあった。はきはきとした口調で何者かとたずねる兵士に、ギギが聞き返した。「あなた、いくつ？」

戦争末期、ドイツでは成人男性のほとんどが東部戦線に送られていた。国内に配備されている兵士は未成年で、中には一三歳や一四歳の少年もいた。少年兵はギギの質問にいら立ち、偉そうにもう一度、その溝で何をしているのかとたずねた。ギギは子ども相手に噛んで含めるように、忍耐強く説明した。「わたしたち、フランスに帰るの。あなたたちの戦争はもう終わりだからよ。あなたたちは負けたの。わたしたち、あっちにいくのよ」。ギギは西を指さした。

少年兵は心もちしょんぼりして言った。「ああ、そうなんだ。ライスニヒはアメリカに奪われたよ」。しかしそこで、うっかり女たちを喜ばせたことに気づき、声を一オクターブ上げてどなった。「でも、まだ終わってないぞ！　そしてあんたたちはこの村にいられないからな！」

「どうして？」。ギギがやさしくたずねた。

「将軍がお許しにならないからさ」

女たちは笑った。メナが少年兵に言った。「みてらっしゃい、エレーヌがおたくの将軍さんを操ってみせるから」

「エレーヌのほうが上手よ」。ジョゼも言った。

少年兵は腹を立てた。なぜこの女たちはこんなに平気な顔をしていられるんだ。少年は顔を真っ赤にして、子どものように地団駄を踏んだ。それは半分おかしく、半分不穏な光景だった。もっとからかってやろうかとも思ったが、追いこみすぎるのは危険だ。なにしろ相手は銃を持っている。

そのとき、エレーヌとロンがもどってきた。「あら、有名な将軍さんには会えた？　この兵隊さんが、わたしたちは将軍さんに追い出されるだろうって言うのよ」。ジョゼが少年兵に向かって顎をしゃくってみせた。

「ええ、会ったわよ。しかもその将軍さんの家に泊めてもらうことになったの」。エレーヌはフランス語で答え、それから少年兵にもわかるようにドイツ語でくり返した。

女たちの笑い声を背に、少年兵は足早に去っていった。

少年兵がいってしまうと、女たちの本音が顔を出した。「その将軍の家に泊まって大丈夫かしら。恐ろしい罠じゃないといいんだけど」。ニコルが不安そうに言った。

「将軍ってのは、みんな気に入らないわ」。ジャッキーが咳をしながら言った。

ほかの仲間たちもうなずいた。あの兵士は、少年ながらも、九人への激しい憎しみをあらわにしていた。

エレーヌがなだめた。「もう引退した将軍なのよ。納屋を使わせてもらって、地所の隣にある児童養護施設で食事をさせてもらうの」

「児童養護施設？」。ジョゼが、立ち上がろうとするジャッキーに手を貸しながら言った。自分も児童養護施設で育ったから、興味を持ったのだ。

「わたしにわかった範囲では、その児童養護施設っていうのは、戦争前は農業学校で、今は戦争で親を亡くした子どもたちがいるみたい」。ロンが説明した。

「でも、明日は五時までに出発してほしいんですって」。エレーヌが続けた。「朝になって使用人にみつかったら、まずいことになるそうよ」

九人は荷物を集めたが、ジョゼは早朝の出発という話に動揺していた。「待って、朝の五時ですって？　出かける前に、せめて顔を洗えるといいんだけど」

「本当に？　五時に？」。ジャッキーがからかうように言った。

「そうよ！」。ジョゼはすねるように言った。「ポンプか何か、朝使わせてもらいたいわ」

「ジョゼ、もういいのよ。あなたは明日の朝、氷みたいな水で顔を洗いたいだなんて、絶対に思わないんだから」

ギギには、ジョゼが心配しているのが、本当は血がにじむ足の痛みのほうなのだとわかっていた。ギギはジョゼの隣に移動して、「わたしに寄りかかりなさい」と小声で言った。「ほんの少し歩けば、お城に着きますよ、お姫様」。九人は口げんかを始めた。くたくたに疲れていたのだ。そしてジャッキーのあっけらかんとした性格も、今は役には立たなかった。

義母フロール

ジャクリン・オベリー・デュ・ブレ、旧姓プティは、第一次世界大戦さなかの一九一五年にフランス西部のシャラント地方に生まれた。家族は古いプロテスタントの家柄だった。父親は商船で働く船員で、航海で家を留守にすることが多かった。両親はなんとなく仲が悪く、ジャッキーはおじと父方の祖母に育てられた。おじはシャラント地方の小さな村ブランザックで村長を務めていた。父親が船員を辞めると、ジャッキーは父親と後妻のエマとパリで暮らすようになる。母親や弟とは連絡が途絶えた。

一六歳でリセを卒業すると、秘書として働き、一九三九年にジャン・オベリー・デュ・ブレと出会って結婚した。ジャンはノルマンディーの音楽好きな中産階級の家の出だった。ジャンが戦争に動員されたので、一緒にいられたのは少しの間だったが、ジャッキーはその短い新婚時代をよく覚えていた。週末には、パリ郊外のセーヌ川沿いにある屋外バー《ギャンゲット》に出かけて、泳いだり、食事をしたり、音楽をきいたり、踊ったりして、夜遅くまで楽しんだ。

ジャンの父親はフランスの植民地ガボンで聖職者として働いた人だったが、第一次世界大戦で負傷し、ジャンが幼いころに亡くなった。ジャンの母親フロールは陽気な性格で、ジャッキーは大好きだった。フロールはアフリカのさまざまな国で旅したり暮らしたりした経験があった。夫を亡くしてからはパレスチナに、さらにはエジプトに移り住み、二度目の結婚をした。そして夫婦でパリに高級革製品の店を開き、ワニ革のハンドバッグを販売していた。ジャンも徴兵前はその店で働いていた。

ジャンは従軍中に結核にかかり、一九四〇年、温泉地カンボ゠レ゠バンで療養することになった。その間、ジャッキーはパリで革製品の店を経営した。占領下にあっては、生やさしい仕事ではなかっただろう。当時の女性は、夫か父親の許可がなければ、銀行口座を開くことも、現金を扱うこともできなかった。フロールはそのころ、ドイツの直接支配を嫌って、自由地域であるフランス南岸のアンティーブで暮らしていた。芯の強いジャッキーは、ひとりで頑張っていた。

ジャンは結核による消耗がひどく、アルプスの新鮮な空気を吸うことができるグルノーブルのサナトリウムに移った。医師は肺の感染した部分を切除しようと何度か手術を試みたが、術後の内出血でジャンは死亡した。ジャッキーはアンティーブに移住し、フロールと暮らすことにした。そしてそこでレジスタンス活動を始める。フロールとともに、撃ち落とされたイギリス人パイロットをかくまったのだ。その後、連絡担当者になり、パリにもどって活動を続ける。

紹介してくれる人がいて、ジャッキーはブルータスネットワークに加わった。ド・ゴールの指示によって早い時期から活動を始めていた諜報ネットワークだ。一〇〇〇人以上の活動員がいたが、その多くが、その後、殺されたり移送されたりした。

上司のガストン・ヴェデルは、第一次世界大戦への従軍経験があり、飛行機操縦の先駆者として、アフリカで郵便機を操縦していた。ヴェデルは一九四一年に妻オデットとともにレジスタンスに加わった。一九四三年にゲシュタポが家にきたときに逃げたが、妻が代わりに逮捕され、残酷な尋問と拷問を受けたのち、ラーフェンスブリュック強制収容所に移送された。

ヴェデルはレジスタンス活動をやめず、マルセイユで地下活動を続けていたが、身を隠しているのがだんだん難しくなった。そこでパリに移動し、バティニョール大通り二一番地のジャッキーのアパートに居候した。ブルータスネットワークの本部まで、歩いてすぐの場所だった。ジャッキーにはヴェルサイユでいくつかの任務があったが、トゥールーズのネットワークに情報を届けにいくこともあった。七月四日、任務からもどったジャッキーは、ヴェデルともうひとりの仲間とともに、ブルータスネットワーク本部の入口で逮捕された。ゲシュタポに待ち伏せされていたのだ。

長い尋問ののち、ヴェデルとジャッキーは八月一五日にパンタン駅から移送された。ヴェデルはブーヘンヴァルト強制収容所からさらにミッテルバウ＝ドーラ強制収容所に送られた。石膏鉱山だった場所に強制労働によって建てられたロケット工場だ。この強制収容所では九〇〇〇人の被収容者が死亡し、フランス人墓地《ル・シムチエール・デ・フランセ》と呼ばれた。

少年兵たち

エレーヌとロンが先に立ち、将軍の手入れのいきとどいた敷地を歩いていった。足が痛いジョゼは、ギギの腕にありがたくすがっていた。ザザはジャガイモの袋をかつぎ、ニコルは重い深鍋と三脚台を引きずり、ジンカはジャッキーの荷物を持っている。ジンカはたびたび立ち止まり、ジャッキーがついてくるのを待った。あたりはだんだん暗く、寒くなってきた。並木道の突き当たりに立派な建物があり、それが児童養護施設で、その横には大きな納屋が並んでいる。その納屋のひとつに入ると、一階は横幅も奥行きもある広いホールになっていて、二段ベッドに青と白のチェックの毛布がきちんと置かれていた。二段ベッドと厳格な秩序は、女たちを不安な気持ちにさせた。ラーフェンスブリュック強制収容所を思い出したからだ。ホールの奥にはアーチ型の石の天井がある細長い部屋があり、テーブルがずらりと並んでいた。九人が隅のテーブルを囲んで座ると、まもなくさっぱりしたスープが出てきた。激しい空腹を満たすには十分ではなかったが、味はよかった。九人は元気がわいてくるのを感じ、部屋を見回した。

　食堂の雰囲気は落ち着かなかった。子どもたちが走り回り、追いかけっこをし、その声が石の天井にこだましていた。ひとり、またひとりと女たちのテーブルに近づいてきては、くすくす笑ったり、指を差したりしてまた去っていく。まるで奇妙な動物にどれだけ近づけるか、競争をしているようだった。女教師はたしなめるどころか、むしろたきつけるように、子どもたちと一緒に哀れな女たちを笑っていた。

　九人はパフォーマンスか何かをみせられているような気分になった。無邪気なふりをしている子どもたちは、いかにもドイツ人の子どもらしかった。花の飾りを作っているのは、パーティの準備だろうか。女たちはラーフェンスブリュック強制収容所の診療所の窓辺に咲いていたゼラニウムを思い出した。そのとき、窓から中庭をみていた子どもたちが、将軍が歩いてくるのをみつけて、大声で言った。「よし、始め！」。子どもたちはさっと列を作り、歌いだした。将軍はさっと食堂を見回すと、うなずいて出ていった。

　そのとき、ロンとギギは、はっと気づいてげんなりした。この女教師はオランダ人だ。それにこの子どもたちも、ドイツに協力したオランダ人の遺児なのだ。オランダ人の女教師が子どもたちと一緒にドイツの歌を歌っている。看守たちが歌っていたあの歌を。子どもたちのかわいらしい歌声はたしかにいいものだったが、その場の光景は不穏なものだった。金髪のお下げにきれいな服を着た完ぺきな子どもたちが、女たちをばかにしてくすくす笑っているのだから。

一五歳くらいの少年が三人、食堂に入ってきた。ドイツ国防軍の軍服を着ている。まるでごっこ遊びでもしているようにみえるが、ベルトから下げている手榴弾《しゅりゅうだん》は本物だ。三人はつかつかとこちらに歩いてくる。ロンは入口に背を向けていたが、仲間がぎょっとした顔をするのがわかった。ゆっくりふり向くと、銃口が自分の額に向けられている。どっと冷や汗が噴き出した。

銃を構えている少年兵は、自分がこの場を支配していることをなんとか示そうと、金切り声をあげ、ロンに身分証を出せと命令した。ロンは歌声がやんでいることに気づいた。子どもたちがこちらをみて、にやにや笑っている。おもしろい見世物なのだろう。

「おまえはだれだ。どこからきた。ここで何をしている」。少年兵はドイツ語でがなり立てた。興奮で顔を真っ赤にしている。

これで終わりだ。あれだけの苦労を乗りこえてきたのに、この場所ですべてが終わるのだ。少年たちに外に連れ出され、撃ち殺されるのだろう。ロンは思った。

「おまえたちなんか、外国人の収容所にいればいいんだ」

「それか、処刑されればいいんだ」。すぐうしろに立っていた別の少年兵が言った。「逃げようとしたやつらは、そういう目に遭うんだ」

ロンの生きたいという強い思いが恐怖に勝った。ロンは立ち上がり、平静を装って、断固とした口調で言った。「身分証よりもっとちゃんとしたものがあります。警察から通行許可証をもらっているの。それに、将軍様からはじきじきに、お客として招かれているんです」

空威張りがうまくいき、少年兵は銃をホルスターにしまった。三人の少年は、あのありがたいライツェン警察署の書類にさえ目もくれずに、引きさがった。ロンはがたがた震え、崩れるように椅子に腰を下ろした。食欲はすっかりなくなっていた。危ういところだったのに、ほかのみんなはのんきすぎる気がした。

だが、仲間のほうは、別のことで心をざわつかせていたのだ。少年兵たちがあのオランダ人の若い女教師に近寄って、ひとりが首筋に、別のひとりが唇にキスを始めたのだ。少年たちは人目もはばからずに女教師の体を触り、胸にまで手をあてている。女教師のほうは、少年たちに相手にされ、みんなにみられているのを楽しんでいるようだった。

九人はラーフェンスブリュック強制収容所で、親衛隊員や看守が同じようなことをするのをみてきた。ほかの被収容者たちの前でもおかまいなしに、女に対して好き勝手なことをするのだ。被収容者は人間ではなく、ただの物《シュテュック》だった。しかし少年たちが子どもの目の前で同じことをしているのをみると、暗澹《あんたん》たる気持ちになった。

九人はその場から逃れるように、寝場所としてあてがわれた納屋に向かった。

しかし、心は安まらなかった。屋根裏で横になり、眠ろうとしているときに、昼間に会ったのとは別のフランス人の捕虜がやってきたのだ。ずっと陰に立っているので、顔がよくみえない。ニコルは疲れているので休ませてほしいと言ったが、男は聞き流した。自分の国の言葉で話せるのがうれしくてしかたがなかったのだ。

男はしゃべり続け、収容所にいるフランス人政治犯が前線を歩かされ、地雷除去に利用されていると言った。並んで横になっていたジンカとザザは、それをきいて手を握り合った。ふたりとも、夫がどこかの収容所にいるのだ。

男は続けた。「でも、たいていの政治犯は楽なもんだ。収容所でじっとして、戦争が終わるのを待っているだけだからな。おれたちみたいに捕虜になった兵士は、畑で働かされているっていうのに、収容所でごろごろして、ただで食わせてもらってるんだ」

　女たちは反論したいのを我慢していた。

　それから男は言った。「火曜日にリーザの町で、ぼろを着た三〇〇人の女が、軍服を着た女に見張られて行進しているのをみたよ」

「リーザって、ここから近いのかしら」。ニコルが小声でエレーヌにたずねた。

「近くないはずよ。鉄道のライプツィヒ‐ドレスデン線よりずっと北だもの。わたしたちがいるのは南だから」

　男は思い出し笑いをしながらしゃべり続けた。「あの格好をみせてやりたかったよ！　木靴を履いて、ストライプのシャツにズボンもはかないでさ、惨めなんてもんじゃないよ。ちょっとみただけじゃ、女かどうかもわからないんだぜ。薄汚いユダヤ人に決まってる。さもなきゃ売春婦だ」

　ジンカが言い返そうと立ち上がりかけたが、先に口を開いたのはニコルだった。黙っていられなくなったのだ。「わたしたちもそうだったのよ。鞭を持って犬を連れた親衛隊員に見張られて」

　男はニコルの言葉をさえぎった。「じゃあ、きみたちは売春婦なのか？」

　もう我慢ができない。メナが怒りをぶつけるように、大きな声で言った。「知らないの？　レジスタンスを」

　男は口ごもった。

「知らないみたいよ。この人、もしかしたら自分から志願してドイツで働いてるのかもね」。ニコルが言った。

　これでようやく男は退散した。去っていく男に、ジンカがあざけるように言った。「あなたがドイツで畑仕事をしている間、わたしたちは祖国のために戦っていたのよ」

しばらくしてから、エレーヌが言いだした。「眠ってしまう前に、将軍からきいたことを伝えておくわね。前線は一五キロから二〇キロ先にあって、突破は可能。終わりは近いと言っていたわ」

「突破は夜がいいそうよ。昼間は危険だからって」。ロンがつけ足した。

ザザが疑問をはさんだ。「兵隊や軍隊ならそうでしょうけど、女九人だったら、姿がよくみえる昼間に突破したほうがいいんじゃないの」

エレーヌが言った。「将軍は、早朝の五時から八時までがいいんじゃないかって。八時までなら、戦闘機が飛んでいないから」

「使用人にわたしたちの姿をみられたくないのかもね」。ジョゼが言った。

将軍の本心はわからなかったが、それはどうでもいいことだった。五時よりもずっと早い時間に、九人は起こされ、自分たちが窮地に立たされていることを知るのだから。

第八章　メナ

「起きろ《アウフシュテン》！　早くしろ《シュネル》！　早く出ろ《ラウス》！」

九人はどなり声に驚いて目を覚ました。なぜか収容所にもどっていて、親衛隊員に取り囲まれているのかと思った。女たちは慌てて立ち上がった。

「今すぐ出ていってくれ！」。将軍が大きな声で言った。狼狽《ろうばい》して声がうわずっている。「警察がくるんだ。あんたたちがいることがばれた。だれかが密告したに違いない。頼む、急いでくれ。さもないとここにいる全員が銃殺される。わたしもだ。わたしも殺される！」

九人は荷物をまとめた。「ポンプで冷たい水をくまなくていいの」。ジャッキーがジョゼにたずねた。「もう、やめてよ」。ジョゼはぶつぶつ言った。

九人の噂が広まったか、もしかしたら昨夜のフランス人捕虜がばかにされたのを根に持って警察に知らせたのかもしれない。

九人はそっと納屋から出て、暗闇と身を刺す寒さの中を歩いていった。体は凍え、空腹で、風は前日より強かった。それでも九人の動きは機敏だった。アドレナリンが出て、心臓の動きが速まり、痛みを忘れさせた。人目につかないよう、道の端を歩いていく。

遠くに兵士の一団が、懐中電灯を揺らしながら児童養護施設のほうに歩いていくのがみえた。九人はさっと目くばせをすると、ひとり、またひとりと森の暗がりに入っていった。寒さと恐怖に、同じような状況で毎朝歩かされたことを思い出した。鞭を持ち、犬を連れた見張りに伴われて、また一二時間働くために工場までの道をこんな風に歩いたものだった。だれも冗談ひとつ言わず、厳しい現実に引きもどされて動揺していた。

数時間後、ちょうど日が昇るころ、九人は森から出て、キービッツという小さな村に入った。村の真ん中に小さなカフェをみつけた九人は、ウインドウに額をくっつけて中をのぞいた。中にはベルベットの長椅子と丸いテーブル、ラタンの椅子にピアノまであった。

イヴォンヌ・ル・ギヨー（メナ）

「入りましょうよ。パリにもどった気分になれるわ」。メナがねだるように言った。

「コーヒーを飲むお金くらいならあるわ」。ジョゼも言った。

「メナにはジャガイモとネギのスープもね」。ジャッキーが、さっきジョゼにポンプのことで意地悪を言ったのを埋め合わせるように言った。みんな声をあげて笑った。だれかがドイツの料理に文句を言うたびに、メナはそれでもドイツ人が作るジャガイモとネギのスープはおいしいと言ってかばうからだ。

「それともメナご自慢のキャンプスープを

食べているふりでもしましょうか」。ジョゼが言った。

「だめよ。ぜんぜん違うもの。わたしのキャンプスープは、タンポポを使ってたき火で作るのよ」。メナは言い張った。

「じゃあ、あなたは入らないのね」。ニコルがからかった。すんでのところで命拾いしたことに、ほっとしていたのだ。わたしたちはチーム、仲間なのだ。ニコルはその後の人生で、これ以上緊密な人間関係を結ぶことはなかった。九人一緒ならきっと大丈夫だとニコルは感じていた。

「さあさあ」。ロンがしびれを切らしたように仲間を押しのけ、ドアを開けて中に入った。

残りの八人もあとに続き、思い思いの場所に座った。一瞬でも風から逃れ、座れるのはありがたかった。

エレーヌは髪をなでつけ、背筋を伸ばして、少しでもきちんとしてみえるようにした。歯の抜けたあとを舌でなぞりながら、カフェの主人に近づいていく。主人は店の隅に立って腕を組み、自分の店に落ち着こうとしている女たちをみていた。

エレーヌは礼儀正しく笑顔で話しかけた。主人は組んでいた腕をほどき、かすかな笑みを浮かべた。エレーヌは自分たちの所持金の額を明かし、コーヒーとスープの値段をたずね、慎重に交渉した。やがて、不満げな顔をした主人が、全員にスープとコーヒーを持ってきてくれた。主人は手を振り、お金を受け取らなかった。エレーヌはこれを、前線にますます近づいている印ととらえた。前線に近いほど住人は将来に不安を感じ、女たちにやさしくなるのだ。まもなく勝者になるのだから。

九人はカフェで数時間過ごし、日が高くなり、暖かくなるのを待っていた。スープでお腹が満たされると、軽口の応酬が始まった。

「ギギがあんなに速く歩けるなんて、知らなかったわ」。ジャッキーがからかった。みんな笑った。ギギの朝のしたくが遅いのは、周知のことだったのだ。いつもあまりにものんびりしているので、気の短い者たちをいらいらさせることもあった。

ギギは一緒に笑いながらも、負けじと言った。「あなたもそうよ。飛びあがってたじゃない」

「これでおしまいだと思ったの。全身が震えて止まらなかったわ。荷物のひもを結ぶ手がうまく動かせなかったほどよ。ゲシュタポに逮捕されたときより震えてたと思うわ」。ジョゼが正直に言った。

「そうそう、わたしもよ。本当にもうだめだと思った」。ザザも言った。

「ねえ、ジンカ。今度ばかりは怖かったでしょ」。ジョゼがきいた。

ジンカはすきっ歯をみせて笑い、肩をすくめた。「心臓がどきどきしたわ」

九人はからかい合い、だれがいちばん怖がっていたか、だれがいちばん逃げ足が速かったか、話し続けた。カフェでのひとときで、また仲間意識が強くなった。この数日間の緊張が和らいだが、消えたわけではなかった。

素晴らしいスープ

キービッツを出てかなり歩き、ツァッシュヴィッツに着いた。再び七人が村はずれの溝で待ち、ロンとエレーヌが村長か将軍のような責任者をさがしにいった。早く前線をみつけたい気持ちはあったが、同時に不安も大きくなっていた。前線では何が待ち受けているのだろう。無事に突破することはかなうのだろうか。

ロンとエレーヌを溝で待ちながら、七人は前線について、知っていることを話し合った。ほとんどが小説から得た知識だった。

「ワーテルローみたいだったらどうしよう」。ザザが言った。

「そうよね。ええっとだれだったかな、スタンダール？　何も起こらなくてがっかりしたっていうのは、ワーテルローじゃなかった？」。ギギが言った。

「それは、ワーテルローじゃないと思うわ」。ニコルが言った。ふいに、革装の立派な本がずらりと並んだわが家の美しい書斎が目に浮かんだ。父親が破産して、蔵書をすべて売り払う前のことだ。

「いいえ、ワーテルローよ。ナポレオンが出てきたもの」。ザザは言った。

「それにしても、もっと音がするものじゃない？　爆弾の音とか、銃声とか。音のしない前線なんて、きいたことがないわ」。ジンカが言いだした。前線では炎があがり、戦闘が行われているはずだ。女たちは父親や祖父から、第一次世界大戦の塹壕戦についてきいていた。前線を突破するときには、塹壕を通るのだろうか。有刺鉄線が張り巡らされた、泥だらけの土地をいくのだろうか。

「この戦争は、前の戦争とはまったく違うのよ」。ジャッキーがかすれ声で言った。「塹壕はないの。空の上から爆弾を落とすだけよ」

　話題が現代の戦争になったところで、ロンとエレーヌがもどってきた。村で何人かの男に会い、食べ物や寝る場所は提供してもらえなかったが、いくつか情報が得られた。

「わたしたちの計画はばかげているって言われたわ。ドイツ軍が前線を通らせてくれるはずがないって」。エレーヌがしょげた顔で言い、肩をすくめて続けた。「でも、前線の向こうからきたっていう若い女の人がふたりいてね。家に帰りたいって言ったら、アメリカ軍は通してくれたんですって」

「アメリカ軍？」。ジョゼが聞き返した。

「そう。コルディッツはもうアメリカ軍に占領されているって、たしかに言っていたわ」。ロンはうれしそうに朗報を伝えた。「コルディッツまでいけば、アメリカ兵に会えるのよ」

　女たちは歓声をあげた。アメリカ兵に確実に会える場所がわかったのだ。

「そのコルディッツっていうところまでは、どのくらいあるのかしら」。ジャッキーが言ったが、だれも知らなかった。

ニコルが立ち上がった。「ぐずぐずしていられないわ。ドイツ軍が通してくれないってことは、もっと先までいくしかないってことよね。でも、たしかに近づいているんだわ」。ニコルはジョゼの手を取って立ち上がらせ、ジョゼはジャッキーを立ち上がらせた。

「どうにかして前線をみつけて、みつかったら撃たれずに突破しなくちゃいけないってことね。なるべく細い道をいきましょう」。エレーヌが提案した。

「もしかしたら、これが役に立つかもしれないわ」。ジンカが勢いよく立ち上がり、ポケットから驚くほど清潔な白いハンカチを取り出した。そして降伏の意思表示をするように、ひらひらと振ってみせた。

「ジンカ。そんなのどこで手に入れたの」。ニコルがびっくりした顔でたずねた。

「どうしてそんなに真っ白できれいなの」。ジョゼが手をたたきながら言った。

「完ぺきね」。エレーヌが笑った。

「これは汚れないようにポケットにしまっておくわ。静かだともっぱらの噂だけど、前線を突破するのは危険に決まっているもの」。ジンカは言った。

アイハルトの村に近い十字路で、九人は自転車に乗った感じのいい若者に声をかけられた。若者は左の腕がなかった。エレーヌは若者にコルディッツの方角をたずね、できるだけ細い道を通りたいのだとつけ加えた。若者は近道があるといって、近くの裏道まで案内してくれた。

若者は自転車を押して歩き、ロンやギギとしゃべっていた。「きみたち、学生だよね。ぼくも戦争前は修士課程で勉強していたんだ。こんなことになっちゃったけどね」。若者は自分の腕を顎でしゃくってみせた。「でも、きみたちはまだ間に合う。人生はこれからだよ」

「あなただって、まだまだこれからよ」。ギギが前髪の下からグレーの目をのぞかせて、若者にほほ笑みかけた。話をするうちに、若者がオランダとの国境近くの町の出身であることがわかった。ギギの家族がいるはずの町だ。ギギはもし町に帰るのなら、母親に手紙を届けてほしいと頼んだ。若者は引き受けてくれた。

「食べる物はあるの」。若者がたずねた。

「ジャガイモがあるけど、調理ができないの」。ロンが答えた。

「ちょっと待ってて。すぐもどるよ」

九人はきた道を自転車でもどっていく若者を見送った。若者は途中で道を折れ、農場のほうに向かっていった。九人は道ばたに座り、日光で顔を温めた。若者はすぐにもどってきて、息を弾ませながらたずねた。「エンドウ豆のスープはどうだい？」

九人は笑った。なんだか質問されてばかりだ。お腹は空いているか。食べる物が欲しいか。さっきのカフェで、きくまでもない、ばかげた質問だと笑い合ったばかりだった。「もう二度と、食べ物を差し出されたら断らないわ」。そのときザザは言った。

若者について農場にいくと、一〇人ほどのドイツ人の男ににぎやかに迎えられた。ぼろと軍服を組み合わせた、奇妙な服装をしている。エレーヌは男たちをみて警戒した。罠にはめられて、兵隊のもとに連れてこられたのかもしれないと思ったのだ。エレーヌはザザの手をつかんだ。数で勝る男たちに囲まれる状況は、いつでも恐怖心をあおった。

どうやら男たちは、しばらく前からこの空き家になった農場で生活しているようだった。母屋は爆撃を受け、屋根がほとんどなくなっていた。男たちはそこで黒焦げになった煉瓦を積んで小屋を作り、仮のすみかにしていた。壊れたテーブルやぐらぐらする椅子もあった。火をおこす場所には野外用の料理用コンロも作ってあった。そしてさほど遠くないところにブタの囲いがあり、ブタが鼻を鳴らしたり、泥をほじくり返したりしている。

男たちはくつろいだ様子で、喜んで女たちをもてなそうと「ようこそ！」と両手を広げて挨拶した。

「ハンスの友だちなら、もうおれらの友だちってことだ」

「やあ、お嬢さんたち。どうぞ座ってください」

女たちはためらい、ちらちらと目くばせし合った。男たちは順番に自己紹介し、名前を言ってはていねいにお辞儀した。その礼儀正しさに女たちもほっとして、自己紹介を始めた。メナは自分の番がくると足を引いてお辞儀をし、くるりと回ってみせたので、何人かの男が拍手した。

「ほら、また始まった」。ザザがフランス語で言い、あきれたように目をぐるりとさせた。「メナが人の心をもてあそんでるわ」

「やめて《アレテ》！」。メナが笑いながら言った。

男たちは、フランス語はわからなかったものの、女たちの楽しげなやりとりをみて、一緒になって笑った。

男たちが、火のまわりにベンチや椅子を並べてくれた。まるで九人が可憐な花で、着ているぼろも染みひとつない清潔なドレスであるかのように、椅子をせっせと拭いてくれた。こんな廃墟でうやうやしくもてなしてくれるのは、いじらしく、悲しかった。それはもう存在しない世界、いろいろとみてしまったあとでは幻としか思えない世界の残像だった。

料理をするのは大柄の男で、左目に海賊のような眼帯をしていた。みえるほうの目で女たちを鋭く観察している。別の場所、別の状況で出会っていたら、恐ろしくなっただろう。髪は短く刈りあげられていて、自分で刈ったのか、もしくは散髪の心得のない者が刈ったのだろう。てんでばらばらの方向に突っ立ち、頭皮近くまで刈りすぎた場所が、ほとんどはげかかっていた。ざらざらした顎ひげは、最近剃ることを諦めた人間のもので、前歯が一本なかった。軍服の切れ端で作ったエプロンをつけ、大きなレードルを振り回している。がっしりしていて、情熱的で、獰猛といってもよかった。もうひとりの男がボウルやスプーンを渡している。

「ほらほら、食え！　腹ぺこだろう」。料理係がとどろくような声で言った。エレーヌはひとつだけの目でじろりとみられ、「おまえさんは、やせすぎだ」と言われて縮みあがった。料理係は愛情深い乳母のような思いやりをこめて、エレーヌに食べさせた。「もう少し食え。そうだ、いい子だ。肉をもうひと切れ食べるといい。脂ののったところをな」

　料理係は頼まれもしないのに、女たちの皿に食べ物をどんどん入れていった。そして自分の子どもをみるように、女たちの食べっぷりを見守った。

「いいことを教えてやろう」。料理係はひとつだけの目をエレーヌにじっと向けた。「兵士が料理しているのをみかけたら、必ず寄っていって、ちょうだいと言うんだ」。エレーヌは仲間に通訳しようとしていたが、男の早口についていくのに苦労した。

「『いちばんおいしいのは、兵隊の料理だ』って言ってるの」。エレーヌは説明した。

　仲間は、そうだそうだとうなずいた。

　出されたのは本物のスープで、収容所で食べさせられたような水っぽいものとは全然違った。収容所のスープは野菜の皮を使ったもので、女たちはドイツに協力的なヴィシー政権の主席〔フィリップ・ペタン〕を皮肉って「ペタン」スープと呼んでいた。また、レッペンで出されたスープとも違った。心のこもった、濃い豆のスープで、肉とジャガイモの大きなかたまりが入っていた。

「ライプツィヒでは、あなたにいろいろな料理を食べさせてもらったわ」。ジャッキーが小声でニコルに言った。

「そうだったわね」。ニコルの向かいに座っていたジョゼが言った。

「ハンガリーのグラーシュもあったわよ」。ニコルが言った。ハンガリーから収容所にきたユダヤ人の女が教えてくれたレシピだ。「あの人、とっても楽しそうに話してくれたわね」

「おいしかったわ」。ジャッキーも言った。まるで、レシピをきいただけでなく、その料理を本当に食べたかのような口ぶりだ。

「でも、何よりもこのスープがいちばんだわ」。ニコルが言い、みんなが同意した。一杯目はあっというまに平らげたが、二杯目はゆっくり味わえるようになっていた。エレーヌもしだいにくつろいできた。

「なんだって？　おれの料理のことを話しているんだろう？」。料理係がエレーヌにたずねた。「口に合わないのか？」

「口に合わないのかってきいてるわよ」。エレーヌが通訳した。男がしつこくきいてくるので、動揺せずに話すのが難しかった。

「いいえ、とんでもない！　とってもおいしいわ！」。女たちは言った。

　ロンとギギが料理係にドイツ語で「おいしいです」と言った。

　ほかの女たちは親指を立ててみせた。

「こんなにおいしいものはないわ」。メナがフランス語で言ってから、料理人に向かってたどたどしいドイツ語で言った。「これはとてもいい」。メナは自分の指の先にキスしてみせた。「完ぺき」。料理係はビーツのように赤くなった。

「かわいそうに」。ギギがつぶやいた。それから少し声を大きくして「メナ、あまりいじめちゃだめよ」と続けた。

「あら、いじめてなんかいないわよ」。メナははにかんだように言って、首をかしげた。

　魅力たっぷりのメナは、長い間わたしの調査をすり抜け続けた。九人の身元調査で、最後までわからなかったのがメナだった。ギギの孫息子のオリヴィエ・クレマンタンとやりとりするようになってから、わたしはメナについて何か知らないかたずねてみた。

オリヴィエの返事はこうだった。「わたしの母はメナのことをよく知っていました。戦後、結婚してパリに住んでいましたよ。詳しいことを調べておきましょう」。そしてすぐに、メナの本名はイヴォンヌだと教えてくれた。

わたしはナチスの名簿を調べた。ライプツィヒのＨＡＳＡＧ強制労働収容所に、それらしきイヴォンヌがふたりいた。どちらも一九二二年生まれで、年齢的にはぴったりだ。わたしはまたオリヴィエに連絡した。「イヴォンヌ・ル・ギヨーか、イヴォンヌ・ローランのどちらかだという可能性はありますか」

オリヴィエはすぐに返事をくれた。「イヴォンヌ・ル・ギヨー、そう、これです。ブルターニュ人でした」

収容所の新生児たち

イヴォンヌ・ル・ギヨーは、一九二二年四月二六日、パリの労働者階級の家庭に生まれた。一家はもともと英仏海峡に面したフランス北西部のブルターニュ出身だった。両親は、祖父母の畑の隣に小さな畑を持つ零細農家だった。第一次世界大戦直後、多くの若者がそうしたように、メナの両親も荷物をまとめ、よりよい暮らしを求めて都会に出た。両親はブルターニュ語を話したが、メナは自分を完全な都会っ子とみなし、労働者階級出身であることを誇りに思っていた。

ギギの娘のロランスは、わたしに次のように話してくれた。「北部のサン＝ジャキュ＝ド＝ラ＝メールにある、メナの親戚の家にいったことがあります。ザザの本ではメナのことを完ぺきなパリジャンと書いていますが、ブルターニュの血もたしかに流れていたんです。学生のころ、わたしは週に二回、一七区にあるメナのご夫婦の家で食事をしていました。きれいで、生命力にあふれていて、とても話し好きな人でした」

残念なことに、メナの娘エディットは若くしてこの世を去っていたが、ロランスはわたしにエディットの夫ジャン＝ルイ・ルプラトレの連絡先を教えてくれた。手紙を出すと、数日後に電話をくれた。明るい人で、義理の母親の物語に興味を持ち、メナは「エレガントで、《ウン・ヴレモン・ベル・フエム、》魅力的で、《エレゴント、》本当に美しい女性《シャルモント》」だったと語った。[1]

ジャン＝ルイは亡き妻エディットをまだ大切に思っていた。話題のほとんどがエディットのことだった。「すばらしい母親だった。どんなことも上手にやっていた。美しくて、料理が上手で、とても知的で、おしゃれだった。サン＝ジャキュ＝ド＝ラ＝メールのおばあさんのところにいくのが好きだった」

しかし、わたしが戦争のことや、結婚や出産前のメナのことをたずねると、ジャン＝ルイは何も知らないのだと言った。その類いの話は、母親と娘の間だけにとどめられていた。「ふたりは何もかも打ち明け合っていた」とジャン＝ルイは言った。そしてエディットは日記を詳しくつけていたから、もしかしたらメナのことや、戦争中のことも書いているかもしれないと言った。それならメナには孫息子にあたる、息子のギヨームと話してみるといい。「息子はそういうことに関心があるから、エディットからメナのことをいろいろきいているはずだ」とジャン＝ルイは言った。

数日後、ギヨーム・ルプラトレから届いたメールには、祖母についての話が書かれていた。メナが亡くなったとき、ギヨームがまだ二歳半だったので、その話は母親のエディットが「聖典でも伝えるかのように」語ってくれたものだ。[2] メナは戦争中のことをほとんど話さなかった。だから家族の中には――たとえばギヨームのいとこなどは――メナがラーフェンスブリュック強制収容所にいたことなどまったく知らない人もいる。しかし、母親のエディットによれば、たとえ口には出さなくても、戦時中の記憶はつねにメナの頭の中にあった。メナは死の行進のときに着ていたコート――背中に白い

「×」印がついているコート、一九四四年から一九四五年にかけての厳冬から守ってくれたコート――を保管していて、ひとり娘のエディットが生まれたときにそれでベビーベッド用の掛け布団をこしらえ、その後、テディベアに作り替えたのだという。

メナは、レジスタンスに加わったのは、好きな人がいたからだと言っていた。自分の活動については、大したことはしていない、ただメッセージを届けただけだと控えめに話していた。危険なことをしているという自覚はなく、もしわかっていたら、加わっていなかったかもしれないという。あんなことをしたのは、浅はかで、恋をしていたからだと。

オランダ人のレジスタンス活動家アルバート・スターリンクが、みずからの子どもたちのために書き、のちにギギに送った未発表の回想録の中で、メナに言及している。[3]スターリンクがメナ（スターリンクはイヴォンヌと呼んでいた）に出会ったのは一九四三年のパリで、オランダ人の友人の紹介だったという。「夢見がちな、やさしくて、おもしろくて、美しい女性」だったと形容している。ある夜、スターリンクは、パリ郊外のモンルージュにあるメナのアパートに招かれた。いってみると、ヤン・ファン・ブラクルという男がいて、どうやらメナの恋人のようで、一緒に暮らしていた。そのアパートはオランダ人画家のメナ・ルーピーがヤンに貸したもので、メナはその名前をのちに偽名として使うようになった。

メナとヤンが加わっていたネットワークは、ユダヤ人家族をオランダやベルギーからフランスとスペインを抜け、ポルトガルまで無事に送り届ける活動をしていた。わたしの調査では、メナの軍歴はみつからなかった。戦後、「レジスタンス活動による被収容者《デポルテ・レジスタント》」の資格申請をしなかったに違いない。ギヨームにたずねてみると、怖かったのかもしれないと話してくれた。メナとヤンは友人か隣人に密告されている。パリのフランス政府はナチスに協力していた。メナは、いつ何時事態が急展開するかわからないことを知っていて、強い警戒心を抱いていたのではないかとギヨームは言った。資格申請などして、余計な注目を浴びたくなかったのだろう。
スターリンクの回想録によれば、一九四四年はじめ、メナとヤンはパリにもどり、モンパルナス大通り沿いにあるホテルに入った。そのホテルには何人かのオランダ人が身を隠し、ピレネー山脈を越えてイギリスに渡る準備をしていた。しかしメナとヤンは罠にかかり、ゲシュタポに逮捕された。メナは尋問中に拷問を受けず、たたかれた「だけ」だったのでほっとした。拷問されれば、レジスタンス活動で知り合った人たちの名前を口走ってしまうだろうと心配していたのだ。尋問中、メナはブルターニュの農家出身の無知な娘を演じ、ひどいブルターニュ訛りで話した。ヤン・ファン・ブラクルは、収容所で命を落とすことになる。

収容所の思い出としてギヨームは、ライプツィヒのHASAG強制労働収容所で、年上の女たちに手伝ってもらってあり合わせの材料で作った華やかな帽子を、若い女たちが聖カタリナの日にかぶった話をきいていた。ひと晩中ファランドールを踊ってお祝いしたことも。メナは、女たちが助け合いのために緊密なネットワークを張り巡らしていたことも話していた。高い教育を受け、学位を持っている者たちが、講座を開いた。詩はもとより、戯曲をまるごと暗唱した。メナの家庭は教育にさほど関心がなく、メナ自身は基礎教育しか受けていなかったが、教えてくれる女たちに憧れた。オートクチュール業界で働いていた女たちは、縫い物を教えてくれた。リーズ・ロンドンのような政治活動をしていた女たちは、革命の理想や女性参政権について話してくれた。

ギヨームは、残虐な看守の話も覚えていた。同じ政治犯なのに、女たちを監視する役目を得た者たちだ。メナはエディットに、ドイツ人はシンティ・ロマ人におびえていたと話していた。「シンティ・ロマ人の収容棟に入るときは、必ず犬を連れて、鞭を持っていたのよ。なにしろあの人たちはものすごく強いんだから」。メナは自分の手柄のように言った。「ちょっとでもチャンスがあったら、爪でドイツ人の目をくりぬいていたでしょうね」

メナは裸をみせることに関しては、ひどく奥ゆかしかった。その理由はエディットにもはっきりわからなかったが、戦争が終わってからは、頑固なまでにプライバシーを守ろうとしていた。ギヨームは、もしかしたらタトゥーをみられたくなかったのかもしれないと言ったが、ラーフェンスブリュック強制収容所では、被収容者にタトゥーを入れていなかった。しかし、親衛隊員の前で全裸で歩かされるという屈辱は、日常的に感じていただろう。メナは、憧れていたシンティ・ロマの女たちと同じ強さで、自分の体とプライバシーの所有権をとりもどしたに違いない。アウシュヴィッツ＝ビルケナウ強制収容所で著名なフェミニスト活動家のシモーヌ・ヴェイユと親しかったマルセリーヌ・ロリダン＝イヴェンスは、ナチスの将校たちの前で裸にさせられたことで、いつまでもトラウマを抱えることになったと書いている。「わたしは自分の体が好きではない。男に、それもナチスの男に、初めてみられたときの視線の跡がいまだに残っているような気がするのだ。わたしはそれまで一度も人前で裸になったことがない、乳房がふくらみ、体が変わり始めたばかりの少女だったのに。以来、わたしにとって、服を脱ぐことが、死や憎しみを連想させるようになった[4]」

　メナはエディットに、収容所で赤ん坊が生まれ、みんなで協力して命を救おうとしたことを話した。リーズ・ロンドンも、ユダヤ人被収容者の出産について書いている。その女はぎりぎりまで妊娠を隠しておくことができて、バラのような頬をした金髪の赤ん坊を産んだ。母子は診療所に運ばれ、赤ん坊はベビーベッドがないので、箱に入れられた。フランス人政治犯たちは、この赤ん坊を「養女」にしようと決めた。自分たちの服の裾や縫い代を切った端布を集め、赤ん坊のために服や靴や布団を作った。しょっちゅう口実をみつけては診療所にいき、赤ん坊を眺めた。母親は出産後まもなく、工場での一二時間勤務にもどらされた。仕事が終わると飛んで帰って、赤ん坊に母乳を飲ませようとしたが、疲労と栄養不足で、母乳は出なかった。ポーランド人の看護師たちが親衛隊員に牛乳をもらおうとしたが、返ってきたのはこんな言葉だった。「だめだ。ユダヤの犬の赤ん坊にやる牛乳など、一滴もない」[5]

フランス人たちは収容棟を回り、ポーランド人たちが家族から送ってもらっていた砂糖やマーガリン、粉ミルクの寄付を募った。しかしあまりうまくいかなかった。ほんの数週間のうちに、バラの頬をしたかわいらしい赤ん坊は、骸骨のようにやせ細り、なんとか命をつないでいた。二か月がたっても、まだ生きていた。指はクモの足のように細く、目には大きなかさぶたがいくつもでき、栄養失調で目がみえなくなっていた。フランス人たちは、口実を作ってみにいくのをやめていた。あまりにも痛々しかったからだ。リーズは自分の子どもたちが同じ月齢だったころ、まるまると太って美しかったのを思い出した。だがこの赤ん坊は苦しみに取りつかれ、年寄りのようになっていた。同じ時期、指揮官が飼っていた子犬は、毎日厨房で牛乳をもらっていた。

再び選別が行われると発表された。主にユダヤ人、そして病気の者と体力が落ちた者だ。ユダヤ人の母子も選ばれ、翌日に出発することになった。リーズは、診療所への階段をのぼっているときに、ポーランド人の看護師たちが怒って叫んでいるのがきこえたと述懐している。母親は、赤ん坊をつらい旅で苦しめたくないと、壁に頭を打ちつけて殺そうとした。ポーランド人の看護師が赤ん坊を奪い取ると、まだ生きていたが、頭が青あざだらけになっていた。絶望し、座りこんだ母親に、看護師は厳しい言葉を浴びせた。「やっぱりあなたはユダヤ人なんだね。女じゃない、動物なんだ」[6]

ラーフェンスブリュック強制収容所では、子どもも赤ん坊も文字どおり立ち入り禁止だった。つまり、出産すればその場で取りあげられて殺され、もしも「アーリア人」らしくみえればナチ党員の家庭で育てられた。八か月までの胎児は手術で中絶させられた。生まれた赤ん坊はすぐに母親の目の前で窒息させられたり、バケツの水に入れられたりして、殺された。新生児は水に対して強い抵抗力があるため、二〇分かかることもあった。[7]

一九四四年の晩夏、ちょうどジャッキーとニコルがラーフェンスブリュック強制収容所に着いたころ、ワルシャワから大量の女たちが到着した。連合軍が優勢になっている国からも続々と到着した。ドイツ軍が被収容者たちの撤退を加速させたためだ。その中には、妊娠初期の女が大勢いた。職員の記録によれば、当時、ラーフェンスブリュック強制収容所に到着したポーランド人被収容者の一〇人にひとりが妊娠していた。ワルシャワでドイツ兵によるレイプ事件が多発した結果だ。

女たちは、点呼中でも、浴室でも、仕事中でも、テントの床でも、出産した。この大量出産をなんとかしなくてはならなかった。規則に異例の変更が加えられ、ラーフェンスブリュックの一一番収容棟に、新生児室のようなものが用意された。まるで奇跡が起きて、ナチスが心を入れ替えたかのようだった。妊娠中に母胎の栄養が足りないと、生まれた赤ん坊の組織に含まれる水分が多くなり、メナが記憶していた赤ん坊のように、バラ色の頬をした、ぷくぷくと健康そうな見た目になる。しかし、それは幻なのだ。母親たちは出産後すぐに仕事にもどらなくてはならないが、一日四回新生児室にもどり、授乳することが許される。出産直後の母親は、十分な食事がまったくとれないために栄養が足りず、精神的な傷を負い、消耗しているせいもあって、子どもに飲ませる母乳が出ない。恐ろしく空腹なうえ、子どものことが心配でたまらなくなる。牛乳が欲しいと頼んでも、断られる。

新生児室では、二台の二段ベッドに四〇人の赤ん坊が詰めこまれていた。衛生管理はされず、哺乳瓶も、牛乳も、おむつもなかった。赤ん坊はおできやただれだらけになっていく。母親たちは毎朝コーヒーと称して配られる水っぽい茶色い液体で端布を洗い、赤ん坊の体を拭いてやろうとするが、赤ん坊の体は湿った間に合わせのおむつにおおわれていることが多かった。

それだけでも残酷なうえに、夜になると新生児室は赤ん坊だけにして鍵をかける決まりになっていて、冬でも窓はわざと開け放たれていた。母親のひとりが鍵を盗んで息子の様子をみにいった。新生児室の光景は恐ろしいものだった。「あらゆる種類の虫がベッドの上で飛びまわり、赤ちゃんの鼻や耳に入ったり出たりしていた。ほとんどの赤ちゃんは毛布がずれて、裸になっていた。みんな空腹と寒さに泣き声をあげ、全身がただれていた」[8]

赤ん坊は二、三週間、長くても一か月しか生きられなかった。ラーフェンスブリュック強制収容所の記録のほとんどは解放前に処分されたが、自分で記録をつけていた被収容者もいた。チェコ人の小児科医ズデンカ・ネドヴェドヴァは、新生児室の担当をさせられていた。同僚の若いフランス人のレジスタンス活動家マリ＝ジョー・ションバー・ド・ロウとともに、赤ん坊を助けるために全力を尽くし、時には赤十字の救援物資から粉ミルクを盗んで貯めこんでいる親衛隊員の看護師に立ち向かうという危険も冒した。

マリ＝ジョーとズデンカは、赤ん坊のうちの何人かが生きているうちに、戦争が終わってくれることを願っていた。ズデンカはひそかに分娩記録をつけていて、大切にしていた。その記録によれば、一九四四年九月から一九四五年四月までの間に、収容所で六〇〇人が誕生した。一九四五年二月の時点で生き残っていた赤ん坊のほとんどは、ベルゲン・ベルゼン強制収容所に移送され、殺された。しかし、出産は最後の最後まで続いた。フランスの強制移送者記念財団の調査によれば、解放まで生きのびた赤ん坊は三一人だった。[9]

解放直前の混乱期には、母親と一緒に収容所に到着した子どももいた。二歳から一六歳までの子どもも少なくとも九〇〇人が、ラーフェンスブリュック強制収容所の被収容者として記録されている。母親を亡くした子どもが、収容所で「養母」をみつける場合もあった。親とはぐれ、記録が残らなかった子どももいる。二〇〇五年、解放六五周年を祝う式典で、ブーヘンヴァルト強制収容所とベルゲン・ベルゼン強制収容所を生きのびたジュリウス・マスロヴァットは、二歳のときの自分の写真に「わたしを覚えていませんか？」という文字を添えた札を首からかけていた。自分が何者か、知っている人をさがしていたのだ。[10]

ドイツ兵士たち

ドイツ兵たちの仮のすみかで、ギギはメナをそっとつついた。メナはスプーンをおろし、悲惨な思い出にひたっているようだった。「ほら、食べなさいよ」。ギギがうながすと、メナはうなずいて、再びスープを食べはじめた。

この男たちは脱走兵で、戦争が終わるのを待っているのだろうとエレーヌは考えた。女たちと過ごせて喜んでいるだけで、害はなさそうだ。男たちはドイツ軍の戦闘食の缶詰をくれた。男たちは「サルの肉」と呼んでいたが、とてもおいしかった。

エレーヌは、どうすれば前線を越えられるだろうかとたずねた。男たちは地面に地図を描き、通れそうなルートを教えてくれた。前線はおそらく一二キロほど先で、ということは、明日にでも越えられる可能性がある。しかし、情勢はすぐに変わるから気をつけろ、と男のひとりが強調した。戦争終結直前の数日間は特に危険なのだ、と別の男も教えてくれた。

「おれらは部隊とはぐれてしまったんだ」とひとりが説明した。奇妙な青い作業ズボンをはいているが、ずいぶんぶかぶかだ。

「何度も作戦が変更になったのに、だれも教えてくれなかったんだ」。金髪を短く刈り上げた若い男が続けた。じっとメナをみている。

通訳していたロンが、フランス語でつけ足した。「自分は臆病者じゃないって言いたいみたいよ」

男たちはロンとエレーヌからも話をききたがったが、ふたりはうまくはぐらかし、工場が爆撃に遭って、家に帰ろうとしているとだけ言った。

男たちの話もあいまいだった。ここで何をしているのか、立ち入ったことをきくのは失礼に思えた。

自分たちが敵同士だという事実を突きつけられて、この場が気まずくなってしまうかもしれない。しかし、料理係がだしぬけにこう言った。「そもそもこの戦争には、納得のいかないことがたくさんあったんだ。もう言ってしまおう。これ以上黙っていられない。親衛隊員は犯罪者だ！」

「親衛隊員が気に食わないの？」。エレーヌがたずねた。じっと料理係の目をのぞきこむ。エレーヌはフリッツ・シュトゥピッツを思い出していた。軍需工場の現場監督で、いろいろ力になろうとしてくれた。フリッツも、ヒトラーのことを嫌いだと打ち明けてくれた。

「あいつらはおれらを食いもんにしている。おまえさんたちを食いもんにしているのと同じようにな。みんな怖がって本当のことを言わないが、こんなひどいことになったのは、あいつらのせいだ」。料理係は怒り出し、もともと赤かった顔が赤黒くなった。「みんなが嘘をついたり、密告したりするような世の中になった。あいつらが世の中を悪くしたんだ」

「何をどなっているの」。ジャッキーがたずねた。料理係が突然腹を立て、怒ったような身振りを始めたのに驚いたのだ。エレーヌが、料理係は親衛隊に怒っているのだとかいつまんで説明した。

「たしかに、前線を目指すときには、親衛隊員を避けたほうがいいぞ」。青い目の若い男がメナに向かって熱心に言った。

　料理係の怒りはおさまらない。「親衛隊員は、罠にかかった獣みたいに、手当たり次第に銃を向けて殺しまくってる。収容所の囚人が三〇人ぐらい、木の枝からぶら下がっているのをみたよ。親衛隊のしわざだ。あいつらは獣だ」。料理係はレードルを振り回した。

　ロンが通訳すると、女たちの顔がみるみるこわばった。

「おい、おしとやかなお客さんたちの前で、そんな話をするなよ」。別の兵士が料理係に言った。「ほら、怖がってるじゃないか。まあ、落ち着けって。あと数日で、戦争は終わる」。兵士は女たちのほうを向いて続けた。「きみらは強くて美しいよ」

男たちは揃ってうなずいた。「とても勇敢だ」。ひとりが言った。

「そしてとてもきれいだ」。青い目の若い男がメナに言った。

「わたしたちのこと、きれいだって」。エレーヌが笑みを浮かべて言った。

「それに強いって」。ロンがつけ足した。

女たちはそれをきいて喜んだ。ひどい経験をしたけれど、女として大切にされたいという気持ちは残っていた。

すばらしい天気だった。太陽が顔を出し、お腹はいっぱいだった。男たちに出会って、すっかり元気になった。まずエレーヌが立ち上がって言った。「おもてなし、本当にありがとうございました。でもずっとここにいるわけにもいかないわ。前線を目指します」

男たちはがっかりしたが、エレーヌの言葉を尊重し、立ち上がって別れの挨拶をした。頭をさげ、どうか元気で、と言ってくれた。

「親衛隊に気をつけろ！」。料理係が声をかけた。

太陽は輝き、溝には草が茂り、木々には花が咲き始めていた。歩きながら、エレーヌはなぜ兵士たちのすみかを出ることにしたのか、説明しておこうと思った。「メナ、もっといたかったのはわかるけど、暗くなるまであそこにいるわけにはいかなかったの。あの人たちは、昼間は礼儀正しいけれど、夜になって妙なことを考えないとも限らないでしょう」

「それに、わたしたち、前に進まなきゃ」。ニコルが言った。

「そうね。あそこを出なきゃいけなかったってことはわかったわ」。メナはため息をついた。「でも、昼間には歩かないほうがいいんじゃなかったかしら。爆撃機の格好の標的になるんでしょ」

「そうだった。どこかで休みましょう。男なしで、ひなたぼっこをするの」。ジャッキーが言った。

少しいくと、居心地のよさそうな溝があった。地面は黄色いタンポポにおおわれている。エレーヌとニコルは先に進みたがった。もう十分昼休みは取ったと思ったのだ。それでも最後には折れた。しばらく沈黙が流れたあと、エレーヌがザザに言った。「ねえ、きこえる？」

「大砲の音？」

「違うわ、鳥の声よ」。ふたりはにっこり笑い合った。

九人は溝にのんびり横たわっていた。メナはみんなのためにタンポポの花輪を作っていた。戦争中に、しかも前線のこんな近くでは、まるで場違いだっただろう。荷馬車が農民を、負傷兵を、老人を乗せて通りすぎていった。ほとんどの兵士は若く、好奇心もあらわに「やあ！」と声をかけてきて、フランス人の若い娘たちが、こんなところで何をしているのかとたずねた。ジョゼの話になると、「へえ、スペイン人もいるの？　どの子がそう？」と知りたがる兵士もいた。

するとロンが「オランダ人もふたりいるわよ」と声をあげた。そんな軽いやりとりが、新緑の甘い香りとともに九人を笑顔にさせた。前線でこんなに春を満喫できるとは、だれも思っていなかった。

やがてエレーヌとニコルが立ち上がった。そろそろ先に進もう。溝で夜を明かすことなどできない。少しペースを速めなくては。

九人が出発の準備をしていると、年とった農民が荷馬車にジャガイモと負傷兵を乗せて通りかかり、おしゃべりを始めた。負傷兵は二〇歳そこそこの若者だった。九人は負傷兵に、前線はどこにあると思うか、越えるのは難しそうか、たずねた。負傷兵は、今はムルデ川が前線になっていると教えてくれた。

「越えるのは禁止されていると思うな。ぼくだったら、とりあえず次の村までいって待つよ」。負傷兵は言った。

エレーヌが通訳すると、女たちは議論を始めた。ザザは、一か所にとどまるのは不安だと言った。ドイツ人は概して几帳面で、その最たるものが親衛隊員だ。進み続けないのは、みつかって収容所に送り返されるか、料理係がみたという男たちのように木に吊されるかするまで待っているようなものだ。

ニコルももどかしかった。ニコルが移送されたのは、パリ解放のわずか九日前だった。あと少しで自由に手が届いたところだったのに、九か月を地獄で過ごすことになった。ぐずぐずして、またドイツ人に捕まるなんて、まっぴらだったのだ。

エレーヌ、ザザ、ジンカ、ジョゼの四人は、ニコルの意見に賛成で、先にいきたがった。しかし残りの四人は、もうへとへとだと文句を言った。どこか居心地のいい場所をみつけて鳴りをひそめ、戦争が終わるのを待っていればいいじゃない。下手に動いて撃たれるよりましよ。

それをきいてニコルは腹を立てた。じっとしていたって、「最後の最後でやけになっている親衛隊員の残虐行為の餌食になる可能性は同じ、ううん、高くなるわ！」とニコルは言い張った。

九人がフランス語で話すのをきいていた負傷兵が、「これをあげるよ」と訛りのきついフランス語で言って、ジャガイモを投げてくれた。「フランスにいたとき、いろんな人に親切にしてもらったんだ。ジャガイモも食べさせてもらった」

そして、女たちが前線を越えるかどうかで言い争っていることがなんとなくわかったらしく、こう続けた。「いいかい、この道をまっすぐいったら、アルテンホフの町がある。そこにドイツ軍の中隊がいる。きみたちは町に着いたら、指揮官に会いにいくんだ。きっと面倒をみてもらえるよ」

負傷兵がそう言っても、議論はおさまらなかった。ドイツ軍の指揮官が、収容所から逃げだした女たちが前線を越える手伝いをしてくれるはずなどないではないか。

橋の少年兵たち

午後遅く、アルテンホフに着くと、また町はずれの溝で七人が待ち、エレーヌとロンがその指揮官をさがしにいった。

小さな橋を渡ると、指揮官が少年兵の一団を連れていた。どの少年も一四歳くらいにしかみえない。一団は行進訓練の最中だった。指揮官は少年兵たちを親のような目で見守っている。

「フランス人のグループというわけか」。指揮官はなれなれしく言った。フランス語が少しできるようだった。しかしエレーヌは用件だけを手短に言った。今晩眠る場所と、明日前線を越える許可をいただきたい。

「きみの？　それとも九人全員のかね？」。指揮官はたずねた。

「九人一緒にお願いします」

「九人の美人さんが前線を越えたいと？」。指揮官はにやにやしている。

「はい。ただ家に帰りたいだけです」。エレーヌはきっぱりと言った。

「それは正気のさたじゃない。わかるだろう。双方から銃撃されることになる」

「危険は覚悟のうえです」。エレーヌは答えた。

指揮官はその大胆な計画をおもしろがっているようだった。一瞬、少年兵たちのほうをふり向き、あいかわらず眠たげに野原を行進しているのを確かめた。エレーヌとロンは指揮官の返事を待った。ふたりのほうに向き直った指揮官は、笑顔で言った。

「きみたちの望みどおりにする代わりに、見返りをもらおう。単純な取引きだ」。指揮官はエレーヌをみて、ウインクをした。

指揮官が大声で命令すると、少年兵たちがこちらに行進してきた。さらに命令すると、少年兵たちはかかとをカチリと合わせ、気をつけの姿勢をした。指揮官はいかめしい表情で、少年兵たちに大きな声で話をした。そしてエレーヌとロンに、「隊の視察」をしていただきたいと言った。

一瞬、ふたりは笑い出しそうになった。その情景があまりにも滑稽だったからだ。指揮官は大まじめだったが、かすかな目の輝きで、同じように滑稽に思っていることがわかった。これが先ほど言っていた「単純な取引き」なのだろうか。

喜んで視察いたします、とふたりはまじめな顔で答えた。

ロンは、少年兵たちの襟を伸ばし、ボタンをはめ、髪をとかしてやりたい衝動にかられた。どの少年も、あまりにも幼く、あまりにも攻撃的で、あまりにもおびえていた。

エレーヌは強気の表情を崩さなかったが、指揮官がこの茶番以上のものを求めてきそうな気がして、不安だった。

橋の反対側では、座りこんだ七人が、待つのは三〇分か四〇分くらいだろうと考えていた。もちろんだれも時計を持っていなかった。ついにザザが言いだした。「ずいぶん時間がかかってるわね」

「そうね。ギギがわたしたちを見失った、あのデルムシュッツのときより長いわ」。ニコルが浮かない顔で言った。

もうすぐ日没だ。空気が冷たくなってきた。しかし、七人は恐怖で動けず、どうすればいいか決めかねていた。

ようやくロンとエレーヌがもどってきた。疲れはて、足を引きずっている。

「食べる場所と寝る場所はみつかった?」。いつも現実的なジンカがたずねた。

「ええ」。ロンが答えたが、ふたりとも不安そうだ。

「前線は越えられそう?」。ニコルがきいた。

「あとでゆっくり説明するけど、とにかくこの橋が通行止めになる前に、なるべく急いで渡ってしまいましょう」。ロンの返事はあいまいだった。

七人は黙って従った。すぐ近くの小さな川に、美しいアーチの飾りが続く石造りの橋があった。橋の前に立っているふたりの衛兵は、せいぜい一四歳くらいだった。ベルトにめいっぱいたくさんの手榴弾を下げている。自分たちの幼さを補うかのように、ひどく下品でけんか腰だ。離れた場所にもさらに幼い兵士たちがいて、大きすぎるヘルメットをかぶり、パンツァーファウストの射撃訓練をしている。まさに九人がライプツィヒで作っていた武器だ。女たちはそれをみて少し怖じ気づいた。自分たちが工場でせっせと不良品作りにいそしんだことを思い出したのだ。いつ暴発してもおかしくない。


少年兵について書いていたとき、わたしは近所に住む年配の男性と話をする機会があった。男性はオーストリア人で、戦場ジャーナリストとして活躍し、作家として名声を得ていた。地球上のあちこちの戦場を渡り歩いたが、兵士だったことは一度しかない、と男性は言った。そして戦場ジャーナリストである自分の経験を綴った本をみせてくれた。その中に、半ズボンをはいた一三歳の少年兵たちが両手を挙げ、アメリカ軍に降伏している写真があった。

「これがわたしだ」。男性は、写真の中の少年を指さして言った。「兵士だったときのわたしだ」

「ずいぶん若いんですね」

「ああ、パンツァーファウストで戦車と戦えと言われたが、あまりにも重くて持ちあげるのがやっとだった」

〝見返り〟

橋を守っている少年兵たちは、エレーヌが食事にいくのだと説明すると、しぶしぶ通してくれた。しかし、九人が橋を渡り終えたところに、自転車に乗った兵士たちが追いかけてきて、指揮官が今すぐ全員と話したいと言っていると言ったので、しかたなく、少年兵ににらまれながら再び橋を渡った。指揮官は「検査」をするから一列に並べと言った。九人はドイツ軍の襟の装飾を読み解く技を身につけていたので、指揮官が親衛隊員ではないことはわかったが、それでもまだ何回となく耐えてきた点呼の記憶がなまなましかった。そして指揮官にじろじろみられている間、必死に震えと吐き気を抑えていた。

指揮官がエレーヌとロンに言った。「これがムルデ川を渡りたいという九人の仲間だね。これだけ大勢で渡ろうというなら、それ相応の見返りをもらうことになる」

「見返りですか？」。エレーヌは指揮官をみつめ、恥じ入らせようとした。

「少ないですけど、お金を払います」。ロンが言った。

指揮官は笑い飛ばした。「もっと興味深い取引きを考えよう」。指揮官はエレーヌから目を離さずに言った。「もっとうまい見返りをな。われわれは互いに相手の欲しいものを持っているのだから」

エレーヌとロンは、浮かない顔で七人をみた。「これから納屋にいくの。そこで眠るのよ。ジャガイモも料理してもらえるから」。ロンがまるで命令するような大声で言った。

ザザがエレーヌの青白い顔をみた。「なんて言われたの？」。ザザは小声でエレーヌにたずねた。

「前線は越えさせない。まだ見返りをもらっていないからって」。エレーヌは吐き出すように言った。

「わたしに『見返り』を払わせたいのよ」

ザザは何も言わず、エレーヌの手を取った。

「とにかくいきましょう。話はあとでできるわ」。エレーヌは言った。

九人は再び橋を渡り、今度は少年兵にじろじろみられた。五〇メートルほど進んだところで、また自転車の兵士たちが追いかけてきて、指揮官が「ふたりだけ」と話をしたがっていると言った。

ロンとエレーヌはまた橋を渡った。今度は指揮官の事務所兼宿舎になっている大きな建物に案内され、玄関ホールのような場所で待つように言われた。エレーヌは腰が痛かった。ふたりは小さなベンチに並んで座り、黙って床をみつめていた。この何年か、次はどんな酷い目に遭わされるのだろうと思いながら、こうして待たされることが、何度もあった。

男が現われて、指揮官が「フランス人だけ中に入れ」と言っていると告げた。男が使った「シュトゥーベ」というドイツ語はあいまいで、オフィスを意味することも寝室を意味することもある。エレーヌはロンの手を握ってうなずき、一緒にきてほしいと態度で示した。ふたりは一緒に部屋に入った。中にはソファがあり、そばの低いテーブルにはパンとチーズ、果物、ワインが置かれていた。指揮官はこちらに背中を向けて立っていた。軍服姿ではなく、清潔なワイシャツに着替え、ひげを剃っている。ロンが一緒に入ってきたことには気づかずに、フランス語でおどけたように言った。「ほら、悪いようにはしないのだ。わたしは悪いオオカミじゃないからな」

「そうですね」。ロンがドイツ語で返事をした。「でも、羊は群れにもどりたがっています」

指揮官はぎょっとしてふり向き、ふたりをみた。顔の半分はまだシェービングクリームにおおわれている。三人は長い間、黙ってみつめあっていた。それから指揮官が笑いだした。「なんと！　合意はできているものだとばかり思っていた。もてなしにはもてなしでこたえてもらえるものだとな」

「わたしたちは前線を越えたいだけなんです」。エレーヌが言った。

「まあまあ、用意した食事を食べてくれ」

「いいえ、結構です。長い間空腹に耐えてはきましたが、今はできるだけ早く、家に帰りたいだけです」。ロンが言った。

指揮官はエレーヌをじっとみていた。それから場をなごませようと思ったのか、少し笑った。「どうやらわたしが誤解したようだ。だが、フランス人の女性とふたりだけで話したい」

「わたしたちはグループです。いつも一緒です。彼女に話したいことがあるのなら、わたしがいる前で言ってください」。ロンは引き下がらなかった。

指揮官はエレーヌをみつめ、エレーヌは指揮官をにらみ返した。沈黙と緊張は、しばらく続いた。ついに指揮官がうなずき、ため息をついた。「いいだろう。通行許可を出そう」

「ありがとうございます」。ロンは笑みをこらえて言った。

「もしわたしたちに親切にしたいと思ってくださるなら……」。エレーヌは怒りのあまり強気になっていた。

指揮官はエレーヌの大胆さに笑みを浮かべた。「これ以上何が欲しい？」

「だれか護衛をつけてもらえませんか。最後のぎりぎりのところ、前線になるべく近いところまで。こちら側の先行部隊に誤って撃たれずにすむように」

「まったく命知らずだな。だが、まあいいだろう。明日の早朝、ここにくるといい。ムルデ川まで護衛をつけてやる」。指揮官は両手を振り、出ていけと合図した。

ロンとエレーヌが指揮官と話している間、七人は橋の反対側で、小さなカフェの外に置かれたベンチに座りこんでいた。メナとギギが中に入り、水をくださいと頼んだ。メナは喉が渇いていたが、ドイツ語がまったくしゃべれなかった。メナは覚えようとしたが、冗談ばかり言いはじめた。ギギにドイツ語の単語を教わると、それをフランス語のようにきこえる意味のない言葉に変えてしまうのだ。

そのうちみんなが笑いだし、ドイツ語の勉強はおしまいになった。

カフェの中でビールを飲みながらトランプをしていた男たちが、メナとギギの話に興味を示した。

「フランス語をきくと、たばこを連想するなあ」と言って、男たちはふたりにたばこをくれた。

外で座っていた五人のほうには、自転車に乗った郵便配達の男が近づいてきて、きみたちはだれで、どこからきたのかとたずねた。五人が答えると、男は言った。「なんだって？　ひとりはスペイン人？　どの子が？　あまりスペイン人らしくないなあ。きみだってフランス人と同じくらいきれいじゃないか」

五人は男の不器用なおべっかに気を悪くしたが、男もたばこをくれた。メナとギギが、パンとソーセージ、それにコーヒー豆まで抱えて、カフェから出てきた。気前のいい贈り物だったが、コーヒーは飲みようがなかった。

七人はエレーヌとロンを心配した。ザザが、エレーヌが小声で言っていた意味ありげな「見返り」という言葉のことを話した。やきもきするしかない七人には、たばこがありがたかった。一本を回すのではなく、今回はひとり一本ずつもらった。収容所では、たばこは取引きの道具だった。スープを多めにもらったり、パンを余分にもらったりするのに使えた。よほど特権に恵まれていた者以外は、たばこを吸わなかった。たったひとつの例外は、死ぬとわかっている人間。生きるのを諦めたり、選別されたりした人間だ。そういう人間は、最後にたばこを一本吸った。

暗くなってきた。いたるところに少年兵がいる。町は息をひそめ、なりゆきを見守っているかのようだった。あと数日で戦争が終わるのは明らかだった。橋の上の衛兵たちは、もう女たちに見向きもしない。今は七人が、風景に溶けこんでいる。少年兵たちは手榴弾で遊び始めた。七人は、偽物でありますようにと願った。もし本物なら、いつ爆発してもおかしくない。

エレーヌとロンが姿を現わし、橋を渡ってきたのをみて、七人はいっせいにほっとした。ふたりとも満足そうな顔をしている。

「指揮官は？」。ジンカがエレーヌにたずねた。

「とっておきのニュースがあるの！　通行許可証がもらえることになった。しかも明日の朝、ムルデ川を渡るときに、護衛をつけてもらえることになったのよ」。七人は喜びの声をあげ、質問を浴びせたが、ロンが言った。「ここでいちいち説明しているわけにはいかないの。急いで農場にいかないと。前線に近いから、夜間外出禁止令が厳しいのよ」

　九人に用意された農家の部屋は、窓から松の森のすばらしい景色がみえるほかは、何もなかった。堅い木の床に、テーブルがひとつあるばかり。九人は納屋の屋根裏のやわらかな干し草置き場が懐かしかった。藁にくすぐられたり、つつかれたりはしたけれど。堅い木の板は、収容所の古いベッドを思い出させた。農場主の家族は慌てていた。指揮官から女たちを泊めてやってくれと言われたものの、食べさせる物が何もない。女たちがジャガイモを出すと、家族は喜んで料理してくれた。

　農家は丘の上にあった。エレーヌは松林を指さした。「あの真ん中のあたりをみて。松の木がまばらになっているところがあるでしょう。あそこがムルデ川よ。あそこを明日渡るの。そして向こう岸に渡れば、もうドイツ軍から解放されるのよ」

　七人は詳しく話してちょうだいと頼んだ。指揮官とは何があったのか。護衛というのはどんなことをしてくれるのか。どうやって前線を越えるのか。

　ロンがぐったりと横になった。「エレーヌ、あなたが話して。もう疲れちゃって、フランス語の単語がみつからないの。頭がごちゃごちゃよ」

　エレーヌはまず、指揮官との最初の会話について話した。「単純な取引き」と言われたけれど、そんなに単純じゃないのではないかと思って、不安になったこと。「その不安は的中したのよ」

「あなたたちふたりだけが呼ばれたときには、何があったの」。ニコルがたずねた。

「通行許可証を出すにはもっと『見返り』が欲しいって言われたの」。エレーヌはソファと食べ物がある部屋で、指揮官がひげを剃っていたときの様子を説明した。そしてロンが果敢にエレーヌの尊厳を守ってくれたことを話した。

　ロンの胸のすく武勇伝と、護衛がつくといううれしい知らせにもかかわらず、九人には新たな不安が芽生えていて、それについて話し合った。目的地に近づいたことで、逆に怖くなったのだろう。話題はムルデ川に移った。どうやって渡るのか。橋は爆破されたから、おそらく舟だろう。

「舟って、どんな舟？」。ジャッキーがきいた。「信用できるのかしら」

「考えすぎよ。その護衛が、舟か筏《いかだ》を用意してくれるんでしょ」。ニコルがもどかしそうに言った。

「そうだけど、ムルデ川は最前線なんでしょう。護衛が用意してくれたそのご立派な筏に乗って、川の真ん中を漂ってたら、格好の標的にならないかしら」。ギギが言った。

「そうね。もう何日も、ムルデ川を渡った人がいないのは、危険だからよね。そこにわたしたちがネギをしょったカモみたいに、のこのこいくってわけ」。ロンが落ち着きはらって言った。

「ねえ」。ニコルが仲間の決心が揺らいでいるのに腹を立てて言った。「それならここにいて、子どもに手榴弾を投げられたり、パンツァーファウストが暴発したりするまで待ってるっていうの？　ついにムルデ川を渡れるのよ。いざとなったら泳げばいいじゃない！」

　ニコルの勢いに、一瞬みんなは黙りこんだ。

　そこでエレーヌが戦略を説明し始めた。「標的とみなされないように、カモだと思われないようにするいちばんの方法は、なるべく普通の女にみせることよ。ズボンはだめ。ぼろぼろだけど、収容所で手に入れたワンピースを着ましょう。髪を伸ばしている人は、遠くからでもよくわかるように下ろしておくの。ジャッキー、あなたはターバンを外してね。兵士だと思われないようにしなきゃ」

　ジンカがきいた。「泳ぎの得意な人はいるの。服を着てても大丈夫って人は」

五人が手を挙げた。ニコル、エレーヌ、メナ、ロン、ギギだ。間違いなく泳げるという。ジャッキー、ザザ、ジンカ、ジョゼの四人は、泳ぎ方は知っているが、川を渡る自信はない。

「わかった」。ジンカは続けた。「自信のある人が、自信のない人をひとりずつ、責任を持って連れていってちょうだい」

「人は溺れかかるとパニックを起こして暴れ回って、泳ぎの得意な人を巻き添えにしてしまうことがあるそうよ。そういう話をきいたことがあるわ」。ロンが言った。

「わたしが面倒をみる相手には、おとなしくしてもらわないと」。エレーヌが言った。

「いちばん安全なのは、殴って気絶させることよ。そうすれば邪魔されずに向こう岸まで引っぱっていけるから」。ロンの説明に、みんな笑った。

「わたしはザザを連れていくわ。穏やかな性格だから」。ニコルが言った。

「わたし、溺れかけたことがあるの。だからおとなしくするわ、ハトみたいにね」。ザザは言った。

「でも、念のために気絶させておくわ」。ニコルは笑った。

　農場主の家族がゆでたジャガイモを持ってきてくれたが、九人は食欲がほとんどなくなっていた。そこで少しだけ食べて、朝食に取っておき、それでも余ったらザザが袋に入れて持っていくことにした。

　眠りにつく前、エレーヌが計画を説明した。翌朝は早く起きて、ムルデ川まで三キロ歩く。向こう岸に着いても、そこからアメリカ軍のいるコルディッツまで一五キロほどある。日が暮れるまでにその距離を歩かないといけない。指揮官から、コルディッツまでの村や森に、まだドイツ兵が配備されていると忠告されたのだ。明日は一日、自分たちを励まし、前に進み続けなくてはいけない。そして明日で「キャンプの旅」を終わらせるのだ。

第九章　とてつもなく長い一日

四月二一日早朝、九人は起きだして、冷めたジャガイモを食べた。あまり食欲はなかった。不安で落ちつかない気持ちのまま、慌ただしく出発の準備をする。ついに今日、アメリカ兵をみつけられるのだろうか。荷物をまとめ、したくをしているうちに、いつもの朝のにぎやかさがもどってきた。

「これ、持ってくれない？」。メナが小さくたたんだ布をギギに差し出した。「入れるのを忘れちゃったの。もう荷物を結んじゃったから」

「いいわよ。それより、わたしの靴はどこ？　どうしてみんな、わたしの物を持っていっちゃうの？」。ギギは毎朝同じようなことを言って、持ち物をさがしまわっている。散らかしているのは自分なのだが。

「自分の物は自分で管理しないと……」。ジョゼは部屋の隅に落ちていたギギの靴を拾いあげたが、そこで言葉を切った。前にもこの仲間をしつけようとして失敗したのだ。今日はみんな興奮していて、なおさらジョゼの「キャンプの心得」をきいていない。「ああ、イエス様、マリア様、ヨセフ様。もういきましょう」

ロンは、いつも荷物をまとめるのに使っているひもが見当たらない。「たしかにここに置いたのに」

と言い張っていると、ザザが荷物の中に入れてしまったのではないかと指摘した。

「今日は長い一日になるのよ。早く出かけないと」。ニコルがみんなに言った。

九人はできるだけ女らしくみせようとしたかったので、いつもより髪の毛とぼろの服の手入れに時間をかけた。しかし、おしゃれにみせようというのは残念ながら無理だった。そもそも鏡がない。お互いにみてもらって、意見を求めるしかないのだ。みんなが嘘をつき、みんながそれに気づいていた。ジャッキーのくたびれたストライプのワンピースは、ずだ袋のようだった。ザザがウエストを調節しようとしたが、ジャッキーはお節介を焼かれていらいらし、「いいわ、放っておいて」と言い捨てた。

ジャッキーはひとりになりたかった。寒い外に出て、昨日取っておいたたばこの残りを吸った。これから一日歩き続けられるのか、自信がなかった。泣き言は言いたくなかったが、肺がひりひり痛み、口と喉が焼けるようだった。目の下には青黒い隈ができていて、熱っぽかった。なんとかして、川を渡るのよ。ジャッキーは自分に言いきかせた。

ほかの八人が納屋から出てきた。これから指揮官のところにいって、通行許可証をもらい、護衛をつけてもらうのだ。丘を下り、また少年兵の前を通り、橋を渡っていく。指揮官の事務所に着くと、若い将校が迎えてくれた。前の日にロンとエレーヌに指揮官が「フランス人だけ中に入れ」と言っていると告げた男だ。ロンはこの男もシェービングクリームのにおいがしたことを思いだし、男の部屋が指揮官の部屋の隣にあることに気づいて、エレーヌが指揮官と過ごしている間に、この男がロンから「見返り」を得ることになっていたに違いないと思った。

「お気づきのように、自分たちはあなたがたを公正に扱いました」。将校はそう言って、ロンにウインクした。「ですから、対岸に着いたら、あなたがたも自分たちを公正に扱ってください。ここでみたことをむやみに話さないように」

エレーヌとロンは笑みを浮かべた。ここでみたことと言えば、大勢の子どもたちの兵隊ごっこだ。

「ありがとうございます」。ロンは言った。

　将校がロンに渡してくれた紙には、次のように書かれていた。

　一九四五年四月二一日　アルテンホフにて
　フランス人女性六名、オランダ人女性二名、スペイン人女性一名に対し、オランダ人女性マデロン・ヴェルスティネンの案内のもと、帰郷のために前線を西に越えることを許可する。

　エレーヌが文章を読み、取り囲んでいる女たちに翻訳した。「帰郷」というすばらしい響きに、一同は息をのんだ。女たちはおびえながらも笑みを浮かべた。将校がうなずいて、「さあ、いきなさい」とそっけなく言った。そして別れ際に「幸運を」と言い足した。

　護衛は若い兵士で、自転車を押していた。おしゃべりにはまったく興味を示さず、メナのからかいにも乗ってこない。自分の任務だけに集中しているようだった。生い茂った森の急な傾斜を川へと下っていくと、自転車のハンドルがしょっちゅう木の枝に引っかかった。帰りはこの道を登るのに、どうして自転車が必要だったのだろう、と九人は不思議だった。護衛は明らかにびくびくしていた。枝が折れるかすかな音にも飛びあがった。今にも向きを変え、一目散にペダルをこいで町に逃げ帰ってしまうのではないか、川まで送ってもらえないのではないかと不安になった。

「あの男から離れないで」。ロンはギギに言った。「あなたがいちばん足が速いんだから。逃げだしたら捕まえてね」

「そうよ。できるだけ長く、一緒にいてもらわないと」。エレーヌも言った。

「足ならわたしも速いわよ。手伝うわ、ギギ」。ジョゼが言った。

　不安な気持ちで冗談を言い合っていたとき、ザザは森の美しさに気がついた。これから先のことにこれほどおびえていなかったら、この森をもっと楽しめただろう。松のさわやかな香りがして、空を飛ぶ鳥の声がかすかにきこえてくる。「すばらしい森ね。おとぎ話みたい」。ザザは明るい声で言った。「そうね、でも赤ずきんちゃん気分にひたっている場合じゃないわよ。ドイツ兵がいつ、どこから撃ってくるかわからないんだから」。ジャッキーがからかった。

九人は先を急ぎ、三キロほど歩いた。川に近づくにつれ、傾斜がきつくなった。勢いよく流れる川の音がきこえ、湿った空気のにおいがしてきた。ついにドイツ軍の最後の前哨基地に着いた。ふたりの兵士が退屈そうに見張りに立っていた。通行許可証と、護衛のひと言で十分だった。兵士たちは気のない様子で肩をすくめ、いきたいのなら勝手に川までいって、渡ればいいと身振りで示した。それをみて、護衛はくるりと背を向け、ものすごい速さでがむしゃらに丘を登り始めた。女たちは護衛を見送り、冗談を言った。「あの勢いなら、わたしたちが川を渡る前に、アルテンホフに着いているわね」

ギギがふたりの兵士にたずねた。「それで、どこから渡ればいいんですか。渡し舟か筏はありますか」

兵士たちは笑った。「古い橋までいって、どうすればいいか、自分たちで考えてくれ」

川べりに着いて、九人はぼう然とした。橋は爆破され、四月のムルデ川は水かさが増していた。急流は、岩場や崩れた橋のコンクリートの残骸のまわりで、泡立っていた。川の流れが速く、ボートや渡し舟を操ることは不可能だ。人間が泳いで渡るのも、同じくらい現実味がない。

間に合わせの通り道が作られてはいたが、どうみても危なっかしい。壊れた橋の先端に、不安定なはしごがつけてあるだけなのだ。しかもいくつかのはしごをひもで縛ってつなげたもので、今にも壊れそうだ。その長いはしごが、一五メートルという目もくらむような高さからぶら下がっている。はしごのいちばん下の段は渦巻く川に浸かっている。はしごを水面すれすれまで降りたら、急流の中から半分だけ顔を出している、安定の悪そうなコンクリートのかたまりに飛び移らなくてはならない。そこからはいくつかの大きな石を伝って渡れるようになっているが、その「飛び石」の表面は泡立つ川の水に洗われて、つるつると滑りそうだ。

川の向こう岸では、急な斜面から小さなはしごで壊れた橋の突端に登れるようになっている。はしごは、轟音を立てて流れるムルデ川を前にすると、不安になるほどきゃしゃだ。今にも丸ごと流されてしまいそうだ。

狙撃兵に撃たれることや、溺れることに対しては、心の準備をしてきた。ひと晩中、恐怖と戦ってきたのだ。しかし、このような試練に遭うことは予想外だった。九人はたじろぎ、何かほかに渡る方法があるのではないかと考えてみた。

「下流にいってみる？」。ジョゼが提案した。

「橋はすべて爆破されたの。ほかに方法はないのよ」。エレーヌは言った。恐怖に押しつぶされる前に、渡ってしまわなくてはならない。

問題は、全員が荷物を持っていることだった。小さいとはいえ、はしごを降りるのに邪魔になる。両手を使えるようにしておかなくてはならない。何人かは木靴を履いている。霧雨が降りだし、歩くたびに滑った。アクロバットができるような状況ではない。

「わたしがいく」。ジンカが言った。

「だめよ、わたしが先にいく。あなたは小柄だから、わたしが先にいって手伝ってあげる」。ニコルが言った。それに、自分は山登りに慣れているからとニコルは言い張った。そして重い深鍋と三脚台を捨てて、勇ましく言った。「今夜はアメリカ兵と夕食だから、これはもういらないわよね」

降りていくと、自分の重みではしごが揺れてたわむのがわかった。ニコルは深呼吸をして、恐怖の中を突き進むようにして降り続けた。はしごを降りきると、コンクリートの残骸に飛び移り、ジンカが降りてくるのを待った。はしごの段は間隔が広く、小柄なジンカには降りるのが難しかった。下まできて、橋の残骸に飛び移ろうとしたとき、ジンカは足を滑らせて、冷たい川に落ちかけた。仲間ははっと息をのんだ。ジョゼは悲鳴をあげていた。しかしニコルが身を乗り出して、すんでのところでジンカをつかみ、コンクリートの上に引っぱり上げた。

ジンカはずぶ濡れだった。溺れかけたときに、所持品をすべてなくしてしまった。娘フランスのたった一枚の写真も、メナがフランスの一歳の誕生日に作ってくれたテディベアも。川に流されていく荷物を目で追いながら、ジンカはニコルの手を握りしめていた。川の水を頭からかぶっていたので、ニコルには泣いているのがわからなかった。

ふたりは苦労してコンクリートを降り、飛び石を伝って、慎重に橋の突端にかかったはしごを登っていった。てっぺんに着くと、ジンカは川越しに仲間を振り返った。笑顔で手を振り、無事を知らせる。

次はジャッキーとメナの番だ。

「蒸留酒か、あなたの固ゆで卵のトースト載せがあったら、景気づけできたんだけど」。橋に近づきながら、ジャッキーがメナに言った。

ジャッキーは立ち往生してしまうのが怖かったが、背が高く、手脚が長いことが、最初の高く危険なはしごで役に立った。メナのほうは、はしごの途中で木靴を片方落としてしまった。するとメナはもう片方も蹴り落とし、川の轟音に負けない声で、ジャッキーに言った。「木靴が片っぽだけあったって、歩けやしない。それに、裸足のほうが滑らなくていいわ」

向こう岸に着くと、メナは自分の荷物から乾いた服を出して、ジンカに着せた。次にザザとエレーヌが渡り始めた。エレーヌが先に立ち、うしろからザザが励ましている。「たいしたことないわよ。右足と左足を交互に出せばいいだけなんだから」

「気をつけて」。エレーヌは下から声をかけた。

　ちょうどそのとき、ザザがはしご段から足を滑らせ、バランスを取ろうとした拍子に大きな包みを落としてしまった。食べ残しのジャガイモが入っていた包みは、あっというまにムルデ川の黒い水にさらわれてしまった。ザザは悲鳴をあげた。「いやだ！　どうしよう」

「集中して、ザザ！　川をみちゃだめ」。エレーヌは声をかけながらも、心臓が高鳴っていた。頭の中には、ザザが落ちていく状景が浮かんでいた。

「本当にごめんなさい。全部なくなっちゃった！」。ザザは泣き声でエレーヌに言った。

「いいのよ、あんなもの。気にしないで。とにかく気をつけて降りてきて」

　ザザが落とした荷物には、服が全部入っていて、その中には前の晩と、けさ、出かける前にみんなのしたくを待っている間にも、ていねいにシラミを取り除いたセーターがあった。しかしザザは何よりも、ジャガイモを惜しがった。「わたしって、ばかね。本当におばかさんだわ！」。ザザは川の音に負けない声で叫んだ。飛び石の上を歩いている間にも、ばかだ、ばかだとくり返していた。危ない目に遭ったことで、脚ががくがく震えていた。足を滑らせたとき、まだはしごを半分しか降りていなかった。もし落ちていたら、川で溺れる恐れがあっただけでなく、岩場で頭を打っていた恐れもあったのだ。

　すでに渡り終えた仲間たちが、ほっとしたようにふたりを迎えてくれた。しかしザザはまだジャガイモをなくしたことを気にしていた。「わたしたち、食べる物が何もなくなっちゃったのよ」。ザザは情けない声で言った。

「あら、いい予兆よ。これまで、食べ物がなくなるたびに、必ずだれかに会ってたくさんもらえたじゃないの。ジャガイモも、服も、なくなってよかったのよ。もうすぐ新しい服と、ジャガイモよりもっとおいしいものが手に入るってことだもの」。ジンカが励ました。そういうジンカも涙をこらえ、わが子の写真をなくしたことは、わが子に直接会える予兆なのだと自分に言いきかせていた。

ジョゼ、ギギ、ロンも渡ってきた。先に渡った六人が、最後のはしごで三人に手を貸した。そして全員地べたに横になり、息を整えた。水しぶきと霧雨で、ずぶ濡れだったが、ついにムルデ川を渡ったのだ。

前線を越えて

「さあ、いきましょう」。五分ほど休憩したあと、エレーヌが言った。「こんな風に雨に当たっていたら、どんどん濡れて体温が下がってしまうわ」

九人は森の中を、はっきりとしない獣道を西に向かって歩いていった。まもなく、ドイツ人の少年に会った。少年は自分の目でアメリカ兵をみた、たしかにコルディッツにいたと教えてくれた。

「コルディッツにいくのは簡単だよ。検問も何もないから。でも、高いところを歩くときには、大砲の弾に気をつけたほうがいいよ。ヒュッて音がしたら、伏せるんだ。もし溝があったら入るといい」

九人はその話に浮き立った。アメリカ兵は現実にいるのだ。しかも実際にみたという人が目の前にいる。しかし森を出て、丘の上を歩きだしたとき、少年の言葉を思い出して不安になった。ヒュッて音というのはなんのことだろう。どうしてもっと詳しくきいておかなかったのだろう。

なだらかな丘を半分ほど登ったとき、初めてヒュッという音がきこえた。「ただの風の音よ」。ニコルが自信たっぷりに言った。とにかく先を急ぎたかったのだ。

しかし三回目のヒュッという音に続けて、さほど遠くない地面から黒い煙があがった。九人は慌てて小さな塚のうしろに隠れた。地面に伏せ、様子をうかがう。ふとまわりをみると、春の花がそこいらじゅうに咲いている。

ヒュッという音がますます頻繁にきこえるようになった。それは絹を裂くような音で、続いて遠くで鈍い爆発の音がする。音は雷鳴のようにとどろいた。自分たちが標的にされているというより、もっと遠くの何かを狙っているような感じがした。九人はそこで長い間、じっと待っていた。

もう大丈夫だと感じると、九人はできるだけ速く歩いた。さえぎる物のない高い場所を、さっさと通過してしまいたかった。あたりには人の気配がなかった。いくつかの村を抜けたが、どの家もよろい戸が下り、だれもいないようだった。住民は、地下室やワイン貯蔵室に隠れているのだろうか。道を教えてくれる人も、食べ物を差し出してくれる人もいなかった。九人は濡れそぼち、疲れきっていた。ジンカが元気づけるように言った。「よかったわね。わたしたち、大砲の音をきいたし、みたし、撃たれそうになったし、イメージしてたとおりの前線を経験できたってわけじゃない。前線ってどこにあるんだろうって思っていたけど」

「ようこそ、前線へ。入場券を売ったらもうかるかしら」。ジャッキーが気のなさそうな声で言った。

昼過ぎになっていて、九人は空腹で、くたくたで、怒りっぽくなっていた。ある村で、村長が住民を何人か連れ、別の方向に逃げようとしているところに出会った。村長にムルデ川は渡れるかとたずねられ、九人は危険だが不可能ではないと請け合った。ザザは荷物を落とさないように気をつけてくださいねと言った。

村長は逃げようと必死になっていた。見知らぬフランス人たちとのんびり話をする気分ではなさそうだった。九人が食べ物をくださいと頼むと、「おまえさんたちにしてやれることは何もない。隣の村にいけ。ブタを殺したばかりの男がいるから、何かもらえるだろう」と言った。

九人が重い足取りで次の村に向かっていると、自転車に乗った男がさっと追い抜いていった。村に入ると、先ほどの男の自転車が、一軒の家の壁に立てかけてある。男は中にいるのだろう。ドアをたたいてみる。だれも出てこない。ロンとニコルとジンカが肩でドアを押し開け、中に入った。

中にいた男は、三人がいきなり入ってきたので驚き慌てた。「人の家だぞ！」

「わたしたち、食べ物が欲しいだけなんです」。エレーヌが言った。

「もう三時だぞ。午後の三時に昼飯が食えると思うのか？　それに、食い物はない。隣の村にいけ。あそこなら宿屋がある。宿屋なら食事を出すだろう。あんたらみたいなのに食事を出すのは、宿屋の仕事だ。おれの仕事じゃない。おれは宿屋の主人じゃないからな」

　ロンが食いさがったが、エレーヌが止めた。「無駄よ。いきましょう」

　天気は悪くなっていた。雨は激しく、風が正面から吹き、目を開けていられないほどだった。一歩一歩、やっとの思いで進んでいく。いつもは動じないエレーヌも、さすがに弱っていた。どこかで道を曲がりそこね、違う方向にきてしまったことに気づいた。きた道をもどらなくてはならない。みんなの目が濡れていたのは、涙だったのか、雨だったのか。

「気にしないで。だれにだって失敗はあるわよ。わたしもジャガイモをなくしちゃったし。ちゃんと間違いに気づいたんだから、いいじゃないの」。ザザがエレーヌを励まそうとした。

「いいかげんに、なんでもよかった、よかったって言うの、やめてくれない？　そんなのこじつけじゃない。なくなったジャガイモの話をいつまでもぐだぐだ言うのはやめて。よけいお腹が空くから」。ジャッキーがどなるように言った。

　ニコルがジャッキーに食ってかかった。「そっちこそ、ぐだぐだ言うのをやめたら？」

　ギギがニコルに、ジャッキーはきっと疲れているのだと言った。ジャッキーの体調を考えれば、きついはずだ。「あなたはいつだって、もっと先に、先に、先にいこうって言うけど」

「わたしが言わなければ、今ごろまだアルテンホフにいて、あなたが靴をみつけるのを待っているでしょうよ」。ニコルは腹立たしそうに言った。

　ジョゼがニコルをかばい、もしギギが荷物をきちんと整理していたら、けさはもっと早く出発できて、今ごろアメリカ兵に会えていたかもしれないと言った。

「そうかしら。もしロンがさっきの男にけんかを吹っかけなければ、もっと親切にしてくれていたかもしれないわよ」。ギギは言った。

「たら、れば、たら、れば」。メナが金切り声で言った。「もしジンカがイメージどおりの前線を経験したいと思わなければ、わたしたちは撃たれなかったかもしれない。もし戦争さえなかったら。もしわたしがこんなところであなたたちと泥まみれになっていなかったら！」

みんなは黙りこんだ。メナの金切り声にぞっとした。メナが突然わけのわからないことを言いだしたら、要注意なのだ。だが、メナの言ったことは真実だ。わけのわからないことを言い合っていたのは、自分たちのほうだ。

「メナが正しくて、わたしが全部悪いってことにしておきましょう。でもここはたしかに前線よ。けんかをしている場合じゃないわ」。ジンカは言った。

あとの八人もうなずいて、希望もなく黙々と歩き続けた。死の行進から逃亡する前の、ヴルツェンからオーシャッツまでの長い夜を彷彿とさせる時間だった。

黄色いナンバープレート

九人は、農場の前で立ち止まった。今日は一日歩き続ける決意で、食べ物や寝る場所ではなく、靴か古い室内履きをもらおうと考えたのだ。まだ木靴を履いている者は、足がただれて血が出ていた。川で木靴をなくしたメナは裸足で、足のまわりに泥がブーツのようについていた。ロンは木靴を脱ぎすて、ユーゴスラヴィア人にもらった男物のぶかぶかのブーツを履いていた。雨の中や泥の中を歩くと、拷問のように足が痛んだ。室内履きをもらおうというのはザザの考えで、ザザ自身、ライプツィヒでポーランド人にもらった室内履きを履いていた。しかし農場主は首を横に振り、嫌悪感と恐怖を隠そうともしなかった。あげられる物は何もない。

　次に着いたのは、宿屋があるという村だった。食事を出すのを仕事にしているはずの宿屋だ。宿屋のドアは開いていたが、だれもいなかった。主人が地下室に隠れているのではないかと考えた九人は、わざと足音を立てて歩き回った。大きな声で話し、気を引こうとした。食べ物のかけらでもないかと思って、戸棚を残らずさがした。しかし何もみつからなかった。二〇分後、主人が地下室から上がってくる足音がきこえた。主人は九人に今すぐ出ていけと言った。けさ、アメリカ兵がこの村にきた。またきたときに、ここに女がいるのはまずい。もしこのドイツ人が恐怖に負けることなく論理的に考えていたなら、フランス人の女に食事を出しているところをアメリカ兵にみつかれば、かえって有利になると気づいただろう。

　九人は、少しでいいから体を休め、服を乾かさせてほしいと頑張った。主人はぶつぶつ言っていたが、ロンとエレーヌの説得で、ようやく馬屋に案内してくれたので、九人はコートと服を脱ぐことができた。

　女たちががたがた震えているのをみて、おかみが気の毒に思って、温かいコーヒーと牛乳を出してくれた。しかしここで夜を過ごすことはできない。エレーヌは仲間に言った。「アメリカ兵に会うまでは立ち止まらないって決めたこと、忘れないでね」

　九人は震えながら雨で重く湿った冷たいコートを着て、外に出た。主人は、アメリカ兵はコルディッツにいるはずだが、もしかしたらその手前のプシュヴィッツの村で会えるかもしれないと教えてくれた。遠くにプシュヴィッツの村がみえ、希望が膨らんだ。あと少し。ペースを上げられたら、もしかしたら一時間か二時間歩けば着けるかもしれない。雨は止んでいたが、風が勢いを増していた。「いいじゃない、この風のおかげで、コートがあっというまに乾くわ」。ザザは自分たちの惨めな状況を笑い飛ばそうと冗談を言った。

「まったく、ザザったら。ドイツ兵に腕を撃たれたら、こう言うんでしょ。『いいじゃない、わたしにはもう一本腕があるわ』って」。そう言ったとたん、ジャッキーは後悔した。寒くて、疲れていて、恐ろしくて、これ以上歩けそうになかった。

プシュヴィッツに着いたが、アメリカ兵はいなかった。その代わり、どの窓にも、それどころかかけられそうな場所にはすべて、白い旗かシーツがかかっていた。九人はカフェのドアをノックし、さらにどんどんたたいた。中には年とった女がいた。そしてアメリカ兵はまだこの村にはきていないが、コルディッツを占領したのは間違いないと教えてくれた。

「でも、コルディッツへの出入りは禁じられているの。だからあなたがたも入れないわよ。赤ちゃんのために牛乳を買いにいくのもだめなの。コルディッツの入口までいった人がいるんだけど、追い返されたそうよ」。女は言った。

女は、森を抜けてコルディッツまでいく道を、気持ちよく教えてくれた。しかし、食べ物はあげられないと言った。自分が食べる分さえないのだと。

プシュヴィッツを出たところで、年とった男に呼び止められた。男はやはり同じことを言って、九人をいやらしい目でみた。「寝る場所がないんだったら、うちに泊まればいい」。男はにやりと笑った。すぐそばに、男の粗末な小屋がみえた。そして自分のベッドにふたり以上入れてやると言った。「一度に何人かずつな。戦争が終わるまで、温め合おうじゃないか」。男は色目を使い、片目をつぶって舌なめずりをした。

男と別れてから数分歩くか歩かないうちに、ジャッキーは言わずにはいられなくなった。「ねえ、ザザ。あなた流の考え方なら、この先もしも歩けなくなったって、プシュヴィッツにもどれば、温めてくれる男がいるからよかったってことになるわね」。ザザが笑い、仲間たちも笑いだした。おかげでザザとジャッキーの間のわだかまりもなくなった。

九人はまた高い松がそびえる美しい森に入った。風をよけられるのもありがたかった。地面を松の葉がカーペットのようにおおい、あたりは大聖堂のような神聖な雰囲気だった。こんなときでなければ楽しめただろうが、今は不安だらけだった。自分たちの足音に驚いて、兵士が撃ってきたらどうしようとおびえた。いきなり大砲の音がする平原も怖かったが、ほんの数メートル先に何があるか、だれがいるかわからない森も怖かった。

突然、右のほうで銃声がした。九人はさっと伏せ、木々の間に身を隠そうとした。そして手に持った白旗を振った。メナは、どの家にも白旗が掲げられていた村で、布巾を一枚失敬してきていた。ジンカは枝に布を結びつけていた。九人は緊張のあまり、くすくす笑った。しばらくして、ようやく立ち上がった。度胸のあるメナとジンカが、白旗を手に、先頭を歩いた。しんがりはロンだ。ロンが旗にしている布は白というよりグレーだったが、それをとても長い枝に結びつけていた。「用心のためよ。もしかしたらうしろからくるかもしれないからね」

九人は一列に並んで歩いた。自分たちが兵士ではなく、ただの民間人、前線にいあわせてしまった女だということがわかるように、たった二曲だけ知っている英語の歌『ヤンキードゥードル』と『ティペレアリーの歌』を歌い続けた。

銃声はまだきこえていたが、近くで発砲しているわけではないことがすぐにわかった。右手の、かなり遠くで銃撃戦のようなものが起きているようだった。銃声の応酬が続く中、九人は歌い、白旗を振り続けた。それがなんだか滑稽で、声をあげて笑い、自分が怖がっていないことを示そうとした。

森が切れて突然道路になった。森を分断するように、道が走っているのだ。泥にタイヤの跡が残っている。雨は止んでいた。雲の切れ間から日の光が差し、道を照らしていた。ロン、ジャッキー、メナは道ばたに座りこみ、弱々しい日光で、少しでも体を乾かし、温めようとした。「休みましょう」。

ロンが言った。

「今は休んでいられないわ」。ニコルがせきたてるように言った。

「いいわよ、先にいって」。ジャッキーが手を振ってうながした。息が切れ、苦しそうだ。「あとからいくから」

「それはだめ。わかっているでしょう。九人で固まって行動するのよ。さあ、立って、一緒にいきましょう」。エレーヌが言った。

「息切れがひどいの」。ジャッキーがあえぐように言った。

「五分だけ」。ロンが頼んだ。みんなは不安げにうなずいた。ジャッキーに今すぐ動けと言っても無理なことはわかっていた。ジョゼも座りこんだ。木靴を脱いだ足が血だらけで、みんなぎょっとした。

エレーヌも腰がずきずき痛んだ。「そうね。五分だけ」

九人は黙って座り、道の向こうとこっちを見晴るかした。静けさの中、虫の羽音と野生動物の声がきこえた。太陽につかのま温められた地面から、土と緑のにおいが立ちのぼっている。まだ五分たたないうちに、別の音がきこえてきた。遠くからエンジンの音がきこえる。車が近づいてくるのだ。前面に機関銃を配備した軍用車が、こちらに向かってくる。

エレーヌとニコルがさっと立ち上がった。さあ、大変だ。みんながいっぺんにしゃべりだした。

「どうすればいいの？」

「車とガソリンなんて、よくあったわね」

「ドイツ軍かしら、親衛隊が反撃してきたの？」

「もしかしたら、アメリカ軍？」

「普通のドイツ兵じゃないわね。ガソリンを持っているんだから、やっぱり親衛隊よ！」

「料理係が言ってたわよ、親衛隊員は手当たり次第に殺しまくってるって」

「森に隠れましょう！」

「わたし、動けない！」

「さあ、立って！」

「立てないってば！」

隠れる暇はなかった。

九人は思っていた。あのドイツ軍の車に、ここでなぎ倒されるんだ。あと少しでアメリカ軍をみつけられるところだったのに。

そのとき、エレーヌがぽつりと言った。「でも、ねえ、あのナンバープレート――黄色よ！」。ドイツのナンバープレートは白いのだ。

数秒後、車が九人の前で止まった。ジープに乗っているふたりのアメリカ兵は、女たちの白旗をみて笑った。

女たちはしゃべりだしたが、英語で話さなくてはいけないことを、すっかり忘れていた。ひとしきりドイツ語で話したあと、ジョゼが小声で言った。「わたしたちのこと、ドイツ人だと思っているわよ。敵だと思われちゃう」

ロンとギギははっとして、改めて英語で話しだした。「わたしたち、ドイツの収容所から逃げてきたんです」。ロンが言った。そしてこれまでのことをかいつまんで説明し、この何日か、前線を目指して歩いてきたのだと言った。

アメリカ兵のひとりが、新品のキャメルを取り出して、歯でパッケージを破った。「一服、どう？」

第一〇章　人間らしい生活へ

コルディッツの町には、築一〇〇〇年の要塞がそびえている。外壁の厚さは二メートルで、ムルデ川沿いの七〇〇メートルの絶壁の上に建つ。要塞は、第二次世界大戦中にはナチスの戦争捕虜収容所となり、ほかの収容所から何度も脱走した連合軍の士官が囚われていた。四月にアメリカ軍が要塞を奪取し、指令本部として使うようになった。要塞の眼下の町では車が行き交い、大柄でにぎやかなアメリカ兵が人々にガムやたばこやチョコレートを配っていた。九人は要塞の中庭に案内され、アメリカ軍の指揮官に出迎えられた。指揮官は九人の話に大いに感心し、三人の将校にドイツ人の家を接収するよう命じた。

「エイブラム大尉、このご婦人たちのために、立派な家を」。指揮官はそう言うと、エレーヌに向かって笑顔でうなずいてみせた。すでにエレーヌの語学力に感服していたのだ。

九人はエイブラム大尉たちに連れられて、町の中心部に向かった。本部を出てしまうと、将校たちは気さくに話しかけてきて、自己紹介をして、女たちの名前をたずねた。三人ともいかにもアメリカ人らしいハリー、レジー、アイラという名前だった。「アイラ・エイブラムです」と大尉は言い、エレーヌに握手を求めた。

アイラとエレーヌは先に立ち、黙って歩いたが、残りの八人とハリーとレジーの間では、おしゃべりが始まった。将校たちは敵ではない女たちと話せるのを喜んでいた。そして女たちのほうもおしゃべりを楽しんでいたが、一日の疲れが出始めていた。

アイラが三階建ての立派な家を指さして言った。「これがよさそうだ。ご婦人たち、ここでお待ちを」

将校たちはドアをたたき、返事も待たずに中に入った。九人は道ばたで待っていた。通りかかったアメリカ兵が、笑顔で手を振ってくれた。フランス人だとわかると、話しかけてくる者もいて、「ボンジュール」とアメリカ訛りで言った。みんなガムやたばこをくれた。会話集を持っている兵士がいて、ジョゼに話しかけようと四苦八苦しながら文章をつなぎ合わせているところに、エレーヌが完ぺきな英語で言った。「何かこの子にご用ですか？」

「ああ！　その子にきいてください、ぼくの恋人にならないかって」。兵士はにやっと笑った。

「いいえ、なりません」。エレーヌはきっぱりと言った。

「そんな、お願いしますよ。それじゃ、名前だけでも教えてください」

アイラが出てきたので、エレーヌはほっとした。アイラのあとから、ドイツ人の夫婦がスーツケースを抱えて出てきた。ふたりはぼう然としているようだった。夫のほうは冷静に話そうとしていたが、真っ赤な顔をして、みるからに怒っている。妻のほうはすすり泣き、しきりにアイラの上着を引っぱって懇願している。

「あのふたり、なんて言っているんだい」。ハリーがエレーヌにたずねた。

「どこにもいくところがないんですって」。エレーヌは答えた。女たちは、裕福なドイツ人夫婦が自分の家を返してくれと頼む様子をみていた。

「きみはどう」。アイラがエレーヌにたずねた。「きみには、いくところはあった？」

エレーヌはアイラをみた。アイラの目は厳しかった。「ここよ。わたしたち、ひたすらここを目指してきたの」。エレーヌは答えた。

「よし、それなら中に入るといい」。アイラは玄関に顎をしゃくってみせた。「これがきみたちの新しい家だ。あのふたりなら、なんとかするだろう。困り果てた顔はしているが、ちょっとみたものがあるから」

1945年4月12日、コルディッツの橋を渡るアメリカ軍

アイラはもっと何か言おうとしたが、思い直したようだった。エレーヌはアイラも自分たちと同じように「何かみた」のだろうと思い、うなずいた。

「中に入りましょう」。エレーヌは仲間に声をかけた。

「玄関の鍵は、かけておくといい」。去り際に、アイラが言った。


エレーヌがドアをしめると、九人は顔を見合わせた。びっくりしていた。家の中を見て回ると、ピアノがあり、本棚に本があり、敷物も、ランプも、クッションののった椅子もあった。まるで舞台装置か、ごっこ遊びのように感じられた。九人が囚われていた間ずっと、この壁の内側では、普通の人が普通の生活をしていたのだ。二階に上がり、ニコルが大きなクローゼットを開けると、ジョゼが並んでいる服をみて泣きだした。女たちは、ワンピースやスカートやブラウスを引っぱり出した。メナはベッドの上に服を広げて言った。「これはエレーヌにぴったりね。それにこの緑を着たら、ニコルの目が映えるわ……」

ジンカは広いタイル張りのバスルームをみつけていた。そしてすぐにギギと一緒になってバスタブに湯を入れ、ふざけてかけ合った。香料入りの石けんもあった。九人は順番に風呂に入り、清潔な服を着た。ぼろの服は部屋の隅に投げ捨て、燃やそうと決めた。

「すばらしいキャンプファイヤーができるわよ、メナ」。ジョゼが言った。

「コートは取っておく」。メナが服の山からコートを引っぱり出し、抱きしめた。

台所をさがしたが、食べる物がほとんどなかったので、数時間後、将校たちがまたきてくれたときにはうれしかった。「食事がしたいかと思って。お腹は空いているかい」

エレーヌが通訳すると、みんな笑った。また同じ質問だ。将校たちが案内してくれた軍の食堂は、町のレストランを利用したものだった。温かい食事が出たが、食べきれない。九人は動揺した。食べ物を残すなど、考えられなかったのだ。

一緒にいた三人の将校のところに、ほかの兵士たちが集まってきて、すぐに女たちのまわりには兵士が群がり、無数の質問を浴びせかけた。アイラはエレーヌの目をみて、困惑していることに気づいた。「少しは休ませてやってくれ」。アイラは兵士たちに命じた。

「わたしたち、とても疲れているの」。エレーヌは兵士たちに言い訳した。アイラの助け船がありがたかった。長かった一日の疲れが押し寄せてきたようだった。エレーヌはアイラたち将校に、家まで送ってほしいと頼んだ。その夜、三人は家の外で見張りをすると約束してくれて、九人は大きなベッドで、やわらかな羽布団にくるまり、一緒に眠った。

収容所解放

九人が経験してきたことを、コルディッツのアメリカ兵たちがどの程度理解していたかはわからない。一九四五年春には、アメリカ軍のいくつもの部隊が、各地の収容所を発見し、解放していた。アメリカ兵たちはドイツ国内の道ばたで、死の行進の犠牲者の死体を発見した。

ナチスが大規模な殺戮《さつりく》を行っていたことが、次第に明らかになっていた。最初に解放された収容所は、ソ連が、一年近く前の一九四四年七月にポーランドのルブリン近郊で発見したマイダネク強制収容所だったが、一九四五年一月にソ連がアウシュヴィッツ強制収容所を解放したのをきっかけに、秩序だった大量殺戮が行われていたことがつまびらかになった。発見時、ナチスはアウシュヴィッツから撤退していたが、およそ六〇〇〇人の被収容者と、ジェノサイドの無数の証拠が残されていた。八〇万着以上の女物の服と、六トンもの人間の毛髪が発見されている。

コルディッツへの途上で九人をみつけたふたりの兵士は、第二歩兵師団に所属していた。ノルマンディー上陸作戦でオマハビーチ〔サントノリーヌ＝デ＝ペルテとヴィエルヴィル＝シュル＝メールの間を意味する連合国側のコードネーム〕に降りたち、ベルギーまで進軍した。ドイツ軍が反撃に出たバルジの戦いでも陣地を死守し、ドイツのベルギー奪回を阻んだ。四月にライプツィヒ郊外のテクラ収容所で起きた大虐殺を発見したのも、この第二歩兵師団だった。イギリス軍がベルゲン・ベルゼン強制収容所でナチ親衛隊員に犠牲者を埋葬するよう命じたように、アメリカ軍もライプツィヒ市長に、棺と花輪と墓穴を掘る人員を提供するよう指示した。ライプツィヒの有力者一〇〇人が、埋葬に参列するよう求められた。

ノルマンディーやバルジでの戦いを経験した、鍛え抜かれた兵士でさえ、収容所を目のあたりにして大きな衝撃を受けた。四月二九日、アメリカ第七軍はダッハウ強制収容所を解放した。ウィリアム・W・クイン大佐は、のちに次のように書いている。「そこでわが隊が発見した光景と音と悪臭は、想像を絶するほどおぞましく、正常な頭脳では理解不可能な規模の残虐行為であった」[1]

収容所には、死体が積み上げられていた。生きている者も、満足に歩くことができず、這いずっている者もいた。ブーヘンヴァルト強制収容所では、小指をわずかに動かせたおかげで救われた男がいた。死体と一緒に荷車に乗せられ、共同墓地に運ばれそうになっていたとき、アメリカ兵が小指の動きに気づいたのだ。

兵士たちは静けさにも衝撃を受けた。まわりには死にかけている人間が何千人もいるのに、ほとんど物音がしないのだ。収容所の奥に、暗い収容棟の奥に入っていくほど、きつい死臭がますます強烈になったという。多くの被収容者が半裸か全裸だった。そして骸骨のようだった。だれもがぼうっとして、幽霊のようにゆっくり動いた。みずからが目にしたものを説明しようとするとき、兵士たちは「信じられない」という言葉を何度もくり返す。

被収容者たちは兵士を抱きしめ、キスしようとした。みな涙を流していた。かすかな声でありがとうと言った。兵士たちは食べ物を配った。しかし被収容者たちの衰弱した消化器官では、栄養価の高い食べ物を処理できず、食べたことが命取りになる場合もあった。被収容者たちの体にはシラミがたかり、それがチフスを運んで日に何千人も死んでいたため、軍の医療スタッフは被収容者たちの髪を剃り、シャワーを浴びさせて清潔にしなくてはならなかった。人によってはそれがトラウマの再体験になってしまった。解放されても、収容されていた人たちは食べ物を貯めこんだ。枕の下からパンがみつかることがよくあった。

解放直後の数日で、多くの被収容者が死亡した。その数は、ベルゲン・ベルゼン強制収容所だけで一万五〇〇〇人にのぼる。なんとか生きながらえてきた人が、解放され、安堵して死んでいった。野戦病院に家族が慌ててかけつけ、死の間際に再会できたという記録がいくつか残っている。

輸送は気の遠くなるような仕事だった。チフス感染が広がっていたため、被収容者たちを隔離して治療する必要があった。また、本国への送還のための膨大な事務作業が待っていた。さらに、ナチスの非人道的犯罪の実態に気づいた連合国側は、証拠を集め、逃亡中の親衛隊員を捕らえて裁判を受けさせなければならなかった。いまだ戦闘が続く中、そのすべてが同時進行していたのだ。

ザザの手記は、四月二一日、コルディッツに向かう道でアメリカ兵に発見されたところで終わっている。ザザは最後に自分たちは「死ぬものかと思い、生きるためにともに戦った九人」だと書いている。[2]しかし生きることは、想像していた以上に複雑だった。

九人はコルディッツの接収された家で一週間過ごし、アメリカ軍の食堂で食べ、自分たちで服を洗濯した。エレーヌの話では、兵士たちが、エレーヌにとっては迷惑すぎるほど頻繁にやってきて、いつもシャンパンのボトルを小脇に抱えていたという。物資は無尽蔵にあるようだった。エレーヌとザザは二階に引っこんでいた。エレーヌはきちんとしていないと気がすまない人だった。わたしの想像では、兵士にちやほやされるのがうれしい人たちと、そうでない人たちで、態度がはっきり分かれていたのだろう。たとえばロンは、軍服を着てたばこを吸うアメリカ人に対して、生涯強い憧れを抱いていた。自分たちを解放してくれたアメリカ兵を思い出すに違いない。アメリカ兵に感謝し、心強さを感じていた。

九人は、帰国する被収容者のために、赤十字がパリゆきの列車を用意していることを知った。ただし準備が整うまで数週間待たなくてはならず、それまでの間、その列車に乗りたい人はグリンマ近くの赤十字の難民収容所に入る必要があるという。

性暴力

一方、ラーフェンスブリュック強制収容所では、一九四五年四月下旬になると、ナチスの統制がきかなくなっていた。戦後、この強制収容所が人々の記憶にあまり残らなかったのは、鉄のカーテンの向こうに隠れ、ソ連によって別の説明が加えられたことによる。収容所の解放が始まったのは四月二一日、ちょうど九人がムルデ川を渡った日だ。スウェーデン赤十字社のフォルケ・ベルナドッテに、ナチスのヒムラーから、ラーフェンスブリュック強制収容所に残っている女たちの解放に同意するとの意向が示された。

ベルナドッテはスウェーデン国王グスタフ五世の甥で、外交官や赤十字社の副総裁を務めていた。ナチスの強制収容所から人々を救おうと、交渉を続けていた。はじめは救済対象がスカンジナビア人に限られていたが、次第にその範囲が広がっていった。戦争末期の一九四五年三月から五月にかけて、劇的な救出作戦が展開され、のちに「白バス」として知られるようになる[3]。この救出作戦は大がかりな輸送をともない、三〇〇人のスタッフ、二〇人の医療チーム、病院バス、トラック、乗用車、オートバイ、炊事用車両、そして移動中の食料やガソリンなど、ドイツでは手に入らない物資を必要とした。

しかしバスは一度に一〇〇〇人しか運べない。ヒムラーがベルナドッテに、当時およそ一万五〇〇〇人いたラーフェンスブリュック強制収容所の被収容者全員を連れていっていいと言ったとき、バスを召集し、できるだけ早くラーフェンスブリュック強制収容所に向かおうと、大騒ぎになった。

ヒムラーは必死だった。そしてヒトラーに隠れて連合国側と個別に和平交渉をするという最後の賭けに出た。ソ連を排除することで、共産主義はファシズムよりはるかに脅威であるという西側諸国が長年抱いてきた信念に訴えられると考えていた。そしてスウェーデン政府に、さらにはアメリカの最高司令官ドワイト・アイゼンハワーに、メッセージを伝えてほしいとベルナドッテに頼んだ。また、被収容者の解放は報道させないでほしいとも言った。孤立し、ますます被害妄想的になっているヒトラーが知ったら、中止を命じるからだ。

　ヒムラーの命令をきいたラーフェンスブリュック強制収容所の所長フリッツ・ズーレンは、はじめ、従おうとしなかった。ソ連軍の足音が近づいているとはいえ、ズーレンはヒトラーの命令に従い、被収容者を収容所にとどめて、敵がきたら全員を始末するつもりでいた。[4]ズーレンは秩序正しくガス殺と処刑を続けていた。

　親衛隊員たちは、収容所の片づけに忙しかった。死体を焼き、すべての記録を焼き、収容棟を掃除し、死体の山を始末する一方で、病人や「夜と霧」を意味する「ＮＮ」の印がついた被収容者の処刑も怠らなかった。

　スウェーデン赤十字社は、ラーフェンスブリュック強制収容所からおよそ七〇〇〇人を救出することに成功した。しかし、連合国側は、戦場を通過するスウェーデン赤十字社に、安全を約束しなかった。ラーフェンスブリュックからの輸送は二回爆撃に遭い、被収容者約二五人と運転士ひとりが死亡したと言われるが、犠牲者の正確な人数はわかっていない。最後の便が出るときには、バスの座席を巡って女たちの間で暴動になりかけた。

　赤十字による解放と輸送が行われている間にも、ズーレンは残った被収容者たちを銃や毒、仮設ガス室などを使って殺害せよと命じていた。

　残っていた親衛隊員たちは、到着時に被収容者から取りあげた宝飾品などの品物を収納室から略奪した。貴重な品々を好きなだけ荷車や手押し車に積み上げ、民間人の服に着替え、四月末になると重病の何千人もの被収容者を残して逃げ去った。

四月三〇日、最初のソ連兵が、続いてソ連軍の先遣隊が、ラーフェンスブリュック強制収容所に入った。

女たちは涙を浮かべ、ひれ伏すように解放軍を迎えた。ミハイル・スタハノフ大佐は、戦車で到着したときの様子を次のように述懐している。

> われわれは戦車で収容所の有刺鉄線をなぎ倒し、門を破壊した。戦車はそこで止まった。先に進むことは不可能だった。人間の大群が戦車を取り囲んでいて、戦車の上にも下にも女がいた。みなひどいありさまで、がりがりの体にオーバーオールを着ているのだが、とうてい人間とは思えなかった。病人が三〇〇〇人いて、症状が重く、衰弱していて、運び出すことができなかった。[5]

ソ連軍の到着にわきたったのもつかのま、事態は悪化した。ソ連兵が狼藉を始め、女たちをレイプした。病気の者も、死にかけている者も、出産直後の母親も、体重が三〇キロに満たない者も。第二次世界大戦の話は、ソ連の歴史学者にかかると、まったく異なったものになる。ラーフェンスブリュック強制収容所は東ドイツに含まれ、鉄のカーテンの向こう側に隠れたため、この件に関して語られることはほとんどなかった。収容所にいた有名な共産主義者も、ソ連兵も、口を閉ざした。しかし、複数の証言記録が残っている。疲れているからやめてほしいと頼んでも、ソ連兵は意に介さなかった、と生き残ったフランス人被収容者が語っている。

被収容者で、ソ連兵たちのすぐれたリーダーだったイヴゲニア・ラザレヴナ・クレムは、女たちに手を出さないでくれと言って、兵士に次のように頼んだと、のちに語っている。「わたしたちはスターリングラードとクリミアの前線で戦った、赤軍の兵士です。この強制収容所で二年間捕虜になっていたのです[6]」

ソ連軍の組織的な性暴力で最も犠牲になったのは、ドイツ人女性だった。ドイツ国境を突破したソ連軍は、猛烈な勢いで焼き討ちと略奪とレイプをくり返した。従軍記者としてソ連軍にスターリングラードから同行していたジャーナリストのヴァシリー・グロスマンは、「ドイツ人女性におぞましいことが起きている」と書いている。「教養のあるドイツ人男性が、片言のロシア語で、自分の妻が今日だけですでに一〇回レイプされたと言った」。授乳中の女性は、納屋でレイプされたと訴えた。「親族が兵士たちに、赤ん坊がお腹を空かせて泣いているから、勘弁してやってくれないかと頼んだという」[7]

作者不詳の回想録『ベルリン終戦日記：ある女性の記録』には、ベルリンで起きたソ連軍によるレイプ事件について書かれている。ある推計によれば、ソ連の占領軍によって一〇万人の女性がレイプされた。[8]この回想録は、一九五九年に出版されたとき、ドイツ人女性の名誉を傷つけたとして激しい批判を浴びた。著者は自分が死ぬまで再版はしないと決めた。そして二〇〇三年に復刊され、ベストセラーになった。ロシア人は現在でもソ連兵によるレイプの話は西側のねつ造であり、ナチスを破るのにソ連軍が大きな犠牲を払った事実がなおざりにされてはならないと主張している。終戦時点でソ連の犠牲者は二六六〇万人を数え、全人口の一三・七パーセントにもなった。

規模はまったく異なるが、米軍兵士による一般女性のレイプの話も、同じようにタブーとなっている。プロパガンダの結果、フランスはエロティックな国であるというイメージが、アメリカ兵の間に定着していた。そしてフランス人女性はすぐにその気になり、相手をしてくれると思いこむようになっていた。『ライフ』誌によれば、アメリカ兵の一般的なフランスのイメージは、「四〇〇〇万人の快楽主義者が食べたり、飲んだり、性行為をしたりして楽しんでいる巨大な売春宿」だったという。ノルマンディー上陸を果たした兵の中には、フランス女性を戦利品とみなす者もいた。一九四四年晩夏には、ノルマンディー地方でアメリカ兵にレイプされたという女性が大勢いた。一九四五年の終戦後、兵士たちが集結し、帰国のための輸送船を待っていたル・アーヴルの住民が、次のように書いている。「この町では軍服を着た無法者どもによる恐怖政治が行われている」[9]。シェルブールの住民は「ドイツ軍がいたころは、男が変装しなくてはならなかった。だがアメリカ軍がきたら、女を隠さなくてはならなくなった[10]」

ラーフェンスブリュック強制収容所で解放されたばかりの女や、ドイツの民間人が、具体的に何人、ソ連兵にレイプされたかを知るのが難しいのと同じように、アメリカ兵によるレイプ事件がどのくらいあったかはわかっていない。たとえデータがあったとしても、実際より大幅に少ないだろう。驚くほどの数のレイプ事件の報告を受けたアメリカ軍は、黒人兵にその罪を負わせた。レイプを理由として軍から懲戒処分を受けた一五三人のうち一三〇人はアフリカ系アメリカ人だったが、アフリカ系アメリカ人兵士の割合は、全体の一〇パーセントに過ぎなかった。アメリカ軍がレイプの罪で処刑した二九人のうち、二五人がアフリカ系アメリカ人だった。アフリカ系アメリカ人が大半を占めたこの二九人は、黒人に対するリンチでよく行われるように首を吊られたのだが、その処刑方法がギロチンの国で物議を醸した。テキサスからそのためだけに、死刑執行人が派遣された。

フランスに帰国した政治犯によれば、母国の人から最初にきかれるのがレイプされたかどうかだったという。そして、レイプされなかったと答えるとき、自分の苦労が足りなかったと白状しているような気がして、罪悪感のようなものを抱く。アウシュヴィッツから帰還したマルセリーヌ・ロリダン＝イヴェンスは、母親が顔をみるなり小声で、おまえはまだ純潔なのか、結婚できるのかとたずねてきたと語っている。「母は何もわかっていなかった。あそこでは、わたしたちは女でもなければ、男でもなかった。ただの汚らわしいユダヤ人、物体、悪臭を放つ動物だった。あの人たちがわたしたちの服を脱がすのは、殺すかどうか決めるときだけだ[11]」

もしかしたらわたしたちは、自分たちが苦しみに序列をつけていることに気づき、改めなくてはならないのかもしれない。とりわけ、女性の純潔について序列をつける傾向はまだある。その傾向がなければ、もっと真実に近い証言が得られ、戦争によって女性が背負わされた苦しみの実態が明らかになっていたかもしれない。

『ベルリン終戦日記：ある女性の記録』の著者は、戦争中、出征した男たちが休暇でベルリンにもどってきたとき、たとえ出征先が比較的安全なパリであったとしても、自分がちやほやして歓迎したことを、皮肉交じりに綴っている。一方でベルリンにとどまっている女たちは「絶えず砲撃にさらされ」、子どもたちのために食料や水を調達するのに四苦八苦する毎日を過ごしていた。女たちの苦労は語られない。男たちは従軍体験を語れるが、女たちは「おとなしく黙っていなくてはならず、楽をさせてもらっているようなふりをしなくてはならない。さもないと、だれも触れてくれなくなるからだ」と書いている[12]。

新たな仕事、新たな家

枢軸国側は、みるみるうちに崩壊を始めた。四月二八日、ムッソリーニがイタリアのパルチザン部隊に拘束され、処刑された。四月三〇日、ヒトラーが自殺した。その知らせはすぐに九人のもとにも届く。

五月一日、九人はコルディッツから九〇キロ離れたグリンマにある赤十字の難民収容所に移動した。隣にはアメリカ軍の収容所もあったが、難民や元囚人、工場などから退去してきた労働者などのための収容所に入るよう指示された。難民収容所は殺風景でほこりっぽく、やせ衰えて弱々しい人ばかりだった。見張りがいて、フェンスが張り巡らされている。九人の衝撃と落胆は大きかった。そこで、九人は知り合いのリーネと再会した。ライプツィヒで九か月をともに過ごした仲間だ。しかし、ほんの数週間会わなかっただけなのに、リーネはすっかり変わっていた。人目をひかずに移動できるように、髪を男のように短くしている。体重も増えている。そして収容所の監督者のような顔をして、ライプツィヒのドイツ兵と同じように振る舞っている。九人に書類を渡し、名前と番号を記入しろと大声で指示するのだ。九人は配給カードを受け取った。食事はおいしいという話だったが、コルディッツで一週間楽しんだアメリカ軍の料理と比べると、みじめなものだった[13]。

　九人が案内されたのは、広くて暗い部屋で、ちぐはぐな家具が並び、奥の床に干し草が敷いてあった。丸いテーブルと、ビリヤード台と、ピアノがあった。もうすぐ家に帰るためなら、床で干し草にくるまって眠るのも我慢できる。我慢ならないのは、囚人同然の扱いにもどってしまったことだった。

　落ちこんだ九人は、収容所内を歩き回り、自分たちが置かれた状況を確認しておくことにした。空は晴れ、だれかがアコーディオンを弾いている。しかし、か細くあえぐような音が、九人をいっそう滅入らせた。コルディッツでは、接収した家でアメリカ兵がピアノを弾き、ほかの兵士もハーモニカやギターで演奏に加わった。ジョゼの歌声をきいた若い兵士が蓄音機を持ってきて、アメリカの歌をきかせてくれた。家は毎晩、楽しげな音楽にあふれていた。ここではアコーディオンが、もの悲しい音をわびしく奏でているだけだ。

　グリンマの難民収容所は、ライプツィヒの強制労働収容所と同じくらい陰気な場所だった。被収容者のほとんどは男で、ポーランド人、ソ連人、それにフランス人が数人いた。長年の収容所暮らしで、男たちの顔はやつれ、無表情だった。正気を失いかけていて、九人に向かってわいせつで攻撃的な言動をとる者も多かった。数少ない女たちも同じように付き合いづらく、九人はもしかしたら自分たちも同じような状態なのだろうかと不安になった。自分はこんなに生気がなく、無作法で、自暴自棄な人間だろうか。九人は部屋にもどった。ジョゼ、ギギ、ロン、メナは、惨めで悲しい気持ちで、干し草の上に横たわった。ギギが、泣きながら眠りにつくジョゼを慰めた。

ジンカとエレーヌとジャッキーは、入口前の階段に座り、あたりを見回しながらしょげかえっていた。なんとかこの状況を変えられないのか。エレーヌとジャッキーが相談を始めた。収容所の管理部門で働ければ、少しは融通がきくようになるかもしれない。数週間の自由を味わったあとだけに、受け身でいるのは耐えられなかった。ジンカは看護師の資格を生かして、仕事を手に入れられるかもしれないと考えた。少なくとも何かの役には立てるだろう。

ニコルとザザは一時間ほど、見張りのアメリカ兵とおしゃべりをしていた。英語を話せること、絶望した難民ではない、健康で楽天的な男性とやりとりできることが楽しかった。

夜ふけに、男たちが鍵のかかった部屋のドアをこじ開け、勢いよく入ってきた。もううんざりだった。エレーヌはロシア語で、ジンカはフランス語で、怒りと不満をぶちまけ、男たちに罵倒の言葉を浴びせかけ、すごすごと退散させた。

翌朝、ニコルが朝ごはんをさがしにいった。もどってきたニコルは、恐ろしくカビくさい黒パンを、干し草の上で寝ている仲間に放ってよこし、苦々しげに言った。「朝ごはんを食べたい人は？　ここではこれが朝ごはんだそうよ」。これまでコルディッツでは毎朝おいしい朝ごはんを食べていた。九人は、卵や焼きたてのパンやジャムが出てくる朝食を、当たり前のように食べながら、前の晩にやってきた兵士の話や、みたばかりの夢の話をのんびりして、笑いあった。

コルディッツで仲よくなった兵士が、思いがけない場所にいる九人をみつけた。兵士たちがあたりを見回し、ぎょっとしたような顔をするのが、九人にもわかった。それが決め手となり、九人は逃亡の相談を始めた。兵士のひとりが言った。「朝の三時から八時までは、ぼくらが見張りに立っているよ」

「じゃあ、その間に逃げましょう」。ロンが言った。

「でも、どこにいくの？」。ギギがきいた。

「どこでもいいじゃない！　前に逃げたときだって、どっちにいこうかなんて考えなかったんだから」。しかし、あのときは、アメリカ兵をみつけるという目標があった。今は――パリまで歩いて帰るというのか。

一時間後、ジャッキーが別のアメリカ兵を連れてもどってきた。兵士は、夜になったら食べ物と飲み物を持ってくると約束し、もしかしたら友だちも連れてくるかもしれないと言った。

「でも、明け方に逃げるなら、ちゃんと休んでおかなくちゃ。今夜はおもてなしなんかできないわ」。ザザがいらいらしたように言った。

「逃げる？　逃げるってどこに？」。ジャッキーは笑った。

さらにジャッキーは、今、健康診断を受けてきたのだと説明した。コルディッツに着いてすぐに、ジャッキーは軍の診療所に連れていかれ、ジフテリアと診断された。軍医から抗毒薬と抗生物質をもらい、一週間の休養で具合はよくなっていた。自分がもう少しで諦めかけたのが、嘘のようだった。そして先ほどの健康診断の結果もよかったのだとジャッキーは言った。「たくさん注射をされたの。じきに元気いっぱいになるわ」。ジャッキーは笑った。

ジャッキーの話はそれだけではなかった。この赤十字の収容所の所長は、ドクター・ニューマンといって、以前パリのアメリカンホスピタルにいた医師だという。「所長さんの秘書っていうのがね、いつも機嫌が悪くて、気がきかなくて、英語をひと言も話せないの。ちっとも役に立たないから、所長さんは困っちゃってるのよ。ねえ、わたしたちで手伝ってあげましょうよ」

「どうやらお役に立てそうね」。エレーヌがうなずいた。前の晩、ジャッキーと相談していたのだ。

「どう思う、ロン？　司令官に話をしてみるべきかしら？」

ロンが逃げたいと思いはじめていたことは、エレーヌにもわかっていた。ロンはこれまでの旅で能力を発揮し、自分の役割も強みもよく理解していた。しかし、逃げても意味がないということも、エレーヌは知っていた。自由な移動は許されないだろうし、何よりも、ジャッキーが回復しつつあるとはいえ、エレーヌ自身にも、ほかの仲間にも、パリまで歩いていく体力はとうていない。地図が頭に入っているエレーヌには、九日間歩き続け、限界まで体力を使い果たしたにもかかわらず、パリまでの距離がほとんど縮まっていないことがわかっていた。だからロンには新しい選択肢に賛成してほしかった。

その午後、エレーヌとロンは収容所を出た。収容所を離れることは禁じられていたが、五か国語を駆使して、見張りを説き伏せた。二時間後、ふたりは所長の車で帰ってきた。

ふたりはそのあたりの占領地域の責任者であるデイ司令官に会うことに成功していた。「とても親切な人よ」。ロンは集まってきた仲間にいい知らせができることがうれしそうだった。「二日以内にちゃんとした家を用意してくれるって」

「難民収容所の外で暮らすことになるから、見張りも護衛もつかないの。普通の民間人として、わたしたちだけで生活するのよ」。エレーヌが説明した。男の人たちが入りびたるような状況を作らないようにしようと言いたかったのだが、我慢した。

「まさに望みどおりね！　もう見張られるのはまっぴらだわ」。ニコルが声をあげた。

「自分の面倒くらい自分でみられるわよね」。ジンカも言った。

「デイ司令官と話をしていたら、ドクター・ニューマンがきてね、デイ司令官が言ったの。『このふたりは、おたくの収容所から逃げだしてきたんだ』って」

ロンが勢いこんで続けた。「そしたらドクター・ニューマンがね、『それなら、おしおきをしなくては。罰はチョコレートだ』って言ったのよ」

九人は笑い、アメリカ人はいつもおいしいものをくれる、いつもチョコレートをくれると言い合った。何をとっても、アメリカのほうがいい。

エレーヌは、ドクター・ニューマンから、きみたちはどのような仕事ができるのかとたずねられたことを話した。「ギギとロンとわたしは五か国語ができて、ジンカは看護師で、ニコルとザザは英語が話せて、タイプも得意だって言ったの」

「運転もできますってね」。ロンがつけ足した。

ドクター・ニューマンはとても喜んで、ぜひ手伝ってほしいと言った。収容所の外で暮らし、毎朝六時には収容所にきて、事務仕事を手伝いましょうとふたりは言った。自由に行き来できるように、デイ司令官が通行許可証を出してくれることも決まった。エレーヌは、通行許可証の実物をみたと言った。「『このご婦人の通行を許可する』っていう言葉に、日付とサインがついているだけなの。簡単に偽造できるわ」

とりあえず、慌てて逃亡しなくてもよさそうだということになった。しばらく様子をみよう。

夜になると、またアメリカ兵がたずねてきた。そのうち六人は第六九歩兵師団所属だった。ジャッキーやメナはおしゃべりを楽しんだが、ザザは退屈し、いらいらしていた。コルディッツにいた第二歩兵師団のほうが、よほど礼儀正しかった。この兵士たちは、自分たちを奔放な「フランスの女の子《ギャル》」と思っているに違いなかった。フランス人女性に定着しつつあるイメージが気に食わなかった。

翌日は寒く、曇っていた。毎食代わり映えのしない米と大麦のスープが出された。ロンとエレーヌが司令官と話をしたことで期待が膨らんでいたのに、なんの動きも進展もないまま、時間ばかりが過ぎていった。何かが起きるのを待っているか、ぶらりと訪ねてきた兵士をうまくかわすことくらいしか、することはなかった。成果といえば、空き室から椅子とブリキのボウルを調達したことで、ボウルは椅子の代わりに使った。

夜になるとまた騒々しいアメリカ兵たちがやってきたが、すぐにひとりが誤解に気づいた。「たしかにフランス人だが、そういう女じゃないみたいだ」。酔っぱらった仲間の言葉を合図に、兵士たちは出ていった。

たびたびの訪問にエレーヌは腹を立て、ロンに言った。「あなたたちと寝るつもりはありませんって、はっきりわからせる方法はないのかしら。わたしたちは同性愛者だって、言ってやってよ」

「そうね。でも、英語で何て言えばいいのか、わからないわ」。ロンは答えた。

五月六日の朝、エレーヌはデイ司令官に呼び出された。残りの八人はテーブルを囲み、食べたり、たばこを吸ったり、書き物をしたり、元政治犯に配られた書類に記入したりしていた。だれもが不安で、機嫌が悪かった。エレーヌはいつまでたってももどってこなかった。

「家なんか、もらえないのよ」。ロンは言い、また逃げる話を蒸し返した。手伝ってくれそうなアメリカ兵をみつけていたのだ。ほかの七人は、エレーヌだけがデイ司令官のところにいったため、ロンが気を悪くしているのを知っていた。エレーヌが呼び出されたのは早朝で、ロンはまだ眠っていた。ロンを起こしてもしたくに時間がかかると考えたエレーヌは、ひとりで出かけたのだ。

「それにしても、エレーヌは何をしているのかしら。もう出かけてから三時間もたつのよ」。ジャッキーがいらいらして言った。

「さっそく仕事をしているんだわ。ソ連人とイギリス人とドイツ人の通訳をしているのよ」。メナが言った。

「それより、司令官と一緒に家をみにいっていると思いたいわ。わたしたちが住む家をさがしているってね」。ギギが穏やかに言った。

ギギの言うとおりだった。正午ごろ、エレーヌが顔を輝かせてもどってきた。「大きな立派なお屋敷がみつかったわ。グリンマの将校がクラブとして使っている建物で、ここから目と鼻の先なの。ただ、難点は、そこに住むのがわたしたちだけじゃないってこと。ほかの人と一緒なの。でも、わたしたちが先に入るから、好きな部屋を選べるわ」

「ほかの人って、だれなの?」。ロンがたずねた。

「そのお屋敷には、フランス人の女性の政治犯を収容することになったの。そこをわたしたちが運営するの。わたしからやりますって言ったのよ。とにかくすばらしいお屋敷でね。さあ、荷物をまとめて。三〇分以内に出発しないと。わたしたちを通すように言われている見張りが、三〇分後に交代してしまうから」

九人は大慌てで持ち物をかき集め、荷物を作った。すでに持ち物は増え始めていた。新しい服を着た九人は、まるで休暇に出かける若い娘たちのようだった。「わたしたちは、まるでお嬢様のようだったが、ひとりだけ、メナはいつもお茶目でふざけていて、きれいなのにおかしな格好をしていた。ぶかぶかのコートに、巨大なスーツケース、そして腕にはわすれな草の花束を花瓶ごと抱えているのだ」とザザは書いている。

九人は新しい家に感激した。遠洋定期船かと思うほど広いダイニングルームに、ゆったりとしたキッチン。狭い廊下や階段がどこまでも続き、アーチ型の入口や謎めいたボタンのついた白いスライドドアがいくつもあり、庭を見渡せるテラスがあった。明るく、まばゆく、さっきまでいた暗い部屋とは別世界だった。

エレーヌはその午後、デイ司令官に通訳を頼まれていた。そこで、自分がいない間に、自分たちが暮らすことに決めた一画を整えておいてほしいと言って出かけていった。その一画は、寝室が四つあり、都合のいいことに屋敷のほかの部分から独立していた。八人は自分たちの住まいに移動させる家具を選んだ。ザザは自分とエレーヌのために、事務室として使われていたこぢんまりとした部屋を選んだ。メナ、ジャッキー、ジョゼは日当たりのよいきれいな部屋を選び、やわらかなソファやクッションを置くことにした。ロン、ジンカ、ニコルはコロニアル様式風の部屋に、錬鉄の装飾的なベッドとどっしりとしたマホガニーのテーブルを入れた。ギギの部屋は修道院の独居室のようで、質素なテーブルとタンスに硬いソファがあるだけだったが、心穏やかになれる場所で、ギギはひとりきりになれるのがうれしかった。夜になってエレーヌが帰ってきたとき、八人はまだ家具を動かしていた。

その午後、エレーヌはデイ司令官と一緒にムルデ川の対岸に渡り、さまよっている女性の難民を保護して回っていた。難民キャンプで自分たちがいた部屋に、大勢の女性が入り、その中にはライプツィヒで一緒だった人もたくさんいるとエレーヌは言った。みな汚れてシラミだらけのひどい有様だ。その人たちがこの屋敷にこられるよう、なるべく早く準備をしなくてはならない。

すぐに九人は、部屋の振り分けを決め、翌日にまずやらなくてはならない優先事項を書き出した。目的ができたことで、力がわいてきた。心に仲間意識とユーモアが甦り、それぞれの役割分担を次々と決めていった。エレーヌは責任者で、当然のことながら、語学力を生かして対外的な仕事を一手に引き受ける。ザザは屋敷全体の世話役となる。ニコルは備品担当で、修理を引き受ける。その仕事は次第に広がっていった。ギギは一日目に鍵（およそ一九〇本あった）と錠の組み合わせを確認し、二日目からはザザと一緒に世話役となる。

ジンカは収容所のあちこちに散らばっている女たちを訪ねてまわり、病人を診療所に連れていった。また、赤ん坊の世話も引き受けるようになった。授乳の管理をし、ミルクも調達した。ジャッキーはアメリカ軍の収容所から料理人ひとりと料理人助手ふたりをみつけて、台所でおいしい食事を作ってもらえるようにした。

人手が足りずに困っていた収容所所長のドクター・ニューマンは、九人が別の仕事を始めてしまったことで気を悪くしていた。ドクター・ニューマンには、九人ほどの行動力がなかった。エレーヌが自分の上司であるデイ司令官のもとで働き、「ジミー」と呼ぶほど親しくなっていても、ドクター・

ニューマンの機嫌が直ることはなかった。

デイ司令官の指示で、アメリカ兵たちが毛布や洗面器や食料を持ってきてくれた。九人はわずか二日で屋敷を掃除し、部屋を準備して、五五人を受け入れることができた。メナは手入れされていなかった屋敷の庭から花を摘んできて、部屋を飾った。

そのころまでにはアメリカの将校たちの中に大勢の友人ができ、兵士たちがなにかと用事を作って訪ねてくることも、難民が助けを求めてくることもなくなっていた。九人には赤いレザーシートのオペルのコンバーチブルが支給され、フランス人運転手までついていた。支給してくれたのはドレヴォンという名のフランス人大尉で、政治犯の帰還の責任者だった。限られた物資の中からやりくりして、さまざまな物資を提供してくれたとザザは書いている。屋敷の落ち着いた雰囲気が気に入って、よく訪れていたという。メナが飾る花のおかげで、屋敷には軍の施設にはない人間らしさがあった。さらに元気で陽気な九人も魅力的だった。屋敷を訪れても、何度もノックし、しんぼう強く待たなくてはならなかった。女たちはいつも傘の生地をスカートに作り直す方法を話し合っていたり、三人同時に風呂に入り、手に入れたばかりの石けんで背中を洗い合ったりしていたからだ。

しかし、陽気な九人も、決して丈夫ではなかった。ザザは関節リウマチを患い、二日間ベッドで過ごした。ニコルは真夜中に胆石が痛みだし、ジンカが助けを求めて飛び出したこともあった。パジャマにガウンをはおり、赤い革のスリッパを履いたハンサムなイタリア人医師が連れてこられ、ニコルに鎮静剤をくれた。

赤十字の収容所には、ナチスの収容所にいた難民が押し寄せてきた。ライプツィヒ強制労働収容所やラーフェンスブリュック強制収容所での仲間と再会することもあった。そんなとき、九人は矢継ぎ早に質問をした。ほかの人たちはどこにいるの？　だれが生き残ったの？　ニコルはライプツィヒの診療所に残してきた親友の消息をどうしても知りたかった。ルネは生きているのか。ロンは兄のエリックの消息を、男たちにきいてまわった。ザザとジンカも同じように、夫の行方を知ろうとした。浜に打ち上げられた小石のような人の群れの中から、愛する人の消息を知るのは不可能に思えた。しかし、奇跡的な再会もあった。ベルギー人のある若い男が、無理だとは思いながらも、母親をさがしていた。男はジンカに母親の名前を言い、知っているかとたずねた。ジンカは自信がなかったが、男をドクター・ニューマンの部屋の外に連れていき、そこに貼られている名簿をみせた。ジンカが名簿を指でたどっているとき、背後で喜びの声があがった。ジンカがふり向くと、母親と息子が抱き合っていた。もしかしたら、ルイ・フランシスも生きているかもしれない。自分にも、夫と再会する瞬間がいつ訪れてもおかしくないのだとジンカは思った。

ドイツ降伏

五月七日午後二時四五分、ドイツの無条件降伏のニュースがタイプされ、難民たちが読めるように掲示板に貼りだされた。皮肉なことに、その掲示板には、「一九一八年〔第一次世界大戦でドイツが休戦協定を受け入れ、事実上敗北した年〕をくり返すな、勝つのだ」という文字が彫られていた。おそらく第二次世界大戦勃発時に、地元のドイツ人に第一次世界大戦の屈辱を思い出させ、今度こそ勝とうと鼓舞するためのプロパガンダとして彫られたのだろう[14]。

九人は喜びを爆発させることはなく、厳粛にその知らせを受け止めた。メナはギギに身を寄せた。ギギはロンの手を握った。ニコルとジョゼは腕を組んだ。ザザとジンカは抱き合った。ふたりとも夫を思っていた。みな奇妙なほど空っぽな気分だった。もしかしたら、あまりにも深い感情を、どのように表現したらいいのかわからなかったのかもしれない。九人はここにいない人たちのことを思った。家畜用の貨車に、刑務所に、収容所に、診療所のベッドに残してきてしまった人たちを。そして事務手続きが進むのを、フランスに帰還させるという約束が果たされるのを、故郷で待ちかまえているものを目にする日を、待っていた。

列車を待つ間、難民たちはパーティを開いた。ここでもオートクチュールで働いた一流のお針子たちが才能を発揮し、収容所近くの爆撃された事務所でみつけたカーテンでドレスを作った。アメリカ兵もお祝いに加わり、シャンパンを持ち寄り、たばこを配った。踊れる者は踊り、酔える者は酔った。だれかが古い収容棟からピアノを運んできて、生き生きと演奏した。難民たちは改めて、命を助けてくれたアメリカ兵たちにお礼を言った。夜が更けると、懐かしい歌を歌った。『マデロンの歌』、『沼地の歌』、『ラ・マルセイエーズ』。それから強制収容所で作られた詩の暗唱が始まった。ひとり、またひとりと立ち上がり、収容所で書かれ、こっそり手に入れた紙の切れ端に書きとめられ、手渡され、ときには別の収容所へとひそかに伝えられた詩を、弱々しい声で暗唱した。毎晩、収容棟の暗闇の中でくり返し口ずさみ、すっかり覚えてしまった詩だ。作者の中には死んだ者もいて、詩を暗唱すると、失った仲間が思い出された。その場のだれもが、目に涙を浮かべていた。

第一一章　わが家への道

パリへの列車の準備ができたのは、五月一六日ごろだった。七人は涙ながらにジャッキーとエレーヌにさよならを言った。逃避行の間じゅう、「パリに帰ろう」と言い続けていたジャッキーだったが、グリンマにとどまり、あの屋敷で、難民たちの健康回復を見守ることに決めた。屋敷は、強制収容所を生きのびた女たちのうち、衰弱して移動に耐えられない者たちが、健康をとりもどすまで休養する場所になった。よろよろと入ってくる女たちの、身も心もぼろぼろの顔をみると、ジャッキーにはその気持ちがよくわかった。ジャッキーはこの屋敷が九月下旬に閉鎖されるまでとどまることになる。

エレーヌもアメリカ軍での仕事を続けるために残った。アメリカ軍の軍服を着て、アメリカ軍の食堂で食事をした。戦争犯罪に問われたドイツ兵の尋問では通訳を務めた。また、ドイツ各地に散らばった被収容者たち——ソ連人、ポーランド人、フランス人——の行方に関する情報を集める仕事もあった。そのため、大きなクライスラーを支給された。間違いなく裕福なドイツ人から接収したもので、カーキ色に塗られ、ボンネットに大きな白い星が描かれていた。アメリカが占領した地域内で自由に移動できる通行許可証を持ち、ガソリンも必要に応じてどこの部隊からでももらうことができた。

小柄でやせているエレーヌが、大きなアメリカ車のハンドルを握っていると、ますます小さくみえたことだろう。しかしエレーヌには圧倒的な存在感があった。混乱する占領地域を動きまわり、休む場所と食べ物と水、そしてその先の帰還の手立てを求めてさまよっている難民や被収容者をさがした。強制収容所や死の行進から逃れてきた女たちをみつけては、グリンマの難民収容所の場所を教えた。

　別れを告げた七人は、五〇両編成の列車に乗りこんだ。列車はライプツィヒの町を抜け、ライプツィヒ‐プラグヴィッツ駅に向かった。町は爆撃で完全に破壊されていた。営業を続けているわずかな店の外に、ドイツ人が行列していた。ドイツ人たちは通過する列車を陰鬱な表情でみつめ、難民たちも同じようにみつめ返した。

　列車はドイツに被収容者たちを乗せてきたのと同じ家畜用の貨車だったが、床に新しい藁が敷かれていた。ザザ、ジンカ、ギギ、メナ、ニコル、ジョゼ、ロンの七人が乗った車両には、ほかにだれもいなかった。七人は扉を開け放しておいた。車両には木の枝や春の花が飾り付けられていた。ロレーヌ十字や勝利を意味する「V」の文字が、ドアにチョークで書かれていた。車両から車両へと、フランスの三色旗も飾られていた。長大な列車はどこまでも長く、一五〇〇人の難民を運んでいた。

　フランス国境までのおよそ五〇〇キロの移動に、六日かかった。列車がなかなか進まなかったのは、線路が各所で破壊され、橋が爆破されていたからだ。列車を止め、車掌たちが前方の線路を直している間、乗客たちは可能な場合には車両から降り、近くの野原にいった。ちょうど春で、すばらしい天気だった。線路脇の草地で火をおこし、お湯を沸かした。アメリカ兵から新発明の粉をもらった者がいた。「ネスカフェ」というらしい。乗客たちはコーヒーを分け合った。

　近隣の村の住民たちが、食べ物とワインを持って乗客に挨拶にきてくれた。列車が止まるたび、音楽が流れ、歌声が響いた。歌うのは戦前の懐かしい歌だった。このときばかりは、だれもこの先で待ちかまえていることについて、くよくよ考えなかった。

　車掌は、列車を再び動かすときには、笛を何度も吹き鳴らし、乗客を車両にもどさなくてはならな

帰還を待つ女たち

いことを覚えた。列車がゆっくり走りだすと、乗客が走ってきて車両に飛びつき、笑いながら仲間に引っぱってもらい、乗りこむのだった。駅に着くたびに、車両が増え、難民が乗りこんできた。乗客たちは仲間と再会し、互いにこれまでのことをたずねあった。被収容者だった者たちに交じっていた戦争捕虜は、強制収容所のことを何も知らず、男たちがどうしてそんなにやつれているのか、女たちがそこで何をさせられたのか、まったくわかっていなかった。レジスタンスについてもほとんど知らず、なぜこんなに衰弱しているのか、なぜこんなにやせているのかとたずねた。そこで被収容者たちはこれまでのことを話してきかせた。だれもが語るべき物語を持っていた。さまざまなレジスタンスのネットワークについて知っていた。密告、フランスの警察や民兵団による仕打ち。フランスの刑務所での水責めの拷問、銃声、即決処刑。貨車、ドイツへの強制移送、そして強制収容所でみた世界。列車ごと死体焼却炉に入れられ、皆殺しにされたという話もあった。ラーフェンスブリュック強制収容所の診療所で働いていた者は、「ウサギ」の話をした。戦争捕虜たちは愕然とした。ちっとも知らなかった、と言った。

列車は、廃墟のようなドイツの町を次々と通りすぎていった。破壊されたドイツをみて、はじめは溜飲《りゅういん》の下がる思いだった。しかし次第に悲しさと虚しさに襲われた。フランクフルトをみたとき、壊滅した都市の姿にだれもが言葉を失った。

国境の町ザールブリュッケンに到着した。移送されたとき、最初に入ったドイツの町で、長い列車のいたるところから、自然と『ラ・マルセイエーズ』の歌声がわきあがった。最後までくると大声で叫んだ。「フランス万歳《ヴィヴ・ラ・フランス》！」

国境を通過するときには、互いに抱き合った。

パリの朝の光

ロンの手記によれば、再び列車が止まったとき、我慢の限界がきたという。自分はパリにいきたいんじゃない。オランダに帰り、兄のエリックをさがしたいのだ。七人は口論になり、ロンは列車を降りて徒歩で家を目指した。

列車はフランス国内に入ってさらに数時間走ったあと、ロンギュヨン郊外の広大な野営地で止まった。平坦な土地に、軍事基地が造られていた。白いテントがどこまでも並び、迷彩服の軍人が歩き回っていた。乗客は全員降り、書類手続きをしなくてはならない。強制収容所にいた者、戦争捕虜、志願してドイツで働いた者、強制的にドイツで働かされた者が、それぞれのグループに分けられた。残った六人は地面に固まって座り、手続きの順番を待った。幸い、天気はあいかわらず快晴だった。六

帰郷

人は登録し、質問され、健康診断を受け、シラミ予防のＤＤＴを噴霧され、写真を撮られ、ようやく仮の身分証明書を受け取った。帰還被収容者のカードだ。必要な者には服が支給され、パリ東駅までの切符と一〇〇〇旧フランスフランが配られた。これは現在の一五ユーロ、二〇ドルに相当する。その夜はテントで眠るよう言われたが、六人は星空の下で眠ることにした。「キャンプの旅の最後の夜になるのね」。メナがギギの手を握った。離ればなれになると思うと、ぞっとした。六人は、パリまではずっと一緒にいようと言い合った。

　翌日は普通の三等客車に乗った。木のベンチシートで、カタカタと鳴る窓は、スライド式で開けられるようになっていた。列車は夜通し走り続け、駅で止まったときには、帰還者を出迎える家族の喜びの声がきこえることもあった。途中の駅は、小さな駅にいたるまですべて飾りつけられ、帰還者を歓迎していた。鉄道員も挨拶してくれた。列車の通路とプラットフォームの間で、興奮した声が飛び交っていた。

「落ち着いたら手紙を書くよ」

「元気でね！」

「住所を教えたっけ？」

列車がパリに近づくと、六人は黙りこんだ。互いに目を見合わせては、窓の外をみる。帰郷の高揚感は消えていた。胸が苦しかった。生きて帰るこの瞬間のために、すべてを、全身全霊をかけてきたのだ。

パリ郊外で、人々が線路の脇に並び、手を振ったり花を投げてきたりした。町に近づくと、列車はスピードを落とし、パリ東駅の壮麗な駅舎に入っていった。ほとんどの者は、この同じ駅舎で、親衛隊員にどなられ、おびえながら、乱暴に貨車に押しこめられたのだ。この同じ駅舎で、移送されていく者たちを、同じフランス人が黙ってみていたのだ。その駅舎が今はまるでパリ祭のように、フランス国旗で飾られ、軍服姿の衛兵に守られている。

プラットフォームに降りたつと、民間人が押し寄せてきて、乗客を取り囲んだ。花束を渡してくれるのだが、写真も持っている。自分の家族をさがしているのだ。

「どこからもどってきたの？」

「ラーフェンスブリュック強制収容所から？」

「この人をみませんでしたか？」

「マドモアゼル……を知りませんか？」

人々は懸命に写真を振り回し、押し合いへし合いしてなんとか自分の写真を、自分の母親や姉妹やおばの写真をみてもらおうとした。しかし、写真の女性は美しかった。それは結婚式の写真や、若々しい娘たちのピクニックの写真だった。健康そうに丸々と太った赤ん坊を抱いている母親の写真だった。写真のような女には、だれも会ったことがなかった。会っていたとしてもわからなかっただろう。そして人々は、やせ衰え、おびえ、疲れきった女たちの顔に、かつて知っていた人の面影をさがそうとしていた。

まるで別の世界、知らない世界にもどってきたようだった。あるいは自分たちがあまりにも違う世界からもどってきたのか。いずれにせよ、帰還者は圧倒的な疎外感に襲われた。どうすればよいのかわからなかった。失望され、それが自分のせいのように思われた。なぜか生き残ったことを責められている気がした。なぜ写真の美しい人たちがいなくて、あなたがここにいるのか。なぜこのやせこけて衰弱し、醜くなった見知らぬ人たちが、偽物が、待ち望んだ人たちの代わりにいるのか。

なんとか希望を持たせてあげたかった。「知りません」。ザザは大きなリボンをつけた九歳の姪の写真を躍起になって振り回している女に言った。「でも、ドイツからもどってくる人はまだまだ大勢います。姪御さんもその中にいるかもしれません」。しかし、隣にいるジンカが顔を曇らせたとおり、ザザにもわかっていた。この年ごろの子どもは、すぐに選別され、殺されてしまっただろう。

帰還者たちはゆっくりと、人ごみの中を進んだ。到着室に案内され、そこから駅の外で待っている特別バスに乗せられた。バスはパリ市内を走り――オペラ座やコンコルド広場、ルーブル美術館を通り、セーヌ川を渡って――オテル・ルテシアに到着した。パリは美しかった。朝の光に輝いていた。いろいろなことがあったあとだけに、現実離れして思えた。自分たちは本当はここにいなくて、かつて自分がいた世界をのぞいているだけのような気がした。

オテル・ルテシア——強制収容所からの帰還者たち

当初、フランス当局は、アウシュヴィッツをはじめとする強制収容所について情報を得ていたものの、帰還者の状況に対処できなかった。帰ってきた者たちが、すんなり前の生活にもどれるものだと思っていた。しかし、帰還者の多くが深刻な健康状態で、家もなく、家族もなく、仕事もなく、お金もなかった。ド・ゴールは、戦争捕虜と同じ対応では十分でないことに気づき、オテル・ルテシアを強制収容所からの帰還者の受け入れセンターにした。

左岸のラスパイユ大通りに面した壮麗なオテル・ルテシアは、一九一〇年に建設されたアールヌーヴォーと大胆なアールデコを融合させた建物だった。ロビーには毛足の長いベルベットのソファがあり、カーブした窓には繰形《くりかた》の装飾が施され、明るい色のガラスのシャンデリアや、ニンフが支えるランプシェード、黒と白の寄木張りの床などが特徴だ。バーにはのどかな田園風景のフレスコ画がある。七階建てで、部屋数は三五〇にのぼる。

戦前、このオテル・ルテシアは芸術家が集まる場だった。ジェイムズ・ジョイスがここで『ユリシーズ』の一部を書いたことはよく知られている。ピカソ、ジョセフィン・ベイカー、サミュエル・ベケット、ペギー・グッゲンハイムをはじめ、多くの文化人がこのホテルで過ごした。ド・ゴール自身も新婚旅行でこのホテルに滞在した。戦争が始まった直後は、ドイツや東ヨーロッパから逃れてきた芸術家や音楽家の住まいとなった。ドイツ占領下では接収され、ドイツ軍の諜報機関アプヴェーアが使用した。厳しい配給制度のもと、パリ市民が食料調達に苦労している中、ここでは協力者や闇市業者、ドイツ占領軍が極上の料理を楽しんでいた。

多くの帰還者にとって、オテル・ルテシアは再び人生を歩き始める出発地点となる。「なぜルテシアがわたしたちの物語において重要なのか。それは真の意味で第二の人生がこの場所から始まったからだ。ここに入ったとき、わたしたちはただの数字だった。しかし出るときには、市民に生まれ変わっていた」とジゼル・ギエモは書いている。[1] 重要なのは安心できる場所を提供することだった。ある帰還者は次のように書いている。「家族から引き離され、勝利のために何か月も、場合によっては何年も惨めな生活を強いられた人には、美しすぎるものも、立派すぎるものも、清潔すぎるものも、おいしすぎる料理も、贅沢すぎるものも、高価すぎるものも存在しない。わたしは人生で初めて、行政機関に愛情らしきものがあることを知った」[2]

　四月半ばから九月にかけて、二万人の帰還者がルテシアにやってきた。五月二一日に六人が到着したとき、ルテシアは一日平均五〇〇〇人を受け入れていた。東に向けて移送された一六万六〇〇〇人のうち、七万六〇〇〇人がユダヤ人で、そのうち一万一〇〇〇人が子どもだった。帰還したフランス系ユダヤ人はわずか三〇〇〇人だった。移送されたうち、九万人が政治犯とレジスタンス活動家で、帰還したのはおよそ四万八〇〇〇人だった。

　五月には、ルテシアのホールは一変していた。入口からレストランに続く長い廊下には掲示板が並び、連絡事項や行方不明の人の写真が貼りだされた。写真には家族への連絡方法も詳しく書かれていた。また、生死が判明した人の名前を走り書きした名簿もあった。ホールには、さまざまなレジスタンスネットワークごとのブースやテーブルも並んでいた。帰還者はそこで、ネットワークの仲間がもどってきているかどうか確認することができた。その隣にはテーブルがあり、赤十字とクエーカー、救世軍のボランティアが待機していた。カトリックスカウト、プロテスタントスカウト、ユダヤ人組織もボランティアを派遣し、ドイツ北部の強制収容所からもどってきた人たちに付き添った。駅や空港には毎日新たな帰還者が到着し、ホテルに入り、さらに自分のアパートへ、あるいは次の目的地へと出発していった。家族に電話をかけたい帰還者のための電話も用意されていた。家に電話がなければ、故郷の町の役場にかけることができた。

ホテルのすべての階には看護師と医師が常駐していた。スカウトのメンバーが帰還者を案内したり、時にはストレッチャーに乗せて運んだり、救急車を呼んで病院に運んだりした。書類手続きを手伝うソーシャルワーカーもいた。最新情報を得るために毎日やってくる家族もいて、新たにもどってきた者たちを出迎え、今日はついに待ち人が現われるだろうかと期待に胸を膨らませていた。帰還者の中にも毎日ホテルにもどってきて、だれが帰ってきたかを確認する者がいた。帰還したばかりのやせた者たちは、うつろな目をして写真が並ぶ廊下を幽霊のように歩いていた。ヨーロッパの別の国からもどってきて、まだグレーと青のストライプの服を着ている者もいた。頭は丸刈りで、肌は薄く、骨にへばりついた布のようだった。ときおり、ちょっとした混乱や騒ぎ、喜びの声、涙、拍手があった。だれかが再会したのだ。そんな再会の瞬間を写真に撮ろうと、記者がホールをうろついて、スタッフに追い出された。

最初のころは、混乱が続いた。「三台か四台のバスが同時に到着した。われわれは帰還者を待たせないよう、最大限の努力をした。明け方の四時に家に帰り、バスタブでブラシを使ってシラミを全部落とさなくてはならなかった。最初の帰還者が感染症を持ちこんだため、スタッフに数人の死者が出た」とアンドレ・ヴェイユは書いている[3]。すぐれた数学者でレジスタンス活動家でもあったヴェイユは、ド・ゴールからオテル・ルテシアでの受け入れスタッフを任された。ボランティア看護師を募集すると、必要人員の三倍の応募があった。ド・ゴールは車を五台確保し、病院での勤務を終えた看護師をルテシアに送らせた。

ホテルの一階は、事務局が使用していた。二階は診療所。三階は女性用だった。事務局は帰還者の心身に最大限の配慮をしようとしたが、到着手続きは複雑で、時にはトラウマを再体験させることになった。健康診断を受け、シャワーを浴び、再びＤＤＴを噴霧される。食事の後には軍による聞き取りがある。被収容者を騙る者がときどきいるため、確認が必要だった。ゲシュタポに協力したフランス民兵、警察の拷問係、闇市で働いていた犯罪者、志願してドイツで働いていたフランス人などが、強制収容所からの帰還者を装い、余分の配給や特権を受けられる貴重な帰還被収容者カードを手に入れようとした。カードがあれば犯した罪も不問になる。聞き取りは緊張を伴うものだった。左の脇の下に親衛隊が入れた血液型のタトゥーがないか調べられる。そしてこんなことをきかれる。いつレジスタンスに加わったのか。どのネットワークか。だれか証言してくれる人はいるか。ドイツに協力していないという証拠はあるか。大勢の人が死んでいく中、生き残るために協力したのではないか。どこで逮捕されたのか。どの刑務所に入れられたのか。具体的な日時と名前を問う質問だ。

被収容者だったと騙る者は、帰還者たちから話をきいて具体的な詳細を頭に入れている。一方で、本物の帰還者の空間記憶と短期記憶は、トラウマによって混乱していることが多い。そして質問によって、過去数か月から数年の悪夢に突き落とされてしまう。「質問されるのがとてもつらかった。まるで非難されているようで……不快になった帰還者も多かった」とオデット・ローゼンストックはルテシアでのことを述懐している。聞き取りを侮辱と受け止め、トラウマに苦しんだ者がたくさんいた。しかし当局は毎日対独協力者を捕まえていた。仲間を装い、入ってこようとした者に、帰還者が気づくこともあった。一日の終わりには必ず警察車両がホテルにきて、発見された四、五人を連れていった。

ほとんどの帰還者は体重が三〇キログラム前後だった。休養し、体重を増やす必要があった。「イジューの女」の名で知られる「ヤンカ」ことサビネ・ズラタンは、キッチンの担当者だった。ポーランド系ユダヤ人で看護師だったサビネは、夫とともにイジューに「休暇の家」を用意し、ユダヤ人の子どもをかくまった。イジューはスイスとの国境に近い南部にあり、ドイツほどユダヤ人の摘発に積極的ではないイタリアの占領地域だった。しかし、イタリアの降伏後、ドイツに占領され、反ユダヤの締めつけが厳しくなった。多くの密告にサビネは警戒を強め、子どもたちを分散させ、より安全な場所に預けるのが得策だと考えた。協力を求めるため、モンペリエに出かけたサビネのもとに、電報が届いた。「家族が病気。危険な感染症」。四四人の子どもと七人のスタッフがゲシュタポに捕まり、アウシュヴィッツ＝ビルケナウ強制収容所に移送され、そこで全員殺された。サビネは残りの人生を犠牲になった子どもたちに捧げ、一九八七年には対独レジスタンス弾圧で多くの人を死に追いやったクラウス・バルビーの裁判で証言台に立った。

ほかにもスタッフの中にはレジスタンスの英雄ドクター・トゥーサン・ガレがいた。産婦人科医であるガレは、一九四二年冬にレジスタンスに加わり、イギリス軍に重要な情報を提供した。一九四四年五月にゲシュタポに逮捕され、拷問されたのち、フレンヌ刑務所に入れられた。「夜と霧」の対象となり、八月一五日に出発した最後の便でブーヘンヴァルト強制収容所に移送された。冷静で穏やかな人柄と、挫けそうな仲間を励ます説得力で知られるようになり、多くの仲間に尊敬された。ブーヘンヴァルトでも、医療物資が欠乏する中できる限りの医療を提供し、弱っている人たちの力になろうとした。帰還した有名なレジスタンス活動家フレデリク＝アンリ・マネスは、ガレのことを「素手の医師《ル・ドクトゥル・オ・マン・ニュ》」として記憶していた。

解放されたとき、ガレは両親に連絡したいと赤十字に頼んだ。それは次のような内容だった。「わたしは自分の職務を離れることを余儀なくされましたが、ようやく医師として役に立てるようになります。あらゆる手を尽くし、できるだけ早く帰還させてください。再会のハグをしたら、すぐに仕事に取りかかります」。四月一八日、ガレは空路でパリにもどった。四月一九日にはフランス政府に出頭して職務にもどれると申し出て、四月二〇日にはルテシアでの医療業務の責任者に任命された。ガレは帰還者たちに信頼された。仲間だったからだ。ガレの指示であれば、帰還者に紛れ、戦争犯罪を免れようとする輩を排除するのに必要な手続きにも応じた。

ルテシアのロビーに入った六人は、写真を持った人たちに取り囲まれた。六人は見覚えのある顔をさがした。そしてすぐに別々の方向に連れていかれ、ばらばらになった。ザザはユースホステルのテーブルをみつけて駆け寄った。ルネの情報が少しでも届いていないかと思ったのだ。不安な気持ちで椅子に座り、足をぶらぶらさせているザザの目の前で、バラ色の頬をした若いボランティアの娘が、ゆっくりと名簿をたどっていく。娘はザザを見上げ、首を横に振った。

「なに？　どういうこと？　死んだの？」。ザザは娘を揺さぶってやりたかった。

「いいえ、情報が何もないということです。名簿に名前が載っていません。死亡も生存も確認されていません。どこの収容所に入れられたか、ご存じですか？」

「いいえ。何もわからないの」。ザザはすすり泣いた。

貧血を起こしたザザのために、娘はお茶を持ってきてくれた。ザザはつらい気持ちで電話機のほうに移動し、家に電話をかけた。久しぶりにきく母親の声は、あまりにも小さく、遠かった。母親はすぐにもどっていらっしゃいと言ったが、ザザはパリのアパートで、ルネの知らせを待ちたいと言った。ルネがもどってきたときのために、パリにいたかった。

ジョゼは、ロビーで書類に記入している間に、仲間を見失った。手続きが終わると、今晩泊まるための部屋と、明日の朝に発つカンヌゆきの切符が提供された。カンヌにもどっても、だれに会えるかわからない。他人同然の両親と一緒に暮らす気もない。でも海の匂いをかぎたかった。南部には昔の仲間がいるわ、とジョゼは自分に言いきかせた。児童養護施設を運営していたフォール夫妻なら、きっと喜んで受け入れてくれるだろう。自分が食事を配って回った家族がどうしているかも気になった。それでも仲間といってまず頭に浮かぶのは、あの八人だ。さよならを言いそびれてしまった。みんなあっというまにどこかにいってしまった。その夜、オテル・ルテシアの三階の部屋で、ジョゼはひとりぼっちだった。どこから、どうやって、始めればいいのだろうか。ついに目的地に着いたのにうれしくないのなら、自分はどうして生き残ってしまったのだろう。

ニコルもまた、書類作成と聞き取りが終わってみると、ひとりだった。仲間は散らばってしまった。見捨てられた気分だった。家族はいったいどこにいるのか、見当もつかなかった。最後に連絡を取ったとき、母親と兄はリヨンにいた。父親はどこか別の場所だった。サヴォアだっただろうか。そのとき、見知った顔が目に入った。クローディーヌと夫のジルだ。ジルが間に合わせの部品で作ったラジオで、新たな帰還者の名簿の発表を毎日きいていたのだ。クローディーヌの妹で、アウシュヴィッツからラーフェンスブリュックに移送されたイヴェットの名前が入っていないかとラジオをきいていたところ、ニコルの名前がきこえた。ふたりはオテル・ルテシアにかけつけ、長いことニコルをさがしていた。ようやく、ロビーの人ごみの中にニコルをみつけた。ニコルは変わってしまったが、鋭い緑の目と黒い巻き毛をみてすぐにわかった。

ニコルのほうも、ついに知っている顔をみつけてほっとした。クローディーヌはイヴェットに会わなかったかとニコルにたずねた。教えてあげられることが何かあればよかったのだが、ニコルも何も知らなかった。クローディーヌが言った。「今夜はうちに泊まらない？」

「でも、家族をさがさないといけないから」。ニコルはきっぱり断った。

「今日はもう遅いわ。地下鉄も終わっている。明日さがせばいいじゃない。電話もかけられるし。とにかく今日は泊まってちょうだい。母が喜ぶわ」

ニコルは早く家族をさがしたかった。生きていると伝えたかった。だがクローディーヌに説得され、一六区にあるこぢんまりとした三部屋のアパートに案内された。アパートに着くと、クローディーヌの母親から、イヴェットに会わなかったかとたずねられた。そして、収容所はどうだったのか、どんなところだったのかときかれた。

　気がつくと、ニコルは話しだしていた。移送や収容所、選別の恐怖。話しだすと止まらなくなった。言葉は川のように、苦しかった経験を吐きだし続けた。なんとかわかってもらいたかった。考えることもなく、ただただ経験したことをひたすら伝えた。母親は静かにきいていた。礼儀正しく、受け身で。だが次第にショックで血の気を失っていった。そしてニコルにこうたずねた。「それで、イヴェットはもどってくると思う?」

　五〇年後、ニコルがそのときのことを述懐しているインタビュー動画が残っている。ニコルは苦しかったことを思い出し、泣きだした。

「わたしは答えました。『はい、もどってきますよ』って。本当にそう思っていたんです。そして、はっと、自分がしてしまったことに気づきました。まだ娘が帰ってくるかどうかわからない母親に、恐ろしい話をしてしまったことに。今でも自分が許せません[4]」

　ギギとメナは健康診断までは一緒だったが、聞き取りではぐれてしまった。ギギは、オランダ人帰還者が集まっているロビーの隅のテーブルに案内された。同国人とオランダ語で話せてうきうきした。おしゃべりは楽しかった。何本か電話をかけると、すぐにいとこのジェイムズが迎えにきてくれることになった。オランダ人のグループの中には、再会した友人同士もいた。みんなそこにいない別の友人のことをたずねあった。ギギもティメンのことをたずねたのだろうか。一年前、逮捕されたときにほんの少し話をした男性のことを。まもなくギギは外に出て、いとこのジェイムズとしっかり腕を組み、パリの町を歩いていった。そしてメナにお別れを言い忘れたことに気づいた。

メナとギギ

ヨーロッパで戦争が終結してからの三か月間、パリ周辺は祝福にわいていた。すべてが新たなスタートを切った。メナとギギは連れだってあちこちのパーティに顔を出した。醜い過去を忘れ、楽しむことに決めていた。オランダ人のレジスタンス仲間アルバート・スターリンクは、メナとギギと会う機会があったという。[5] 短い回想録の中で、スターリンクは、ある晩、ナイトクラブで踊ったり飲んだりしたと書いている。朝の四時まで踊っていた。スターリンクがロッテルダムにいく予定だときいて、メナは途中のランスにあるアメリカ軍基地まで連れていってほしいと頼んだ。前に会った人がそこにいて、突然いって驚かせたいのだという。スターリンクは白いテントがどこまでも続くランスの基地でメナを降ろし、メナは朝靄の中、そこからひとりでいったと書いている。

メナの孫息子のギヨームによれば、メナは戦後まもなく船でセネガルまでいったという。植民地で建築家として働いている婚約者に会うためだった。その婚約者というのは、メナがランスに会いにいったアメリカ兵なのだろうか。それともフランス人なのだろうか。その婚約者とはどこで、どのようにして出会ったのだろうか。すべては謎のままだ。

恋に恋していたメナは、自分の気持ちを膨らませすぎるきらいがあったのかもしれない。メナは思いやりがあったが、つねに何かを求めていた。建築家からの手紙は、期待したほど熱烈ではなかったかもしれないが、それでもかまわず飛びついたのだろう。メナは大胆だった。

北アフリカに向かう船で、メナはウィリアム・ルシアン・デュポンという男性と出会った。ルシアンはメナに夢中になった。メナが手すりに寄りかかり、航跡を眺めながら、自分には心に決めた人がいるのだと言っている様子が目に浮かぶ。メナはセネガルで婚約者と結婚するのだと言った。ルシアンは笑って、きみはなんの苦労も知らない娘だね、パリで遊んで暮らしていたきみみたいな子が、アフリカで生活できるわけがないと言ったかもしれない。今までみたいな贅沢三昧の暮らしはできないんだよ、と。

　メナは何も言わなかった。自分が帰還者であることは話さなかった。その話はしないほうがいい、とすでに学んでいたのだ。家に帰った最初の晩、話しはじめたメナを、母親が首を横に振り、舌打ちをしてさえぎった。

「みんな過去のこと。人生はまだまだ続いていくの。立ち止まらないで」

　そのときメナは、自分に起きたことなど、だれもききたくないのだと理解した。正直なところ、メナ自身も話したいと思っていなかった。踊って、笑って、また恋をしたかった。

　船の上で、ルシアンはメナに早まったことはよせと重ねて警告していた。メナはどんな運命も受け入れようと思った。しかし、なんらかの理由で、うまくいかなかった。わたしの想像では、そのセネガルの婚約者というのが、再会してみたら思っていたような人と全然違っていたのだろう。メナが心の中でイメージを、夢を、膨らませてしまったのだ。もしかしたら、愛していないと言われたのかもしれない。もしかしたらほかに好きな人ができたと言われたのかもしれない。ちゃんと話すつもりだったけれど、言葉がみつからなかったとか、こんなに早くセネガルにくるから手紙も書けなかったとか、もごもごと言い訳されたのかもしれない。ジンカだったら、ジャッキーだったら、この男になんて言うだろうか、とメナは考えたかもしれない。きっと何か辛辣な、的を射たことを言っただろう。ギギがそばにいてくれたらよかったのにと思ったかもしれない。

　メナはフランスにもどるために船に乗り、そこで再びルシアンに会った。もしかしたらこの人が運命の人なのかもしれない。メナは傷つき、屈辱を感じていた。だれかにそばにいてもらいたかった。守られていると感じたかった。八人の仲間とともに勇敢にみずからの命を救ったメナだったが、もしかしたら、だからこそ、だれかに面倒をみてもらいたかったのかもしれない。長い闘いのあとだけに、流れに身を任せてみたいという気持ちになってもおかしくない。疲れはてていたのかもしれない。妊娠していたのかもしれない。

　結局、メナはルシアンと結婚した。ロマンティックで、愛に生きてきたメナが、ロマンティックではない男と結婚した。ルシアンはメナを愛していたのかもしれないが、メナの過去に、メナの魅力と魔力に、嫉妬していた。ルシアンは支配欲が強く、ギギが訪ねてきてもアパートに入れないことがあった。ギギの娘ロランスは、ルシアンのことを覚えている。「わたしの母とメナはとても仲がよくて、一緒に出かけて楽しい時間を過ごしていたけれど、ルシアンにはそれがおもしろくなかった。だからメナになかなか外出を許さなかったのよ[6]」

　メナの義理の息子ジャン＝ルイ・ルプラトレは、このように覚えている。「メナは夫がいないところでは楽しそうにしていた。ユーモアのセンスがあるのに、夫の前ではそれをみせなかった[7]」。メナは娘の家を訪れると、いつも夕食時にはジャン＝ルイとワインを飲み、自由に話をした。まるで本物のメナを発見したような気がしたとジャン＝ルイは話している。考えてみると、痛々しい。

　メナはよくブルターニュの母親のもとを訪ねていた。母親は退職し、夫を亡くしてから故郷にもどっていた。母親が暮らしていたのは、ブルターニュらしい、海岸に建てられた簡素な漁師の家《メゾン・ロンジエール》だった。メナの孫息子ギヨームは、父親ジャン＝ルイと同じように、メナと娘のエディットはとても親密で、自分たちだけの世界を作っていたと言う。ふたりにはよくするゲームがあった。ギャルリー・ラファイエット百貨店にお茶を飲みにいき、わざと訛りのある話し方をして、イギリス人のふりをするのだ。メナはまるで想像の世界で生活し、厳格な男と結婚したことを忘れようとしているかのようだった。

戦後、メナが画家のメナ・ルーピーと再会し、「メナ」という名前をもらって偽名にしていたのだと話すと、画家は気を悪くして言った。「わたくしをどんなに危険な目にさらしたか、わからないの？」[8]

好きな人がいるからという理由でレジスタンスに加わったとき、メナには、自分自身がどんな危険にさらされるのかさえわかっていなかった。「メナ」という名前を選んだのは、その画家を尊敬していたからだ。もしかしたらメナも、芸術家としてひとり立ちし、キャリアを積みたいと思っていたのかもしれない。娘のエディットは、創造性にあふれる人物だった。そしてエディットの夫も、メナには縫製の才能があったと話している。店でみたドレスを、どんなものでも型紙なしで作ることができた。上品で、魅力的で、自分らしいスタイルを持っていた。

メナと娘のエディット。ブルターニュにて

一九七三年、メナは五一歳で世を去った。娘のエディットも二〇〇七年に癌で早世する。

強制収容所症候群

フランスにもどってからも長い間、帰還者たちは心から安らぐことができなかった。戦争中に過酷な状況に置かれ、食料や休息、衛生管理が欠如していたことが災いして、健康に問題が生じていた。貧血、皮膚感染症、筋肉や骨の損傷。結核、そして収容所に蔓延したチフスは、聴力の喪失や腎臓をはじめとする臓器の不全、神経障害など、長期的な影響をもたらした。

また、心理的な問題もあったのだが、こちらのほうが治療が難しく、認識されるのも遅かった。収容所にいる間は、生きのびるのに必死だったため、自殺率が驚くほど低かった。全身全霊をかけて闘い、みずからの弱みとなるようなものをすべて排除し、家族や友人を失った記憶さえ、締め出していた。そして帰郷し、安全な場所に落ち着いて、鎧を脱いだとたん、ショックに襲われた。

帰ってきたものの、家族に拒絶されたという帰還者もいる。ジゼル・ギエモは、母親にこんなことを言われたと書いている。「あなたがレジスタンスなんかに関わったせいで、わたしは苦労させられた……今すぐ許すことなどできないし、その惨めな姿にも耐えられない[9]」

結婚も破談になった。強制収容所にいた女は純潔とはみなされず、家族の一員として迎えるのは恥だとされた。頭を刈られ、やつれ果てた帰還者の中には、ドイツ兵と関係を持った「水平的協力」の罰として、公衆の面前で丸刈りにされた「丸刈り女《レ・トンデュ》」と勘違いされた者もいた。

丸刈り女は市中を引き回され、侮蔑の言葉を投げつけられた。半裸か全裸にされ、額にかぎ十字を描かれた者もいた。女性による協力とは、ドイツ兵とロマンティックな、あるいは性的な関係を持つことだったが、実際には食事の提供など、占領下の若い娘にはとても断れなかったような単なるもてなしも、罪に問われた。財産のない未婚の女性や寡婦などが、困窮し、孤立し、疎外されて、ドイツ兵のために洗濯や料理を請け負うことはよくあった。フランスではほぼすべての県で、およそ二万人が怒り狂った群衆に公共の場で丸刈りにされた。フランスの恥ともいえる、ヴィシー政権による対独協力の罪が、女たちの体にかぶせられた。フランス軍があれよあれよというまにドイツ軍に敗れたのを、ペタンが女たちの士気の低さのせいにしたのと同じだ。丸刈り女たちは村や家庭から追い出された。そしてフランス人の母から生まれ、ドイツ人の父を持つ子どもたちは、生涯それを恥として抱えて生きなくてはならなかった。対照的に、闇市で、あるいはもっとあくどい手で私腹を肥やした男たちがとがめられることはほとんどなかった。

フランスにもどっても、理解してもらえないと感じた帰還者たちは、故郷になじむことができなかった。パリが解放されたのは八月で、すでに一年がたとうとしていた。一般の人たちは、日常生活にもどっていた。収容所の話をしても意味がなかった。だれもききたがらないのだ。レジスタンスから距離をおき、場合によっては必要に迫られて敵に協力した人たちには、不快かもしれない。区切りをつけた人たちにとっては思い出したくない過去を、帰還者は想起させた。人数の少ないユダヤ人帰還者の場合、特にそうだった。彼らの多くは、家族で唯一の生き残りだった。一一歳だったある帰還者——パリに住むユダヤ人一万三〇〇〇人が検挙され、移送されたヴェル・ディヴ事件のわずかな生き残りのひとり——は、テレビのインタビューで、パリにもどってみると、家族で暮らしていたアパートが略奪し尽くされていたと語っている。アパートの内部には何もなく、壁は、一枚だけ母親の写真が残っていたほかは、かぎ十字で埋め尽くされていたという。生き残ったユダヤ人は、経済的に不安定だった。特定のグループの人を組織的に根絶やしにするという意味で、「ジェノサイド」という新しい言葉が作られたが、

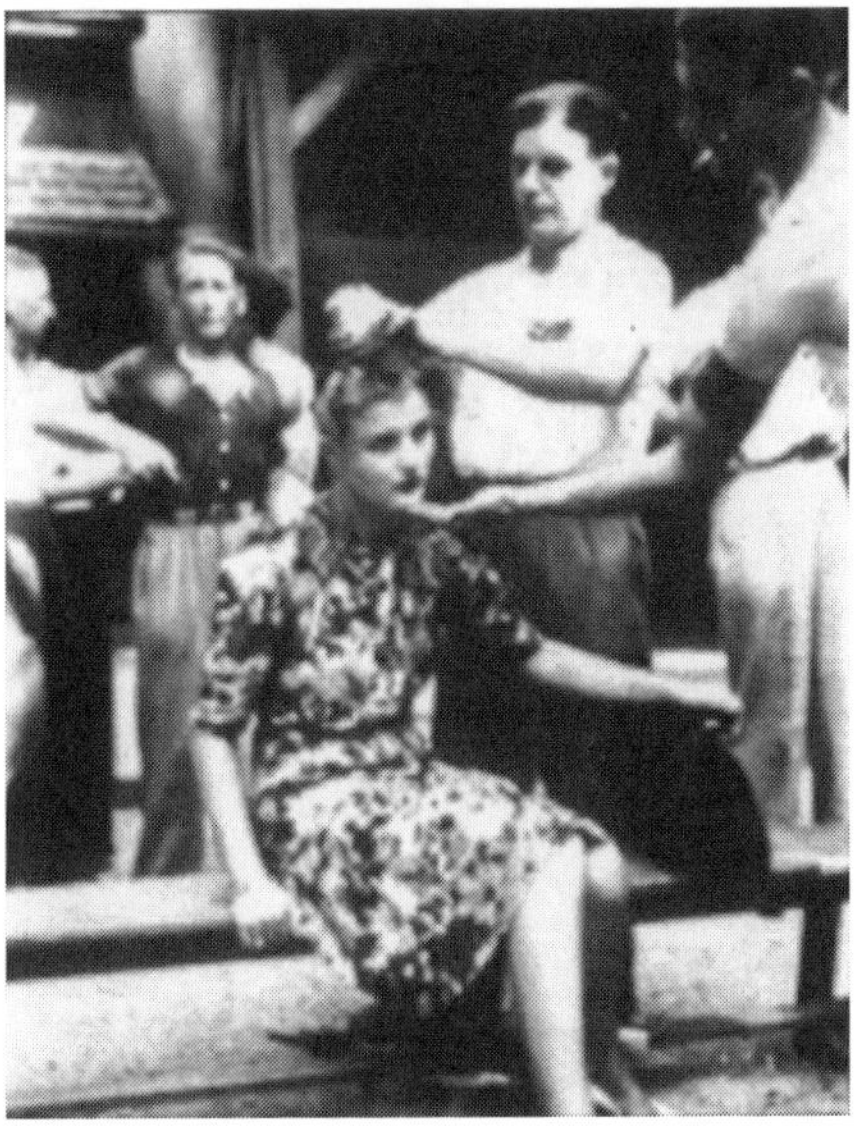

「水平的協力者」として罰を受ける女

終戦直後はその新語を使う人も、その意味を知っている人も、ほとんどいなかった。

帰還者は抑うつ症や悪夢、不眠症、不安、心臓病や消化不良などの心身症に慢性的に悩まされた。神経質で、怒りっぽく、わずかな危険にも過敏に反応し、最悪の事態を想定する傾向があった。過去の記憶が強迫観念となり、今起きていることのように感じられた。一九五三年、世界保健機関が初めて強制収容所経験者の精神的な問題を戦傷として認め、「強制収容所症候群」と名づけた。

苦しみの原因は、自分の殻に閉じこもることにあった。強制収容所での連帯は、孤立を防いでくれた。ところが家族のもとにもどって、孤独を感じるようになった。そこで収容所ごとに、元被収容者のネットワークができあがった。友情があったからこそ生き残れたことを思い出し、まずは女たちがサポートグループを結成した。収容所での強い連帯を記念して、レジスタンス被強制移住・強制収容者協会（ＡＤＩＲ）が設立された。ジュヌヴィエーヴ・ド・ゴール（＝アントニオーズ）も、ジェルメーヌ・ティヨンも、ドゥニーズ・ジェイコブ＝ヴェルネイ（シモーヌ・ヴェイユの姉）も、ニコルも協会の会員だった。その使命はふたつあった。互いに支え合うことと、生き残れなかった者たちの記憶を大切にすること。会員は、住居や食料、衣服、仕事を融通し合った。だれも耳を傾けようとしないことでも、会員同士なら話せることを知った。帰還者に回復期センターに滞在してもらい、政府からの補償や補助を受けるための書類作成を手伝う機会も提供した。ドイツ政府相手に奮闘し、強制収容所の跡地を保存し、生き残った「ウサギ」に賠償するよう求めた。

ＡＤＩＲの機関誌『声と顔《ヴォワ・エ・ヴィザージュ》』は、一九八〇年代後半にホロコースト否認論者たちへの反論で、重要な役目を果たした。当時、ロバート・フォーリソンらがホロコーストの事実を否定し、「ガス室はシラミ駆除のためだった」というような記事を発表した。それに対して激しい抗議が起きた。生き残った女たちは、自分たちが声をあげなくてはならないと考えた。目撃者が少なくなり、自分たちの経験が改変されようとしている。『声と顔』は生還者たちに、それぞれの体験記を書いて発表し、必要に応じて歴史の記述を修正しようと呼びかけた。

帰還者たちは、帰還者同士で結婚することに安心を求めた。ギギの娘ロランスは、祖母にこんなことを言われたのを覚えている。「強制収容所にいた人たちは、その人たちでくっついていたほうがいいのよ。そうじゃない人と結婚してもうまくいかないの。あの人たちはわたしたちと同じようには生きられないし、わたしたちもあの人たちを理解できないから」[10]。だが心に深い傷を負ったふたりが家庭を築いたとき、子どもが苦しい思いをする場合もある。

九人のうち六人は、帰還者と結婚した。夫婦間でどの程度、戦争経験を共有していたかはわからない。外見的には、過去を忘れてしまいたがっているようにみえたからだ。

オテル・ルテシアで、仲間はばらばらになった。そして必死に前に進もうとしはじめた。付き合いを続けていたのはひと握りだ。ジョゼとは音信不通になった。改めて連絡を取り合ったのは六〇年後で、生き残っていた何人かと家族が集まり、当時の経験を話し合った。

第一二章　ただの別れ

ザザの夫ルネ・モデは、軍歴によるとノイエンガンメ強制収容所にいたとなっているが、おそらくは八五ある付属の強制労働収容所のどこかで働かされていたのだろう。イギリス軍が迫ると、親衛隊はルネを含む九〇〇〇人の被収容者を、バルト海沿岸のリューベックに移動させた。その際、被収容者たちは四隻の船に乗せられ、食料も水もなく、何日も留め置かれた。船にはノルウェーへの逃亡を企てていたナチの将校も乗っていたことから、おそらく五月三日にイギリス空軍が港を空爆した際に攻撃を受けたのだろう。海に飛びこんだ者たちは、イギリス空軍機の機銃掃射か、ナチ将校の銃弾に倒れただろう。生き残った被収容者はおよそ六〇〇〇人にすぎなかった。一か月近く気をもんで待っていたザザのもとに、ルネ生還の知らせが届いた。一九四五年六月一二日、ルネはオテル・ルテシアに到着した。

　再会したルネは体重が三一キロしかなく、チフスの跡があった。ルネの生還に、ザザは大喜びした。ふたりはナントに移り住み、まもなく四人兄弟の最初の子どもを妊娠する。帰還後の数か月の間に、ザザは逃亡の経験を書きとめ、『憎まないけれど忘れない』という題をつけた。その名のとおり、ザザの手記には驚くほど恨みが感じられない。楽観的でユーモラスな文体で、逃亡のことだけを綴っている。レジスタンスで果たした役割についても、逮捕についても書いていない。移送中や強制収容所で見聞きしたおぞましい状況も、できごとも、書いていない。わずかにそれとなくにおわせるだけだ。恐怖はすべて、カーテンの向こうに漂っている。

一九六一年、ザザは手記を女性誌『マリ・クレール』の編集部に送った。送り状にはこう書かれていた。「ご興味がありそうな話をお送りいたします。強制収容所に送られ、前線を越えた九人の女の逃亡記です……この文章に文学的・商業的価値がないとお考えでしたら、どうぞ遠慮なくおっしゃってください」[1]。どうやら編集部には断られたらしい。ザザの手記は友人や家族だけが知るものとなった。

ザザの死後一〇年たった二〇〇四年、ついに手記が出版された。序文で、ザザのいとこは戦争のことをもっときいておかなかったのを後悔していると書いている。のちにわたしがインタビューしたザザの甥ピエール・ソーヴァネは、ザザに戦争のことをたずねたときに、こう言われたという。「何が起きたかを知りたいなら、わたしの手記を読んでちょうだい」。戦争については、それ以上話さなかった[2]。

もっときいておけばよかったと後悔しているのは、わたしも同じだ。今なら、もっともっとききたいことがある。祖父には、ナチ・ドイツからどんな風に亡命したのか、国籍のないユダヤ人として開戦後まもなくフランス人女性と結婚するのはどんなことだったのか。おじにはレジスタンス時代のことを。祖母には戦争中のことを。エレーヌにも、あと何回かインタビューすればよかった。そして、九人が死んでしまう前に、調査を始めればよかった。家族の間ではなんとなく、過去のことを持ち出して、つらい思い出を話させるのは失礼だという雰囲気があった。でも今になってみると、質問したら喜んで答えてくれたかもしれないと思う。こっちが話をききたがっていないと思われていたかもしれない。

二四歳のザザが終戦直後に書いた手記は、半世紀以上がたち、ザザが世を去ってからようやく出版された。甥のピエール・ソーヴァネは出版の実現に重要な役割を果たした。出版社は題名を変え、ピエールは日付を加えたり、ドイツ語の綴りを修正したりした。ザザはきっと喜んでくれているだろうとピエールは思っている。

ザザとルネの戦後

ピエールは一〇代のころ、母親からザザが手記を書いたときき、おばの過去に興味を持った。「たぶん、ぼくが電子タイプライターを持っていたからでしょう……タイプライターがあるからという口実で、手記をタイプさせてもらいました。そして一九九二年にはパソコンに入力しました……スザンヌおばさんは間違いなく喜んでいました。出版を望んでいたんです」

ザザの手記のおかげで、わたしはこの物語への大きな足がかりを得た。この本がなかったら、どこから始めたらいいのか、途方に暮れていただろう。わたしは娘のソフィーを連れ、車でラ・ロシェルまでピエールと妻のアンヌ＝フローレンスに会いにいった。わたしの想像の中では、陽気なザザはルネと再会し、末永く幸せに暮らしていた。

ラ・ロシェルの日当たりのいい美しいアパルトマンで、ピエールは、ルネは決して自分の体験を語らなかったと言った。ルネの物語は、ルネの心の中にしまいこまれていた。死と隣り合わせの不発弾処理班で働くのはどんなことなのか、どうしてルネは生き残れたのか——あとからあとから浮かんでくる疑問は、永遠に謎のままだ。

ザザとルネの子どもたちについてたずねると、ピエールは大きなため息をついた。「それもまた、悲しい話なんです」。ピエールによると、ふたりは子どもたちに戦争中の体験を決して明かさなかった。四人は立て続けに生まれた。戦争が終わり、再会したザザとルネは幸せで、愛し合ってもいたが、日常生活への復帰はたやすいものではなかった。ふたりは苦しんだ。そして少しずつ心が離れていった。ザザは人生に、家事以外のものを求めていたのかもしれない。ルネは仕事に没頭した。留守にすることも多かった。ザザはひとりで四人の幼い子どもを育てなくてはならなかった。

一九六三年、ザザは脳卒中で左半身不随になる。解放から一八年後のことだった。ピエールは、車椅子に乗るようになってからのザザしか知らない。ピエールが子どものころ、大西洋岸の村サン＝ジル＝クロワ＝ド＝ヴィにある別荘で休暇を過ごしている間に、よくザザの家に遊びにいった。ザザはいつも歓迎してくれた。ルネも喜んでくれたが、ザザとは反応が違った。背が高く、顎ひげを生やし、いつもたばこを吸っているルネは、とても控えめだった。ザザのほうがもっと打ち解けていたが、発作を起こしてからは話がしづらく、筆談のほうが楽なようだった。

ザザが倒れたころから、夫婦関係はよくなっていった。ルネはなにかとザザの世話を焼いた。この時期からしか知らないピエールには、愛し合っている幸せな夫婦という印象しかない。しかし子どもたちは異なる経験をしている。ザザの妹にあたるピエールの母親からは、若いころのふたりは不幸せで、子どもたちも苦労したのだときいている。ザザは一九九四年に七三歳で他界。ルネも一年後に世を去った。四人の子どものうち三人は、精神疾患に苦しんだ。

ザザと夫のルネ・モデに、買ったばかりの電子タイプライターをみせている甥のピエール・ソーヴァネ。1985 年 8 月

ひとりは自殺し、もうひとりは精神科病院で死亡した。末の娘は自殺未遂で重い障害を負い、母親と同じように車椅子生活になって施設で暮らしている。

　あまりの悲劇に言葉を失い、涙がこみあげてきた。話しているピエールの目も潤んでいた。ザザの子どもたちにとって、どのようなことが重荷になったと思うか、わたしはピエールにたずねた。ふたつ考えられるとピエールは言った。「子どもは、自分はどうして生まれたのかと考えるものです。強制収容所で生き残った人たちの子どもは、自分の存在をとても頼りないものに感じます。多くの偶然が重ならなければ、自分は存在しなかったのだと。中には自分は生まれなければよかったと思う子どももいるでしょう。それがひとつです。もうひとつは、自分が何をしても、なんとなく、親ほど意味のある人生を歩むことはできないという漠然とした思いが拭えないのではないでしょうか。そもそも自分が存在していること自体に、罪悪感のようなものを抱いているのかもしれません」

　トラウマの世代間伝達を研究している精神分析学者のM・ジェラルド・フロムは、次のように書いている。「人間が自分の経験――耐えがたく、信じがたい圧倒的な経験――を受け入れきれなかったとき、その経験は社会的言説からは抜け落ちるが、情動的な敏感さや混沌とした切迫感という形で次世代に受け継がれることが非常に多い」[3]。世代間伝達の研究は、ホロコーストを生き残った人たちの子ども世代に、両親のトラウマの影響が出始めた一九七〇年代に急速に発展した。「子どもたちは、親が処理しきれなかった恥や怒り、無力感、罪悪感に向き合うことになった」とフロムは書いている。[4]

　長年、生還者の子ども、さらには孫の臨床的観察と治療を続けた結果、一群の症状が明らかになってきた。患者は、自分にとってのいちばんの問題は、声に出されない、言及されない、「秘密」に対処することだと語った。生還者の家族は、決して口にされない、表現されない、深い悲しみを感じていた。つねに恐怖と不安を抱え、どんなリスクも避けようとする。世の中に対して、特に国家や政府に対して、不信感があった。子どもの多くは医療系の職業に就き、緊急救命室の医師や心臓学の専門医として、生死に関わる現場で働いた。命を救いたいという使命感とともに、人とのつながりを実感できないという不安定さがあった。何かに追い立てられているような強迫観念を持ち、親や祖父母に対して相反する感情を抱いていた。憂鬱と悲しみが心から離れず、哀悼の念が消えず、いつも喪失感があった。

わたしが話をすることができた九人の家族はみな一様に、九人は戦争中の経験を決して話さなかったが、その記憶がつねに心の中にあることがわかったと話してくれた。エレーヌの娘のマルティーヌは、エレーヌは戦争の話をしたがらなかったが、最初に教えてくれた歌は『沼地の歌』で、車に乗っているときにはいつも一緒に歌ったと教えてくれた。強制収容所でよく歌われていた歌で、『被収容者の歌』とも呼ばれた。こっそり書かれた歌詞が、収容所から収容所へと伝えられた。リフレインは次のような歌詞になっている。

ああ、苦しみの地よ
われらは休むことなく
掘る《ピオシエ》！　掘る《ピオシエ》！

そんな歌を通して、エレーヌはさりげなく収容所の記憶をマルティーヌに伝えた。マルティーヌは車に乗っていてドイツ人に追いかけられた悪夢をみたことがあるという。最後には捕まって、部屋に閉じこめられた。部屋の中央には深い穴がある。マルティーヌはその穴に突き落とされ、生きている人間と死んでいる人間の体が折り重なっている上に落ちた。「悪夢からは覚めたけれど、母の恐怖はわたしに遺伝していると思う。たとえば、わたしには、必ず出口を確認する癖がある。閉じこめられることに恐怖を感じているの……もしそのことについて母と話ができていたら、わたしも子どもを産んでいたと思う。でも、トラウマを遺伝させたくなかった。たぶん、収容所で母の中の何かが死んだんじゃないかな。母の話をすると、いつも涙が出てくるの。わたしたちの関係は、とてつもなく複雑なのよ[5]」

ロンとエレーヌの再会を取材したドキュメンタリー映画で、エレーヌはロンに戦争中の話をしたことがあるかたずねている。そしてふたりとも家族に話をしていないことがわかった。世代間伝達分野の臨床医であるドリー・ラウブは、次のように書いている。「生還者はよく、自分はふたつの世界に生きているという。それは（独立し、現在進行中で、つねにそこに存在している）トラウマの記憶の世界と、現実の世界だ。そして彼らはたいていそのふたつの世界を調和させることを望まず、またその力をまったく持ち合わせていない[6]」

ザザの手記の語り口は、わたしにとって意外だった。死の行進が始まったとき、仲間と一緒にいられてよかったと書いている。連合軍の爆撃機による激しい攻撃を受け、溝に伏せていたときには、春の草の香りに心おどらせている。文章は喜びと幸福感にあふれている。ユーモアたっぷりの楽天的な書きぶりは、九人が実際にくぐり抜けてきたことを考えると、衝撃的ですらある。この記憶と現実の不調和は、ひとつには自分の心を守るための防衛機制によるものだろう。戦後、ザザの苦しみと悲しみは、ほとんど認識されなかった。ザザも、ほかの八人の仲間も、レジスタンスに加わって逮捕された女たちはみな、生還者でありながら、顧みられることがなかった。ある意味で、ザザにはすべてがうまくいっているふりをするしか選択肢がなかったのだ。

ピエールと妻のアンヌ＝フローレンスによれば、ザザの娘のひとりは手記を読み、母親の体験についてある程度知っていたはずだが、それでも面と向かってザザと語り合うことはなかったという。もしかしたらザザの娘も、生還者の近親者の多くが感じていた、知っているような知らないような奇妙な感覚を抱いていたのかもしれない。「でもそもそも、親としては、そういう話は切り出しにくいですよね。ルネに関しては絶対に無理でした」とピエールは言った。精神分析人類学者のハワード・スタインも、次のように書いている。「人間から意識的に禁じられたものは、幽霊となって、通常は演技の形をとってもどってくる。みずからの悲しみを認識できない人間は、喪失に取り憑かれるようになる[7]」

ルネはとりつくろわなかった。ルネには妙な癖があった。たとえば、家族が食事をしていても、みているだけで、自分は決して人前で食べようとしなかったという。そして夜中に起き出して、「明け方の四時に自分でフレンチフライを揚げ、ウイスキーを飲んでいました」とアンヌ＝フローレンスは言う。ザザとルネの子どもたちがみずからに向けた暴力は、戦争のトラウマの世代間伝達を語るできごととして、何よりもわたしの心に残った。

ピエールとアンヌ＝フローレンスは、ルネやザザと過ごすのが好きだったという。「大みそかの、とてもいい思い出があります。ぼくたちは、最終的にはとても親しくなりました……子どもたちとは違って、暗い時代の重荷を背負わずにすんだからでしょう」

晩年、ザザが寝たきりになると、ピエールは毎日午後にはザザの部屋でおしゃべりをした。部屋には旅先でみつけてきためずらしいものがたくさんあった。発作後、ルネが引退すると、夫婦はアウトドア用の車を購入し、愛犬を連れて、ヨルダンやシリアなどの中東諸国をはじめ、世界じゅうを旅した。ザザには生きることへの渇望があり、旅によって夫婦の距離が縮まった。「人生の終わりに、ふたりは再びお互いをみつけたのです。美しき第二の人生《ウン・ベル・ルトレト》ってやつです」。ピエールは言った。

最後の日々、ザザは庭にやってくる鳥を眺めて過ごした。アンヌ＝フローレンスは、ひまわりの種やナッツを二〇キログラム、ザザのもとに持っていったという。「ザザはそういう形で旅をしていたのだと思います。窓の外には鳥がたくさん集まってきていました」

ロンの戦後

六人の仲間を残して列車から飛び降りたロンは、ひたすら太陽に向かって歩き、オランダを目指そうと決めた。季節は春から夏に変わろうとするころで、気持ちのいい天気だった。ついにたったひとりで旅をし、自分の運命を自分で背負うことになったのは、爽快な気分だった。森で夜を明かさなくてはならないときなどは、恐怖も感じたが、これまで乗りこえてきたことに比べれば、たいしたことではなかった。いく先々で、廃墟と、破壊の跡と、わが家に向かう難民の姿が目に入った。道ばたには壊れた車や、うち捨てられたスーツケース、曲がった自転車の車輪などが散乱していた。夜には人々が集まって、火を焚き、ジャガイモを焼いた。食料はほとんどなかった。まるでゆき場を失ってさまよう人たちの巨大な海を渡っているような気がした。

途中、極度の疲労で倒れたことがあった。気がつくと、アメリカ軍の野戦病院にいた。病気になったわけではない。休息と食事が必要だっただけだ。入院は一週間におよんだ。ルースという名のアメリカ人看護師が、新しい衣服をくれた。カーキのスカート、カーキのブラウス、それに新品の歩きやすい靴。アメリカ軍が郵便システムを稼働させていたおかげで、ロンは両親に手紙を書くことができた。「どのくらいかかるかわかりませんが、家に向かっています」[8]。手紙はちゃんとライデンに配達された。封筒の消印から、ニューヨーク経由で届けられたことがわかっている。

ようやくロンが生まれ育った家の前にたどり着いたのは、午前三時だった。呼び鈴を鳴らすと、愛犬が吠える声がきこえてきた。しばらく待ち、もう一度、呼び鈴を鳴らすと、足音がきこえてきた。鼓動が激しくなった。母親がドアを開け、驚きの声をあげ、わっと泣きだした。ロンは母親を抱きしめた。

まずロンの口をついて出た質問は、「エリックはどこ?」だった。

母親は、また激しく泣きだした。エリックは一九四五年一月三一日、強制収容所で命を落としていた。その知らせにロンは大きな打撃を受けた。エリックが死ぬとは思ってもみなかった。家に帰ればきっと会えると信じきっていたのだ。

母親は、ロンのボーイフレンドが婚約したことを知らせ、犠牲になった近所の人たちの名前を挙げていった。どれもこれも、気の滅入る話ばかりだった。ロンは愕然とし、具合が悪くなった。しばらくして父親が二階から降りてきた。みるからに年をとっていた。息子を亡くしたことが、やはり大きな打撃となったのだろう。父親はシャンパンのボトルを取り出した。戦争中、奇跡的に手放さずにすんでいたものだ。

「おまえが帰ってきたお祝いだ」。父親はなんとか明るい雰囲気にしようとしていた。

三人ですっかり酔ってしまったことを、ロンは記憶している。

わたしがロンのことを知るようになったのは、彼女の手記と『逃亡《オンツナプト》』というドキュメンタリー映画のおかげだ。だから映画を撮影したイェツク・スパンニャとアンジュ・ウィーバーディンクに連絡が取れたときにはとてもうれしかった。ふたりはわたしをアムステルダムに招いてくれた。午前中に映画やそれまで調べたことについて話し合い、午後にはアンジュのアパートにロンの娘のパトリシア・ベンシンクと夫のウラディミール・シュライバーがきてくれるという。わたしはギギの息子マーク・スペイカーとともにアムステルダムに向かった。オランダ特有の気が遠くなるほど急な階段を登った先にあるアンジュのアパートの日当たりのいいリビングルームで、わたしたちは忘れられない一日を過ごした。午前中、パトリシア夫妻がくるまで、わたしはアンジュやイェツクと話をした。ふたりは自分たちが調べてわかったことを、惜しげもなく教えてくれた。わたしがこの調査を始めたばかりのころ、ふたりの映画を観てドイツを訪れる決意をしたように、わたしのエレーヌへのインタビューが、ふたりの調査に重要な役割を果たしていた。一緒に映画を観ながら、わたしは何度も止めてもらい、質問をした。そうなんです、たしかにデルムシュッツで巨人の家族に会いましたよ。ええ、あの農場の娘さんのアネリーズと思われる人をみつけたのですが、認知症で施設に入っていたので、確証は得られなかったんです。

　ロンが兄のエリックをどれほど大切に思っていたかも話題にあがった。戦後、エリックが集団墓地に埋葬されたことがわかり、ロンはエリックの遺骨をみればそれとわかるかたずねられた。ロンは歯をみただけでエリックだとわかったと語っている。一九七〇年代、エリックの遺骨をルーネンにある国立戦没者墓地に埋葬しなおすのには、大変な苦労があった。ロンが自費出版した手記からの収入は、エリックが埋葬されている場所の維持費のため、すべて戦没者墓地財団に寄付されている。

　アンジュとイェツクは、晩年のロンと親しかった。そしてロンとニコルの感動的な再会の場にいあわせていた。ロンと話していると、まるでブルドーザーと話しているような気分になったとふたりは言う。ロンはつねに主体的で、毎日予定どおり過ごすのが好きだった。娘たちのことはほとんど知らず、戦後の個人的な生活についてもあまり教えてもらえなかった。ロンが生きている間は、すべてロンが決めたとおりに行われていた。だからロンの娘パトリシアと会えるのは、わたしと同じくらい楽しみなのだという。

　パトリシアとウラディミールは、手土産と、ロンの生涯にまつわる書類と、注意深く準備したメモを持ってやってきた。ウラディミールはわたしに、写真が入ったＵＳＢメモリをくれた。この日のために考えをまとめてきたのは明白だった。ふたりはさっそくロンのことを話しだした。パトリシアは、ロンの娘であるというのがどんなことか、話してくれた。双子のパメラ・ベンシンクとパトリシア・エリザベス・フレデリーク・ベンシンクは一九四八年四月一日、スヘーヴェニンゲンに生まれた。ロンは双子を妊娠していることを知らず、ふたりとも未熟児だった。

双子の父親はわかっていない。「母は決して明かそうとしませんでした」。しかしパトリシアは、大きくなってから一度、父親に会ったような気がしている。ロンの母親は、一族の体面を保つため、ロンが結婚することを望んでいた。そしてベンシンクという男にお金を払い、娘と結婚させた。結婚生活は一年しか続かなかった。「その人とも、会うことは禁じられていました。その人の名字を使っているのに、どんな人かさえ知らないのです」

ロンは仕事にのめりこみ、留守がちだった。姉妹は祖母と、乳母に育てられた。乳母は何度か替わった。ロンは愛情に苦手意識があったという。パトリシアによれば、苦手だったのは愛情表現だけでなく、「愛情を抱くこと自体もです。わたしたちは距離をおかれていました。子どもは欲しいけれど、どうやって相手をしたらいいかわからないような感じでした」。母親が自分たち姉妹を自慢に思ってくれているのはわかっていたが、親密さは決して期待できなかった。

母親が悪夢をみていたのを、パトリシアは覚えている。あるとき、祖母に慰めていらっしゃいと言われたが、まだ一〇歳で、何が起きたのかわからなかった。ほかにも、母親と歩いていて、近所の家の横にザールブリュッケンからきたトラックをみつけたことがあった。ザールブリュッケンは、移送の列車がドイツに入って最初に止まる駅だ。ロンは取り乱し、このトラックにはすぐにどこかにいってもらわなくてはならないと言った。そのような、説明のつかないできごとがたくさんあり、娘たちをおびえさせた。

一九九〇年代に手記を書いたおかげで、ロンは落ち着いた。「そんなに時間がかかってしまったのは、かわいそうなことだと思います」。パトリシアは言った。しかし手記を読んでみて、パトリシアもパメラも、ロンがあの時代にずっと立ち止まっているような印象を受けた。ロンの心は一九四五年に置き去りにされていた。アメリカ兵の印象は鮮やかなままだった。パトリシアとウラディミールの娘の結婚相手は、海兵隊の軍服姿で夕食にやってきて、たばこを取り出しただけで、すっかりロンに気に入られた。

パトリシアの妹のパメラは、ロンが選んだ男と結婚させられるのを避けるため、オーストラリアに逃げた。

ロンは再婚しなかったが、恋人はよくいた。相手はいつも既婚の、結婚が期待できない男だった。映画制作者のイェツクは、わたしとパトリシアに、ロンが再婚したがらなかった理由のひとつは、一九六〇年まで、オランダでは既婚女性の就労が法律で禁じられていたからだと教えてくれた。イェツクとアンジュはまた、パトリシアに、ロンがエリックの歯をみて身元を確認した話もした。

「母はそういう人なんです」。パトリシアは少し突き放すように笑った。「たとえそれがエリックでなくても、母がそうだと言ったらそうなんです。だれにもわかりませんからね。もしかしたら、あのお墓に埋葬されているのは、まったく違う人かもしれません」。エリックを失った悲しみを、ロンはいつまでも抱えていたとパトリシアは言った。アパートのいたるところに、エリックの写真が飾られていた。「子どもの写真は一枚もないのに。そして写真の下には必ず小さなメモが添えられているんです。まるで一〇代の少女からのラブレターみたいに『愛している、会いたい、いつ帰ってきてくれるの？』と」

パトリシアとウラディミールは、ロンの意志の強さと風変わりさがわかる逸話を教えてくれた。一九八五年ころ、ロンは死にじたくを始めたが、その後三二年間生きたため、何度も指示を書き直さなくてはならなかった。玄関のドアには蘇生拒否の意思表示のメモがテープで貼られ、階段のすぐ目につく場所にはラブレターの入った「火葬時に棺桶に入れること」と書かれた封筒が置かれていた。イェツクもパトリシアも、ロンの家を訪ねるたびに、それを目にした。

ジャッキーやエレーヌ、ニコルと同じように、ロンも、男性並みのキャリアを積むことのできた最初の世代だった。ロンは仕事を通して欧州連合の設立に関わり、ヨーロッパの産業や法律を支援する重要な役職に就いた。九人のうち、最後まで生き残ったロンは、二〇一七年一一月一五日、一〇一歳で世を去った。

ギギとティメン

ギギは、オランダに里帰りしたときに、よくロンと会っていた。ふたりの親しい付き合いは続いた。ギギはメナやニコル、エレーヌとも、ときどき連絡を取っていた。しかし、自分の口から戦争について語ることはほとんどなかった。年をとってから、孫に話した程度だった。

　ゲシュタポ本部の取調室の外のベンチで出会ったティメンは、パリにもどってきたものの、見る影もなく変わりはてていた。ダッハウに二か月いたあと、マウトハウゼン強制収容所に移送され、共産党員の団結と、ギギに再会するという希望を支えにして、生き残った。マウトハウゼン強制収容所と、付属のグーゼン強制労働収容所は、ナチスが建設した最初の大規模強制収容所で、解放は最も遅い一九四五年五月五日だった。一九三八年から一九四五年にかけて、四〇か国以上から集められたおよそ一九万人が収容され、少なくとも九万人が死亡した[10]。

　ティメンもギギも、のちにパリのオランダ大使館で働いた。ティメンの仕事は、オランダ政府のために、ナチスの戦争犯罪者や協力者をさがすことだった。それはたやすい仕事ではなかった。ティメンの兄は親衛隊員だった。ティメンの娘ロランスは、次のように説明してくれた。「父が収容所にいたころ、おじは東部戦線でソ連と戦っていました。おじも大変苦労したようで、戦後何年も、そのことを話そうとしませんでした。父のほうはオランダ政府の極秘の仕事をしていたわけですから、いろいろと問題があり、ややこしかったんです。しばらくして、父は諜報部の仕事から離れました」

　ギギとティメンは、パリにもどった翌年の一九四六年六月に結婚し、数か月後にはロランスが生まれた。若い一家は、ギギのいとこのジェイムズが、パリ郊外に所有していた城に付属する、住み心地のいい家で暮らした。立派な地所に、ギギは、子どものころ家族が没落する前に暮らしていたヘゼンベルグの屋敷を思い出しただろう。ギギはのんびりしていて、体面をつくろうことをしなかった。家具がぼろぼろになっても気にしなかった。素朴な木製のオーブンで料理した。のどかな気持ちのいい場所で、姪や孫や友人がよく訪れた。ギギの孫たちは、ある夏、ギギが昼食時に逃亡のときの逸話を、まるでテレビの連続小説のように話してくれたのを覚えている。孫のひとりはギギに手伝ってもらい、ギギの経験をまとめたレポートを学校の課題として提出した。別の孫は、誕生日のプレゼントにパジャマが欲しいと言ったギギが、でも絶対にストライプはやめてちょうだいと言ったことを覚えている。自分のベッドで一緒に寝ている孫がもぞもぞ動いても、ギギはまったく気にせず、収容所ではみんながくっつきあって寝ていて、だれかが動くと、ほかの人も同じように動いたのだと話した。しかし、浴室を一緒に使うことは嫌った。集団で浴室を使わされた嫌悪感が残っていて、絶対にひとりで使わせてほしいと言っていた。

　ギギは二度とドイツにはいかないと宣言していたが、ロランスが留学していたときに、ついにその宣言を撤回した。ラーフェンスブリュック強制収容所跡地の湖のほとりに建てられた記念碑――ひとりの女がもうひとりの女を抱えている「運ぶ人《ディ・トラゲンデ》」の銅像――をみて、心動かされた。孫たちと一緒にチュニジアにいったときには、ドイツ人観光客の歌う古い歌をきいて、親衛隊員が同じ歌を歌っていたことを思い出し、ひどく動揺した。ロランスはそのときのことをよく覚えていると言う。「それでもそのあと交換留学生を受け入れるようになって、ドイツの交換留学生がうちにきたり、わたしがフランクフルトでホームステイしたりしました。母がラーフェンスブリュックに連れていってくれたのは、そのときです」

　ギギの孫オリヴィエも言う。「ラーフェンスブリュック強制収容所に着いたとき、ドイツ兵に貴金属を取りあげられたそうで、『きっとどこかのドイツ人が、わたしのジュエリーをつけているんだわ』と言っていました」

「そうね。でも、オランダの学生アパートで一緒だった子たちだって、母とロンが逮捕されたときに、母とロンの部屋にあったものをみんな自分たちのものにしてしまったそうです」。ロランスがつけ加えた。ギギによれば、オランダにもどって友人たちを訪ねたとき、自分のものがあることに気づいたという。「返してなんてとても言えなかったし、返すと言ってくれる人もひとりもいなかった」とギギはロランスに話した。

のんきなギギは、物にあまり固執しなかったが、「インディアンの頭」の袖章だけは大切に持っていた。コルディッツかグリンマで、第二歩兵師団の兵士にもらったものに違いない。

ギギが世を去ったのは二〇〇七年七月。八七歳だった。

ニコルの記事

ニコルは、同じ日にパリにもどってきたダッハウからの帰還者と結婚した。リヨンのレジスタンスグループの一員で、戦争中から面識のあった人物だ。ふたりは一九四六年に結婚し、一九四七年には娘が生まれた。ニコルは写真家グループ、マグナム・フォトに採用された。結婚生活は長くは続かなかったが、夫とは生涯友だちで、毎週電話をかけ合う仲が六〇年間続いた。ふたりは結婚するのが早すぎたのだと娘は考えている。あれだけの経験をした直後で、ふたりともまだ夫婦になる準備ができていなかったし、ニコルは仕事をしない生活が受け入れられなかった。ニコルはよく娘に、戦争体験のおかげで自分の強さに気づき、自分の人生の主導権を持てることがわかったと話していた。あともどりはできなかった。

死の行進に出発した際に、置いていくしかなかった親友のルネ・アスティエ・ド・ヴィラットは、さがしたがみつからなかった。わたしは、オデット・ピルプルが救い出した書類で、ルネがアメリカ軍によってライプツィヒで発見され、ただちに緊急医療搬送されていたことを知った。ルネが強制収容所で着ていた服が、のちに家族によってブロワのレジスタンス博物館に寄贈されている。家族の説明によれば、ルネはレジスタンス活動や収容所での経験を称えられることを拒んだという。

ニコルはマグナム・フォトのニューヨークオフィス勤務を打診され、了承し、一三歳の娘をパリの元夫のもとに残して渡米した。多くの友人ができ、キャリアも積んだが、娘と暮らしたくなり、フランスにもどった。そして『エル』誌に職を得て、創刊者でソ連からの移民ジャーナリストであるエレーヌ・ラザレフのもとで働いた。

一九六四年、解放を記念して、ニコルはラーフェンスブリュック強制収容所と逃亡の経験に関する記事を『エル』誌に寄稿した。ラーフェンスブリュック強制収容所を生き残った別の女性から、このような悲惨な記憶を公表したニコルを痛烈に批判する投書が編集部に届いた。だれもこんな話を読みたくないと女性は書いていた。見苦しいと。「抵抗者だったわたしたちは、一九四五年にもどってきたときには歩く屍となり、二〇年たってもそのままで、忘れることができずにいます。うぬぼれた自慢話の類いは、わずかにほのめかすことさえも、慎むべきなのです」。そしてわきまえるべきだとニコルに忠告していた。思いがけないレベルの自己検閲だった。ニコルの手記は、芝居じみた、ひどく大げさな自慢話《カボティナージュ》として拒絶された。生還者の口を封じようとする雰囲気が広がっていた。

ド・ゴールはリベラシオン勲章を創設し、レジスタンスの英雄を称えたが、受章した一〇三八人のうち、女性は六人だけで、そのうちの四人は終戦時にすでに死亡していた。ド・ゴールは女性たちに、栄光を男性に譲るよう頼んでいた。フランス人男性は、さまざまな屈辱を経験していたからだ。それでもジェルメーヌ・ティヨンは次のように書いている。「一九四〇年のフランスは信じがたい状況だった。男はひとりも残っていなかった。レジスタンス活動を始めたのは、女たちだった。参政権もなく、銀行口座もなく、仕事もない女たちにも、抵抗は可能だったのだ[11]」

ザザの手記にも、逃亡中に出会った地元のドイツ人やフランス人の戦争捕虜にまで、親衛隊員や「志願」労働者に「奉仕」するためにみずから収容所にいった売春婦だと思われていた、と苦々しげに書かれている。命を賭してまでレジスタンス活動に加わったという事実は、あり得ないこととして片づけられた。女たちが受けた苦しみを、だれも想像することができなかった。若くてかわいらしい二〇代の娘が、自分たちの経験を話しても、まともに受け取ってもらえなかった。

詩人のアドリエンヌ・リッチは、このように書いている。「名づけられていないもの、イメージとして描かれていないもの、伝記から削除されたもの、書簡集で検閲されたもの、別の名前をつけられてしまったもの、手に入れにくくされたもの、不適切、あるいは偽りの言葉によって意味を破壊され、記憶の中に埋没させられたもの——それらはすべて、語られなくなるだけでなく、語ることが不可能になる[12]」

当時のニコルの友人の多くは、ニコルがレジスタンスで重要な役割を果たしたことをまったく知らなかった。一部の親しい友人は、ニコルが戦争中に障害を負い、ナチスの拷問による後遺症にいまだに苦しんでいることを知っていたが、ニコルが自分から戦争中の話をすることはなかった。一九九一年にニコルがシモーヌ・ヴェイユとともにレジオンドヌール勲章の将校級の略綬を受けたとき、あっけにとられた友人もいた。

ニコルの闘志と大胆さと勇気は、ジャーナリズムの世界における三〇年間のキャリアを輝かしいものにした。頭脳の明晰さと趣味のよさと洞察力ゆえに尊敬され、好かれた。『マダムフィガロ』誌での仕事を最後に引退し、絵画とガーデニングに没頭した。包みこむようなやさしさと、誠実さは、多くの人の心に残っている。ラーフェンスブリュック強制収容所からの生還者を支援する組織とは、頻繁に連絡を取っていた。毎月第一月曜日にはほかの生還者たちと昼食をともにし、その習慣はニコルの娘が受け継いで、存命の生還者たちと会い続けている。ニコルは二〇〇七年八月、八五歳で死去した。

ジャッキーの映画

グリンマに残り、女性生還者の療養施設の運営を続けたジャッキーは、数か月後に夫のジャンと暮らしたパリのバティニョール大通りのアパートにもどった。一九四五年後半にレジスタンスで上司だったヴェデル大佐がストレッチャーに乗せられ、エルリッヒの強制所〔ミッテルバウ＝ドーラ強制収容所か〕からパリに帰還した。ヴェデルはジャッキーがレジスタンスで活動していたことを立証してくれた。「若く、美しく、勇敢な彼女は、連絡担当者としての難しい使命をぬかりなく果たし、ラーフェンスブリュック強制収容所に収容されても、笑顔と使命感を忘れなかった。完ぺきなレジスタンス活動員《レジスタンテ・パルフエト》であり、称賛に値する[13]」。ジャッキーはブロンズの星がついたクロアドゲール勲章を贈られた。

パリにもどって一八日後、ヴェデルはオテル・ルテシアで会った別の帰還者から、妻のオデットがベルゲン・ベルゼン強制収容所で生きているときかされた。しかしその帰還者はこう続けた。「生きているうちに会いたければ、急いだほうがいい」。オデットは、チフスで隔離されている大勢の重症患者のひとりだった。イギリス軍は病気の感染を恐れ、ひとりも収容所から出すことを許さなかった。ヴェデルはブルータスネットワークで培った人脈を駆使し、フランス警察に連絡した。そして四人の仲間とまともな車と十分なガソリンを確保し、ドイツに向けて出発した。五人はベルゲン・ベルゼン強制収容所に到着し、偽の書類を使って、オデットをパリに連れ帰った。体重わずか二五・八キログラム、チフスと赤痢にかかっていたオデットは、ヴェデルの看病で健康をとりもどした。

経済的に自立したいという意志が固かったジャッキーは、戦後、映画編集者になった。一九五五年には、ドイツの戦争捕虜収容所から脱出した男たちの映画『脱出者《レゼヴアデ》』の編集を担当した。一九五八年に公開された映画『レ・ミゼラブル』では編集者の助手を務め、フランス左派の映画監督ジャン＝ポール・ル・シャノワと映画編集者エマ・ル・シャノワ夫妻とともに仕事をした。

この時期、ジャッキーはシャルル・フェルドと出会い、恋愛関係になったが、シャルルは既婚者で、妻は妊娠中だった。シャルルも妻ネリーも、戦争中にリヨンでレジスタンス活動に携わり、地下新聞『友愛《フラテルニテ》』を発行し、反ユダヤ主義をはじめとするあらゆる人種差別と闘っていた。終戦まで、ひそかに印刷機を回し、地下新聞の発行を続けるかたわら、書類の偽造も行っていたと思われる。

シャルルの弟モーリスは、ドイツによる占領後まもなく、若いユダヤ人の武装レジスタンスグループにいち早く加わった。グループは破壊活動や暗殺を実行し、反ユダヤ主義の映画『ユダヤ人ズース』を上映している映画館を爆破した。モーリスは親衛隊員が滞在しているホテルに手榴弾を投げて逮捕され、一九四二年に一八歳で処刑された。シャルルとモーリスの両親はアウシュヴィッツで死亡している。

ジャッキーは自分の気持ちをおさえ、シャルルの誘いを断り続けていた。ある夜、ジャッキーが再び断ったあと、シャルルはジャッキーのアパートの外にひと晩じゅういた。朝になり、ジャッキーが窓の外をみると、シャルルがまだ立っているのがみえた。のちにジャッキーは親戚のミシェル・レヴィに、あの瞬間、シャルルの粘り強さに負けたと語っている。それでも、シャルルがネリーと離婚することには反対で、実際、シャルルは離婚しなかった。ふたりが結婚したのは、何年もたって、ネリーが亡くなってからのことだった。ネリーとシャルルの娘のシルヴィは、シャルルとジャッキーの家で休暇を過ごした。シャルルとシルヴィの関係が保たれるよう、ジャッキーは配慮していた。ジャッキー自身は出産しなかった。ジフテリアの後遺症として、不妊がある。しかし、子どもの相手は上手だった。ジャッキーの最初の夫のジャンと、父親同士が仲のよいいとこだったミシェル・レヴィは、子どものころからジャッキーとよく会っていた。「子どもたちはみんなジャッキーが好きでした。それは、ジャッキーがぼくたちと対等に、真摯に付き合ってくれるから、偉そうにしないからでした」

　ジャッキーは一九七〇年代後半まで映画編集者として働き、ジャクリン・オベリーと名乗っていた。最後の「デュ・ブレ」を省略したのは、フランスでは「de」という前置詞がつく姓は貴族を意味し、エリート主義とみなされることが多かったからだ。シャルルは熱心な共産主義者で、戦後はフランスを代表する詩人、作家で、長年共産党員だったルイ・アラゴンのために働いた。しかしジャッキーが共産党に入ることはなかった。思想は革新的で、労働者階級の闘争に理解を示してはいたが、同時に率直でもあった。自分の考えを包み隠さず、ミシェル・レヴィによれば、「そのような性格は、政党に高く評価されないことが多い」という。[14]

　シャルルは著名な出版社サークル・ダールを経営し、パブロ・ピカソやマルク・シャガールなど、名の知れた芸術家の作品集を出版していた。シャルルが引退したとき、経営を引き継いだフィリップ・モンセルは、ジャッキーについてこう話している。「彼女はじつにまっすぐな人でした。強靭で、性根が据わって《ビャン・トレンペ》いました[15]」。「トレンペ」とは、フランス語で、鉄を焼きもどし、酸に浸して、鍛錬することで、タフで粘り強い性格を意味する。「彼女には少し容赦のないところがありました。彼女を利用しようなんて考える人はいませんでした。ばかなまねは許しませんでしたから」

　ジャッキーは戦争中の話をしたのだろうか。フィリップは、戦争中のことは、わたしの手紙で初めて知ったという。

「戦争中、非常に英雄的な行いをしたのに、決してその話をしないという人はよくいます。今は、大したことをしたわけでもないのに、フェイスブックで大げさに騒いだりしますが。ジャッキーは話さないタイプでした。過去の話は何もきいていません。シャルルのことは知っていました。ユダヤ人のネットワークで活動していたそうですね。わたしが感動したのは、シャルルが弟にはレジスタンスに加わるな、関わるなと言っていたという話です。まだ若すぎたからです。しかし弟は加わり、逮捕され、銃殺されました。シャルルはその重荷を生涯抱えていたのだと思います。弟に対する罪悪感を」

　フィリップは、自分の家族がペルピニャン近郊に別荘を借りたときの話をしてくれた。シャルルとジャッキーにも数日間遊びにきてはどうかと誘ったのだが、別荘にはゴキブリがいた。

　シャルルとジャッキーが到着し、ジャッキーはフィリップの妻からゴキブリの話をきき、実際にその姿を目にした。すると、ジャッキーはこう宣言した。「だめよ、フィリップ。あなたも、奥さんも、こんなところにいてはいけません。なんてひどい場所なの！　残りの休暇はわたしたちの家で過ごしましょう！」

　有無を言わせぬ勢いだった。翌朝、一行は荷物をまとめ、二台の車でシャルルとジャッキーの家に移動した。

「いかにもジャッキーらしい話です」。フィリップは思い出し笑いをした。

　シャルルとジャッキーは愛犬のユゴーをべたかわいがりしていた。「ほんとうに、べったべったに甘やかしていました。車で旅行にいったとき、その犬は後部座席の人間の上をわが物顔で歩き回っていました。それでもおとなしく我慢していないといけないんです。なにしろその犬はだれよりも偉いんですから」

　ジャッキーとずっと親しく、晩年には身の回りの世話もしたミシェル・レヴィは、日曜日にはいつも夕食をともにし、ブリッジをしたという。シャルル、ジャッキー、ミシェル、それにジャッキーの最初の夫の母親であるフロールの四人は、フロールが一九七八年に亡くなるまで、定期的に集まっていた。「ジャッキーには腹の立つところも、我慢できないところも、率直すぎるところもありましたが、愉快でよく笑う人でもありました。深みのある、いい声をしていて、パリのブルジョワらしいセンスのよさもありました。読書が好きで、観劇が好きで、作家や、知識人や、芸術家や、もちろん画家に、たくさん知り合いがいました。ピカソも友だちだったんです。シャルルはイタリアやギリシャに旅行するのが好きで、よくふたりで出かけていました。ジャッキーは的確なアドバイスをしてくれて、話をよくきいてくれました。必要なときに、そこにいてくれる人でした。収容所で生き残ったことについて、『生きたいという欲求が生死を分けた』と話していました」。ジャッキーは二〇〇一年に世を去った。

ジンカと娘フランス

ジョゼは戦後、音信不通になった。軍歴と、連合軍強制移送者記念財団友の会のウェブサイトの情報から、一九四七年にジャック・アーミーノット・デュ・シャトレと結婚したことがわかった。夫は貴族階級の出身で、軍人の家系であることから、やはり軍人だったと推測される。ふたりは一九五六年に離婚している。一年後、ジャックはアメリカに移住し、ジョゼは南フランスにもどって、二〇一四年六月、九〇歳のときにカンヌで死去している。

五月二一日に仲間とともにオテル・ルテシアに到着したジンカは、ルイ・フランシスの消息を問い合わせ、行方に関する記録がないと知らされた。ジンカがホテルから家族に電話したのか、あるいは家族がすでにホテルでジンカをさがしていたのかはわからない。その夜か翌日には、妹のクロードが赤ちゃんのフランスを連れて、ジンカのアパートを訪れている。ジンカとルイ・フランシスが暮らしていたメシャン通りのアパートで、逮捕前はそこからわずか一ブロックのところにある病院で、出産するつもりだった。

ジンカが何よりも願っていたことがふたつあった。夫と再会することと、娘を抱くこと。母と娘がどのような再会を果たしたかはわからない。一歳を過ぎたフランスは、生後数日しか母親を知らなかった。ジンカを知らない人だと思っただろう。リーズ・ロンドンも、子どもたちと再会したときの苦労について書いている。抱きしめてキスしたいのに、子どもは泣き叫び、腕から逃れようとする。相手がだれだかよく理解できず、その思い入れの強さにおびえたのだ。母親と幼い子どもの残酷な別れは、傷を残した。

ジンカの弟のロジェと妹のマルトも収容所からもどってきたが、ルイ・フランシスからは音沙汰がないままだった。ジンカはアパートで待ち続けた。ここにいれば、きっとみつけてもらえると信じながら。行方不明の被収容者に関しては、さまざまな噂が飛び交っていた。ソ連の収容所で足止めされているのだとか、体力が落ちているから時間がかかっているが、もうすぐ帰ってくるだとか。ジンカはその噂にすがった。ルイ・フランシスは家に向かって歩いている。なんらかの事情で遅れてはいるが、いつアパートのドアをノックしてもおかしくない。

月日がたち、一一月にはわかってきた。生きていた者は、発見されるか、

フランス・ルボン。1946 年

帰ってくるかしている。一方で、多くの者はもう帰ってこない。遺体もみつからないだろう。ジンカは帰還者たちの話から、ルイ・フランシスが三月にベルゲン・ベルゼン強制収容所で最後に目撃されていたことを知った。チフスが猛威を振るい、何千人もが命を落とし、集団墓地に埋葬されたという。

一九四六年一〇月、ルイ・フランシスが行方不明で、死亡したと思われるという正式な通知が軍から届いた。ジンカは夫がレジスタンスの一員であったことを認めてもらうのに必要な書類の準備に取りかかった。一九四八年、ルイ・フランシスに「レジスタンス活動による被収容者、フランスのために死す」という身分が認められ、中尉の位が追贈された。

調査を始めたばかりのころ、ザザの本を読んでからずっと、ジンカがフレンヌ刑務所で出産したフランスがどうなったかが、わたしには気がかりだった。フランスはまだ生きているのだろうか。みつけることはできるだろうか。やがて、偶然の出会いの連鎖と、ギギの孫息子オリヴィエ・クレマンタンの系図調査サイトを読み解くすぐれた才能のおかげで、一九四八年にジンカがミシェル・シャトネと結婚したことがわかった。

元レジスタンス闘士のミシェル・シャトネは、ジンカより八歳若かった。今回もまた、ジンカの父親ピエール・ルボンがキューピッド役を演じた。ピエールとミシェルの父親が、レジスタンスでともに働いていた可能性はある。ピエール・ルボンは戦争で夫を亡くした娘が、若きミシェルと出会うよう取り計らった。フランス人の父親とイギリス人の母親の間に生まれたミシェルは、母親似だった。イギリス人らしく、ユーモアのセンスがあり、人一倍のんびりしているジンカの妹のクロードをいつもからかった。ミシェルの家は、武勲を上げた軍人一家だった。父親のヴィクトル・シャトネは第一次世界大戦で出征し、第二次世界大戦勃発直後にレジスタンスに加わった。イギリスの諜報機関と緊密に連携していた「名誉と祖国」という名のレジスタンスネットワークだ。パリのサン＝ラザール駅でゲシュタポの追跡からからくも逃れたのは、ピエール・ルボン率いるレジスタンスネットワーク、ジェイド・フィッツロイのメンバーに偽の身分証明書を渡しているときだった。ヴィクトルは膝を撃たれたが、地下鉄で逃げることができた。しかし、一緒にいた末息子のアントニーが捕まった。アントニーはまだ一〇代だったが、拷問され、ブーヘンヴァルト強制収容所に移送された。

ミシェルの母親、バーバラ・シャトネは、イギリスの将軍ダグラス・スターリングの娘だった。第一次世界大戦中には志願して救急車の運転士になり、第二次世界大戦が始まると夫とともに「名誉と祖国」に加わった。バーバラは、大西洋にあるドイツ軍の潜水艦基地の地図と建築図面を運ぼうとして逮捕され、ラーフェンスブリュック強制収容所に移送された。

シャトネ夫妻には息子が四人と娘がひとりいて、全員が戦争中に活動していた。ミシェルはイギリス軍の特殊空挺部隊のパラシュート隊員として、一九四五年四月のオランダ解放に参加した。一九四九年、ジンカとミシェルの間に生まれた息子のジルは、ラカン派の精神分析学者になり、ナントで暮らしている。

わたしはジル・シャトネにメールを送り、ジンカとミシェル・シャトネの息子なのか、もしそうなら母親のことを話してもらえるかたずねた。ジルからの返信には、母親の話をきくなら、姉のフランスのほうがいいのではないかと書かれていた。そのメールを読んだ

ルネ（ジンカ）とミシェル・シャトネの結婚式。1948年。いちばん左がシャトネでその隣がジンカ

とき、わたしは言葉を失い、パソコンの画面をみつめていた。フランスのことは、この調査を始めたときからずっとさがしていた。そのフランスが、わたしがいる場所からたった三時間の、美しい自然豊かなドローム県の山の中に住んでいるという。

　フランスがメールをくれて、自分も弟のジルも、母親の戦時中の体験についてはほとんど何も知らないのだと言った。わたしはザザの本とドキュメンタリー映画の話をして、ジンカについてほかの帰還者がした話も伝えた。ジンカは収容所で有名人だった。リーズ・ロンドンの本にはジンカの絵まで載っているんですよ、とわたしは言った。

　新たな情報に触発されたのか、フランスは屋根裏部屋に保管してある母親の書類を調べてみることにした。そしてシングルスペースでタイプされた一九枚の原稿のカーボンコピーをみつけた。逃亡に関する原稿だった。フランスと夫のディディエは、その原稿をパソコンに入力した。そしてそれが、ザザが戦後まもなく書いた手記で、ザザがジンカにコピーを送って意見を求めたらしいということに気づいた。余白にジンカの文字で、修正が書きこまれていた。

　ジルは、精神分析学の学会誌に寄稿した論文を送ってくれた。そこには患者と分析者の間には、適度な距離が必要であると同時に、親しさも重要であると書かれていた。[16] ジルはナチスの強制収容所にいた人たちのドキュメンタリー番組をテレビで観て、トラウマになったという。番組で観たストライプの囚人服を着た人が並んでいる悪夢のような光景や、声にならない奇妙な音について、説明してくれた。

　ジルはそのおぞましい状景に対して、子どものころに母親が話してくれた強制収容所でのちょっとした話を引き合いに出した。「けっこう楽しく過ごせたのよ」とジンカは息子に言っていた。そしてレシピや詩の暗唱の話をした。「死の収容所の中の生き生きとしたコミュニティ」を描いてみせた。母親にも父親にも「さりげないユーモアのセンスと謙虚さ」があったとジルは言う。母親の話からジルは、語られないことであっても、知りたいと思えば知ることができるのだと、それとなく教えられたという。

両親は、グループやイデオロギーから少し距離をおいていた。ジンカは、共産主義者やエホバの証人の信者の強い連帯感と団結心は、尊敬に値すると言っていた。「少しだけ引いて、一定の距離をおいて、さりげなく離れて」の尊敬だった。

ジルの論文を読んで、ロンの本の終盤に書かれていたことを思いだした。

最後にジンカの家を訪ねたとき——すでにかなり容態は悪くなっていた——長い沈黙のあとで、ふいにジンカが言った。ねえ、わたしたち、よそ者になっちゃったわね《ヌ・ソム・ドゥヴニュ・エトランジェ》。そう、そうなのだ。そしてわたしたちはずっとよそ者で、ほかの人たちとは違っていた。それはわたしも同じだし、ギも同じように感じている。今でも。[17]

ジルは若いころ不安にさいなまれ、自分が同じ年ごろの人たちとは違うように感じていた。「母と父のちょっとした態度がわたしに影響を与えていて、わたしに一歩を踏み出させない、何かに加わったり、苦しい思いをしたりしないようにひきとめているようです。自分たちの中に存在する現実に触れてみたいのに、距離をおいてしまうのです」

ジンカにとって、収容所は過去のことではなく、体の中に存在し続けていたとジルは言う。実際、ジンカは結核を抱えていて、医師が外科手術で切除しても、病気は年々進行していった。「この物言わぬ存在、触れることのできない現実が、あの恐ろしい番組の映像と呼応したのです……わたしはグループやイデオロギーに、なんとなくなじめませんでした。自分自身や自分の体にも」

ジルと昼食をともにしたとき、ジルが最初に言ったのは、自分は母親から食欲不振のようなものを受け継いでいるということだ。そのとき、ジルの息子で、ジンカにとっては孫息子のトマも同席していた。トマはシェフで、それは「もしかしたら、一族のトラウマを癒やすためかもしれませんね」と言った[18]。

ジンカは料理が嫌いで、自分は収容所でレシピを暗唱して「ベストクック」になったことがあるとよく冗談を言ったという。ジンカにとって、食事は面倒だった。結核のせいで、食欲はほとんどなかった。

戦後、帰還者たちは、収容所での栄養不良の悪影響が子ども世代に出るかもしれないから、食事には十分気を使うようにと忠告された。ジルが説明してくれた。「すべて科学的に行われていました。カロリーを計算し、脂肪分をこれでもかというくらい摂らされました。子ども時代、わたしの食事時のバックグラウンドミュージックは『食べなさい！　食べなさい！』だったのです。母は料理が嫌いで、食べるのも嫌いだったので、わたしも食べるのが嫌いになりました」

ジルものちに結核を患った。そのころには有効な治療法が確立されていたが、サナトリウムに入れられた。ジルがきちんと食事をしないのではないかと、主治医が心配したからだ。最初のサナトリウムで、ジルはハンガーストライキをした。

ジルがわたしにその話をしてくれたのは、屋外でおいしいランチを楽しんでいるときだった。よく晴れた気持ちのいい日で、わたしたちは日だまりの中にいた。目の前のお皿には、バターのたっぷり入ったトウモロコシのおかゆ《ポレンタ》の上に、ローストした魚がのっていて、とてもおいしかった。そしてどういうわけか、わたしたちにはジルの話が無性におかしく、大笑いした。自分は六八年の申し子なのだとジルは言った。一九六八年の夏、フランスの全国各地で、学生主導による市民暴動が起きていた。大規模なストライキで経済が麻痺するほどで、フランスの倫理面と文化面において転換点となった年だった。「サナトリウムには規則が多すぎたんです」。ジルに何ができただろうか。反乱を起こすしかなかった。

「でも、よりによって結核患者がハンガーストライキなんて」。わたしはびっくりして笑った。

ジルの息子のトマが横から言った。「父は祖母そっくりなんです。ふたりとも闘士なんですよ」

「そのサナトリウムからは追い出されました。そして別のサナトリウムに入れられて、病気はよくなりました」

食欲不振は少しずつ改善しているのだとジルは言った。それにしても、飢餓状態を経験したジンカが、なぜあれほど食べ物への関心を失ったのか、不思議だとジルは考えている。


娘のソフィーの運転で、ドローム県のすばらしい風景の中を北に向かい、フランスに会いにいった。道沿いの川は、いくつもの深い渓谷を削って流れ、色の異なるいくつもの層からなる切り立った崖が、頭上高くそびえていた。フランスが暮らすディーの町に着くと、有名なクレレット・ド・ディーを飲んでみた。甘みのあるスパークリングワインだ。ディーは一九六八年にヒッピーの間で起こった「大地へ帰れ運動」でも有名だ。都会を離れ、自然の中で新しい生活を始めるにはぴったりの場所で、アメリカのヴァーモント州やコロラド州の一部の地域によく似ている。霊気療法の診療所を五つみかけた。

フランス・ルボン・シャトネ・デュブローク。2019年

観光案内所の前で待っていると、フランスが迎えにきてくれた。抱き合って挨拶したとたん、フランスは泣きだした。この年になってようやく母親のことをいろいろ知ることができて、とても感動しているという。わたしが、ジンカがだれかを突き止めるのに苦労したのだと話すと、フランスは言った。「わたしなんて、七五歳になって、初めて母のことがわかったのよ」

　フランスによれば、ジンカは戦争中のことを決して話さなかったという。フランスの父親であるルイ・フランシスのことは話したが、自分自身の経験は一度も口にしなかった。自分がフレンヌ刑務所で生まれたことは知っていた。出生証明書に書かれている。「だから、隠しようがないんです。そのせいで、面倒なこともありました。学校で、自分が生まれた場所をきかれ、『フレンヌ刑務所です』と答えたんです。わたしが何か問題を抱えているんじゃないかって、母は先生に呼び出されました[19]」。フランスは思い出し笑いをした。

　お天気のいい日で、わたしたちは広々としたフランスの家の中庭や庭園で話をした。夫のディディエも話に加わった。ディディエは引退した地質学者だった。ふたりとも活動的で、運動神経がよさそうだ。よく山にハイキングにいくという。結婚以来、アフリカや南米など、海外で暮らすことが多く、ふたりの息子も外国で育ったが、休暇はよくディーで過ごした。そこでディディエの引退後は、この町に落ち着いた。ディディエは晩年のジンカが、ダカールまで訪ねてきたときのことをよく覚えている。一家はジンカを歓迎するために、海岸でバーベキューパーティを開き、ごちそうとお楽しみをたっぷり用意した。主賓のジンカは、みんなからもてなしを受けた。「すばらしい一日だった。いい思い出だな」とディディエは言う。

　フランスが続けた。「母は、父の話をしてくれました。でも、収容所でのことはまったく。自分の経験を決して話さないタイプの帰還者だったんです。おじのアントニーもそうです。最近になってようやくおじの娘が話を聞き出すことに成功しました。おじはまだ一〇代のときに、ブーヘンヴァルト強制収容所にいたんです。そんなこと、わたしたちは何ひとつ知りませんでした」

　父親のことは、フランスはほとんど知らない。生まれたときにはすでに刑務所にいて、おそらく一度も会っていないだろう。知っていることといえば、母親が話してくれたわずかなことばかりで、愉快な人だったようだ。父親はよくジンカを笑わせた。ジンカは朝が弱いので、よく朝にからかわれたという。しかし、正直なところ、父親の話はあまり思い出せない。一九四八年にジンカがミシェル・シャトネと結婚し、新しい生活が始まったからだ。

「わたしを育ててくれたのはミシェルです。ミシェルはわたしを養子にしてくれました。実の親との関係を解消しない単純養子縁組なので、両方の父親の姓を名乗ることができました」。ジンカは、義理の父親と協力してフランスを育てながらも、実の父親の記憶も忘れないように心を配ってくれたという。フランスはミシェルが大好きだった。ミシェルの自分への対応を、心から尊敬しているという。「よくわたしの英語の間違いを直してくれました」。フランスは笑いながら言った。ミシェルにはイギリスの血を感じさせるユーモアのセンスがあった。

　戦争前、ジンカは活発だった。海で泳ぎ、テニスをし、アルプスでスキーをした。コート・ダジュールのサン゠ジャン゠カップ゠フェラにある家族の夏の別荘で撮影された写真の中で、日焼けした顔に笑みを浮かべるジンカは、生命力にあふれている。戦後、ジンカは変わった。フランスが、写真をみせてくれた。ジンカが結核療養のサナトリウムにいる間、一年間フランスを預かってくれた一家の写真だ。フランスが六歳くらいのときのようだ。「この家には子どもが七人いたので、ひとりくらい増えてもどうということはなかったのです。とても楽しい家族で、いい思い出になっています」

　わたしはフランスにたずねた。「お母さんが強制収容所からもどってきたときのことは、覚えていますか」

「いいえ、ほとんど。覚えているのは悪夢ばかりです」

ジンカが病気だったため、フランスは次から次へとあちこちの家庭に預けられた。落ち着かない子ども時代だったに違いない。家族はみな、戦争で苦しんだ。ジンカも、マルトも、ロジェも、ミシェルの弟のアントニーも、ミシェルの母親も、強制収容所にいた。どちらの家族も、大切なだれかを亡くしていた。

　フランスは、弟が生まれたときのことは覚えている。「弟は五つ年下なんです」。幼いころは五歳の差が大きく、なんとなく距離があったが、大人になってから親しくなったという。ジンカは体が弱く、フランスの世話は親戚がみてくれた。「わたしは、母方の親戚と近いんです。おばのマルトがよく面倒をみてくれました。母方の家族はみんな、よく助けてくれて、支えてくれました。おじのロジェは厳しいところがあって、お酒を飲むと少し気難しくなるのですが、心の広い人でした」

　父方のルボン家との関係は、少し様子が違った。ジンカはフランスのため、連絡を絶やさないよう努めていた。あるとき、ジンカはフランスをおじやおばに会わせようと、幼い娘を抱いてかなりの距離を歩いていった。しかし帰るとき、だれも車で送ろうとも、一緒にいこうとも言ってくれなかった。ジンカはフランスを腕に抱え、また家までの道のりを歩いて帰らなくてはならなかった。体調のすぐれなかったジンカには大変な苦労だったとフランスはきいている。

　ジンカの病状は深刻だった。「母はよくサナトリウムに入っていました。きっと大変だったと思います。手術も何度も受けました。肺を切除して、心臓も手術して、ペースメーカーを入れていました。わたしは家のことをして、弟の世話もしなくてはなりませんでした。あの時期はつらかった。母が帰ってきても、とても疲れやすいので、手助けが必要でした。夕食もわたしが作りました。わたしが手伝うと言うと、母は心からほっとしたような顔をするのです」

　つらい記憶にフランスが心を乱しているのを感じ取ったのか、ディディエがまたダカールでのバーベキューパーティの話を始めた。「お義母さん、あのときは楽しそうだったじゃないか。覚えているだろう。みんなにあれこれ世話を焼いてもらって」

　フランスは言った。「わたしたちが幸せそうだったから、母もうれしかったんだと思います。いい友だちがいて、明るく豊かな生活をしているのがわかって」

　ジンカはどんな性格だったのか、わたしはたずねた。フランスは言った。「強くて勇敢。とても具合が悪くても、弱音ひとつ吐かない。ミシェルとは幸せな夫婦でした。楽しそうに笑っていた。明るい人でした。長生きはしなかったけれど、幸せな人生だったと思います」

　ディディエは、ジンカにはだれも「ノー」と言えないのだと言った。そしてフランスと結婚したときのことを話してくれた。「ぼくたちの結婚について、ルネ（ジンカ）とミシェルはとても真剣に考えていました。きちんとした結婚式を挙げさせなくてはいけないってね。それだけフランスのことが大切だったということです。だから間違いのない形で結婚させたいと思っていた。でも、ぼくは六八年の申し子ですからね。ブルジョワの派手な結婚式なんて、まったく興味がなかった。ある日、ふたりに呼ばれたんです。『ディディエ、ちょっときなさい』。そしてパリの店に連れていかれました。その店には何から何まで揃っていてね、なんといったかな……」。ディディエは言葉をさがし、英語で「ペンギン・テイル」と言った。

「燕尾服ですか」。わたしは助け船を出した。

「そう、それ。ぼくは、そんなばかみたいな格好をするつもりはないと言いました。そしたらルネが、にこやかに言うんですよ。『ディディエ、わたしのためだと思ってちょうだい《フェテ・モア・プレジール》』。その言い方があまりにも感じがいいので、ぼくは『わかりました』と言うしかなかった。そういう人なんです」。ディディエはくり返した。「『ディディエ、フェテ・モア・プレジール』。というわけで、ぼくは燕尾服を着ましたよ」

　戦争で傷ついた人が、自分の体験を話せずにいるなら、まわりの人間はそっとしておくべきだとフランスは感じている。「わたしは自分の子ども時代や思春期に満足しています。トラウマを背負うこともありませんでしたし。子どものころは、なんというか、いつも不安でした。だれかがいなくなってしまうんじゃないか、自分は捨てられるんじゃないかって。その気持ちは、大人になっても消えることはありませんでした。わたしはたくさんの人に育てられました。小さい子どもですから、混乱することもあります。でも、母を恨んではいません。母が帰ってきてからのほうがかえって厄介で、母の具合が悪かったので、あちこちの家庭で暮らさなくてはなりませんでした。今になって、母が戦争中に経験したことを知り、いろんな感情がこみあげてきます」

ジンカは一九七八年に死去した。心臓がついに音をあげたのだ。

エレーヌの帰還――九人の絆

エレーヌもいよいよわが家に帰るときがきた。出発前、エレーヌはあの大きなクライスラーのトランクに、アメリカ軍の食堂でもらった多種多様な食料を詰めこんだ。ドイツは荒廃していた。人々は飢えていた。町は破壊され、田園は荒れ放題だった。男性人口は激減していた。国家は東と西に分断されることになった。ドイツは滅亡し、世界の超大国となったソ連とアメリカの植民地になり下がるだろうと考える人もいた。

エレーヌには、もうひとつ、するべきことが残っていた。肉やスープの缶詰、チョコレート、たばこ、アメリカのチューインガムを満載した車で向かったのは、フリッツ・シュトゥピッツが地下シェルターの土の床に地図を描いた村だった。

エレーヌはわたしに話してくれた。「村がみつかってね。フリッツは村長になっていたのよ、長く共産党員だったから。わたしは持っていった食料をすべてあげたわ。フリッツはびっくりしていたけれど、落ち着いたら、ふたりともいろいろな感情に襲われたの」
　ふたりは生きのびた。そして生きていく。

　エレーヌはほかの人たちより数か月遅れてフランスに帰還した。クライスラーでアニエール＝シュル＝セーヌに到着したエレーヌに、家族も近所の人も感激した。だれもが広場に出てきて、エレーヌを迎えた。軍服を着たエレーヌは、英雄としてもどったのだ。

　栄養のある食事をして、休養し、母親に世話をしてもらったおかげで、一か月もすると元気をとりもどした。歯科医院に通い、歯の治療も受けた。エレーヌは仕事がしたくてうずうずしていた。前に進みたかった。そして以前働いていた電球製造会社に復職した。あるとき、上司にドイツへの出張を打診された。あるドイツ人科学者が持っている特許が、会社の役に立つかもしれないというのだ。科学者は特許をフランス企業に売りたいというのだが、まずは研究所を訪れて、特許を評価する必要がある。

　エレーヌはドイツ南西部のヴュルテンベルクに八か月から九か月滞在した。自分のために接収されたホテルを、ひとりで使った。ホテルから二五キロメートルほど離れたところにフランス軍の爆撃機航空部門があり、パイロットたちがいた。退屈な週末や、フランス語で話したくなったとき、エレーヌはそこを訪れ、ブリッジをしたり、狩りをしたり、ドナウ川で釣りをしたり、兵士たちのパーティに参加したりした。そしてそこで最初の夫で、マルティーヌの父親となるジャック・フーコーと出会う。

　エレーヌは二七歳だった。マルティーヌによれば、ジャックはハンサムだが、不安を抱え、問題の多い人物だったという。パイロットでありながら、飛ぶことに恐怖を感じていた。「母はとても美しい人だった。ふたりは恋に落ちたの。父も魅力的な人だったし。でも、本当のところ、ふたりとも恋に恋していたんでしょうね」

エレーヌはジャックの上司から忠告を受けたのだとわたしに教えてくれた。「あの男と結婚しようだなんて、どうかしている。あいつはいかれている。深刻な問題を抱えているんだ」。それでもエレーヌはジャックと結婚した。

すでに妊娠していたからだとマルティーヌは断言する。「六か月後にはわたしが生まれていたの。母もね、両親が結婚した六か月後に生まれているのよ。うちの一族が、娘が男の子に近づきすぎることに異常なほどの警戒心を抱くのは、そういうわけなの」

エレーヌとジャックは別世界で育ったふたりだったとマルティーヌは言う。「母はトロツキー主義者。母の父は反軍国主義のユダヤ人。平和主義者。でも、父のほうの家族は正反対なの。カトリック教徒。産業資本家の家庭で、父親は一代でビジネスを成功させ、母親はペタンの支援者だった。レジスタンスに加わった息子のことを裏切り者と思っていて、自分の手で殺してやると言っていた」

軍人であるジャックは留守が多かったが、家にいるときには、エレーヌの女友だちをからかったり、追いかけまわしたりしていた。一九五七年に祖父が亡くなったとき、マルティーヌは山にキャンプにいかされた。キャンプからもどったマルティーヌに、エレーヌは離婚すると宣言した。

わたしとエレーヌが親戚関係になったのは、エレーヌが祖母の弟であるダニーと結婚したからだ。ダニーについて、わたしは頭の中でいろいろと想像力を膨らませてきた。なにしろレジスタンスの英雄として、わたしの父の憧れの存在だったのだから。父は一〇代のころ、夏になると厳格なドイツ人の父親と一緒に暮らしているニューヨーク州北部の農場を離れ、ヨーロッパにいるフランス人の母親のもとにいっていた。母親が航空運賃か船賃を工面できればの話だったが。

ある年の夏、ダニーとエレーヌはイタリア南部のイスキア島に別荘を借り、子どもと甥と姪を全員呼び寄せた。わたしの父はその夏の大イベントについて、まるでユートピアにいったかのように話す。エレーヌの娘のマルティーヌにその話をすると、マルティーヌも夢をみているような声で思い出を語り始め、笑いながらこう言った。「そうだったわねえ。わたし、あなたのお父さんに恋していたのよ！　いとこが勢揃いしてね、少なくとも一〇人はいたはずよ。毎日、レストランの大きなテーブルで食事をしたの。わたしは九歳だった。いたるところでバラが咲いていたのを覚えている。バラの香りも。ほんとうに、パラダイスだったのよ！」[20]

　マルティーヌは、その夏、海辺で撮ったエレーヌとダニーの写真をみせてくれた。愛し合うふたりは、とても美しかった。お互いをみつけたのだ。「わたしには結婚したと言っていたけど、まだしていなかったの。結婚したのは、このあとだったのよ。そんなこと、わたしが気にするわけないのにね！」

エレーヌとダニー。イスキア島にて

　やや複雑な性格のエレーヌと、母ひとり子ひとりだったマルティーヌにとって、ダニーの登場は神様からの贈り物のようだった。「初めて会ったとき、ケーリー・グラントとジョン・ウェインを足して二で割ったみたいだと思った……ラグビーをするスポーツマンだったわね。ダニーは戦争のときの話をしてくれた。ダニーの話をきいているうちに、わたしの目はどんどん大きくなっていったわ。泳ぎを教えてくれたのもダニーだった。恐怖を克服する手助けをしてくれた」

　マルティーヌにとって、思春期はつらかった。エレーヌには交響楽団に入れと言われたが、海辺で友だちとギターを弾いてフォークソングを歌っていたかった。一九六〇年代、すべてが倒錯していた。さまざまなキャリアを試し、最終的には心理学を専門にし、ソーシャルワーカーになった。一九八〇年代、エイズが脅威となった時期に、街をうろついている麻薬依存者のために働いた。虐げられ、苦しんでいる人たちを救おうとした。引退した今も、パリのホームレスのためのシェルターで、理事を務める。自分の仕事は、母親の戦いから直接つながっていると感じている。マルティーヌが仕事の基本原則としている世界人権宣言は、一九四八年に国連が採択したもので、強制収容所やホロコーストの教訓から生まれた。マルティーヌにとって、その精神は、母親から直接受け継いだものだ。ホロコーストを生きのびた人の第二世代によくみられるように、マルティーヌも人を助ける職業を選んだ。マルティーヌ自身も精神面で悩みを抱え、偏執症や境界性パーソナリティ障害に苦しんだ。どちらもトラウマの世代間伝達によくみられる症状だ。

わたしがエレーヌを直接知るようになったのは、一九八〇年代。エレーヌは六〇代に入っていた。このころ、エレーヌは重いうつ症状で入院していた。わたしはマルティーヌに、エレーヌの闘病についてたずねてみた。「症状が出だしたのは五〇代のころ。原因は三つあったの。ひどいやり方で解雇されたこと。母親が亡くなったこと。わたしが結婚したこと」。自分は――街中で麻薬依存者を相手にしたりして――完ぺきな娘ではなかったから、家族にも、ダニーにまで、エレーヌを苦しめたと言って責められたのだとマルティーヌは言った。エレーヌは娘を心配するあまり、うつ病になってしまったのだと。しかしちょうど同じころ、エレーヌはさまざまな喪失をきっかけに、過去を思い出し、悲しむようになったのだろう。エレーヌはよい医師に巡り合った。エレーヌは精神分析を拒絶し、娘が心理学を使って行っていることを軽蔑していた。過去をすべてしまいこんでいた。しかしうつ病になり、よい医師に出会ったことで、昔の話ができるようになった。エレーヌは話したかった。話す必要があった。「あなたが母の話を聞き取ってくれたとき、とても喜んでいたのよ」とマルティーヌは教えてくれた。

　しかし、波風が立たなかったわけではない。晩年に何回か、エレーヌは過去と折り合いをつけるのに苦労していたという。体を洗われることを拒むようになった。長年、エレーヌの介護をしたラティバがエレーヌをバスタブに入れようとすると、エレーヌは暴れ、ラティバを殴った。ラティバは献身的で、エレーヌを大切にしていた。エレーヌに殴られたときにも、動じることなく、水責めの記憶のせいですかとたずねた。エレーヌは「その話はしないでちょうだい」と答えたが、落ち着きをとりもどし、体を洗ってもらった。

　ダニーに先立たれ、みずからの最期を意識するようになると、エレーヌは自分の死に様を心配するようになった。エレーヌの父親は過激な無神論者で、「もし神がいるなら、そいつはサディストか不能者だ」と言うような人だった。マルティーヌはこう言う。「母の母はカトリック信徒だったけど、母の父も、妹たちも、みんな無神論者でね。母が恐れていたのは、死の間際になって、恐怖のあまり自分が回心してしまうんじゃないかってことだった」

　二〇一二年三月、エレーヌの葬儀で、マルティーヌはエレーヌから最初に教えてもらったという『沼地の歌』を歌った。九人のドキュメンタリー映画『逃亡《オンツナプト》』を制作したイェツク・スパンニャとアンジュ・ウィーバーディンクが、そのときの映像をみせてくれた。教会の鐘の音を思わせる、深く豊かな声で、マルティーヌはあの心に残るリフレインをくり返していた。「掘る《ピオシエ》！　掘る《ピオシエ》！」

　映画『逃亡《オンツナプト》』は、あの逃亡から六三年後にロンとエレーヌが再会する感動的な場面で幕を閉じる。イェツクとアンジュの説明によると、何かロンに伝えたいことがあれば、ビデオメッセージを届けましょうとエレーヌに提案した。するとエレーヌは、直接会って話したいと答えた。遠くても出かけていく用意があるというのだ。エレーヌはパリから列車に乗り、ロンとの待ち合わせ場所となったハーグに向かった。ふたりは思い出を語り合った。エレーヌは言った。「わたしたち、あのころはきれいだったのよね」

ニコルが亡くなる直前、九人のうちの何人かと家族が再会していた。エレーヌはその日、いけなかったのだが、ニコル、ギギとギギの家族、ザザの家族、そしてロンが集まった。ジャッキー、ジンカ、メナは他界していた。ジョゼは音信不通になっていたが、まだ存命で、カンヌにいた。そのあとニコルは、再会について短い手紙を書いていた。

> 今日、おばあさんになったわたしたちは……再会し、さまざまな感情に襲われました。そして、わたしたちが、仲間になる運命であったことが、改めてわかりました。わたしたちの間にある、とても強いものは、失われていませんでした……遠い昔に去ってしまった人たちの記憶は、今でもわたしたちの中にあって、わたしたちは、仲間のまま、九人の仲間のままであり続けていたことがわかりました……もう一度、自分たちの結びつきの固さと、自分たちの力を確信したのです。今日の再会は大切なできごと、新たに加わった思い出。彼の地で生まれたわたしたち九人だけの特別な友情の最後の証。さよならなんて、たいしたことではありません。ただの別れ、ですから。

2008年、63年ぶりに再会したエレーヌ（左）とロン（右）

読者のみなさんへ

大衆、追い出された者、身分が低い者、隷属させられた者の歴史をひもとこうとする学者は、権力側が残した古記録の記述範囲の偏り、観点の偏り、歴史に登場することを許された人物の偏りに直面することを強いられる。

――サイディヤ・ハートマン『強情な人生、美しい実験』

この本に登場する九人の女性は、実在の人物です。これは彼女たちの物語であり、第二次世界大戦時のヨーロッパでレジスタンス活動に加わった女性たちに起きた大きな物語の一部です。しかし、彼女たちがどのような人生を送ったのか、どのような選択をしたのか、なぜそのような選択をしたのかはわかっていませんし、これからもわからないでしょう。それにわたしは歴史学者ではありません。

わたしは長く詩を学んできました。この本を書くにあたっては、九人の物語を生き、想像し、データや日付や地図上の印、引用された言葉や立証された事実だけではわからないことを推しはかろうとしました。戦争が始まったとき、九人はみなフランスのレジスタンスネットワークに加わって急進的な活動を始めました。当時、彼女たちには選挙権がありませんでした。法律上は、子どもと同じ立場だったのです。一九四四年四月二一日、レジスタンス女性たちの懸命な努力もあって、ド・ゴール将軍はフランスの女性に参政権を認めると宣言しました。そのとき、九人のうち七人はすでに刑務所か強制収容所にいました。

九人の足跡を追ううちに気づいたのは、古記録を調べても、どうしても知りたい情報に限って書かれていないということです。その人物が女性や貧しい人、社会の隅で生きていた人の場合はなおさらです。物書きとしてのわたしの仕事は、権力を持つ人たちが覚えておくべきだ、記録すべきだと判断したことからこぼれ落ちたものを調査することです。一般に史実とされていることと、九人の女性たちの人生が、ときに対立するのを、うまくなだめなくてはなりませんでした。

終戦直後は、フランス社会も世界も、ユダヤ人の大量虐殺にほとんど注目していませんでした。ユダヤ人は政治犯と同じように解放されたと思いこんでいたのです。人々はレジスタンスの男の英雄たちを称賛しましたが、もしかしたらその一方で、ユダヤ人の移送に協力した恥ずかしい過去を隠そうとしていた人もいたかもしれません。フランスでは、レジスタンスに加わった女たち、その結果、移送された女たちの話はタブーでした。

一九六一年、ナチの親衛隊員だったアドルフ・アイヒマンの裁判が開かれたころから、大量虐殺の真実への関心が世界中で高まりました。生き残った人たちの証言を記録し、伝えるべきだという考えから、記念博物館や文書館の設立、映画やインタビュー動画の制作が活発になりました。その根底にあったのが、教訓を広め、同じことをくり返さないという目標です。

九人のことを調べるにつれて、強制収容所記念館や博物館に対するわたしの考えは進化しました。はじめのうちは、多くの人が苦しんだ場所を訪れることや、「ダークツーリズム」[1]と呼ばれる産業について、倫理上の疑問が頭から離れませんでした。だれもが旅行するようになり、アウシュヴィッツに年間推計一五〇万人が訪れるこの時代、大量の訪問客の管理や、経験の商品化は、複雑な問題です。人々が苦しみ、悲劇が起きた現場で、不適切な自撮り写真を撮っている人にどのような対応をすればいいのか。強制収容所にギフトショップを設置するのはどのような意味を持つのか。ダークツーリズムは歴史認識を高めるのにひと役買っているのか、それとも怖いものをみたいという悪趣味な欲求を満足させているだけなのか。ダークツーリズムは「自分はアウシュヴィッツにいったから、悪い人間とはいえない。だから自分の行いについて深く考える必要はない」というお墨付き、道徳的な免罪符を提供しているのではないだろうか。

この問題をさらに複雑にしているのは、そのような場所がこれまで何度もプロパガンダに利用されてきた事実です。アウシュヴィッツ強制収容所の跡地を一九四七年に公開したソ連には、この場所を象徴として利用しようという明らかな意図がありました。ここで一一〇万人のユダヤ人が死んだことは、まったく公表されませんでした。それどころか、この跡地でユダヤ人の犠牲に言及されるようになるのは一九八九年以降なのです。跡地は国際ファシズム犠牲者記念館と名づけられ、ソ連は「資本主義のナチスが革命の同志を虐殺した」と説明していました。

以前は、特に戦争が終わったあと、戦勝国は記念碑を建てたものです。しかし現在は暴力の歴史を積極的に顧みようという新たな態度が生まれ、記憶を保存する場所を作るようになりました。記憶することが、道徳的な義務になったのです。それでも、九人のことを調べていたとき、わたしは記憶の問題に直面しました。トラウマとなる記憶には持続性があり、世代を超えて受け継がれますが、同時にもろさもあります。記憶はたびたび誤って伝えられ、握りつぶされることさえあります。わたしたちには記憶することが必要なのに、その記憶は、とりわけトラウマとなる記憶は、多くの問題をはらんでいるのです。それに、記憶している人がみな死んでしまったら、どうすればいいのでしょうか。

娘のソフィーと初めてドイツにいったとき、九人がどこの収容所にいて、どのようなルートで逃亡したのか、ぼんやりとしたイメージしかありませんでした。ライプツィヒがブーヘンヴァルト強制収容所の付属収容所だったことから、ラーフェンスブリュック強制収容所ではなく、ブーヘンヴァルトにいたのだと思いこんでいました。そのため、ライプツィヒのＨＡＳＡＧ強制労働収容所の跡地に建つナチ強制労働記念館を訪れたあと、わたしたちはブーヘンヴァルトに向かいました。強制収容所を訪れるのは初めてでした。

一月の、凍てつくような寒さの日でした。風にあおられ、荒涼とした土地に雪が踊っていました。ソフィーとふたり、表示板から表示板へと、重い足取りで歩いていると、恐ろしく惨めな気持ちになりましたが、自分たちには文句を言う権利も、責め苦のような見学を切り上げる権利もないと感じていました。つらいほうが、気が楽だったのです。わたしは、ここまで大がかりに殺戮が行われたことの不気味さから、注意をそらすまいと思っていました。無感覚にはなりたくありませんでした。しかし同時に、涙はこぼすまいとしていました。わざとらしい態度に感じられたからです。それでも、ガラスケースに収められたぬいぐるみをみたら、涙が止まらなくなりました。リーズ・ロンドンが子どもたちのために作ったものです。それをみながら、わたしはメナが赤ちゃんのフランスのために作ったテディベア、ムルデ川の急流に飲まれたテディベアのことを思い出していました。

ドイツ滞在中、ソフィーとわたしは、今、市民として、世界のために何をすべきか話し合いました。年を重ねた慎み深いわたしは、忍耐を説くべきだと言いました。でも、ソフィーはそれでは満足しません。ソフィーには、もっと積極的に問いかけていくほうが合っていたのでしょう。地球の存続は、そのような行動にかかっているのかもしれません。エレーヌたち九人の若い女たちも、同じような危機感にかられていました。レジスタンスに加わったとき、九人は今のソフィーと同じ二〇代でした。今になれば、彼女たちが歴史の正しい側にいたのは明らかですが、当時、ゲシュタポには「テロリスト」として逮捕され、多くのフランス市民からもそのようにみられていたのです。

ドイツ訪問も三度目になると、しっかり準備をして出発できるようになりました。もう一度、強制収容所にいかなくてはならないと、わたしは自分に言いきかせました。九人の物語を十分理解するには、どうしてもラーフェンスブリュック強制収容所をみておかなくてはなりません。今回は、妹のティリーが一緒でした。フュルステンベルクの駅からおよそ三キロメートルを、収容所の跡地まで歩きました。九人がたどったのと同じ道です。歩いたり、走ったり、親衛隊員と犬に追い立てられたりしながら。

　数時間かけて展示をみたり、記念の場所を歩いたりしたあと、わたしたちはかつて収容棟が建っていただだっ広い敷地に入りました。土台だけが残っていて、建物の輪郭を伝えています。わたしは地図を握りしめ、点呼広場《アペルプラッツ》をさがしました。被収容者たちが、寒さに震えながら何時間も立たされていた場所です。診療所《レヴィア》の場所もさがしました。フランス人政治犯が詰めこまれていた第二四収容棟、あふれ出した被収容者を入れるためにテントが設置された湖畔のスペースもみつけました。あたりは静かで、岸にさらさらと寄せる水の音だけがきこえていました。そのときわたしは、この場所が歴史の証言を伝え続けることの大切さを理解しながらも、自然に還ってくれたらどんなにいいだろうと心のどこかで感じていました。そんな緊張感と心の揺らぎを抱えながら、わたしたち人間は記憶したり忘れたりをくり返してきたのかもしれません。過去の事実にしがみつきながら、今を存分に生きることは、至難の業です。

　ラーフェンスブリュック強制収容所を訪れた数日後、ティリーとわたしは車を借り、九人の逃亡の道のりをたどってみました。親切なユーゴスラヴィア人の戦争捕虜が迎えてくれたクラインラーゲヴィッツをみつけました。片メガネ氏と出会い、フォークで麺を食べたレッペンをみつけました。ライツェンでは警察署をさがしましたが、なくなっていました。明らかにソ連時代に建てられた、小さな消防署があるだけでした。崩れかかった、見捨てられたような役場の建物があり、エレーヌがドイツのお偉いさんたちの目の前でちらつかせたあの「通行許可証」は、ここでもらったのかしらと想像しました。ライツェンを出て、エルンストとアネリーズ父娘の農場はどれだろうかと、見て回りました。木陰の小道の奥に、大きな納屋のある、白い漆喰に黒い木枠が美しいチューダー朝の家がありました。

涼しげな中庭には、ポンプがみえました。わたしはその家でジョゼがシューベルトを歌っているところを想像しました。

丘の上の屋敷に巨人の家族が住んでいた、デルムシュッツもみつけました。ドキュメンタリー映画を制作したイェックとアンジュは、巨人の子孫に会ったと言います。今でもあの屋敷で暮らしているそうです。

オーバーシュタイナもみつけました。児童養護施設だったと思われる建物は、廃墟になっていました。少年兵たちがパンツァーファウストを持ち歩いていたアルテンホフでは、橋と森をさがしてみました。どちらもなくなっていましたが、ムルデ川に向かう途中には、深い森を通りました。車で曲がりくねった道を下っていくと、両側の斜面に背の高い木がうっそうと繁り、黒い枝をからませているのがみえました。ムルデ川には、三つのアーチのある橋が再建されていました。春の寒い日に、水かさの増した川を前にした九人が、震えあがっている様子が目に浮かびました。

九人の物語を書くにあたって、わたしはなるべく彼女たちについてわかっている事実に忠実に従おうと努めました。可能な限り家族や友人に会いました。九人が書いた文章や、同じ刑務所や収容所にいた女性たちの記録を見つけ出しました。公文書館や記念館を訪れ、歴史学者に話をききました。そしてそこからは、暗闇に足を踏み入れ、幽霊と話をしました。小説家のラルフ・エリソンは次のように書いています。「書くためには、時間が幽霊のように漂っている過去の闇の中に、たびたび飛びこまなくてはならないものだ」。わたしが作り出した空間の中に、九人が存在し続けてくれることを願います。

謝辞

この本が形になるまで五年間、二〇〇二年に大おばのエレーヌ・ポドリアスキー・ベネディトとの昼食で最初のひらめきを得たことを考えると、さらに長い時間がかかっている。エレーヌがわたしを信頼し、ごく限られた数人を除けばだれにも話すことのなかった話をしてくれたことには、どんなに感謝しても足りない。また、わたしを励まし、二〇〇二年にはエレーヌの話を記録するのについてきてくれたおばのエヴァ・ストラウスにもお礼を言いたい。家族の記録の保管に情熱を燃やしているおばが、おじミシェル・パイヤールと夫婦で協力して文字起こしをしてくれたおかげで、エレーヌはその原稿をまとめ、パリ・ナンテール大学の文書館に寄贈することができた。

九人の物語を知るために、本当にたくさんの人に手伝ってもらった。

スザンヌ・モデの家族、特にピエール・ソーヴァネとアンヌ＝フローレンスの夫妻には、ザザの著書の解説をたっぷりしてもらった。わたしが連絡し、インタビューをお願いすると、とても気持ちよく迎えてくれた。ザザの著書の編集者であるアルレア社のアンヌ・ブルギニヨンにもお礼を。アンヌはザザの物語に強い愛着を抱いていて、わたしが連絡すると、すぐに返事をくれて、わたしに進むべき方向を示してくれた。ザザの著書とドキュメンタリー映画『逃亡《オンツナプト》』は、わたしが九人の物語をたどるための重要な手がかりとなってくれた。このふたつがなければ、この本は生まれなかった。才能豊かで親切なオランダのドキュメンタリー映画制作者イェツク・スパンニャとアンジュ・ウィーバーディンクに、心から感謝している。

九人の家族の多くが、気持ちよく協力してくれなければ、わたしの調査はすぐに行き詰まっただろう。何度となくわたしを受け入れ、ドアを、心を、写真アルバムを開いてくれたことに、頭の下がる思いだ。ニコルの娘は、ニコルが書いた未発表の手記をわたしに託してくれた。パリのラ・バテリエールでの食事に何度も招いてくれ、お仲間と一緒に大規模なオークションハウスのドロートにも連れていってくれたおかげで、わたしは初めて生のオークションをみることができた。また、彼女の紹介で、「五万七〇〇〇人」のひとりで、ラーフェンスブリュック強制収容所の生還者であるジャクリン・フルーリーと出会えたことは、わたしにとって何よりの名誉だ。

ギギの家族も、とても力になってくれた。系図調査サイトの検索にすぐれたギギの孫息子のオリヴィエ・クレマンタンは、非公式のアシスタントの役割を果たしてくれた。ジンカの家族をみつけたのも、ラストネームがふたつあるという謎を解くことができたのも、彼のおかげだ。オリヴィエと、母親のロランス・スペイカー・クレマンタンの話のおかげで、わたしはギギを知ることができたし、メナの家族にもたどり着けた。ギギの孫にあたるクレマンタン家のカトリーヌ、ポリーヌ、オリヴィエ、エチエンヌ、スペイカー家のジュリーとカリーヌは、ギギとの思い出話をたくさんしてくれた。ギギの息子であるマーク・スペイカーとも親しくなった。マークは自分がこの物語の一部であることを承知し、わたしが彼に対しても、この物語との出会いがわたしにもたらしてくれるものに対しても、心から感謝していることをわかってくれた。

メナの義理の息子ジャン＝ルイ・ルプラトレとその息子のギヨーム・ルプラトレは、すぐれた語り手だった。ふたりとも、わたしの電話インタビューに応じ、何時間もかけて質問に答えてくれた。ギヨームは母親からきいていた感動的な物語を教えてくれた。ジャン＝ルイは貴重な写真を惜しげもなくたくさん送ってくれた。

ジンカの息子のジル・シャトネとその息子のトマ・シャトネは、南フランスまで訪ねてきてくれて、思い出深い昼食をともにすることができた。このプロジェクトの中で、わたしがとりわけ心動かされたのは、ジンカがフレンヌ刑務所で出産したかわいらしいフランス・デュブロークとの出会いだ。フランスと夫のディディエと、あの午後話ができたこと、屋根裏部屋でみつけた書類——これも物語を構成する上で重要な鍵となった——をみせてもらえたことには、いくら感謝してもしきれない。

ジャッキーの友人フィリップ・モンセルにも感謝している。フィリップと話をしなければ、ジャッキーの人となりを詳しく知ることはできなかっただろう。また、ジャッキーの相続人のミシェル・レヴィは、ジャッキーについて情感豊かに話してくれ、彼女の人生の空白部分を埋める手伝いをしてくれた。

エレーヌの娘、マルティーヌ・フーコーには、どれほど協力してもらったかわからない。家族や一族について、多くの情報を提供してくれた。エレーヌについての鋭い分析を、ユーモアたっぷりに話してくれて、わたしの理解を大いに助けてくれた。

ドキュメンタリー映画を制作したイェツクとアンジュが、マーク・スペイカーとわたしをアムステルダムに招いてくれたとき、その日がどれほど重要な意味を持つことになるのか、わたしは想像していなかった。わたしの興味をかきたててくれた映画の制作者に会えただけでもうれしかったのに、ロンの娘夫妻であるパトリシア・エリザベス・フレデリーク・ベンシンクとウラディミール・シュライバーにも紹介してもらえた。パトリシアとウラディミールはその日のために十分準備をし、資料を用意してきてくれた。パトリシアは生還者の子どもという難しい立場について、率直に、誠実に話してくれた。あの日曜日をわたしとともに過ごしてくれたことを、とてもありがたく思っている。

ライプツィヒにある強制労働記念館のアーキヴィスト、アンネ・フリーベルは、彼女の仕事がどれほどわたしの助けになったか、知らないだろう。でも、わたしは心の底から感謝しているし、人知れず真実を守り続けてくれているすべてのアーキヴィストに敬意を表したい。パリ・アメリカ大学の学長セレステ・シェンクは、わたしを招き、同大学のジョージ・アンド・イリーナ・シェファー・ジェノサイド人権紛争防止研究センターにあるＵＳＣショア財団のヴィジュアル・ヒストリー・アーカイヴを調べさせてくれた。そこで主任アーキヴィストのコンスタンス・パリ・ド・ボラルディエールの助けを借り、何時間にもおよぶニコル・クラランスへのインタビュー動画を観ることができたのも、このプロジェクトの重要な柱となった。

ナチの強制収容所制度についての理解を深めるのに重要な役割を果たしてくれたのは、「ブーヘンヴァルト強制収容所とドーラ強制収容所、および付属強制労働収容所フランス人協会」のメンバーたちだった。特に感謝したいのが、二回目のドイツ訪問時にすばらしい案内役を務めてくれたジャン＝クロード・グルダンとクリストフ・ラビノーだ。その旅をともにしてくれた仲間たちにも感謝したい。ほとんどが、帰還者の家族だった。この協会は、そもそも帰還者によって創立されたが、現在は家族が引き継ぎ、記憶と歴史の継承を注意深く見守っている。ネオ・ファシストや反ユダヤ主義者、ホロコースト否認論者など、歴史を脅かす存在はいつの時代にも現われる。「ブーヘンヴァルト強制収容所とドーラ強制収容所、および付属強制労働収容所国際委員会」の会長ドミニク・デュランと、書記長で歴史アドバイザーのアニエス・トリーベルにもお礼を言いたい。ドミニクはアニエスに協力してもらうといいと勧めてくれ、アニエスはわたしの草稿を注意深く読んで、鋭い指摘と修正をびっしり書きこんでくれて、どんなに助かったかわからない。アニエスはいつも重要な情報を教えてくれて、時間と知識を惜しみなく提供してくれた。

わたしはふた冬のあいだ、通常の仕事から離れ、執筆する場所を与えられた。ポリーナ・ヌリシエがパリのアパートを貸してくれたおかげで、わたしはこの本の最初の草稿を仕上げることができたし、翌年にはバーモント・スタジオ・センターから支援を受けることができた。ありがたいことに、ニューヨークのカリクーン・センターにある作家村からも滞在の許可をもらったが、いくことはできなかった。ローリー・フェンドリッチとピーター・プラゲンスの変わることのない支援に感謝したい。

　エージェントのアンディ・ロスは、つねに助け、励ましてくれる。ジュディス・カーフィオルは、諦めずにいてくれた。セント・マーチンズ・プレス社のチーム全員には心から感謝しているが、特に編集者のエリザベス・ディッセガードに、そして本書に関わってくれたアレックス・ブラウン、ジェニファー・フェルナンデス、マイケル・ストーリングス、スー・ワーガにお礼を言いたい。

　ひとつのプロジェクトに長く関わっていると、友人や家族にいつもその話ばかりしてしまう。忍耐強く耳を傾け、諦めないよう励まし続けてくれたことに感謝している。エラ・ヒクソンは心強い味方で、彼女がいなかったら、わたしはここまでたどり着けなかっただろう。初期の原稿を読んでくれ、いつも執筆を支えてくれたのは、マーサ・スターク、ジャネット・ニコルズ、カリーン・カリオだ。長年、一緒に執筆をしてきた作家仲間はたくさんいるが、特に惜しみない友情をくれるのが、ドロシー・スピアーズ、マキシン・スワン、ケイレブ・ペニマン、シルヴィア・ペックだ。

　この物語は、わたしの家族の物語でもある。絶えず支えてくれたことに、深く感謝している。父ジュリアン・ストラウスと義母ベッツィ・ストラウスは、歴史を愛し、みずからも文章を書く。この本について熱心に、ユーモアをまじえてたずねてくれた、きょうだいのウィリー、アニー、スザンナ、ティリーにもお礼を。わたしの最初の友だち、人生における最初の仲間であるティリーは、三回目のドイツ訪問で、一緒にラーフェンスブリュック強制収容所にいってくれた。アニーは数学の解説をしてくれた。母ケイティ・ニコルズは、いちばんの読者だった。わたしが作家になったのは、母に物語る才能があったからだ。エマニュエル・シャリエは、リサーチアシスタントを務めてくれた。彼女がギギの家族をみつけてくれたおかげで、物語の全容が目の前に開けたのだ。ジョージ・バウワーは伴侶として、わたしを信じていてくれる。最後に、いつも執筆に没頭している母親に我慢してくれた三人の子どもたち。ノアとエリザには、同じ病気にしてしまって申し訳なかったと思っている。ソフィーは何度も発見の旅に付き合ってくれた。鋭い指摘をしてくれたこと、レコーダーの操作を手伝ってくれたこと、すべてがこの本の中に組み込まれている。

訳者あとがき

九人の女たちの旅、いかがでしたでしょうか。一九四五年四月一五日に死の行進から逃げ出し、四月二一日に前線を突破してアメリカ兵に出会うまでの逃亡の旅。待ち続けたパリゆきの列車についに乗りこみ、喜びと不安に胸を膨らませた帰郷の旅。そしてそれぞれの人生の旅。過酷な旅ではありましたが、九人には生きのびようとする強い意志と、だれひとり取り残さない固い友情、そして苦境さえ笑い飛ばしてしまうユーモアがありました。ナチスの非人道的な強制収容所（著者は「官僚的殺人制度」と呼んでいます）に取りこまれ、多くの人が生きる望みを失い、無気力になっていく中で、彼女たちはなぜ生き抜くことができたのでしょうか。

ひとつには九人が若かったことがあるでしょう。軍需工場で特に骨の折れる作業を任されるほど、体力がありました。語学力や外交力、専門知識もありました。アウシュヴィッツ強制収容所から生還したイタリア人作家のプリーモ・レーヴィは、何かしらの技術や有力者の伝手《つて》などを持った「名士」が生きのびたと『これが人間か』（竹山博英訳／朝日新聞出版）の中で述べています。また、自分の人生はまだこれからだという思いもありました。死の行進からの逃走直後、ロンはこんなことを言っています。「わたしが今死んでも、明日死んでも、だれも気にしない。（中略）わたしはまだこの世に生きた痕跡を残せていない。今諦めたら、何も残らないじゃない」。ジンカの娘フランスをはじめ、会いたい人たちもいました。そして何よりも、仲間との強い団結がありました。

団結が女たちの心の支えであったことは、たびたび言及されています。強制収容所で、ナチスが被収容者の分断を図ったにもかかわらず、女たちはときには国籍や人種の違いを越えて協力し合いました。あり合わせの材料で美しい帽子を作って聖カタリナの日を祝ったり、自慢の料理のレシピを語って「ごちそう」し合ったり、移送されてきたユダヤ人被収容者の服から黄色い星をはぎ取ってかくまったり。リーズ・ロンドンが回想録に書き残した「ソーシャルワーカー」たちのお節介の話、フレンヌ刑務所で移送者の名前が読みあげられたときにわき起こったという『ラ・マルセイエーズ』の大合唱の話も象徴的です。その絆の強さは、彼女たちがレジスタンス活動に身を投じた政治犯であったことと無関係ではないはずです。

一九三九年九月、フランスはドイツのポーランド侵攻をきっかけに、イギリスとともにドイツに宣戦布告しました。当初はドイツが東部戦線に力を入れていたこともあり、西部戦線では目立った戦いはありませんでしたが、一九四〇年五月からドイツ軍の攻撃が本格化し、六月にパリはドイツ軍に占領されました。日本軍による真珠湾攻撃より一年半近く前のことです。以後、一九四四年八月のパリ解放までの四年間、フランスの大部分はドイツの占領下におかれました。

占領下のフランスで何が起きていたのか、詳しくは『ナチ占領下のフランス』（渡辺和行著／講談社）や『ナチ占領下のパリ』（長谷川公昭著／草思社）といった書籍に譲りますが、多くの人が占領ドイツ軍に反感を持ちながらも、積極的な行動には出ず、生活防衛に追われていたようです。中にはドイツ軍におもねって協力し利益を得る者がいましたが、逆にひそかにイギリスなどと連帯して諜報活動を行ったり、武器や物資を密輸したり、ユダヤ人をかくまったりした人たちがいました。それがエレーヌたちが従事していたレジスタンス活動です。

エレーヌは、レジスタンス活動に参加した理由について、「お金のためにやっているんじゃありません。フランスのため、自分の名誉のためです」と言いました。女には参政権もなく、まだまだ社会的な地位が低かった時代に、重要な役割を任され、ときには年上の男たちに指示する仕事は、やりがいのある充実したものだったでしょう。とはいえ、ドイツに占領され、先のみえないフランスで、レジスタンスはあくまでも少数派でした。『フランス・レジスタンス史』（J＝F・ミュラシオル著／福本直之訳／白水社）によれば、一九四四年夏の時点でも、活動分子は成人人口の二パーセントだったといいます。女性の割合はさらに少なかったのですから、活動に加わるのには相当な勇気が必要だったはずです。そして戦争が終わり、「歴史の正しい側」にいたことが明らかになったあとも、差別や無理解に耐えなくてはなりませんでした。ザザが手記を書き、ニコルが経験談を雑誌に寄稿したものの、九人はみな戦争中の経験について、家族にさえ多くを語りませんでした。それでも、戦争が脳裏を離れることはなく、戦後の人生にも深く影響を与えました。

著者のグウェン・ストラウスはハイチ生まれのアメリカ人で、若いころには世界各地を旅し、旧ソビエト連邦時代のモスクワからウズベキスタンまで鉄道旅行をしたり、オランダのハウスボートで暮らしながらヨーロッパを回ったりしました。日本の一一世紀の和歌に興味を持ち、京都に滞在したこともあるそうです。二〇年ほど前からは親戚のいるフランスで暮らし、詩や子どもの本を書いてきました。日本でも『ナイトシミー　元気になる魔法』（アンソニー・ブラウン絵／灰島かり訳／平凡社）という絵本が、二〇〇二年に出版されています。現在は執筆活動を続けるかたわら、写真家、画家、ピカソの《泣く女》のモデルとしても知られるドラ・マールの旧邸宅を管理し、芸術家や学者に活動・研究の場として提供する仕事もしています。

フランスで、著者はこの物語の主人公のひとり、エレーヌ《タント・エレーヌ》おばさんから初めて第二次世界大戦時の話をききます。仲間とともにナチスから逃れたと言うエレーヌの言葉に敏感に反応し、ぜひ詳しい話をしてほしいと頼んだのです。はじめは純粋な興味だったでしょう。結局エレーヌから直接話をきけたのは一度きりでしたが、著者はそれを手がかりに、本格的な調査を始めました。エレーヌたちが強制労働させられたライプツィヒにあるナチ強制労働記念館を訪れたのをはじめ、各地の記念館や資料館から資料を集め、エレーヌの仲間の子どもや孫、甥などをさがしあて、会いにいきました。ブーヘンヴァルトやラーフェンスブリュックの強制収容所跡地にも足を運びました。その過程で、強制収容所を経験した人たちが忘れたくても忘れられない過去の記憶に生涯苦しみ、その負の影響が子どもにまで受け継がれていることを知りました。過去の記憶を埋もれさせず、後世に伝えたいと思いながらも、その記憶が当事者を苦しめている事実に、記憶というものを扱う難しさを実感するのです。そんな著者の背中を押したのは、収容所で命の危険を冒してまでも、ナチスの目を盗んで記録をつけ、書類を保管した人たちの姿でした。真実を守った人から、この本を書いてもいいと言ってもらえた気がしたと著者は述べています。こうして五年がかりで書き上げたこの本は、著者グウェン・ストラウスの旅の物語でもあります。九人の女たち、そして著者がたどった旅の物語を日本に届けるお手伝いができたことを、とても幸せに思います。

　最後になりましたが、この大切な作品の翻訳をお任せくださった河出書房新社編集部の渡辺史絵さん、そしてこの本を読んでくださったすべての方に、心よりお礼を申しあげます。

笹山裕子

二〇二二年初夏

Concentration-Camp-19381945

11　アン・セバ著『Les Parisiennes: Résistance, Collaboration, and the Women of Paris Under Nazi Occupation（パリジェンヌ：レジスタンス、協力、そしてナチ占領下の女たち）』（ニューヨーク：セント・マーチンズ・プレス、2016年）、pp.387

12　アドリエンヌ・リッチ著『On Lies, Secrets and Silence: Selected Prose 1966–1978（嘘、秘密、沈黙について：散文集　1966–1978年）』（ニューヨーク：W・W・ノートン、1985年）、pp.199。初出は『Sinister Wisdom 3』誌1977年春号所収の論文「It Is the Lesbian in Us（わたしたちの中にあるレズビアン）」

13　ジャッキーの軍歴より。ヴァンセンヌ歴史アーカイヴセンター（Centre historique des archives, Vincennes）、国防誌編纂部（Service Historique de la Défense）、書類番号GR 16 P 471442

14　ジャッキーの相続人ミシェル・レヴィに対し、2020年5月6日に電話で行ったインタビューより。

15　ジャッキーの友人フィリップ・モンセルに対し、2018年12月6日に電話で行ったインタビューより。

16　ジル・シャトネ著「奇妙で特異な精神分析」。2009年11月、Journées de l'École de la Cause freudienneの「Comment on devient analyste au XXIe siècle（21世紀にアナリストになる方法）」という会議で発表された論文。

17　マデロン・L・ヴェルスティネン著『Mijn Oorlogskroniek（わたしの戦争年代記）』（フォールブルフ：フェルステイネン、1991年）、pp.95（ロンによる翻訳）

18　2019年7月21日、メネルブにてジル・シャトネとトマ・シャトネと交わした会話より。

19　2019年3月3日、ディーにてジンカの娘フランス・ルボン・シャトネ・デュブロークと、その夫ディディエ・デュブローク、そしてソフィー・ストラウス・ジェンキンズをまじえて交わした会話より。

20　エレーヌの娘マルティーヌ・フーコーに対し、2019年2月3日、パリにて行ったインタビューより。

読者のみなさんへ

1　「ダークツーリズム」という語は、1996年にグラスゴー・カレドニア大学ホスピタリティ・ツーリズム・レジャー・マネジメント学部で教えるJ・ジョン・レノンとマルコム・フォーリーが考えた。ダークツーリズムには、歴史的に死や苦しみ、悲劇と関連付けられる場所への旅行も含まれる。

1945 年、被収容者の帰還）」展覧会図録、2015 年、pp. 17

2　AFMD「Lutetia, 1945, le retour des déportés」、pp. 17

3　AFMD「Lutetia, 1945, le retour des déportés」、pp. 19

4　ニコル・クラランス、ヴィジュアル・ヒストリー・アーカイヴ、USC ショア財団、1999 年、1996 年 2 月 16 日、エレーヌ・レヴィ＝ワンド・ポラックによるインタビュー、2019 年 4 月 15 日、パリのアメリカ大学からアクセス。

5　アルバート・スターリンク著『Mémoires pour ses enfants Caster, Dorin et Reiner（3 人の子どもたち、カスペール、ドラン、ライネールのための回想録）』。1995 年 4 月にオランダ語で書かれ、1995 年 6 月にギギに送られ、2019 年 10 月にマーク・スペイカーによってフランス語に翻訳される。

6　ギギの娘ロランス・スペイカー・クレマンタンに対し、2018 年 11 月 18 日にパリで行ったインタビューより。

7　メナの義理の息子ジャン＝ルイ・ルプラトレに対し、2018 年 12 月 7 日に電話で行ったインタビューより。

8　メナの孫息子ギヨーム・ルプラトレに対し、2018 年 12 月 19 日に電話で行ったインタビューより。

9　AFMD「Lutetia, 1945, le retour des déportés」、pp. 47

10　ロランス・スペイカー・クレマンタンに対し、2018 年 11 月 18 日にパリで行ったインタビューより。

第一二章　ただの別れ

1　スザンヌ・モデ著『Neuf filles jeunes qui ne voulaient pas mourir（死にたくなかった 9 人の娘たち）』（パリ：アルレア社、2004 年）、pp. 10

2　ザザの甥のピエール・ソーヴァネに対し、ソフィー・ストラウス・ジェンキンズとアンヌ＝フローレンス・ソーヴァネをまじえて 2018 年 11 月 10 日にラ・ロシェルで行ったインタビューより。

3　M・ジェラルド・フロム編『Lost in Transmisshion：Studies of Trauma Across Generations（伝達情報にまぎれて：トラウマの世代間伝達の研究）』（ロンドン：カーナック、2012 年）、pp. xvi

4　イラニー・コーガン著「The Second Generation in the Shadow of Terror（恐怖の陰の第 2 世代）」、『Lost in Transmission: Studies of Trauma Across Generations』所収、M・ジェラルド・フロム編（ロンドン：カーナック、2012 年）、pp. 7

5　マルティーヌ・フーコーに対し、2019 年 2 月 3 日にパリで行ったインタビューより。

6　ドリー・ラウブ著「Traumatic Shutdown of Narrative and Symbolization: A Death Instinct Derivative?（語りと象徴化のトラウマによるシャットダウン：死の本能の派生物か?）」、『Lost in Transmission: Studies of Trauma Across Generations』所収、M・ジェラルド・フロム編（ロンドン：カーナック、2012 年）、pp. 37

7　ハワード・F・スタイン著「A Mosaic Transmission After Trauma（トラウマ後の伝達のモザイク現象）」、『Lost in Transmission: Studies of Trauma Across Generations』所収、M・ジェラルド・フロム編（ロンドン：カーナック、2012 年）、pp. 175

8　帰郷の旅に関する情報の主な出典は、ドキュメンタリー映画『Ontsnapt（逃亡）』、ロンのインタビュー動画、ロンの著書である。

9　ロンの娘パトリシア・エリザベス・フレデリーク・ベンシンクと、義理の息子ウラディミール・シュライバーに対し、2020 年 2 月 23 日に行ったインタビューより。ふたりは個人的な文書や写真を提供してくれ、その後もメールのやりとりに応じてくれた。

10　「The Mauthausen Concentration Camp 1938–1945（マウトハウゼン強制収容所　1938–1945 年）」、マウトハウゼン記念館、http://www.mauthausen-memorial.org/en/History/The-Mauthausen-

ブルデイ、2015 年）、pp. 418

9　ヘルム『Ravensbrück』、pp. 420。サラ・ヘルムはこの情報をマリ゠ジョー・ションバー・ド・ロウへのインタビューで知った。ヴァランティーヌ・ゴビーの著書『Kinderzimmer（新生児室）』（アルル：アクト・シュッド、2015 年）で、マリ゠ジョー・ションバー・ド・ロウは、解放まで生きのびた 31 人の赤ん坊のうち、3 人のフランス人、シルヴィ・アイムラー（1945 年 3 月生まれ）、ジャン゠クロード・パセラ（1944 年 11 月生まれ）、ギ・ポアロ（1945 年 3 月生まれ）がいたことを認めている。

10　巡回展『Children at the Bergen-Belsen Concentration Camp（ベルゲン・ベルゼン強制収容所の子どもたち）』ベルゲン・ベルゼン記念館、ディアナ・グリング企画。2019 年 2 月にラーフェンスブリュック記念館で展示されていた内容より。http://kinder-in-bergen-belsen.de/en/home#stations

第一〇章　人間らしい生活へ

1　ウィリアム・W・クイン著『Dachau（ダッハウ）』（サンフランシスコ：ノルマンディー・プレス、2015 年）

2　スザンヌ・モデ著『Neuf filles jeunes qui ne voulaient pas mourir（死にたくなかった 9 人の娘たち）』（パリ：アルレア社、2004 年）、pp. 136

3　具体的な数字にはばらつきがあり、3 万人が解放されたという資料もあるが、スウェーデン赤十字社が 2000 年に公表した報告書には、推計 1 万 5000 人となっている。https://www.redcross.se/contentassets/4b0c5a08761c417498ddb988be6dd262/the-white-buses.pdf

4　サラ・ヘルム著『Ravensbrück: Life and Death in Hitler's Concentration Camp for Women（ラーフェンスブリュック：ヒトラーの女強制収容所での生と死）』（ニューヨーク：ナン・A・タリーズ編集／ダブルデイ、2015 年）、pp. 594

5　ヘルム『Ravensbrück』、pp. 622

6　ヘルム『Ravensbrück』、pp. 625

7　ヘルム『Ravensbrück』、pp. 611

8　匿名『A Woman in Berlin: Diary 20 April 1945 to 22 June 1945』、フィリップ・ベーム訳（ロンドン：ヴィラゴ、2006 年）。この回想録は当初匿名で出版されたが、著者の死後、マータ・ヒラーズが書いたものであると明らかにされた。ナチスに協力していたことが、匿名出版の理由であると考えられる。【『ベルリン終戦日記：ある女性の記録』山本浩司訳、白水社、2017 年】

9　ジョー・ウェストン著「The GIs in Le Havre（ル・アーヴルのアメリカ兵）」、『ライフ』誌 1945 年 12 月 10 日付

10　メアリー・ルイーズ・ロバーツ著『What Soldiers Do』（シカゴ：シカゴ大学出版、2013 年）、pp. 210【『兵士とセックス：第 2 次世界大戦下のフランスで米兵は何をしたのか?』メアリー・ルイーズ・ロバーツ著、佐藤文香監訳、西川美樹訳、明石書店、2015 年】

11　マルセリーヌ・ロリダン゠イヴェンス著『Et tu n'es pas revenue（そしてあなたはもどってこなかった）』（パリ：グラッセ出版社、2015 年）、pp. 35

12　匿名『A Woman in Berlin』、pp. 176

13　アメリカ兵と出会ってからの数週間の様子については、主にフランス・ルボン・シャトネ・デュブロークから提供されたスザンヌ・モデの未公表の手記を参考にしている。

14　ラーフェンスブリュック強制収容所友の会『Les Françaises à Ravensbrück』、pp. 285

第一一章　わが家への道

1　連合軍強制移送記念財団友の会（AFMD）「Lutetia, 1945, le retour des déportés（ルテシア、

（パリ：アルレア社、2004 年）、pp. 77

3　モデ『Neuf filles』、pp. 78

4　連合軍強制移送記念財団友の会（Amis de la Fondation pour la Mémoire de la Déportation de l'Allier）のウェブサイト上のジョゼフィン・ボダナヴァに関するページより。http://www.afmd-allier.com/PBCPPlayer.asp?ID=1532755

5　ムサ・アバディとオデット・ローゼンストックの情報のほとんどはフレッド・コールマン著『The Marcel Network（マルセルネットワーク）』（ヴァージニア州ダレス：ポトマック・ブックス、2013 年）を参考にした。

6　コールマン『The Marcel Network』、pp. 11

7　コールマン『Tne Marcel Network』、pp. 12

8　フォール夫妻は、マルセルネットワークへの協力を認められ、戦後、エルサレムのヤド・ヴァシェム記念館で「諸国民の中の正義の人」の称号を贈られた。

9　連合軍強制移送記念財団友の会のウェブサイト上のジョゼフィン・ボダナヴァに関するページより。

10　パラディ通り 425 番地のゲシュタポのマルセイユ本部は、非情なエルンスト・ドゥンケルがいたことで知られている。ドゥンケルは残虐な拷問によってマルセイユのレジスタンスを壊滅させ、ゲシュタポで名を上げた。ジャン・ムーランの逮捕にも関与し、多くのレジスタンス闘士を移送、処刑した。「マルセイユの黒伝説」と呼ばれ、1950 年に死刑の判決が下され、処刑された。

第七章　ジャッキー

1　レシピ帳に関する情報は、ジャーナリストでドキュメンタリー映画制作者でもあるアンヌ・ジョルジェから得たもの。彼女が制作した映画『Festins imaginaires（想像のなかのごちそう）』（プラネテ+、2015 年）は、強制収容所をはじめ、さまざまな極限状態において作られたレシピ帳をテーマにしている。彼女はエルシー・ハーバーシュタインと『Les carnets de Minna（ミンナのノート）』（パリ：スイユ出版社、2008 年）を出版している。

2　スザンヌ・モデ著『Neuf filles jeunes qui ne voulaient pas mourir（死にたくなかった 9 人の娘たち）』（パリ：アルレア社、2004 年）、pp. 91

第八章　メナ

1　2018 年 12 月 7 日に行ったジャン゠ルイ・ルプラトレへの電話インタビューより。

2　2018 年 12 月 11 日にギヨーム・ルプラトレから著者に送られたメールより。

3　アルバート・スターリンク著『Mémoires pour ses enfants Caster, Dorin et Reiner（3 人の子どもたち、カスペール、ドラン、ライネールのための回想録）』。1995 年 4 月にオランダ語で書かれ、1995 年 6 月にギギに送られ、2019 年 10 月にマーク・スペイカーによってフランス語に翻訳される。

4　マルセリーヌ・ロリダン゠イヴェンス著『Et tu n'es pas revenue（そしてあなたはもどってこなかった）』（パリ：グラッセ出版社、2015 年）、pp. 63

5　リーズ・ロンドン著『La Mégère de la rue Daguerre（ダゲール通りのトガリネズミ）』（パリ：スイユ゠メモワール、1995 年）、pp. 349

6　ロンドン『La Mégère』、pp. 350

7　ラーフェンスブリュック強制収容所友の会『Les Françaises à Ravensbrück（ラーフェンスブリュックのフランス人）』（パリ：ガリマール出版社、1965 年）、pp. 203

8　サラ・ヘルム著『Ravensbrück: Life and Death in Hitler's Concentration Camp for Women（ラーフェンスブリュック：ヒトラーの女強制収容所での生と死）』（ニューヨーク：ナン・A・タリーズ編集／ダ

13　ヴェルスティネン『Mijn Oorlogskroniek』、pp. 96
14　ヴェルスティネン『Mijn Oorlogskroniek』、pp. 54
15　ギギの家族からは、彼女の性格について、子ども時代について、詳しく話をきかせてもらい、とても感謝している。2018 年 11 月 18 日にオリヴィエ・クレマンタンと母親のロランス・スペイカー・クレマンタンに会って話し、そのあともメールや手紙のやりとりをした。またマーク・スペイカーからも話をきいたりメールをもらったりし、ギギのほかの孫ともやりとりさせてもらった。
16　ベス『Une jeune fille』、pp. 13
17　ヘルム『Ravensbrück』、pp. 367
18　ヴェルスティネン『Mijn Oorlogskroniek』、pp. 20
19　ヴェルスティネン『Mijn Oorlogskroniek』、pp. 24
20　ヴェルスティネン『Mijn Oorlogskroniek』、pp. 24
21　ベス『Une jeune fille』、pp. 61

第五章　ジンカ

1　リーズ・ロンドン著『La Mégère de la rue Daguerre（ダゲール通りのトガリネズミ）』（パリ：スイユ＝メモワール、1995 年）、pp. 361。リーズは「ジムカ」がマットレスの切れ端で夫のためにシガレットケースを作ったと書いている。
2　マデロン・L・ヴェルスティネン著『Mijn Oorlogskroniek（わたしの戦争年代記）』（フォールブルフ：フェルステイネン、1991 年）、pp. 79（ロンによる翻訳）
3　ヴェルスティネン『Mijn Oorlogskroniek』、pp. 78
4　ヴェルスティネン『Mijn Oorlogskroniek』、pp. 80
5　オデット・ピルプルに関する情報のほとんどは、フランス国立公文書館ピエールフィット＝シュル＝セーヌ館所蔵の書類番号「72AJ/2172」から得たもの。
6　ロンドン『La Mégère』、pp. 159
7　ロンドン『La Mégère』、pp. 293
8　ロンドン『La Mégère』、pp. 307
9　ロンドン『La Mégère』、pp. 308
10　シェール県アーカイヴ部門、シェール県レジスタンス収容博物館（Musée de la Résistance et de la Déportation du Cher, Archives Départementales du Cher）所蔵の第 2 次世界大戦に関するオーディオヴィジュアル資料。資料番号：8NUM, Guette, Renée、8NUM/53, 2004, 2CDs
11　ヴェルスティネン『Mijn Oorlogskroniek』、pp. 95
12　2019 年 7 月 21 日のインタビューで、ジル・シャトネが著者に話してくれた内容より。
13　この場面は著者の推測によるもの。日付から考えて、シャトー＝ティエリで爆撃された移送列車にジンカが乗っていた可能性はあるが、確かではない。
14　サラ・ヘルム著『Ravensbrück: Life and Death in Hitler's Concentration Camp for Women（ラーフェンスブリュック：ヒトラーの女強制収容所での生と死）』（ニューヨーク：ナン・A・タリーズ編集／ダブルデイ、2015 年）、pp. 210-235

第六章　ジョゼ

1　このできごとに関しては複数の資料で言及されていたが、最も参考にしたのは次のウェブサイトである。https://www.zwangsarbeit-in-leipzig.de/en/nazi-forced-labour-in-leipzig
2　スザンヌ・モデ著『Neuf filles jeunes qui ne voulaient pas mourir（死にたくなかった 9 人の娘たち）』

ブサイトなどからの情報をもとにしている。記念ウェブサイト http://nicoleclarence.com/Francais-Home への最新のアクセスは 2020 年 1 月。

6　マリ＝マドレーヌ・フルカドは、戦後、みずからの指揮下で命を落とした 431 人の諜報員の名を埋もれさせまいと誓った。長年、生還者と家族の支援を続けた。そして、回想録『L'Arche de Noé: Réseau Alliance, 1940–1945（ノアの箱舟：アライアンスネットワーク、1940–1945 年）』（パリ：プロン出版社、1989 年）を出版した。

7　親衛隊情報部の最初の長官はラインハルト・ハイドリヒで、この人物が暗殺されたのをきっかけに、ラーフェンスブリュック強制収容所で「ウサギ」と呼ばれる被収容者への医学実験が行われるようになる。サラ・ヘルム著『Ravensbrück: Life and Death in Hitler's Concentration Camp for Women（ラーフェンスブリュック：ヒトラーの女強制収容所での生と死）』（ニューヨーク：ナン・A・タリーズ編集／ダブルデイ、2015 年）、pp. 210

8　ドゥニーズがレジスタンス活動をしていたとき、両親と妹たちはニースに住んでいた。家族は駆り集められ、両親はアウシュヴィッツで殺され、妹たちは生還した。ドゥニーズものちにゲシュタポに逮捕され、拷問を受けて、ラーフェンスブリュック強制収容所とマウトハウゼン強制収容所に移送された。

9　ニコル・クラランスの未公表の個人的な手記より。ニコルの娘から提供を受ける。

10　ヘルム『Ravensbrück』、pp. 403

11　クラランス、ヴィジュアル・ヒストリー・アーカイヴ

12　モデ『Neuf filles』、pp. 56

第四章　ロンとギギ

1　ザザの未公表の手記より。

2　ニコル・クラランスの未公表の手記『Le journal de Nicole version complète（ニコルの日記完全版）』より。マーク・スペイカーから著者に提供されたもの。pp. 7（著者による翻訳）

3　マデロン・L・ヴェルスティネン著『Mijn Oorlogskroniek（わたしの戦争年代記）』（フォールブルフ：フェルステイネン、1991 年）、pp. 65（ロンによる翻訳）

4　ヴェルスティネン『Mijn Oorlogskroniek』、pp. 66

5　ジョアナ・シュマンスカに関する情報の一部は、ロンの著書をもとにしているが、フェリツィア・カライ著『HASAG-Leipzig Slave Labour Camp: The Struggle for Survival Told by the Women and Their Poetry（HASAG ライプツィヒ強制労働収容所：女たちの生存のための闘いと詩）』サラ・キタイ訳、（オレゴン州ポートランド：ヴァレンティン・ミッチェル、2002 年）、pp. 50–51、112–113 も参考にしている。

6　ヴェルスティネン『Mijn Oorlogskroniek』、pp. 66–68

7　ラーフェンスブリュック強制収容所友の会（Amicale de Ravensbrück）『Les Françaises à Ravensbrück（ラーフェンスブリュックのフランス人）』（パリ：ガリマール出版社、1965 年）、pp. 158

8　サラ・ヘルム著『Ravensbrück: Life and Death in Hitler's Concentration Camp for Women（ラーフェンスブリュック：ヒトラーの女強制収容所での生と死）』（ニューヨーク：ナン・A・タリーズ編集／ダブルデイ、2015 年）、pp. 90

9　ジュリエット・ベス著『Une jeune fille qui a dit: non（「ノン」といった娘）』（ペルピニャン：キャップ・ベア・エディション、2011 年）、pp. 14

10　ラーフェンスブリュック強制収容所友の会『Les Françaises à Ravensbrück』、pp. 217

11　ラーフェンスブリュック強制収容所友の会『Les Françaises à Ravensbrück』、pp. 185

12　マルガレーテ・ブーバー＝ノイマン著『Milena（ミレナ）』、ラルフ・マンハイム訳（ロンドン：コリンズ・ハーヴィル、1989 年）、pp. 3

サラ・キタイ訳、(オレゴン州ポートランド:ヴァレンティン・ミッチェル、2002年)、pp.156

16 カライ『HASAG-Leipzig』、pp.157

17 カライ『HASAG-Leipzig』、pp.93

18 2018年12月11日にギヨーム・ルプラトレから著者に送られたメールより。

19 エレーヌの炉の温度調節による妨害活動と、フリッツとの友情については、著者がエレーヌへのインタビューできいた。

20 ヴェルスティネン『Mijn Oorlogskroniek』、pp.28

21 ギヨーム・ルプラトレ、著者へのメール。

22 ロンドン『La Mégère』、pp.359-362

23 ダニエル・ブラトマン著「The Nazi Death Marchs, 1944-1945(ナチスによる死の行進、1944-1945年)」、『集団暴行に関するオンライン百科事典』(2015年8月28日)、2020年4月27日にアクセス。http://bo-k2s.sciences-po.fr/mass-violence-war-massacre-resistance/en/document/nazi-death-marches-1944-1945、ISSN1961-9898

24 強制収容所の友と協会(Amicales et associations des camps)『Les évasions des marches de la mort: janvier-février et avril-mai 1945(死の行進からの脱出:1945年1月-2月と4月-5月)』2012年1月12日、パリ市庁舎での会議録、pp.14

25 ホルヘ・センプルン著『Exercices de survie(生きのびるための練習)』(パリ:ガリマール出版社、2012年)、pp.118

26 ザザの未公表の手記より。ジンカの娘フランスから著者に渡されたもの。

27 スザンヌ・モデ著『Neuf filles jeunes qui ne voulaient pas mourir(死にたくなかった9人の娘たち)』(パリ:アルレア社、2004年)、pp.26

28 モデ『Neuf filles』、pp.21

29 ニコル・クラランスへのラファエル・エントヴェンによるインタビュー、フランス・キュルチュールのラジオ番組「À voix nue(素の声で)」、2005年(著者による翻訳)

30 ヴェルスティネン『Mijn Oorlogskroniek』、pp.60

第三章 ニコル

1 フェリツィア・カライ著『HASAG-Leipzig Slave Labour Camp: The Struggle for Survival Told by the Women and Their Poetry(HASAGライプツィヒ強制労働収容所:女たちの生存のための闘いと詩)』サラ・キタイ訳、(オレゴン州ポートランド:ヴァレンティン・ミッチェル、2002年)、pp.220

2 スザンヌ・モデ著『Neuf filles jeunes qui ne voulaient pas mourir(死にたくなかった9人の娘たち)』(パリ:アルレア社、2004年)、pp.33

3 ニコル・クラランス、ヴィジュアル・ヒストリー・アーカイヴ、USCショア財団、1999年、1996年2月16日、エレーヌ・レヴィ=ワンド・ポラックによるインタビュー、2019年4月15日、パリのアメリカ大学からアクセス。

4 ニコル・クラランスの未公表の個人的な手記より。ニコルの娘から提供を受ける。

5 ニコルが子ども時代やレジスタンス活動について書いた未公表の文章をわたしにみせてくれたニコルの娘には、心から感謝している。ここから始まるニコルについての記述は、そのニコルの文章と、パリのアメリカ大学にあるUSCショア財団ヴィジュアル・ヒストリー・アーカイヴ(USC Shoah Foundation's Visual Archive)のジョージ・アンド・イリーナ・シェファージェノサイド人権紛争防止研究センター(George and Irina Schaeffer Center for the Study of Genocide, Human Rights and Conflict Prevention)に所蔵されているニコルのインタビュー、そしてニコルの死後、娘が立ち上げた記念ウェ

第二章　ザザ

1　マデロン・L・ヴェルスティネン著『Mijn Oorlogskroniek（わたしの戦争年代記）』（フォールブルフ：フェルステイネン、1991 年）、pp. 30（ロンによる翻訳）

2　サラ・ヘルム著『Ravensbrück : Life and Death in Hitler's Concentration Camp for Women（ラーフェンスブリュック：ヒトラーの女強制収容所での生と死）』（ニューヨーク：ナン・A・タリーズ編集／ダブルデイ、2015 年）、pp. 284

3　ヘルム『Ravensbrück』、pp. 11

4　ナチの強制収容所システムは、ナチ党が標榜する原則をもとに運営されていた。歴史学者のニコラス・ワックスマンはその原則を次のように要約している。「民族的・政治的・社会的部外者を排除することによる、統一国民共同体の創造。民族純化を実現するための個人の犠牲。祖国建設のための強制労働。他国を従属させ、ヨーロッパを支配し、アーリア人による植民地化を可能にする。不要な民族や国民、特にユダヤ人の大量殺戮」ニコラス・ワックスマン著『KL : A History of the Nazi Concentration Camp System（KL：ナチ強制収容所システムの歴史）』（ロンドン：リトル・ブラウン、2015 年）、pp. 6

5　ジェルメーヌ・ティヨン著『Ravensbrück（ラーフェンスブリュック）』（パリ：スイユ出版社、1988 年）、pp. 214 以降。1944 年 8 月にティヨンが計算したところによると、ラーフェンスブリュック強制収容所に登録されていた 5 万 8000 人のうち、1 万 8000 人が死にかけていた。1 日あたり実質 2 マルク半（ティヨンは 1 マルク半を食費などの費用として差し引いている）で貸し出されていた 4 万人について、ティヨンの試算では 1 日 10 マルク、年間 3500 万マルクの利益が得られた。

6　ヘルム『Ravensbrück』、pp. 285

7　アラン・ベスマンとインザ・エシェバッハ編集『The Ravensbrück Women's Concentration Camp : History and Memory（ラーフェンスブリュック女性強制収容所：歴史と記憶）』展覧会図録（ベルリン、メトロポール、2013 年）、pp. 190

8　ヘルム『Ravensbrück』、pp. 378

9　リーズ・ロンドン著『La Mégère de la rue Daguerre（ダゲール通りのトガリネズミ）』（パリ：スイユ＝メモワール、1995 年）、pp. 327-328

10　サニエは驚くべき人物だった。フランスのカトリック信仰を持った思想家、政治家で、1894 年にカトリック社会主義運動を興した。また、『La Démocratie（民主主義）』紙を創刊し、男女平等や比例代表制選挙方式を主張した。

11　ジュリエット・ベス著『Une jeune fille qui a dit : non（「ノン」といった娘）』（ペルピニャン：キャップ・ベア・エディション、2011 年）、pp. 10

12　ライプツィヒのナチ強制労働記念館（Gedenkstätte für Zwangsarbeit Leipzig）のウェブサイトより。https://www.zwangsarbeit-in-leipzig.de/en/nazi-forced-labour-in-leipzig/ns-forced-labour-in-leipzig

13　ヴォルフガング・プラウルはライプツィヒ・シェーネフェルトの HASAG 強制労働収容所の司令官で、統括管理者のポール・ブディンはその上司にあたる。プラウルは終戦間近に姿を消し、発見されることもなければ、戦犯として裁かれることもなかった。ブディンは 1945 年 4 月にライプツィヒの本社社屋を爆破し、妻とともに自殺したといわれている。HASAG 関係者はひとりもニュルンベルクでの国際軍事裁判にかけられなかった。

14　ロンドン『La Mégère』、pp. 330

15　フェリツィア・カライ著『HASAG-Leipzig Slave Labour Camp : The Struggle for Survival Told by the Women and Their Poetry（HASAG ライプツィヒ強制労働収容所：女たちの生存のための闘いと詩）』

原註

第一章　エレーヌ

1　エレーヌについての情報の多くは、2002 年に著者が行った録音インタビューからのもの。

2　ヴァレンティン・アベイユについては、複数のオンラインアーカイヴで調査した。この時期、エレーヌがトゥール近郊のいつもの場所で重要な諜報員——ブリーフケースにお金を詰めこんできた人とエレーヌは言っていた——を受け入れたことがわかっている。記録によると、フォンテッサンはトゥール近くでフランスに再入国しており、エレーヌの軍歴にもフォンテッサンを受け入れ、援助したと書かれている。『La Dépêche du Midi』1999 年 2 月 27 日号掲載の「Valentin Abeille, un exemple pour les jeunes générations」を参照のこと。https://www.ladepeche.fr/article/1999/02/27/208084-valentin-abeille-un-exemple-pour-les-jeunes-generations.html

3　スザンヌ・モデ著『Neuf filles jeunes qui ne voulaient pas mourir（死にたくなかった九人の娘たち）』（パリ：アルレア社、2004 年）。ザザの著書に書かれた 9 人の女性の描写はとても参考になった。ここに逃亡の様子が詳しく書かれていたおかげで、調査が始めやすかった。本書の中の逃亡の詳細の多くは、ザザの著書を基礎にしている。フランス語が読める読者にはぜひ読むことをお薦めする。

4　ニコル・クラランス著「Le journal de Nicole vingt ans après（20 年後のニコルの日記）」『エル』誌 962 号、1964 年 5 月 29 日付。娘と友人が立ち上げたニコル・クラランス記念ウェブサイト http://nicoleclarence.com/-Francais-Home

5　イェツク・スパンニャとアンジュ・ウィーバーディンク制作のドキュメンタリー映画『Ontsnapt（逃亡）』ウィーバーディンク・プロダクション、アルマジロ・フィルム、2010 年。

6　2019 年 2 月 3 日にエレーヌの娘マルティーヌ・フーコーに行ったインタビューより。

7　本書ではエレーヌとしているが、仲間からは実際にはクリスティンと呼ばれていた。ナチの記録にはクリスティンとだけ記されている。

8　アラン・ベスマンとインザ・エシェバッハ編集『The Ravensbrück Women's Concentration Camp: History and Memory（ラーフェンスブリュック女性強制収容所：歴史と記憶）』展覧会図録（ベルリン：メトロポール、2013 年）

9　サラ・ヘルム著『Ravensbrück: Life and Death in Hitler's Concentration Camp for Women（ラーフェンスブリュック：ヒトラーの女強制収容所での生と死）』（ニューヨーク：ナン・A・タリーズ編集／ダブルデイ、2015 年）、pp. 651

10　ジェルメーヌ・ティヨン著『Ravensbrück（ラーフェンスブリュック）』（パリ：スイユ出版社、1988 年）、pp. 492

11　ヘルム『Ravensbrück』、pp. 279

12　リーズ・ロンドン著『La Mégère de la rue Daguerre（ダゲール通りのトガリネズミ）』（パリ：スイユ＝メモワール、1995 年）、pp. 315

13　著者が行ったエレーヌへのインタビューの書き起こし原稿より。

14　マデロン・L・ヴェルスティネン著『Mijn Oorlogskroniek（わたしの戦争年代記）』（フォールブルフ：フェルステイネン、1991 年）、pp. 10（ロンによる翻訳）

15　マーガレット・コリンズ＝ウェイツ著『Sisters in the Resistance: How Women Fought to Free France 1940–1945（レジスタンスの姉妹たち：女たちのフランス解放のための闘い 1940–1945 年）』（ニューヨーク：ジョン・ワイリー・アンド・サンズ、1995 年）、pp. 92–93

16　このできごとについて、著者はエレーヌから直接きいている。

メナの義理の息子ジャン＝ルイ・ルプラトレに対して、2018 年 12 月 7 日、電話にて。

ジンカの娘フランス・ルボン・シャトネ・デュブロークに対して、夫のディディエ・デュブロークとソフィー・ストラウス・ジェンキンズとともに。2019 年 3 月 3 日、ディーにて。その後もメールでのやりとりを続ける。

ジンカの息子ジル・シャトネに対して、その息子のトマ・シャトネとともに。2019 年 7 月 21 日、メネルブにて。その後もメールでのやりとりを続ける。

ドキュメンタリー映画制作者イェツク・スパンニャとアンジュ・ウィーバーディンクに対して、2020 年 2 月 23 日、アムステルダムにて。

ロンの娘パトリシア・エリザベス・フレデリーク・ベンシンクと夫のウラディミール・シュライバーに対して、2020 年 2 月 23 日、アムステルダムにて。その後もメールでのやりとりを続ける。

アーカイヴ

Department "Collections" of the Mauthausen Memorial, KA-Gedenkstätte Mauthausen

Service historique de la Défense, le centre historique des archives, Vincennes

Université Paris Nanterre, Archives de Denise Vernay

Archives Nationales, Pierrefitte-sur-Seine

Musée de la Résistance et de la Déportation du Cher, Archives départementales du Cher, Témoignages audiovisuels portant sur la Seconde Guerre mondiale

The George and Irina Schaeffer Center for the Study of Genocide, Human Rights and Conflict Prevention, USC Shoah Foundation's Visual History Archive, American University of Paris, France

International Tracing Service, Bad Arolsen

Archiv Mahn-und Gedenkstätte Ravensbrück

Leipzig Nazi Forced Labour Memorial, Gedenkstätte für Zwangsarbeit Leipzig

United States Holocaust Memorial Museum, Washington, DC

Rutgers University Press, 2018.
Thalmann, Rita. 'L'oubli des femmes dans l'historiographie de la Résistance.' *Clio : Femmes, Genre, Histoire,* January 1995, http://journals.openedition.org/clio/513;DOI:10.4000/clio.513
Tillion, Germaine. *Ravensbrück.* Paris : Éditions du Seuil, 1988.
Tillion, Raymonde. *J'écris ton nom, Liberté.* Paris : Éditions du Félin, 2002.
Verstinen, Madelon L. *Mijn Oorlogskroniek.* Voorburg : Verstijnen, 1991.
Virgili, Fabrice. 'Les 'tondues' à la Libération : Le corps des femmes, en jeu d'une réaproppriation.' *Clio : Femmes, Genre, Histoire,* January 1995, http://journals.openedition.org/clio/518;DOI:10.4000/clio.518.
Wachsmann, Nikolaus. *KL : A History of the Nazi Concentration Camps.* London : Little, Brown, 2015.
Weitz, Margaret Collins. *Sisters in the Résistance : How Women Fought to Free France 1940–1945.* New York : John Wiley & Sons, 1995.
Weston, Joe. 'The GIs in Le Havre.' *Life,* December 10, 1945.

映画、ドキュメンタリー番組

Basty, Françoise. *Résistant mort en deportation.* Françoise Basty, 2015.
Bosche, Rose. *La rafle.* Legend, 2010. 【『黄色い星の子供たち』ローズ・ボッシュ監督】
Georget, Anne. *Festins imaginaires.* October Productions, 2014.
Lanzmann, Claude. *Shoah.* Aleph/Historia Films, 1985. 【『ショア』クロード・ランズマン監督】
Loridan-Ivens, Marceline. *La petite prairie aux bouleaux.* Studio Canal, 2004.
Resnais, Alain. *Nuit et brouillard.* Nouveaux Pictures, 1955. 【『夜と霧』アラン・レネ監督】
Spanjer, Jetske, and Ange Wieberdink. *Ontsnapt.* Wieberdink Productions and Armadillo Film, 2010.
Wechsler, Maia. *Résistance Women.* Women Make Movies Release, 2000.

インタビュー一覧

エレーヌ・ポドリアスキー・ベネディットに対して、エヴァ・ストラウス・パイヤールとともに。2002 年 7 月 8 日、パリにて。

エレーヌの娘マルティーヌ・フーコーに対して。2019 年 2 月 3 日、パリにて。

ザザの甥ピエール・ソーヴァネに対して、ソフィー・ストラウス・ジェンキンズ、アンヌ＝フローレンス・ソーヴァネとともに。2018 年 11 月 10 日、ラ・ロシェルにて。その後もメールや手紙でのやりとりを続ける。

ギギの孫息子オリヴィエ・クレマンタンと母親（ギギの娘）のロランス・スペイカー・クレマンタンに対して。2018 年 11 月 18 日。その後もメールと手紙でのやりとりを続ける。

ギギの息子マーク・スペイカーに対して、2019 年 9 月以降メールと対話を行う。マークはロンがみずから翻訳した著書の英語版や、オランダとフランスのレジスタンスネットワークに関するオランダ語の文書をマークが翻訳したものを提供してくれた。

ニコルの娘に対して。2018 年 11 月 19 日と 21 日に、パリのラ・バテリエールにて。その後も電話とメールでのやりとりを続けた。また、ニコルの未公表の文書も提供してくれた。

ジャッキーの最初の夫のいとこで、相続人でもあるミシェル・レヴィに対して、2020 年 5 月 6 日、電話にて。

ジャッキーの友人フィリップ・モンセルに対して、2018 年 12 月 6 日、電話にて。

メナの孫息子ギヨーム・ルプラトレに対して、2018 年 12 月 11 日にメールにて、2018 年 12 月 19 日に電話にて。

Levi, Primo. *Si c'est un homme.* Paris : Julliard, 1987. 【プリーモ・レーヴィ著『これが人間か』竹山博英訳、朝日新聞出版、2017 年】

London, Lise. *La mégère de la rue Daguerre.* Paris : Éditions du Seuil, 1995.

Loridan-Ivens, Marceline. *Et tu n'es pas revenu.* Paris : Éditions Grasset, 2015.

Mason, Bobbie Ann. *The Girl in the Blue Beret.* New York : Random House, 2012.

Maudet, Suzanne. *Neuf filles jeunes qui ne voulaient pas mourir.* Paris : Arléa, 2004.

Mémoires de la guerre. 'Noël 1943, ils étaient huit enfants enfermés avec leurs mamans, courageuses patriotes, dans la sombre Centrale de Rennes.' http://memoiredeguerre.free.fr/biogr/founier/fournier-lalet.htm#deb.

Mendelsohn, Daniel. *The Lost : A Search for Six of Six Million,* New York : HarperPerennial, 2007.

Moorhead, Caroline. *A House in the Mountains : The Women Who Liberated Italy from Fascism.* New York : Penguin Random House, 2019.

Moorhead, Caroline. *A Train in Winter : An Extraordinary Story of Women, Friendship, and Resistance in Occupied France.* New York : HarperPerennial, 2012.

Morris, Heather. *The Tattooist of Auschwitz.* London : Zaffre, 2018. 【ヘザー・モリス著『アウシュヴィッツのタトゥー係』金原瑞人、笹山裕子訳、双葉社、2019 年】

Olsen, Lynne. *Madame Fourcade's Secret War : The Daring Young Woman Who Led France's Largest Spy Network.* New York : Penguin Random House, 2019.

Núñez Targa, Mercedes. *El valor de la memoia, de la cárcel de Ventas al campo de Ravensbrück.* Saville : Renacimiento, 2016.

Pagniez, Yvonne. *Évasion 44, suivi de souvenirs inédits de la Grande Guerre.* Paris : Éditions du Félin, 2010.

Pavillard, Anne-Marie. 'ADIR : S'entraider et témoigner.' *Varia, matériaux pour l'histoire de notre temps,* no. 127–128, 2018.

Quinn, William W. *Dachau.* San Francisco : Normandy Press, 2015.

Rayon de Soleil de Cannes. Website. http://www.rayondesoleilcannes.com

Rich, Adrienne. *On Lies, Secrets and Silence : Selected Prose 1966–78.* New York : W. W. Norton, 1985. 【アドリエンヌ・リッチ著『嘘、秘密、沈黙。：アドリエンヌ・リッチ女性論 1966–1978』大島かおり訳、晶文社、1989 年】

Roberts, Mary Louise. *What Soldiers Do.* Chicago : University of Chicago Press, 2013. 【メアリー・ルイーズ・ロバーツ著『兵士とセックス：第二次世界大戦下のフランスで米兵は何をしたのか?』佐藤文香監訳、西川美樹訳、明石書店、2015 年】

Sands, Philippe. *East West Street : On the Origins of 'Genocide' and 'Crimes Against Humanity,'* New York : Vintage, 2017. 【フィリップ・サンズ著『ニュルンベルク合流：「ジェノサイド」と「人道に対する罪」の起源』園部哲訳、白水社、2018 年】

Sebald, W. Go. *Austerlitz.* New York : Modern Library, 2011. 【W・G・ゼーバルト著『アウステルリッツ』鈴木仁子訳、白水社、2020 年】

Sebba, Anne. *Les Parisiennes : Résistance, Collaboration, and the Women of Paris Under Nazi Ocupation.* New York : St. Martin's Press, 2016.

Semprun, Jorge. *Exercices de survie.* Paris : Éditions Gallimard, 2012.

de Silva, Cara, editor. *In Memory's Kitchen : A Legacy from the Women of Terezin.* Bianca Steiner Brown, translator. Lanham, MD : Rowman and Littlefield, 2006.

Sodaro, Amy. *Exhibiting Atrocity : Memorial Museums and the Politics of Past Violence.* New Brunswick, NJ :

Clarence, Nicole. 'Le journal de Nicole vingt ans après.' *Elle,* no. 962, May 29, 1964.

Clarence, Nicole. Memorial website created by her daughter and friends, accessed January 2020, currently unavailable as of September 2020, http://nicoleclarence.com/-Francais-Home.

Cognet, Christophe. *Eclats: Prises de vue clandestines des camps nazis.* Paris: Éditions du seuil, 2019.【クリストフ・コニェ著『白い骨片：ナチ収容所囚人の隠し撮り』宇京頼三訳、白水社、2020 年】

Coleman, Fred. *The Marcel Network: How One French Couple Saved 527 Children from the Holocaust.* Dulles, VA: potomac Books, 2013.

Collection Résistance Liberté-Mémoire. *Femmes dans la guerre, 1940–1945.* Paris: Éditions du Félin, 2003.

Delbo, Charlotte. *Aucun de nous ne reviendra.* Paris: Les Éditions de Minuit, 1970.

Delbo, Charlotte. *Le convoi du 24 janvier.* Paris: Les Éditions de Minuit, 1965.

Desnos, Robert. *Destinée arbitraire.* Paris: Éditions Gallimard, 1975.

Durand, Pierre. *La chienne de Buchenwald.* Paris: Messidor/Temps Actuels, 1982.

Eger, Edith Eva. *The Choice.* New York: Scribner, 2017.【エディス・エヴァ・イーガー著『アウシュヴィッツを生きのびた「もう一人のアンネ・フランク」自伝』服部由美訳、パンローリング、2021 年】

Fallada, Hans. *Every Man Dies Alone.* Brooklyn, NY: Melville House, 2009.【ハンス・ファラダ著『ベルリンに一人死す』赤根洋子訳、白水社、2014 年】

Femmes résistantes. Sénat de France. Taped interviews of survivors. Jaqueline Fleury is one of the résistantes interviewed at length. http://www.senat.fr/evenement/colloque/femmes_resistantes/webdoc/fleury.html.

Fleury, Jacqueline. "Témoinage de Jacqueline Fleury, née Marié." http://lesamitiesdelaresistance.fr/lien17-fleury.pdf.

Fleury-Marié, Jacqueline. *Une famille du refus mais toujours l'espérance, recueils et récits 1914–1918 et 1939–1945.* Versailles: Jacqueline Fleury-Marié, 2013.

Fromm, M. Gerard, editor. *Lost in Transmission: Studies of Trauma Across Generations.* London: Karnac, 2012.

de Gaulle-Anthonioz, Geneviève. *La traversée de la nuit.* Paris: Seuil, 1998

de Gaulle-Anthonioz, Geneviève, and Germaine Tillion. *Dialogues.* Paris: Éditions Plon, 2015

Gildea, Robers. *Fighters in the Shadows.* London; Faber and Faber, 2015.

Hannah, Kristin. *The Nightingale.* New York: St. Martin's Griffin, 2015.【クリスティン・ハナ著『ナイチンゲール』加藤洋子訳、小学館、2016 年】

Helm, Sarah. *Ravensbrück: Life and Death in Hitler's Concentration Camp for Women.* New York: Nan A. Talese/Doubleday, 2015.

Herberstein, Elsie, and Anne Georget. *Les carnets de minna.* Paris: Seuil, 2008.

Humbert, Agnès. *Notre guerre, journal de Résistence 1940–1945.* Paris: Éditions Tallandier, 2004.【アニエス・アンベール著『レジスタンス女性の手記』石橋正孝訳、東洋書林、2012 年】

Hunter, Georgia. *We Were the Lucky Ones.* New York: Penguin Books, 2017.

Karay, Felicja. *HASAG-Leipzig Slave Labour Camp for Women: The Struggle for Survival Told by the Women and Their Poetry.* Sara Kitai, translator. Portland, OR: Vallentine Mitchell, 2002.

Koreman, Megan. *The Escape Line: How the Ordinary Heroes of Dutch Paris Resisted the Nazi Occupation of Western Europe.* New York: Oxford University Press, 2018.

Lasnet de Lanty, Heriette. *Sous la schlague.* Paris: Éditions du Félin, 2018.

Levi, Primo. *The Drowned and the Saved.* New York: Vintage International, 1989.

参考資料

書籍、記事、ニュースレター、ウェブサイト

Alexievich, Avetlana. *Last Witnesses: An Oral History of the Children of World War II.* Richard Pevear and Larissa Volokhonsky, translators. New York: Penguin Random House, 2019

Alexievich, Avetlana. *The Unwomanly Face of War: An Oral History of Women in World War II.* Richard Pevear and Larissa Volokhonsky, translators. New York: Random House, 2017【スヴェトラーナ・アレクシエーヴィチ著『戦争は女の顔をしていない』三浦みどり訳、岩波書店、二〇一六年】

Amicale de Ravensbrück et Association des déportées et internés de la Résistance. *Les françaises à Ravensbrück.* Paris: Éditions Gallimard, 1965

Amicales et associations des camps d'Auschwitz (UDA et Cercle d' étude de la déportation et de la Shoah), Bergen-Belsen, Buchenwald-Dola, Dachau, Langenstein, Maunthausen, Neuengamme, Ravensbrück, Sachsenhausen. *Les évasions des marches de la mort janvier-février et avril-mai 1945.* Conférence débats, Hôtel de ville de Paris, January 12, 2012.

Amis de la Foundation pour la Mémoire de la Déportation. *Lutetia, 1945, le retour des déportés.* Catalogue for the exhibition on the seventieth anniversary of the liberation of the camps, 2015.

Amis de la Foundation pour la Mémoire de la Déportation de l'Allier. *Bordonava, Joséphine, parfois orthographié Bordanava.* http://www.afmd-allier.com/PBCPPlayer.asp?ID=1532755.

Anonymous. *A Woman in Berlin, Diary 20 April 1945 to 22 June 1945.* Philip Boehm, translator. London: Virago Press, 2006. (First published 1954.)【『ベルリン終戦日記：ある女性の記録』山本浩司訳、白水社、2017年　ドイツ語原題は "Eine Frau in Berlin"】

Assouline, Pierre. *Lutetia.* Paris: Éditions Gallimard, 2005.

Berr, Hélène. *Journal 1942-1944.* Paris: Éditions Tallandier, 2008.

Bes, Juliette. *Une jeune fille qui a dit: non.* Perpignan: Cap Bear Éditions, 2011.

Bessmann, Alan, and Insa Eschebach, editors. *The Ravensbrück Women's Concentration Camp, History and Memory.* Exhibition catalogue. Berlin: Metropol, 2013.

Boivin, Yves. *Les condamnées des Sections spéciales incarcérées à la Maison centrale de Rennes, déportées les 5 avril, 2 mai et 16 mai 1944.* Monograph, January 2004, http://www.cndp.fr/crdp-rennes/crdp/crdp_dossiers/dossiers/condamneesRennes/comdamnes.pdf.

Bouju, Marie-Cecile. *Notice FELD Charles, Léon, Salomon.* Version posted online March 8, 2009, , last updated April 30, 2015. http://maitron-en-ligne.univ-paris1.fr/spip.php?article24892.

Buber-Neumann, Margarete. *Milena.* Ralph Manheim, translator. London: Collins Karvill, 1989.【M・ブーバー＝ノイマン著『カフカの恋人ミレナ』田中昌子訳、平凡社、1993年】

Castelloe, Molly S. 'How Trauma Is Carried Across Generations.' *Psychology Today,* May 2012, https://www.psychologytoday.com/us/blog/the-me-in-we/201205/how-trauma-is-carried-across-generations.

Châtenay, Gilles. *La Psychanalyse, étrange et singulière.* Paper presented at the conference "Comment on devient analyste au XXIe Siècle," Journées de l' École de la Cause fredienne, November 2009.

Chevrillon, Claire. *Une Résistance ordinaire.* Paris: Éditions du Félin, 1999.

Clarence, Nicole. Interview 9722, Visual History Archive, USC Shoah Foundation, 1999, acessed at the George and Irina Schaeffer Center for the Study of Genocide, Human Rights and Conflict Prevention, at the American University of Paris, France, on August 26, 2019.

図版リスト

【著】グウェン・ストラウス（Gwen Strauss）

詩人、短編作家、随筆家。アメリカ『ニュー・リパブリック』誌、『ケニヨン・レビュー』誌、イギリス『サンデー・タイムズ』紙、『ニューイングランド・レビュー』誌などに作品が掲載される。詩集に *Trail of Stones*、児童書に *The Night Simmy*（『ナイトシミー：元気になる魔法』平凡社、2002 年）がある。ハイチで生まれ、幼少期を過ごす。現在は南フランスで暮らし、ドラ・マール・ハウスで芸術家の滞在研修プログラムに携わっている。

【訳】笹山裕子（ささやま・ゆうこ）

翻訳家。上智大学外国語学部英語学科卒業。訳書に、ブッシュ『世界でいちばん働きがいのある会社』、アッテンボロー『すごい博物画：歴史を作った大航海時代のアーティストたち』、フレンチ『真夜中の北京』など。共訳にモリス『アウシュヴィッツのタトゥー係』、スノウ、マクミラン『［ヴィジュアル版］歴史を動かした重要文書：ハムラビ法典から宇宙の地図まで』などがある。

ザ・ナイン　ナチスと闘《たたか》った9人《にん》の女《おんな》たち

2022年8月20日　初版印刷
2022年8月30日　初版発行

著　者　グウェン・ストラウス
訳　者　笹山裕子
装丁者　木庭貴信＋岩元萌（オクターヴ）
発行者　小野寺優
発行所　株式会社河出書房新社
〒151-0051　東京都渋谷区千駄ヶ谷2-32-2
電話（03）3404-1201［営業］（03）3404-8611［編集］
https://www.kawade.co.jp/
印　刷　株式会社亨有堂印刷所
製　本　小泉製本株式会社
Printed in Japan
ISBN978-4-309-22861-7